1

An manchen Tagen wusste David Brooke nicht, ob er für das, was er hatte, dankbar sein oder es lieber verdrängen sollte.

Er war früh aus der Zeitungsredaktion nach Hause gekommen, da sich der Juni in diesem Frühsommer 1964 wie eine Henne aufplusterte und im Staub niederließ, als wollte er es langsam angehen lassen. Die Schulen von Hollyhill waren bis September verwaist, also gab es keinen von irgendwelchen Elternbeiräten veranstalteten Tag der offenen Tür oder Veranstaltungen in Jugendklubs, über die man hätte berichten können. Die größte Story, die David für die Ausgabe dieser Woche hatte auftun können, war die Zwillingsgeburt von Holstein-Kälbern im Stall von Ben Carlton. Er hatte bereits Fotos von Bens kleiner Tochter Cindy gemacht, wie sie die schwarzbunten Kälber mit der Flasche fütterte, und Wes gebeten, das Bild auf die Titelseite zu setzen. Der Anblick von Tierbabys und einem Mädchen mit Sommersprossen dürften diese Woche ein paar Dutzend zusätzliche Zeitungen über die Ladentheke wandern lassen.

Manchmal wäre es schön gewesen, oder zumindest interessant, ein paar echte Nachrichten zu haben, mit denen er die Seite des *Hollyhill Banner* füllen könnte, aber in der Regel bedeuteten richtige Nachrichten, dass etwas Schlimmes geschehen war. Insofern konnte langweilig und friedlich durchaus ein Vorteil sein. Außerdem hatte er dadurch, dass er nicht den ganzen Samstag in der Redaktion verbringen musste, mehr Zeit, an seiner Predigt für den Sonntag zu arbeiten. Und morgen brauchte er eine gute Predigt, wenn er wollte, dass die Gemeinde von Mt. Pleasant ihn als Interimspastor berief.

Immerhin war das Predigen seine erste Berufung. Die Zeitung war nur ein Nebenjob, um Fleisch auf den Tisch zu bringen. Das Gemüse bereitete ihm zu dieser Jahreszeit kein Kopfzerbrechen, da alle ganz wild darauf waren, ihm Bohnen, Zucchini und Kohl zu schenken, was Jocie gar nicht lustig fand.

„Warum können sie nicht zu viele Erdbeeren oder Himbeeren

haben?“, hatte sie gestern Abend gefragt, als sie wieder einmal vor einer Schüssel Kohleintopf saß.

„Seid dankbar für alles“, hatte Tante Love zu Jocie gesagt. „Es gibt Kinder, die nicht genug zu essen haben.“

David hatte die Luft angehalten und auf die Explosion gewartet, aber Jocie hatte nur gemurmelt: „Für Erdbeeren könnte ich genauso dankbar sein.“

Jocie war dreizehn, also in Davids Augen kaum den Babyschuhen entwachsen, aus Jocies Sicht jedoch so gut wie erwachsen. Tante Love war achtundsiebzig und stand Jocies Meinung nach schon mit einem Bein im Grab. Die meiste Zeit stritten sich die beiden oder lebten in einem von David verhandelten Waffenstillstand unter einem Dach. Dass Tante Love in letzter Zeit immer öfter Dinge durcheinanderbrachte, machte die Sache nicht einfacher. Allerdings bereitete es ihr nie Probleme, passende Bibelverse aufzutischen, um Jocie an die Kandare zu nehmen.

Jocies Benehmen hatte sich dadurch nicht wesentlich verändert, aber ihre Bibelkenntnis war deutlich besser geworden, da sie zu beweisen versuchte, dass Tante Love sich manche der Verse einfach ausdachte. Bis jetzt hatte sie Tante Love allerdings noch bei nichts Schlimmerem ertappt als bei „Reinlichkeit kommt gleich nach Gottesfurcht“, und Tante Love sagte, sie hätte nie behauptet, das stände in der Bibel, auch wenn viele Leute fänden, es sollte drinstehen.

Aber jetzt erklangen Rufe – bitte, lieber Gott, lass es kein Heulen sein! –, die selbst das Geräusch des Ventilators und das im Luftzug raschelnde Papier auf dem Schreibtisch in der Ecke seines Schlafzimmers übertönten. Wie es schien, war der Waffenstillstand aufgehoben und Krieg ausgebrochen. David las noch einen Vers in seiner Bibel, nur für den Fall, dass er etwas Nützliches darin fand, bevor er seinen Schreibtischstuhl zurückschob. „Wohl dem Menschen, der Weisheit erlangt, und dem Menschen, der Einsicht gewinnt!“ Selbst König Salomo hätte nicht bewirken können, dass Jocie und Tante Love Frieden schlossen.

Als David am Fuß der Treppe ankam, war der Krieg bereits eskaliert. Tante Love zitierte Bibelverse am laufenden Band. Ihre Katze Sugar kreischte. Jocie brüllte und übertönte damit sogar das tiefe, laute Gebell, das jenseits der Fliegengittertür hinter David erklang und an den Wänden widerhallte.

Davids Stimmung rutschte noch tiefer in den Keller. Sie hatten keinen Hund. Jocie hatte ein „Bitte, Herr, schick mir einen Hund" eingeworfen, als sie vor dem Abendessen das Dankgebet gesprochen hatte, aber David hatte gehofft, der Herr würde nur das „Danke für unser Essen" beachten und den Teil mit dem Hund geflissentlich überhören.

Nicht, weil er etwas dagegen hatte, dass ein Hund im Haus war. Er mochte Hunde, aber er sah immer noch Jocies Gesicht vor sich, nachdem ihr letzter Hund vor ein Auto gelaufen war. Jocie hatte damals viel zu lange nicht mehr gegessen, nicht mehr geredet und nicht mehr gelächelt. David wusste allerdings, dass es nicht nur Stumpys Tod war, der sie so tief getroffen hatte. Als der Hund starb, war es gerade einmal einen Monat her gewesen, dass Adrienne mitten in der Nacht mit Tabitha verschwunden war.

Wie lange war das jetzt her? Es erstaunte ihn immer wieder, dass er tatsächlich überlegen musste. Er müsste doch auf den Tag, die Stunde, ja die Minute genau wissen, wann seine Frau Hollyhill und ihn verlassen hatte. Es hätte ihn nicht überraschen dürfen. Sie hatte ihn oft genug gewarnt. Aber er war trotzdem überrascht gewesen. Schlimmer als überrascht. Er war schockiert gewesen. Am Boden zerstört. Verloren. Verletzt. All das und noch mehr. Manche Dinge konnte man mit Worten einfach nicht beschreiben. Diese Dinge trafen mitten ins Herz und zogen einem den Boden unter den Füßen fort.

Und das Allerschlimmste war, dass sie Tabitha mitgenommen hatte. Seine kleine Tochter, die nachts noch mit einem Teddy im Arm schlief und ihn tagsüber anflehte, Lippenstift tragen zu dürfen. Er wusste noch immer nicht, warum Adrienne sie mitgenommen hatte. Um ihm einen letzten Stich zu versetzen vielleicht. Womöglich hatte sie darin eine wirksame Methode erkannt, um dafür zu sorgen, dass die Wunde, mit der sie ihre Familie zerstörte, keine Chance hatte zu heilen. Ein Mann mochte darüber hinwegkommen, dass er seine Frau verloren hatte, aber nicht über den Verlust seiner Tochter.

Wie lange also war das her? Tabitha war damals dreizehn gewesen, so alt wie Jocie jetzt. Sieben Jahre. Tabitha würde nächsten Monat zwanzig werden. David fragte sich, ob sie wohl eine Torte zum Geburtstag bekam. Tabitha hatte immer so gerne die Kerzen auf dem Kuchen ausgepustet und sich etwas gewünscht. Sie hatte immer gesagt: „Warum nur einen Wunsch? Warum nicht so viele Wünsche, wie Kerzen auf dem Kuchen stecken?" Er hätte sie suchen sollen, um dafür zu sorgen, dass sie ihren Kuchen bekam.

David verdrängte die Erinnerungen und trat auf die Veranda hinaus. „Was in aller Welt geht hier vor sich?"

2

Jocie hatte den Hund in Johnson Woods gefunden. Der Wald hatte Jocies Großeltern gehört, bevor ihr Großvater gestorben war, und Jocie fand, dass sie deshalb das Recht hatte, darin herumzulaufen, ohne jemanden um Erlaubnis zu bitten. Sie versteckte einfach ihr Fahrrad hinter einem Strauch und verschwand zwischen den Bäumen. Inzwischen war sie schon so oft dort gewesen, dass sie das Gefühl hatte, der Wald gehörte ihr, als hätte ihr Großvater ihn ihr vererbt, auch wenn er schon vor ihrer Geburt gestorben war.

Sie liebte diesen Ort. Es gab dort riesige Ahornbäume und Eichen und Walnussbäume. Farne und wilde Blumen. Tarzanranken. Riesige Pilze. Wilde Himbeeren und Brombeeren. Vögel und Eichhörnchen. Sie schrieb in ihr Tagebuch, was sie dort fand. Aber bis heute hatte sie noch nie einen Hund gefunden.

Oder genauer gesagt – und ihr Vater sagte, es sei immer gut, bei einer Geschichte auf Genauigkeit zu achten – hatte der Hund sie gefunden. Er war einfach hinter ihr aufgetaucht, als sie zur Straße zurückgegangen war, um ihr Fahrrad zu holen. Sie hatte ein Rascheln unter den Bäumen gehört, als sie durch den Wald gelaufen war, aber sich nichts weiter dabei gedacht, denn es gab immer Vögel im Gebüsch oder Kaninchen oder Backenhörnchen, die davonstoben. Und einmal hatte sie ein Reh aufgeschreckt. Das erste, das sie überhaupt jemals gesehen hatte. Ihr Vater hatte gesagt, es sei schade, dass sie ihre Kamera nicht dabeigehabt hatte, denn ein Bild von einem echten Reh in Holly County hätte sich auf der Titelseite prima gemacht. Selbst ohne das Bild hatte er einen Artikel darüber veröffentlicht, dass Naturschutzverbände aus dem Westen Wild herbrachten und versuchten, es in der Gegend anzusiedeln.

Jocie blieb stehen. Der Hund blieb stehen. Sie sah den Hund an. Der Hund setzte sich und sah sie an. Er wedelte nicht mit dem Schwanz. Stattdessen zog er die Zunge ein, schloss das Maul und legte den Kopf schief, als müsse er genau hinhören, falls sie ihm etwas zu sagen hatte.

„Du musst nach Hause gehen, Hund." Jocie sagte es nicht sehr laut, aber sie sagte es. Sie scheuchte ihn sogar mit den Händen fort. „Nun mach schon. Lauf nach Hause."

Der Hund stand auf und ging auf sie zu. Er sah aus wie eine Mischung aus Schäferhund und Beagle. Keine besonders attraktive Kombination. Ein Ohr stand hoch und das andere hing schlaff herab. Seine Schnauze war zu lang und sein Fell hatte die rötlich graue Färbung von Wasser, in dem man einen Aquarellpinsel ausgewaschen hatte, mit einzelnen dunkleren Flecken, die Dreck sein könnten. Jocie lächelte, als sie sah, wie nur seine Schwanzspitze hin und her zuckte. Ihm war es egal, ob er hässlich war. Er war ein Hund und ein Hund brauchte einen Menschen. Seine schwarzbraunen Augen ließen Jocie wissen, dass sie dieser Mensch war.

„Ich habe dir doch gesagt, dass du nach Hause gehen sollst", sagte Jocie, ihre Stimme kaum mehr als ein Flüstern.

Der Hund hob eine Pfote und streckte sie ihr hin. Jocie hatte tausendmal gehört, dass sie einen fremden Hund nicht streicheln sollte. Sie hatte ein paar Narben, die bewiesen, dass das ein guter Rat war, und ihre Tante Love redete immer von Tollwut. Aber dieser Hund hatte keinen Schaum vor dem Mund. Er wollte nur Pfötchen geben.

Das Fell auf seinem Kopf war stachelig und fest, aber seine Ohren waren seidenweich. Der Rest seines Schwanzes schloss sich der Spitze an und wedelte hin und her, als sie ihn unter dem Kinn kraulte. „Wie heißt du denn, Hund?", fragte Jocie.

Der Hund trug kein Halsband und nichts ließ darauf schließen, dass er jemals eins gehabt hatte. Seine Rippen waren auf beiden Seiten klar zu sehen, so als wäre seine letzte Mahlzeit schon eine Weile her. Vielleicht hatte er ja kein Zuhause, und betete sie nicht seit einem Jahr für einen Hund? Tante Love sagte immer, Gott beantworte Gebete nach seinem eigenen Zeitplan. Durfte sie zu hoffen wagen, dass dies Gottes Zeitplan entsprach? Dass er aus dem riesigen Meer von Gebeten, das ihn jeden Tag erreichte, ihr Hundegebet gezogen und beschlossen hatte, es zu erhören? Bei diesem Gedanken bekam Jocie ein schlechtes Gewissen, weil sie wusste, dass es bei vielen Gebeten darum ging, dass Kranke gesund oder verlorene Seelen gerettet werden sollten. Andererseits hatte sie in der Bibel noch nie gelesen, dass man nicht für Hunde beten durfte.

„Es war nett, dich kennenzulernen, Hund", sagte Jocie, fest entschlossen, dem Hund die Entscheidung zu überlassen, ob er ihr folgte oder nicht. „Aber ich muss jetzt nach Hause und du gehst besser auch heim, in Ordnung?"

Der Hund setzte sich und wischte mit dem Schwanz durch das Gras hinter sich. Er starrte sie unverwandt an, zog die Zunge ein und fletschte die Zähne zu einem Hundegrinsen.

Jocie musste lachen. „Du bist mit Abstand der hässlichste Hund, den ich je gesehen habe, aber ich habe Gott ja auch nicht gesagt, dass ich einen hübschen Hund haben möchte oder auch nur einen niedlichen. Nur einen Hund, und du bist ein Hund." Jocie starrte ihn an. „Glaube ich jedenfalls."

Der Hund erhob sich und trabte vor ihr her. Einen Augenblick lang hatte Jocie Angst, ihm wäre wieder eingefallen, wo er zu Hause war, aber dann blieb er stehen und setzte sich neben ihr Fahrrad, so als wollte er sagen: „Dann lass uns mal gehen, es wird Zeit fürs Abendessen."

Danach versuchte Jocie nicht mehr, ihn zu verscheuchen. Sie ermutigte ihn jedoch auch nicht, ihr zu folgen. Das hatte sie sich für ihren Vater überlegt. Sie stieg auf ihr Fahrrad und trat in die Pedale. Während sie nach Hause fuhr, blickte sie kein einziges Mal über ihre Schulter, um zu sehen, ob der Hund ihr folgte. Das war ein Test. Wie der von Gideon in der Bibel mit der Schafwolle, auf der Tau liegen sollte oder nicht, um zu beweisen, dass Gott wirklich mit ihm sprach. Jocie beschloss, wenn sie die Scheune vor dem Haus erreichte und sich umsah und der Hund dann immer noch da war, dann gehörte er ihr. Sie hätte sich so gerne umgedreht, als sie am Haus der Wilsons vorbeikam, aber sie blickte eisern geradeaus. Wenn sie sich vor der Scheune umdrehte, wäre das geschummelt.

Nur für den Fall, dass der Hund hinter ihrem Fahrrad herlief, überlegte Jocie sich Gründe, warum sie einen Hund brauchten. Er könnte das Grundstück bewachen und sie warnen, wenn jemand kam. Vielleicht rechtzeitig, um das Tor abzuschließen, wenn die Leute Tüten mit Zucchini oder Kohl bei sich trugen. Ihr Vater könnte seine Predigten an dem Hund ausprobieren anstatt an Jocie. Für einen Hund zu sorgen, würde sie Verantwortungsbewusstsein lehren, da sie ihn füttern und kämmen musste und so weiter. Das dürfte sogar Tante Love gefallen – das mit der Verantwortung. Der Hund wäre jemand, mit dem sie reden konnte und der nicht mit Bibelversen antwortete. Tante Love kannte anscheinend die ganze Bibel auswendig. Kein Wunder, dass sie manchmal nicht daran dachte, die Suppe vom Herd zu nehmen. All die Bibelverse, die sie in ihrem Kopf angesammelt hatte, ließen nicht mehr viel Platz für etwas anderes.

Ein Name für den Hund fiel Jocie erst ein, als sie vor der Veranda von ihrem Fahrrad sprang und der Hund anfing, Isebel anzubellen. Es war ein tiefes, grollendes Bellen. Wie Donner. Zebedäus.

„Zebedäus!“, rief sie. Der Hund verstummte lange genug, um sie anzusehen und wieder sein dämliches Hundegrinsen aufzusetzen. Noch zwei Gründe, warum sie ihn behalten mussten. Er hatte einen Namen. Und wie konnte man einen Hund, der einen ständig angrinste, nicht behalten?

Isebel sprang auf das Verandageländer und jaulte. Tante Love kam aus dem Haus und griff nach dem Besen, den sie neben der Tür aufbewahrte, um heruntergefallenes Laub von der Veranda zu fegen. Drohend schwenkte sie ihn vor Zebedäus' Nase. „Verscheuch diesen verlausten Köter, damit er Sugar nicht zu nahe kommt.“

Tante Love nannte Isebel Sugar, aber trotz der Tatsache, dass Isebels Fell weiß wie Zucker war, hatte sie nichts Süßes an sich. Ihr Katzenherz war schwarz. Eindeutig eine Isebel. Ihr Lebensinhalt war es, sich auf dem Treppenabsatz aus dem Schatten auf Jocies Fußgelenke zu stürzen. Ihr bevorzugter Schlafplatz war Jocies dunkelblaue Lieblingsbluse. Sie würgte mitten auf Jocies Bett Haarbälle hoch. Und am schlimmsten: Wenn Jocie einen schwachen Moment hatte und versuchte, mit ihr Freundschaft zu schließen, tat Isi so, als würde sie sich von Jocie streicheln lassen, nur um einen Angriff zu starten, sobald sie die Hand ausstreckte. Und das Biest zog nie die Krallen ein.

Deshalb war es nicht ihre Absicht, die Katze zu retten, als Jocie Zebedäus ein zweites Mal rief. Sie wollte den Hund retten. Aber es war zu spät. Zebedäus bellte weiter, legte unterhalb der Katze die Vorderpfoten an das Geländer und kam ihr dabei zu nahe. Isebel landete einen schnellen Hieb quer über die Schnauze des Hundes und gleich darauf erschienen die ersten Blutstropfen.

Jocie zuckte zusammen und streckte die Hand nach dem Hund aus, doch im selben Moment holte Tante Love mit dem Besen aus. Plötzlich hatte Jocie Strohborsten im Gesicht und fiel auf den Rasen neben der Treppe. Sie versuchte, den Hund mit sich zu ziehen, aber Zebedäus befreite sich und lief zurück zum Geländer, auf dem die Katze saß, mit ihrem Schwanz Kreise in die Luft malte und triumphierend ihre Pfoten leckte.

Nun ging die Haustür auf und Jocies Vater trat auf die Veranda hinaus, um sich ebenfalls in die Schlacht zu stürzen. Als er etwas brüllte, ließ Tante Love den Besen sinken, stützte sich auf den Stiel und presste eine Hand auf ihre Brust. Doch Jocie machte sich keine Sorgen. Tante Love presste oft eine Hand auf ihre Brust.

Hastig rappelte Jocie sich vom Rasen auf und unternahm erneut den Versuch, Zebedäus zur Vernunft zu bringen. Der Hund hatte aufgehört zu bellen. Stattdessen musterte er Isebel mit dem gleichen abschätzenden Blick, mit dem er Jocie im Wald angesehen hatte. Diesmal war sein Schwanz aber genauso regungslos wie ein Stein. Als Jocie nach dem Hund greifen wollte, wandte Zebedäus ihr seine blutige Schnauze zu und zog grinsend die Lefzen zurück, so als wollte er sagen: „Überlass das mir."

Jocie erstarrte mitten in der Bewegung.

Der Hund wandte sich wieder der Katze zu und stieß ein einziges, donnerndes Bellen aus, das die Verandafenster erzittern ließ. Dann sprang er wie ein Känguru hoch und versetzte Isebel einen Kopfstoß. Isebel flog vom Geländer und hatte kaum Zeit, ihre Füße unter sich zu bringen, bevor sie bäuchlings auf die Veranda plumpste.

Tante Love ließ ihre Brust los und warf den Besen nach dem Hund. Zebedäus wich geschickt aus und schnupperte einen Moment lang an dem Besen, bevor er zu Jocie trottete. Isebel kroch auf dem Bauch zur Tür, wo Tante Love sie hochhob und mit ihr im Haus verschwand. Dabei murmelte sie: „Sobald dieser Köter die erste Blume ausgräbt, erschieße ich ihn eigenhändig."

Jocie zog Zebedäus aus dem Blumenbeet neben der Veranda und sah ihm in die Augen. „Böser Hund", sagte sie.

„Versuch nicht zu lächeln, wenn du das sagst", riet ihr Vater ihr, während er sich auf der Verandatreppe niederließ. Er blickte kurz nach oben, als wollte er den Himmel nach einer Botschaft Gottes absuchen. Dann wanderte sein Blick wieder zu dem Hund und er sagte: „Also gut, lass hören.“

„Er heißt Zebedäus.“

„Das hat er dir gesagt, nehme ich an?“

„Nein, natürlich nicht. Er kann nicht sprechen. Jedenfalls hat er das noch nicht getan. Aber du hast ihn doch auch bellen gehört. Das klingt eindeutig donnernd! Und da musste ich an deine Predigt über Jakobus und Johannes letzten Monat denken, du weißt schon!“

„Ah, die Söhne des Donners.“

„Deshalb Zebedäus. Abgekürzt Zeb.“

„Warte mal. Wir wollen nichts überstürzen“, sagte ihr Vater und starrte den Hund an, der vor ihm saß und höflich jedem Wort lauschte. „Vielleicht gehört er jemand anderem.“

Jocie strich über den Kopf des Hundes. „Sieht er so aus, als würde er jemandem gehören?“

„Nein, er sieht aus wie ein Hund, den niemand haben will.“

„Er wird besser aussehen, sobald ich ihn gebadet und ihm etwas zu fressen gegeben habe.“ Bei dem Wort fressen wedelte Zeb mit dem Schwanz. „Er ist vielleicht nicht sehr hübsch, aber er ist wirklich klug. Du hast ja gesehen, wie er mit Isebel fertiggeworden ist.“

„Die Katze heißt Sugar“, sagte ihr Vater.

„Du kannst sie nennen, wie du willst; ich nenne sie nach ihrem Charakter“, sagte Jocie. „Ich meine, Isi ist hübsch, aber wen kümmert das schon? Klug ist besser.“

Ihr Vater lachte und da wusste Jocie, dass sie gewonnen hatte. Aber zur Sicherheit brachte sie trotzdem noch einige der Gründe vor, warum sie den Hund behalten sollten. Zebedäus setzte seinen Verstand ein und streckte ihrem Vater die Pfote hin.

„Du sagst doch immer, dass in der Bibel steht, wir sollen bitten, und das habe ich getan. Vielleicht hat Gott ihn mir ja geschickt“, sagte Jocie.

3

An diesem Abend versuchte David beim Essen ein ebenso dankbares Herz zu haben wie Jocie, als sie das Tischgebet sprach. Die Bibel lehrte, dass man in allen Dingen dankbar sein sollte, und vermutlich galt das auch für den wahrscheinlich hässlichsten Hund im ganzen Bezirk oder gar im kompletten Bundesstaat. Der Hund hatte sich an Jocies Fersen geheftet, als hätte sie ihn eigenhändig mit der Flasche großgezogen und nicht erst vor ein paar Stunden im Wald gefunden. Selbst jetzt saß er auf der Veranda, die Schnauze an die Gittertür gepresst, den Blick unverwandt auf Jocie gerichtet und die Ohren gespitzt, als wüsste er, was sie sagte. Es hätte David nicht gewundert, wenn er ein Wuff als Amen gehört hätte.

Jocie bat um den üblichen Segen für das Essen, bevor sie sagte: „Danke für Zebedäus, Herr. Ich dachte schon, du willst vielleicht nicht, dass ich einen Hund bekomme, aber Tante Love sagt, in der Bibel steht, dass wir immer weiterbitten sollen, also habe ich das gemacht. Und ich danke dir dafür, dass du mich Zebedäus hast finden lassen.“

David hörte, wie Tante Love nach Luft schnappte, und wusste, dass ihr Herz kein bisschen dankbar war. Sie hatte kaum das Essen auf den Tisch bringen können, weil sie sich solche Sorgen um ihre Katze machte. Nach dem Zusammenstoß auf der Veranda hatte Sugar sich auf dem obersten Bord des Bücherregals im Wohnzimmer niedergelassen und jeden angefaucht, der ihr zu nahe kam, sogar Tante Love.

Jocie betete immer noch. „Ich verspreche, dass ich gut für ihn sorgen werde. Und bitte, Herr, gib Papa morgen früh ein gutes Wort für die Gemeindemitglieder von Mt. Pleasant, und pass auf Tabitha auf, wo auch immer sie ist. Amen.“

„Amen“, wiederholte David.

Tante Love faltete ihre Serviette auseinander und legte sie über ihren Schoß. Über ihre Lippen kam kein Amen. Tante Love lebte bei ihnen, seit seine Mutter vor vier Jahren gestorben war – noch ein traumatisches Erlebnis für Jocie. An einem späten Herbstabend war er von der Redaktion nach Hause gekommen und hatte Jocie im Garten gefunden, wo sie neben seiner toten Mutter im frisch umgegrabenen Tulpenbeet gesessen hatte. Die Tränen hatten schmutzige Spuren auf ihren Wangen hinterlassen und waren auf die Hände ihrer Großmutter getropft.

David war neben den beiden zu Boden gesunken und hatte wie ein Baby geweint. Das hatte Jocie mehr Angst gemacht, als ihre Großmutter tot zwischen den Tulpenzwiebeln zu finden, aber er hatte nicht anders gekonnt. Er hatte das Gefühl gehabt, als hätte Gott den Arm ausgestreckt und ihm einen Faustschlag auf die Nase gegeben, nur um zu sehen, ob er es noch einmal schaffen würde, wieder aufzustehen. Und am liebsten wäre David liegen geblieben.

Jocie hatte ihn umarmt und gestreichelt, aber dadurch hatte er nur noch lauter geheult. Schließlich war sie auf ihr Fahrrad gesprungen und die drei Kilometer in die Stadt geradelt, um Wes aus der Druckerei zu holen. Wes, der in den zehn Jahren, die sie sich nun schon kannten, noch nie einen Fuß in die Kirche in Hollyhill gesetzt hatte, war gekommen und hatte David aufgeholfen, bevor sich die Dunkelheit über den Hof und seine Seele gesenkt hatte.

Wes hatte sich seine Geschichte angehört und dann gesagt: „Das ist nicht Gott, der dir einen Hieb verpasst hat, mein Junge. Es ist das Leben. Gott steht hier neben uns und hält deine Hand, um dich wieder hochzuziehen." Wes hatte sich ganz nah zu ihm gebeugt und beinahe geflüstert: „Sieh dir dieses Kind hier an und behaupte das Gegenteil."

David hatte auf Wes gehört, denn wenn irgendjemand etwas davon verstand, dass das Leben einen k. o. schlug, dann war es Wes. David hatte sich von Wes und Jocie helfen lassen und dann getan, was getan werden musste. Als die Beerdigung drei Tage später vorüber gewesen war, hatte er Jocie sogar schon wieder sagen können, dass Gott im Himmel offensichtlich Hilfe beim Tulpenpflanzen gebraucht hatte.

Aber sie hatten auch Hilfe gebraucht. Damals hatte er gedacht, Tante Love könnte da weitermachen, wo seine Mutter aufgehört hatte, und ihm helfen, Jocie ein Zuhause zu geben. Aber Tante Love hatte keine eigenen Kinder und war nie verheiratet gewesen. Manchmal fragte David sich, ob sie sich überhaupt daran erinnerte, dass sie auch mal ein Kind gewesen war. Sie konnte kochen, oder jedenfalls hatte sie es damals, als sie zu ihnen gezogen war, gekonnt. Inzwischen neigte sie dazu, das Essen anbrennen zu lassen oder zu vergessen, ob sie den Eintopf schon gesalzen hatte oder nicht. Trotzdem bereute David nicht, sie in seinem Haus aufgenommen zu haben. Tante Love hatte ein Zuhause gebraucht und sie eine Familie.

Tante Love strich über den Spitzenkragen ihres dunkelvioletten Kleides und reichte David die Pellkartoffeln, eine Gabe von Matt McDermott, einem der Ältesten von Mt. Pleasant. Er hatte das Gefühl, dass die McDermotts für ihn stimmen würden, obwohl sie seine Predigt noch gar nicht gehört hatten. Letzte Woche hatten sie ihm Weißkohl und Brokkoli gebracht. Er fragte sich, wann ihre Tomaten wohl reif sein würden. Selbst Jocie mochte Tomaten.

„Worüber wirst du morgen predigen?“, fragte Tante Love ihn.

„Der Herr hat mir noch keine Botschaft ins Herz gelegt.“

„Meinst du nicht, es wird höchste Zeit, dass er das tut? Die Gemeinde will doch morgen Abend abstimmen.“

„Ich mache mir keine Sorgen wegen der Abstimmung.“ Sobald die Lüge über seine Lippen war, verspürte David ein schlechtes Gewissen, also fügte er hinzu: „Jedenfalls keine großen Sorgen. Wenn der Herr will, dass ich ihm hier diene, dann wird er die Abstimmung für mich entscheiden.“

„Wenn sie schlau wären, würden sie dir eine feste Stelle geben“, sagte Tante Love.

Jocie blickte von ihren Kartoffeln auf. „Warum berufen sie dich nicht auf Dauer als ihren Pastor, Papa? Jede Woche sagen dir die Leute, dass sie deine Predigt gut fanden. Das muss doch bedeuten, dass sie dich mögen.“

David legte seine Gabel ab. „Gemeindemitglieder denken, sie müssten das zu dem Pastor sagen. Selbst wenn sie die Predigt verschlafen haben. Aber auch wenn meine Predigten ihnen wirklich gefallen, gehört zum Leiten einer Gemeinde mehr als nur das Predigen, Jocie.“

„Du meinst, Kranke zu besuchen und die Leute bei Laune zu halten? Das machst du doch auch alles.“ Jocie schaufelte drei oder vier Kartoffeln auf ihren Teller. „Abgesehen von Brown’s Chapel, aber diese Leute kann ja niemand zufriedenstellen.“

„Das ist die reine Wahrheit“, murmelte Tante Love. „Diese Leute würden sich noch darüber streiten, welche Farbe die Bibel auf der Kanzel haben soll.“

„Sie hatten ein paar Probleme“, sagte David lächelnd.

„Und das, wo doch jeder gescheite Mensch weiß, dass der Einband schwarz sein muss“, fuhr Tante Love fort. „Aber warum sagst du dem Kind nicht die Wahrheit? Der Grund, warum sie dich nicht fest anstellen, ist Adrienne.“

„Mutter?“, sagte Jocie. „Was hat sie denn mit Papas Predigten zu tun? Sie ist doch schon eine Ewigkeit weg.“

„Baptisten wollen, dass ihre Pastoren verheiratet sind“, sagte Tante Love. „Katholiken lassen ihre Priester nicht heiraten, aber Baptisten sind der Meinung, dass sie eine Pastorenfrau brauchen, die für die Gemeindefeste kocht, in der Sonntagsschule unterrichtet, die Mitglieder anruft – was auch immer getan werden muss, wenn der Pastor nicht dazukommt.“

David starrte auf die Kartoffeln, die in einer kleinen Butterpfütze auf seinem Teller lagen. Er wünschte, Tante Love hätte nicht von Adrienne angefangen, aber das war noch so eine Sache bei Tante Love. Sie beschönigte nie etwas. Er beschloss, ehrlich zu sein. „Das Problem ist nicht unbedingt, keine Frau zu haben. Dass ich eine hatte und jetzt keine mehr habe, ist eher das Problem. Ich kann von Glück sagen, dass überhaupt eine Kirche in diesem Bezirk mich auf die Kanzel lässt.“

„Glück hat nichts damit zu tun“, sagte Tante Love. „Du bist ein guter Prediger. Der Beste, den ich jemals gehört habe, und ich habe schon viele gehört.“

„Und was meinst du, wie viele das waren?“, fragte David, um das Gespräch von Ehefrauen oder deren Abwesenheit wegzubringen.

„So viele, dass ich mich unmöglich an alle Namen erinnern kann.“

„Ich wette, du kannst die Sonntage, an denen du nicht im Gottesdienst warst, an einer Hand abzählen.“ David fing an, seine Kartoffeln zu essen.

„Da wären eine ganze Reihe Hände nötig“, sagte Tante Love. „Als ich klein war, mussten wir uns meist einen Prediger mit einer anderen Gemeinde teilen, also gab es bei uns nicht jeden Sonntag einen Gottesdienst. Es sei denn, mein Vater, dem es wichtig war, in die Kirche zu gehen, übernahm den Gottesdienst selbst, wenn der Prediger nicht konnte." Tante Love runzelte ein wenig die Stirn, als sie hinfügte: „Er war ein sehr religiöser Mann."

„Mutter hat immer gesagt, er hätte Pastor werden sollen. Dass ich meine Berufung vielleicht daher habe."

„Unsinn", antwortete Tante Love unwirsch. „Deine Berufung kommt von Gott. Vater hatte nie eine Berufung. Er legte nur gerne die Heilige Schrift aus."

„Er kannte die Bibel gut."

„Das tue ich auch, aber deshalb bin ich noch lange kein Prediger", sagte Tante Love.

Bei dieser Bemerkung hob Jocie den Kopf, aber ihr Vater warf ihr einen warnenden Blick zu, sodass sie die Lippen fest zusammenpresste. Sie durfte nicht das Risiko eingehen, in Schwierigkeiten zu geraten, bis Zeb ein dauerhaftes Mitglied dieser Familie war. Außerdem interessierte es sie sowieso nicht besonders, wie oft Tante Love in die Kirche gegangen war. Offensichtlich zu oft. Und Jocie trat quasi in ihre Fußstapfen. Allerdings machte ihr das meistens nichts aus.

Kirche war in Ordnung. Manchmal wurde es auf den Bänken unbequem, aber sie mochte das Singen und die Geschichten aus der Bibel. Miss McMurtry, die in Mt. Pleasant die älteren Sonntagsschulkinder unterrichtete, war ganz nett. Und sie gab den Jugendlichen immer Kaugummi, damit ihre Münder etwas zu tun hatten, außer zu gähnen.

Morgen würde es ihr natürlich schwerfallen, in die Kirche zu gehen, weil sie Zeb zu Hause lassen musste und sich nicht sicher war, ob er noch auf der Veranda sitzen würde, wenn sie nach dem Abendgottesdienst endlich wieder zurückkamen. Sonntags gingen sie immer zu jemandem zum Mittagessen. Jocie hoffte, dass im Garten ihres morgigen Gastgebers derzeit etwas anderes als Kohl geerntet wurde. Nach dem ganzen Kohlgemüse wären selbst Erbsen lecker.

Dann war ihr Vater den Nachmittag über damit beschäftigt, pastorale Dienste zu tun. Pastoren, auch wenn sie nur Vertretung machen, müssen mit den Kranken beten. Das wurde erwartet. Diese Woche würde sie ihren Vater niemals dazu bewegen können, die Besuche zu verschieben, zumal die Abstimmung anstand. Vielleicht könnte sie morgens so tun, als wäre sie krank, aber sie würde sich mindestens übergeben müssen, bevor Tante Love darauf hereinfiel. Vielleicht könnte sie Zeb in der Garage einschließen, bevor sie gingen. Jocie nahm sich noch zwei Kartoffeln aus der Schüssel und überlegte, ob es ihr wohl gelingen würde, sie zu Zeb hinauszuschmuggeln. Tante Love würde es nicht merken. Sie war immer noch in der Vergangenheit unterwegs und sagte: „Aber ich kann nicht behaupten, dass ich immer zum Gottesdienst gegangen bin, wenn die Türen offen waren. Tatsächlich gab es eine Zeit, in der ich ganz und gar abgefallen war und dachte, ich würde nie wieder eine Kirche betreten."

„Das ist kaum zu glauben", sagte David. „Willst du damit sagen, du warst ein rebellischer Teenager?"

„Ich war schon deutlich älter." Tante Love schob ihren noch vollen Teller von sich. „Eine Menge schlimmer Dinge geschahen. Der Erste Weltkrieg. Mutter wurde krank und starb dann. Es war ein trockenes Jahr und die Ernte verdorrte auf den Feldern. Unser altes Arbeitspferd lahmte. Und dann waren da noch andere Dinge. Ich konnte mich einfach nicht überwinden, in die Kirche zu gehen."

„Hat Großvater etwa auch damit aufgehört?", fragte David.

„Oh nein. Vater ging." Tante Love stand auf und ging ins Wohnzimmer, wo sie neben den Regalen voller Fotos und Bücher stehen blieb. Diesmal kletterte die Katze vorsichtig ein Stück herunter, sodass Tante Love sie auf den Arm nehmen konnte. Tante Love trug die Katze den Flur hinunter und ging mit ihr in ihr Zimmer. Dann schloss sie die Tür hinter sich.

Jocie sah ihren Vater an. „Glaubst du, etwas, das fünfzig Jahre her ist, macht ihr noch immer zu schaffen?"

„Sieht ganz so aus."

„Dann wird sie es nie verkraften, dass Zeb Isebel eine runtergehauen hat."

„Ich glaube nicht, dass eine Auseinandersetzung zwischen Zeb und Is... ich meine Sugar, so schlimm ist wie die Zeit, an die sie sich erinnert. Deine Oma Mae hat mir erzählt, dass einer ihrer Brüder im Ersten Weltkrieg umgekommen ist. Vielleicht hat sie daran gedacht."

„Wahrscheinlich verwindet man es nie, wenn man jemanden in der Familie verloren hat." Jocie sah zu einem Bild von ihrer Mutter und Tabitha hinüber, das auf dem alten Klavier im Wohnzimmer stand, ließ ihren Blick aber weiterwandern. Sie hatte das Gefühl, ihrem Vater gegenüber nicht loyal zu sein, wenn sie sich erlaubte, an ihre Mutter zu denken, also sagte sie schnell: „Ich vermisse Oma Mae immer noch."

„Natürlich tust du das." Davids Blick ruhte unverwandt auf ihr. „Genauso, wie du deine Mutter und Tabitha vermisst."

„Aber sie wollten gehen. Das ist anders als bei Oma Mae. Wenn sie die Gelegenheit dazu gehabt hätte, hätte sie Gott bestimmt gebeten, sie noch ein paar Jahre leben zu lassen, so wie Hiskia in der Bibel es getan hat."

„Da könntest du recht haben", sagte David.

„Wahrscheinlich hätte sie sogar eine Idee, wie sie Tante Love eine Freude machen könnte."

„Das kannst du selbst vielleicht auch."

„Ich?", sagte Jocie. Dann grinste sie. „Ich könnte natürlich Zeb reinlassen, damit sie mich anbrüllen und sich ein paar Bibelverse ausdenken kann. Glaubst du, dass es irgendwas über Hunde gibt? Oh nein." Jocie riss die Augen auf. „Was ist, wenn sie sich daran erinnert, wie Gott zu Isebel sagte, die Hunde würden ihr Blut auflecken?"

David lachte. „Ich glaube, da brauchst du dir keine Sorgen zu machen. Ihre Katze heißt Sugar. Etwas, woran du in den nächsten Wochen vielleicht denken solltest, wenn du nicht willst, dass ihr der entsprechende Bibeltext einfällt."

„Gott will sicher nicht, dass du morgen darüber predigst, oder?"

„Nein. Ich neige zur Speisung der fünftausend."

„Oh, das ist gut. Das müsste dir Stimmen bringen."

„Ich gehe für die Stelle als Pastor nicht auf Stimmenfang, Jocie."

„Trotzdem. Du musst die Stimmen kriegen."

„Ich denke, wir sollten uns lieber auf göttliche Führung verlassen als auf Wahlkampfpolitik, was die Abstimmung betrifft."

„Ich darf nicht abstimmen, oder?"

„Natürlich nicht. Du bist kein Mitglied der Gemeinde."

„Aber ich bin ein Mitglied der Kirche, und wenn sie dich dort berufen, werden wir doch in Mt. Pleasant Mitglieder, oder? Ich könnte mich morgen früh ummelden, rechtzeitig für die Abstimmung."

„Du darfst nicht wählen." David hielt Jocie am Arm zurück, als sie anfing, die Teller aufeinanderzustellen, um sie zur Spüle zu tragen. „Und du wirst auch nichts sagen. Ist das klar?"

„Ja, Dad. Ich weiß. Niemand will hören, was ein Kind denkt." Jocie hatte bei einer der Gemeinden, in der ihr Vater Vertretung für den erkrankten Pastor gemacht hatte, Ärger bekommen. Sie hatten eine Sitzung gehabt und darüber diskutiert, wie man junge Menschen für die Kirche interessieren könnte. Jocie hatte nur vorgeschlagen, einen Tanzabend zu veranstalten. Und dann, nachdem der Kirchenvorstandsvorsitzende feuerrot angelaufen war und angefangen hatte zu stottern, hatte sie gesagt, König David sei doch auch den ganzen Weg nach Jerusalem vor der Bundeslade hergetanzt. Man hätte meinen können, sie hätte Öl aufs Feuer geschüttet.

Ihr Vater zog sie näher und gab ihr einen Kuss auf die Wange. „Das stimmt nicht ganz. Ich will es hören. Du kannst mir immer sagen, was du denkst. Wenn es gut genug ist, bringe ich es vielleicht sogar in der Zeitung. Oder wer weiß? In einer Predigt."

Jocie lehnte den Kopf an die Schulter ihres Vaters. „Wie alt ist Tabitha jetzt, Daddy?"

„Sie war dreizehn, als sie gegangen sind."

„So alt wie ich jetzt."

„Stimmt. So alt wie du. Das bedeutet, dass sie jetzt neunzehn ist. Im Juli wird sie zwanzig."

„Wäre es nicht schön, wenn sie dieses Jahr zu ihrem Geburtstag nach Hause kommen würde?"

Der Arm ihres Vaters umfasste ihre Taille fester, als er sagte: „Vielleicht können wir ihren Geburtstag feiern, egal, ob sie hier ist oder nicht, und dann könntest du ihr davon schreiben. Ich wette, das würde ihr gefallen."

„Was war ihr Lieblingskuchen?"

„Schokolade. Deine Großmutter hat immer einen Schokoladenkuchen für sie gebacken, mit Schokoguss und Kerzen in Weiß und Rosa."

„Mhm. Das letzte Mal, als ich einen Schokokuchen gebacken habe, war er wie Gummi."

„Übung macht den Meister."

„Wir kaufen besser eine Backmischung", sagte Jocie. „Vielleicht könntest du ihr schreiben und ihr von der Party erzählen. Oder ihr ein bisschen Geld schicken. Ich meine, wenn du den Job in Mt. Pleasant bekommst, haben wir doch ein zusätzliches Einkommen, und im Sommer brauchen wir kaum Lebensmittel zu kaufen, weil die Leute so gerne Gemüse anbauen. Sie bittet dich doch manchmal um Geld, damit sie nach Hause kommen kann, wenn sie schreibt, oder?"

„Aber sie kommt nie", gab ihr Vater zu bedenken. „Ich glaube, es ist für sie nur eine Möglichkeit, an ein bisschen zusätzliches Geld zu kommen."

„Aber du schickst ihr trotzdem immer Geld, nur für den Fall." Jocie sah, wie ihr Vater nickte. „Hat sie dir in letzter Zeit geschrieben?"

„Schon seit Monaten nicht mehr. Mein letzter Brief ist zurückgekommen, also sind sie wahrscheinlich wieder umgezogen."

„Wo war sie denn?"

„Der letzte Brief kam aus Los Angeles. Sie hat einen Freund."

„So wie Mom."

„Ich möchte nicht über den Freund deiner Mutter sprechen."

„Tut mir leid." Jocie richtete sich auf und stellte das Geschirr weiter zusammen. „Wie ist es eigentlich in Kalifornien? Warst du schon mal dort?"

„Einmal, als ich bei der Marine war und auf dem Weg zu den Philippinen. Es hat die ganze Zeit geregnet, während ich da war, aber es war warm. Man hatte uns erzählt, es sei sehr sonnig und schön im Süden. Aber wegen des Krieges war die Stimmung völlig verrückt. Jeder hatte Angst, dass die Japaner jeden Augenblick einmarschieren könnten. Es war ganz anders als hier."

„Wärest du gerne dort geblieben?"

„Niemals. Vom ersten Tag an, als ich bei der Marine war, wollte ich nur nach Hause. Ich war zur Marine gegangen, um die Welt zu sehen, aber ich habe nirgendwo einen Ort gesehen, der besser war als dieser hier. Natürlich war ich die meiste Zeit in einem U-Boot und habe nicht viel gesehen."

„Glaubst du, dass es Tabitha dort gefällt?"

„Das hat sie jedenfalls gesagt, als sie das letzte Mal geschrieben hat."

„Wes sagt, es sei immer noch verrückt da drüben. Mit den Hippies und so. Glaubst du, dass Tabitha ein Hippie ist?"

„Ich hoffe es nicht."

Ihr Vater runzelte die Stirn und Jocie erinnerte sich daran, dass Wes gesagt hatte, kein Vater wolle, dass seine Tochter ein Hippie ist. „Egal … Und selbst wenn es ihr dort gefällt, kommt sie uns ja vielleicht trotzdem besuchen." Jocie schob die Essensreste in einen alten Topf. Sie konnte Zeb an der Tür stehen sehen. Seine Zunge hing ihm ziemlich weit aus dem Maul, weil er das Essen roch. „Ich meine, ich bete schon viel länger, dass Tabitha nach Hause kommt, als ich für einen Hund gebetet habe, und der Herr hat mir Zebedäus geschickt."

„Wir sind uns keineswegs sicher, dass Zebedäus nicht jemand anderem gehört."

„Ich bin mir sicher", sagte Jocie. „Meinst du, ich sollte ihn in die Garage sperren, wenn wir morgen in die Kirche gehen?"

„Nein. Wenn er dein Hund sein soll, dann wird er auch hierbleiben."

„Und was ist, wenn er es nicht tut?"

„Dann finden wir einen anderen Hund für dich, wenn du unbedingt einen haben möchtest."

„Jetzt möchte ich aber nicht mehr irgendeinen Hund. Ich will Zebedäus."

„Dann bleibt er ja vielleicht. Er sitzt jedenfalls schon seit einer Stunde da draußen an der Tür und hat die ganze Zeit auf dich gewartet, während wir zu Abend gegessen haben. Mach schon und geh mit ihm spazieren!" Ihr Vater gab ihr einen kleinen Schubs. „Das Geschirr kannst du auch später noch abwaschen."

4

Jocie leerte die Essensreste auf den breiten, flachen Stein aus, der als die unterste Stufe der Treppe zur Loggia hinter dem Haus diente. Zeb aß alles auf, sogar den stinkenden Kohl, und dann leckte er den Stein ab, bis nicht einmal mehr der Geruch von Essen übrig war.

Vor dem Abendessen hatte der Hund ein Bad in dem alten Waschzuber über sich ergehen lassen, als wüsste er, dass dies der Preis für die Brötchen war, die sie ihm zuvor gegeben hatte. Seife und Wasser hatten das Grau seines Fells aufgehellt, aber die dreckig aussehenden Flecken waren nicht verschwunden, obwohl Jocie geschrubbt hatte, bis Zeb jaulte und ihre Hand mit der Schnauze wegschubste.

„Tut mir leid, Zeb." Jocie hatte den nassen Hund umarmt.

Jetzt fuhr sie mit den Händen über die Flecken an seiner Seite. Schon nach zwei Mahlzeiten lagen die Rippen wieder tiefer unter seiner Haut. „Weißt du was? Die sehen ein bisschen wie Gewitterwolken aus. Das heißt, du bellst nicht nur wie Donner, sondern du trägst auch ein Gewitter mit dir herum."

Der Hund setzte sich und legte die Vorderpfoten zusammen.

„Nein, nein, Zeb. Du sollst vor dem Essen beten, nicht hinterher."

Der Hund ließ die Pfoten sinken und grinste.

„Ich kann es gar nicht erwarten, dich Wes vorzustellen. Wie wäre es, wenn wir gleich jetzt zu ihm gehen? Dad steckt sowieso die Nase in die Bibel und wer weiß, wann Tante Love und Isebel wieder aus ihrem Versteck kommen."

Zeb legte den Kopf schief und hörte auf zu lächeln.

„Ach, komm schon, guck nicht so besorgt. Wir werden schon keinen Ärger bekommen. Wir sind längst wieder da, bevor jemand bemerkt, dass wir weg waren. Aber wenn du dich dann besser fühlst, lege ich einen Zettel auf den Tisch. Keiner wird ihn sehen, aber ich kann ihn trotzdem hinlegen."

Jocie lief wieder ins Haus, stellte den Topf in die Spüle, kritzelte eine Nachricht auf einen Zettel und ging dann in die Garage, um eine Leine zu holen. Als Zeb die Leine sah, schoss er davon, bis er außerhalb ihrer Reichweite war.

„Aber in der Stadt könnte dir etwas zustoßen“, sagte Jocie.

Der Hund starrte sie skeptisch an und kam zögernd ein paar Schritte näher.

„Also gut, aber du musst mir versprechen, dass du nicht abhaust.“ Jocie schob die Leine in ihre Tasche. Begeistert machte Zeb Männchen und drehte sich einmal im Kreis. Jocie lachte. „Du bist bestimmt aus einem Zirkus geflohen.“

Normalerweise achtete sie überhaupt nicht auf Autos, wenn sie mit dem Fahrrad unterwegs war, aber jetzt hatte sie Zeb. Ständig wurden Hunde von Autos überfahren. Dieses Schicksal hatte auch ihren letzten Hund ereilt. Genau vor ihrem Haus. Sie weinte immer noch manchmal, wenn sie an Stumpy dachte, dabei lebte er schon seit Jahren nicht mehr. Jetzt schlug ihr das Herz bis zum Hals, wann immer sie einen Wagen kommen hörte, aber Zeb schien an den Verkehr gewöhnt zu sein und ging aus dem Weg, wenn ein Auto vorbeifuhr.

Das große alte Motorrad stand an seinem üblichen Platz hinter dem Zeitungsgebäude. Das bedeutete, dass Wes zu Hause in seiner Wohnung im Obergeschoss war. Jocies Vater sagte immer zu ihr, dass Wes vielleicht zu tun habe und sie nicht einfach so bei ihm auftauchen sollte, aber Wes hatte kein Telefon. Wie sollte sie also sonst herausfinden, ob er zu Hause war, außer indem sie an seine Tür klopfte? Und er schien sich immer zu freuen, wenn er sie sah.

Wes war kein durchschnittlicher Bewohner von Hollyhill – vielleicht, weil er im Gegensatz zu den meisten anderen Leuten nicht hier geboren war. Er war das, was die Leute einen „Fremden“ nannten. Jocie wusste nicht, woher er stammte. Nicht so richtig jedenfalls.

Wenn sie ihn fragte, erzählte er ihr immer die verrückte Geschichte, er sei vom Jupiter gekommen. Er behauptete, er sei aus einem Raumschiff gefallen, als es ausgerechnet über Hollyhill war. Jedes Mal, wenn er die Geschichte erzählte, nannte er einen anderen Ort, an dem er gerne fallen gelassen worden wäre – in einen schlafenden Vulkan auf Hawaii, mitten in eine Känguruherde im australischen Busch oder in Disneyland in Kalifornien. Aber nein, er war in Hollyhill gelandet, mitten im Nirgendwo. Jemand hatte vergessen, die magnetische Verriegelung zu betätigen, und als sie in eine Turbulenz kamen, war er gegen die Tür gefallen, und jetzt war er hier. Er wartete nur darauf, dass die anderen Jupiterianer wiederkamen, um ihn abzuholen.

„Aber was ist mit dem Motorrad?“, fragte Jocie manchmal, wenn er ihr diese Geschichte erzählte, nicht, weil sie ihm glaubte, sondern weil es ihr gefiel, wie er die Geschichte ausschmückte. „Dad hat gesagt, du wärst damit angefahren gekommen, als du damals bei der Zeitung aufgetaucht bist und nach Arbeit gefragt hast. Hast du es jemandem gestohlen?“

„Oh nein. Wir können nicht stehlen. Wir Leute vom Jupiter können nicht einmal lügen. Wenn wir es versuchen, bekommen wir lila Punkte im Gesicht. Aber wir Jupiterianer, die durch die Galaxie reisen, haben ein paar Tasten in der Tasche, die wir drücken können, wenn wir in Schwierigkeiten sind. Normalerweise drei – so wie bei den drei Wünschen, die eine Fee einem gewährt. Jackson Jupiter – er ist der Boss auf dem Planeten da oben – meint immer, er wüsste am besten, was man gerade braucht, und dann kümmert er sich darum. Ich habe also nur eine Taste gedrückt, und siehe da! Er hat mich in eine olle Jeans und eine Lederjacke gesteckt und mich auf dieses alte Motorrad gesetzt. Die anderen beiden Tasten brauchte ich gar nicht zu benutzen.“

„Warum nicht?“

„Ich mochte das Motorrad und ich wollte nicht riskieren, dass Mr Jupiter es mir wegnimmt, wenn er mir was Neues gibt.“

Als Jocie noch kleiner gewesen war, hatte sie Wes immer gedrängt, ihr die Zaubertasten zu zeigen, aber er hatte ihr gesagt, es sei zu gefährlich, sie irgendwo herumliegen zu lassen, wo jemand sie versehentlich berühren konnte. Mr Jupiter könnte ihn nur aus Spaß in eine Kuh verwandeln, und dann würde er die letzte Taste nicht mehr drücken können. Kühe waren bekanntlich nicht nur nicht besonders schlau, sondern sie hatten auch keine Finger.

Als Jocie gelacht und gesagt hatte, das könne nie passieren, hatte Wes gesagt: „Und was war mit diesem Nebukadnezar aus der Bibel? Er war König und dann musste er jahrelang Gras fressen, bevor Gott beschloss, dass er seine Lektion gelernt hatte, Mitleid mit ihm hatte und ihn wieder in einen König verwandelte. Der alte Jackson Jupiter, der macht gerne ein Späßchen, und nachher muss ich noch Gras fressen.“

Wes konnte Jocie immer zum Lachen bringen, auch wenn er selbst nie auch nur lächelte. „Das steht nicht in der Bibel", hatte Jocie gesagt. „Das hast du dir ausgedacht."

„Frag deinen Daddy, wenn du mir nicht glaubst. Jedenfalls sind die anderen Tasten gut versteckt. So gut, dass ich nicht mal weiß, ob ich selbst sie wiederfinden würde."

Jocie hatte ihren Vater tatsächlich gefragt und er hatte ihr die Geschichte von Nebukadnezar erzählt. Ein paar Wochen später hatte er sogar über ihn gepredigt, aber bei ihrem Vater hatte die Geschichte ganz anders geklungen. Biblischer und voll mit Lektionen, die man lernen sollte. Als Jocie das Wes gesagt hatte, hatte er nur gemeint: „Ich habe nie behauptet, ein Prediger zu sein. Ich habe die Geschichte nur so erzählt, wie ich sie gehört habe."

„Von wem hast du sie denn auf dem Jupiter gehört?"

„Ich habe nicht gesagt, dass ich sie da oben gehört habe. Das war, als ich in der fliegenden Untertasse sonntagmorgens über all die Kirchen geflogen bin. Unsere Supersensoren haben die Predigten aufgeschnappt und da habe ich viel über die Bibel gelernt. Und weil dein Daddy seine Predigten an mir ausprobiert, während wir die Druckwalze anwerfen."

„Warum kommst du nicht mit uns zur Kirche und hörst ihn dir dort an?" Jocie fand bestimmt zwei bis drei Mal im Monat eine Gelegenheit, Wes in die Kirche einzuladen. Ihr Vater sagte den Leuten immer, sie müssten in die Kirche gehen, und sie machte sich Sorgen, weil Wes nie hinging. Erst vor ein paar Wochen hatte sie ihn wieder einmal gefragt, als sie zusammen in der Werkstatt die Druckvorlagen gereinigt hatten.

Wes hatte seine übliche Ausrede vorgebracht. „Welcher gute Baptist aus Hollyhill würde schon wollen, dass ein Jupiterianer neben ihm auf der Kirchenbank sitzt? Ich glaube, sie haben etwas gegen Außerirdische. Vor allem gegen solche mit schwarzen Fingern." Um seine Worte zu unterstreichen, hatte Wes seine von der Druckerschwärze ganz dunklen Hände hochgehoben.

„Tante Love sagt, dass jeder eine Ausrede finden kann, um nicht in die Kirche zu gehen. Es ist zu heiß. Es ist zu kalt. Es ist zu windig. Die Bänke sind zu unbequem. Egal."

„Dreckige Fingernägel sind keine Ausrede. Sie sind ein Grund.

Hör zu: Wenn ich eines Sonntags aufwache und durch ein Wunder das Schwarze unter meinen Fingernägeln weg ist, kann es sein, dass dieser alte Außerirdische ausprobiert, wie es sich in einer Kirchenbank sitzt." Wes hatte gegrinst und hinzugefügt: „Natürlich nur, wenn es nicht zu heiß ist."

„Ich glaube, es spielt keine Rolle, ob du Druckerschwärze an den Fingern hast oder nicht." Jocie hatte ihre eigenen schwarzen Hände hochgehalten.

„Tatsächlich?" Wes hatte gelacht. „Wahrscheinlich hast du recht, aber ehrlich gesagt bekomme ich genug Religion mit, indem ich dir oder deinem Daddy zuhöre, ohne dass ich viel Wasser und Seife brauche."

„Ich? Ich predige doch nicht."

„Nein, das stimmt schon. Aber du scheinst immer eine Menge Fragen zu haben."

„Daddy sagt, man muss fragen, wenn man etwas herausfinden will", hatte Jocie gesagt. „Und übers Beten sagt er so was Ähnliches. Er sagt, in der Bibel steht, dass wir beten sollen, aber manchmal denke ich, Gott muss es doch leid werden, jeden Morgen und Abend dasselbe zu hören. ‚Danke für das Essen', ‚Mach, dass die Leute aus der Gemeinde was anderes anbauen als Kohlköpfe', ‚Hilf mir, nicht zu sündigen', ‚Hilf mir, in der Schule gut zu sein'."

„Was ist mit dem Gebet für die Schwester und dem Gebet für den Hund – schickst du die immer noch nach oben?"

Jocie hatte genickt. „Aber manchmal glaube ich, dass Gott nicht zuhört." Jocie hatte sich die Hand vor den Mund geschlagen, wobei sie etwas Tinte auf ihrer Wange verteilte. „Das hätte ich nicht sagen dürfen."

„Du kannst nichts sagen, was einen alten Außerirdischen wie mich schockiert, Kleines, und ich würde mal sagen, Gott hat auch schon so ziemlich alles gehört. Und wer weiß? Vielleicht erhört er deine Gebete ja bald."

Jocie rannte die Treppe zur Wohnung hinauf und Zeb folgte ihr auf dem Fuß. Sie konnte es kaum erwarten, Wes' Gesicht zu beobachten, wenn er sah, dass der Herr ihr Hundegebet erhört hatte. Als sie an die Tür klopfte, verspürte sie einen Anflug von schlechtem Gewissen, weil Gott dieses Gebet erhört hatte und nicht das wegen ihrer Schwester. Aber sie hatte für beide gleich inbrünstig gebetet. Gott hatte sich entschieden, welches er zuerst erhören wollte.

Wes öffnete die Tür. Der Geruch von Hamburgerfett zog an ihm vorbei. „Wenn das nicht meine Jocelyn ist, die wissen will, ob noch ein paar Pommes von meinem Abendessen übrig sind."

„Mhm. Und ich wette, Zebedäus hier würde sich auch über ein paar Hamburgerkrümel freuen." Jocie trat zur Seite, damit Wes den Hund sehen konnte. Zeb starrte Wes mit skeptischem Blick an, setzte sich dann plötzlich und fing an zu jaulen.

Wes blinzelte den Hund an. „Ach, du liebe Güte – bist du das, Harlan?"

5

Jocie schlug das Herz bis zum Hals. „Du kennst ihn?"

„Ich glaube, ja ... Das alte Raumschiff muss zurückgekommen sein, um mich zu holen, und dabei hat es offensichtlich wieder Turbulenzen gegeben, denn wenn das kein Jupiterhund ist, fresse ich einen Besen!"

Jocie konnte wieder atmen. „Ihr hattet Hunde in eurem Raumschiff?"

„Oh nein. Keine Hunde. Für Hunde war unsere Mission viel zu gefährlich, aber ich glaube, das ist Harlan. Ein anderer Jupiterianer. Er muss so wie ich aus dem Raumschiff gefallen sein und als er eine seiner Tasten gedrückt hat, hat Mr Jupiter offensichtlich beschlossen, ihn als Hund zu tarnen." Wes trat auf den kleinen Treppenabsatz heraus. Wes war klein, kaum größer als Jocie, und seine Schultern waren gekrümmt von der jahrelangen Arbeit an der Druckmaschine. Seine dünnen grauen Haare waren wie üblich ungekämmt und er strich mit einer Hand darüber, während er den Hund betrachtete. „Ich war noch nie im Leben so glücklich wie in diesem Augenblick. Mr Jupiter hätte mich in einen Hund verwandeln können anstatt in einen unkonventionellen Typen auf einem Motorrad."

„Du bist verrückt, Wes", sagte Jocie lachend. „Das ist nicht Harlan. Das ist Zebedäus."

„Harlan konnte seinen Namen sowieso nie leiden. Er wird nichts dagegen haben, dass du ihn geändert hast. Zebedäus, sagst du?"

„Du solltest ihn bellen hören. Das klingt wie Donner. Er war kaum bei uns, da hat er es schon mit der Hexenkatze Isebel aufgenommen, und er hat gewonnen."

„Er hat die alte Isebel verprügelt? Es ist ein Wunder, dass deine Tante Love ihn nicht erschossen hat."

„Sie ist nicht begeistert, aber wenn der Herr ein Gebet erhört, kann man das Ergebnis schließlich nicht wegjagen, oder?"

„Dein Vater sagt immer, die Wege des Herrn seien unergründlich." Wes zeigte auf den Rücken des Hundes. „Er hat sich nicht in Kuhfladen gewälzt, oder?"

„Nein, die Flecken gehören zu ihm."

„Ja, die Jupiterhunde sind alle hässlich wie die Sünde." Wes lachte. „Armer alter Harlan. Wenn ich mich recht entsinne, mochte er Hunde noch nicht einmal."

„Du denn?"

„Klar. Ich fand immer, dass die Hunde auf dem Jupiter klüger waren als die Leute." Wes erhob sich und ließ sie eintreten. „Kommt rein, dann kannst du mir alles über ihn erzählen, da es so aussieht, als würde Harlan nicht reden."

„Das hat er jedenfalls bis jetzt noch nicht getan." Jocie und Zeb folgten Wes in die Wohnung. „Sprechen Hunde auf dem Jupiter denn?"

„Nicht oft. Vielleicht ein oder zwei Mal in ihrem Leben."

„Und was sagen sie dann?"

„Du würdest dich wundern. Man sollte ja meinen, es müsste etwas Jupiterbewegendes sein, aber normalerweise ist es etwas ganz Gewöhnliches wie ‚Wo ist der nächste Baum?' oder ‚Entschuldigung, aber du stehst auf meinem Schwanz'." Wes grinste und tätschelte Zebs Kopf. „Jupiterhunde sind immer höflich. Im Gegensatz zu den Jupiterianern, die für ihre Unhöflichkeit bekannt sind, deshalb weiß ich nicht, was von beidem der in einen Zebedäus verwandelte Harlan ist."

„Er hat noch niemanden gebissen, nur Isebel eine gescheuert." Jocie nahm einen Stapel Bücher von einem der Stühle und legte sie auf den Boden.

Wes verschwendete mit der Hausarbeit auch nicht mehr Zeit als mit dem Schrubben seiner schwarzen Fingernägel. Er behauptete, die Staubkörner würden sich sowieso hinter den Vorhängen und unter den Regalen verkriechen, bis man den Besen wieder wegstellte, nur um dann sofort wieder herauszukommen, und er habe Besseres zu tun, als mit Staubkörnern Verstecken zu spielen. Da er ja vom Jupiter kam, habe er noch viel Erdlektüre zu lesen. Er las alles von Cowboygeschichten über Biografien bis hin zu Science-Fiction. Er sagte, die meisten Science-Fiction-Autoren beschrieben die Raumschiffe und das Universum völlig falsch, und irgendwann würde er vielleicht ein Erdbuch schreiben, um den Leuten hier ein paar Geheimnise über das Weltall zu verraten.

Hin und wieder, wenn die Bücher in der Wohnung zu sehr überhandzunehmen drohten, steckte er sie in Kisten und trug sie hinunter, um sie der städtischen Bücherei zu spenden. Die Hälfte der Bücher in der Stadtbücherei von Hollyhill trug den Vermerk „Eine freundliche Spende von Wesley Green".

Jocie sah kein aufgeschlagenes Buch, das auf Wes wartete, also fragte sie: „Ist es gerade ungünstig? Wolltest du ausgehen?"

„Ausgehen? Wohin soll man denn in Hollyhill ausgehen?" Wes zog eine Scheibe Brot aus dem Mülleimer und fuhr damit in der Pfanne herum, die noch auf der Kochplatte stand, die ihm als Herd diente. Er hielt das Brot Zeb hin, der es höflich zwischen die Zähne nahm und dann einen Augenblick lang vorsichtig im Maul behielt, bevor er es hinunterschluckte.

„Ich hätte schwören können, dass er gerade aussah, als würde er in die Luft springen. Wie dieser Hund in den Comics, der hüpft und mit den Pfoten wackelt, wenn er ein Leckerli bekommen hat", sagte Wes.

„Ich glaube, er hat eine Weile nichts zu fressen gefunden."

„Wahrscheinlich ist er zu langsam, um Mäuse zu fangen, und totgefahrene Beutelratten am Straßenrand sind ihm vielleicht zu eklig." Wes reichte ihr einen Pappteller mit ein paar aufgeweichten Pommes frites darauf. Jocie schüttete reichlich Salz über die Pommes und aß sie mit den Fingern. Drei Stück gab sie Zeb.

„Daddy sagt, ich soll nicht einfach bei dir auftauchen. Er sagt, du könntest eine Verabredung oder so haben."

„Eine Verabredung mit dem Schicksal? Die hatte ich schon vor Jahren."

„Nein, sei nicht albern. Mit einem Mädchen."

„Dein Vater ist derjenige, der eine Verabredung mit einem Mädchen haben sollte. Meine Mädchen leben alle auf dem Jupiter, aber dein Dad bräuchte nur mit den Fingern zu schnipsen und hätte gleich fünf an der Hand."

Jocie ließ Zeb das Fett von ihren Fingern lecken. Sie fragte sich öfter, wie es wohl wäre, eine Mutter im Haus zu haben und nicht nur Tante Love. Die Mütter ihrer Freundinnen backten immer Brötchen oder putzten etwas oder beklagten sich, weil jemand Unordnung machte. Jocie konnte sich nicht entsinnen, dass ihre Mutter so etwas jemals getan hatte. Sie hatte einmal versucht, sich an eine Gelegenheit zu erinnern, bei der ihre Mutter eine Schürze getragen oder ihr gesagt hatte, sie solle ihr Spielzeug aufheben, aber wenn sie es getan hatte, konnte Jocie sich nicht mehr daran erinnern. Sie erinnerte sich nur daran, dass ihre Mutter sich schminkte und fein machte. Noch immer konnte sie den exotischen Duft des Parfüms riechen, das ihre Mutter benutzte, und sie erinnerte sich an die kühle Berührung ihrer Hände, wenn sie etwas davon hinter Jocies Ohren tupfte, wenn Jocie nur lange genug bettelte. Es schien, als wäre sie immerzu irgendwohin gegangen.

„Ich habe schon genug Mühe, mit Tante Love klarzukommen", sagte Jocie zu Wes. „Und jetzt willst du mir auch noch eine Stiefmutter aufs Auge drücken."

„Du hast zu viele Märchen gelesen. Eine Stiefmutter könnte genau das Richtige sein, um dich auf dem Pfad der Tugend zu halten."

„Das macht Dad schon." Jocie rutschte auf ihrem Stuhl herum. Sie mochte es, dass Wes meistens mit ihr sprach, als wäre sie erwachsen, aber manchmal brachte er sie dazu, über Dinge nachzudenken, die sie lieber vergessen hätte.

„Dein Vater weiß doch meistens nicht einmal, wo du steckst. Ich wette, jetzt gerade hat er auch keine Ahnung, dass du hier bist."

„Ich habe ihm einen Zettel hingelegt, aber den wird er nicht lesen. Er hat sich in seinem Zimmer eingeschlossen und versucht, die Predigt des Jahres zu schreiben."

„Ach ja, die guten Leute stimmen morgen ab", sagte Wes. „Aber dabei wäre eine Stiefmutter sehr nützlich. Und ich glaube, wir haben auch schon eine Kandidatin."

„Eine Kandidatin? Wen?", fragte Jocie.

„Diese Leigh Jacobson, die bei der Stadt angestellt ist und beim Gericht arbeitet. Ist dir noch nicht aufgefallen, dass sie ständig bei der Zeitung vorbeikommt, um irgendetwas zu bringen, was veröffentlicht werden soll? Ich vermute, sie kommt, um einen Blick auf einen gewissen Jemand zu werfen."

„Vielleicht ist sie in dich verknallt."

„Das dachte ich zuerst auch, aber ich habe sie gefragt, ob sie mit mir eine Tour auf dem Motorrad machen will, und sie wurde so weiß wie unbedrucktes Zeitungspapier. Mir ist jedoch aufgefallen, dass sie immer hübsche rote Bäckchen bekommt, wenn dein Daddy in der Nähe ist."

„Leigh Jacobson aus der Stadtverwaltung?" Jocie schnitt eine Grimasse. „Sie ist doch ziemlich dick, oder?"

„Ich habe gehört, wie sie zu Zella gesagt hat, sie sei auf Diät. Offenbar hat sie schon zehn Pfund abgenommen. Außerdem ist eine Frau, die ein bisschen mehr auf den Rippen hat, bestimmt eine gute Köchin."

„Ich glaube nicht, dass wir eine Freundin für Dad danach aussuchen sollten, ob sie kochen kann. Ihm sind vielleicht andere Dinge wichtiger."

„Kochen ist ein großer Vorteil." Wes zeigte auf seine einzelne Kochplatte. „Ein Mann wird Bohnen und Burger irgendwann leid. Und außerdem ist Leigh ein nettes Mädchen. Das braucht dein Daddy. Jemand Nettes, der sich um ihn kümmert und ihn glücklich macht."

„Und mich auf dem Pfad der Tugend hält", fügte Jocie hinzu.

„Das wäre vielleicht zu viel erwartet. Vor allem jetzt, wo du diesen Jupiterhund hast. Wer weiß, in was für Schwierigkeiten er dich bringt."

Jocie lachte, doch gleich darauf wurde sie wieder ernst. „Du warst doch schon hier, bevor meine Mutter gegangen ist. Erzähl mir von ihr."

Wes stand auf und trug die Pfanne zur Spüle. Dort ließ er Wasser hineinlaufen und ließ sie zum Einweichen stehen. Jocie wartete. Früher oder später antwortete Wes ihr immer. Zebedäus legte seinen Kopf auf ihre Füße.

Wes holte eine Flasche Limonade aus dem kleinen Kühlschrank und entfernte den Kronkorken. Dann goss er die Hälfte in ein Glas, das er Jocie reichte, und trank anschließend selbst einen Schluck aus der Flasche. Er wischte mit der Handfläche über die Öffnung und nahm wieder in seinem Sessel am Fenster Platz. Während er in das schwindende Sonnenlicht hinausstarrte, überlegte Jocie, ob sie vielleicht Anstalten machen müsste, nach Hause zu gehen, bevor er ihr antwortete. Schließlich sagte er: „Ich kannte sie nicht sehr gut. Sie kam nicht oft ins Büro und damals war ich nur selten bei euch zu Hause. Wenn ich eine kostenlose Mahlzeit haben wollte, ging ich zu Oma Maes Haus. Die konnte kochen!"

„Ich mochte am liebsten ihre Makkaroni mit Tomatensoße."

„Mmm, und diese Schokoladenkuchen! Sie hätte ein Restaurant eröffnen und damit reich werden sollen. Sie hatte echtes Talent."

„Ich erinnere mich nicht daran, dass meine Mutter je gekocht hat, aber das hat sie bestimmt. Ich meine, Daddy hat damals doch auch schon gepredigt und die Leute haben ihm sicher jede Menge Bohnen und so Zeug gegeben."

„Wenn, dann war deine Oma Mae wahrscheinlich diejenige, die sie für euch gekocht hat. Deine Mutter war keine Superhausfrau, aber sie sah toll aus. Sie war die schönste Frau, die ich je gesehen habe, und ich habe eine ganze Menge gesehen, als ich mit dem Raumschiff herumgereist bin."

„Sehe ich ihr ähnlich?"

Wes betrachtete ihr Gesicht genauer. „Kann ich nicht behaupten."

„Aber ich sehe auch nicht wie Daddy aus."

„Nein", sagte Wes. „Aber manchmal ist es gut, wenn man einfach wie man selbst aussieht."

„Tabitha sah Mom ähnlich, nicht wahr?"

„Das stimmt. Die gleichen Haare, die gleichen Augen. Sie war so ein Zwischending, nicht mehr Kind, aber auch noch nicht erwachsen. Man konnte allerdings sehen, dass sie mal richtig hübsch werden würde."

„Und von mir kann man das nicht behaupten", sagte Jocie. Ihr Gesicht war zu lang, ihr Mund zu breit und ihre Augen waren zu groß.

„Da hast du recht. Hübsch passt nicht zu dir. Das wäre zu gewöhnlich. Du wirst mal eine Wucht – eines dieser Mädchen, die jedem Jungen das Herz brechen."

„Und das wird jeden Moment der Fall sein, nehme ich an." Jocie grinste. „Wenn im Herbst die Schule wieder anfängt, werde ich Zeb mitnehmen müssen, damit er mir die Jungs vom Leib hält."

„Ich vermute, sie werden deinetwegen eine besondere Regel für Wachhunde einführen, und der alte Harlan hier wird die Chance bekommen, in eine Erdenschule zu gehen und jede Menge interessante Informationen zu lernen, die er mitnehmen kann, wenn er zum Jupiter zurückkehrt. Vielleicht war das Jackson Jupiters Plan, als er ihn in einen Hund verwandelt hat."

„Du bist verrückt, Wes."

„Ich glaube, die richtige Bezeichnung ist *jupiterianisch*." Wes trank seine Limonade aus und blies über den Flaschenhals, um einen Ton zu erzeugen.

„Bevor das geschieht, werde *ich* noch zur Jupiterianerin. Ich bin mir nicht mal sicher, ob mir das überhaupt gefallen würde." Jocie erschauerte bei dem Gedanken, dass einer der Jungs in der Schule versuchen könnte, sie zu küssen. „Glaubst du, mit mir stimmt etwas nicht, weil ich das denke?"

„Nee. In ein paar Jahren wirst du deine Meinung ändern."

„Tabitha hatte Freunde, bevor sie weggegangen ist. Einer von ihnen hat ihr am Valentinstag eine herzförmige Schachtel mit Pralinen geschenkt. Die Schachtel liegt immer noch bei uns zu Hause im Schrank."

„Und?"

„Also, Dad sagt, Tabitha war so alt wie ich jetzt, als sie weggegangen sind, aber wenn ich an sie denke, scheint sie mir älter zu sein. Ich weiß noch, dass sie ganz erwachsen aussah, wenn du weißt, was ich meine. Und was mich betrifft, bin ich mir nicht sicher, ob ich überhaupt jemals einen BH brauchen werde." Jocies Wangen röteten sich ein wenig. „Wahrscheinlich sollte ich mit dir nicht über BHs sprechen. Tante Love würde einen Anfall kriegen."

„Das kann gut sein und ehrlich gesagt bin ich auch kein Experte, was Damenunterwäsche angeht. Noch ein Argument für eine Stiefmutter."

„Aber Leigh Jacobson?" Jetzt, wo Jocie darüber nachdachte, fiel ihr auf, dass sie der Frau in letzter Zeit ziemlich häufig über den Weg gelaufen war. Und sie war unheimlich freundlich gewesen, hatte gefragt, wie es Jocie ging und was ihr Vater so machte. Jocie war diese Art Fragen von den Leuten in der Gemeinde gewohnt, weil die immer nett zu ihr waren, um Pluspunkte beim Prediger zu sammeln. Aber Leigh Jacobson gehörte zu einer anderen Baptistengemeinde in der Stadt. Dort war Jocies Vater noch nie als Prediger eingeladen gewesen. „Daddy hat doch kein Interesse, oder?"

„Ach, du kennst doch deinen Vater. Entweder hat er den Kopf in den Wolken oder in der Bibel. Meist hat er gar keine Ahnung, was läuft."

„Hat er deshalb nicht mitbekommen, dass meine Mutter ihn verlassen wollte? Er sagt, er wusste nicht, dass sie gehen würde, bis es zu spät war."

„Manchmal wollen Menschen etwas nicht wissen. Es war ziemlich offensichtlich, dass deine Mom in Hollyhill nicht glücklich war. Sie war nie glücklich in Hollyhill."

„Aber Dad sagt, sie ist hier zur Welt gekommen."

„Das bedeutet nicht, dass es ihr gefallen muss."

„Stimmt auch wieder", sagte Jocie. „Dad sagt, wir können eine Geburtstagsparty für Tabitha feiern, auch wenn sie nicht hier ist. Ich backe einen Schokoladenkuchen, und Eis gibt es auch. Kommst du?"

„Umsonst essen? Na klar komme ich. Schickst du Einladungen raus?"

„Vielleicht. Tabitha würde ich auf jeden Fall eine schicken, aber wir haben ihre jetzige Adresse nicht. Dad glaubt, dass sie immer noch in Kalifornien wohnen, aber der letzte Brief an Tabitha ist zurückgekommen."

„Kalifornien. Das ist doch mal ein Bundesstaat!"

„Warst du schon mal dort?"

„Unser Raumschiff ist ein paarmal da gelandet. Die Leute da bemerken gar nicht, dass man vom Jupiter kommt, weil sie verrückter sind als der durchschnittliche Außerirdische. Und nach dem, was man in den Nachrichten liest, ist es jetzt noch verrückter als damals, mit der freien Liebe und dem Friedensgedöns." Wes hob zwei Finger zum V-Zeichen.

„Frieden ist gut."

„Das stimmt, aber oft nicht so einfach zu erreichen." Wes starrte auf seine leere Limoflasche.

Jocie trank einen Schluck. Sie hasste es, wenn Wes so traurig dreinschaute. Am liebsten wäre sie aufgestanden und hätte ihn umarmt oder irgendetwas anderes getan, aber als sie ihren Vater einmal danach gefragt hatte, hatte er gesagt, jeder habe böse Erinnerungen aus der Vergangenheit und Wes habe seine eigenen. Sie solle einfach warten, bis seine traurige Stimmung sich wieder besserte, und ihn nicht deswegen belästigen.

Nach einer Weile, die ihr wie eine halbe Stunde vorkam, wahrscheinlich aber nur zwei Minuten dauerte, berührte Jocie Zebs Kopf. Sofort richtete der Hund sich auf und legte seine Schnauze auf ihr Knie. „Jedenfalls, was die Party angeht – wer weiß? Gott hat mein Hundegebet erhört. Vielleicht erhört er ja auch das wegen meiner Schwester."

Wes blickte auf und sah Jocie an. „Hast du dir jemals etwas vorgestellt, was aussieht wie der hier, als du Gott um einen Hund gebeten hast?"

„Nein, aber ich mag ihn, jetzt wo er hier ist."

„Das ist gut. Aber ich meine, wenn Tabitha aus heiterem Himmel hier auftauchen würde, wäre sie nicht mehr die Schwester, an die du dich erinnerst. Seitdem sind viele Jahre vergangen."

„Das weiß ich. Aber es wäre doch trotzdem schön, oder nicht? Ich meine, es würde Daddy glücklich machen und vielleicht schreckt es diese Leigh Jacobson ja ab, wenn er zwei Töchter hat."

„Zwei Töchter bedeuten doppelt so viel Ärger, das steht fest." Wes erhob sich und spähte aus dem Fenster. „Komm, Kleines. Jetzt ist es so dunkel, dass du nicht mehr mit dem Fahrrad nach Hause fahren kannst. Ich bringe dich heim. Du kannst am Montag mit deinem Vater zur Arbeit kommen und dein Fahrrad holen."

„Was ist mit Zeb?"

„Er kann auch mitfahren."

Sie klemmten den Hund zwischen sich und Zeb saß stocksteif da, als Wes den Motor aufheulen ließ und die verschlafenen Straßen von Hollyhill aufmischte. Jocie liebte es, wie der Fahrtwind ihr das Haar aus dem Gesicht wehte, während sie die Straße hinunterbrausten, in ihren Ohren nur der Wind und das Brummen des Motors. Jocie winkte den Leuten zu, an denen sie vorbeikamen. Manche winkten zurück. Andere runzelten nur die Stirn, weil die Ruhe in der Stadt gestört wurde. Wes sagte immer, dass die Leute ihn längst aus der Stadt gejagt hätten, wenn sie Jocies Vater nicht so gerne gehabt hätten.

Jocie fielen einige Leute aus Hollyhill ein, die sie gerne aus der Stadt gejagt hätte. Bürgermeister Palmor zum Beispiel. Er lächelte immer und schüttelte Hände, um Stimmen zu bekommen, auch wenn die Wahl gerade vorbei war. Jocie beachtete er natürlich kaum, weil sie zu jung war, um zu wählen. Manchmal bemerkte er sie überhaupt nicht. Jocie war das egal. Dadurch hatte sie die Gelegenheit, ihn zu belauschen und den einen oder anderen Leckerbissen aufzuschnappen, den sie ihrem Vater weitererzählen konnte. Es kam allerdings nur sehr selten vor, dass er etwas davon druckte. Ihr Vater sagte immer, er könne nichts veröffentlichen, was er nur vom Hörensagen wusste. Er brauchte Geschichten, die von Tatsachen gestützt wurden, und keinen Tratsch. Wes machte sich nicht so viele Gedanken über die Tatsachen. Er lachte immer über die Geschichten, mit denen Jocie ankam, und sagte, vielleicht würde er einige davon in sein Buch über die Merkwürdigkeiten von Hollyhill schreiben.

Vielleicht könnte sie ihren Vater dazu überreden, eine Merkwürdigkeitenkolumne einzuführen. Dies, ein Hund auf einem Motorrad, könnte die erste Geschichte sein. Zebedäus hob den Kopf und fing an, die Bäume anzubellen, an denen sie vorbeifuhren. Sein fröhliches Gebell hätte in den Ohren wehgetan, wenn sie von dem Motorenlärm nicht ohnehin schon ganz taub gewesen wären.

Jocie fing an zu lachen. Irgendwie hatte sie das Gefühl, dass dies der merkwürdigste und beste Sommer werden würde, den sie jemals erlebt hatte.

6

David hatte sich nicht die Zeit gegönnt, nervös zu sein. Er hatte gebetet und seine Bibel studiert. Die biblische Geschichte kannte er wie seine Westentasche. Er war früh aufgestanden, um den Sonnenaufgang zu beobachten, während er versucht hatte, sich in die Menge hineinzuversetzen, die Jesus an jenem Tag vor so langer Zeit gefolgt war, mehr nach seinen Worten hungernd als nach Nahrung. Seine Schuhe waren ganz durchnässt, während er im Morgentau auf der Kuhweide des Nachbarn gestanden hatte, bis ihm durch seinen knurrenden Magen bewusst geworden war, dass er noch nicht gefrühstückt hatte. Dann hatte er sich auf einen Felsen am Feldrand gesetzt und darüber nachgedacht, wie es wäre, fünf Brote und zwei Fische mit Tausenden hungriger Menschen zu teilen und dann, nachdem er sich rundum satt gegessen hatte, die Körbe mit Resten zu sehen. Er hatte alle seine Gedanken im Kopf sortiert und außerdem der Reihe nach auf dem linierten Notizzettel in seiner Bibel notiert. Und er war sich sicher gewesen, dass er bereit war, die beste Predigt seines Lebens zu halten.

Er war kein begnadeter Prediger. Er konnte einen Einzelnen, der ihm gegenübersaß, durch jede beliebige Geschichte der Bibel führen und ihm die Wahrheiten erläutern, die darin enthalten waren. Er konnte mit jedem beten, der ein Anliegen hatte, und ihm helfen, Trost im Herrn zu finden. Er konnte eine gute Predigt schreiben, in der all seine Argumente und Lebenslektionen klar und deutlich formuliert waren, aber es fiel ihm schwer, das Ganze rüberzubringen.

David übte im Wald. Er übte vor einem Spiegel. Er übte in seinem Auto, wenn er unterwegs war, um das eine oder andere Bild für die Zeitung zu machen. An diesem Morgen hatte er sogar vor Jocies hässlichem Hund geübt, der vor ihm auf der Weide gesessen und höflich zugehört hatte. Aber nicht immer machte Übung den Meister.

Jetzt stand er hier und umklammerte den Rand der Kanzel, während er auf die Kirchenbänke hinuntersah, in denen sich die Gläubigen von Mt. Pleasant drängten, während seine so gründlich geübte Predigt sich in seinem Magen zu einem harten Knoten zusammenballte. Er war sich nicht sicher, ob er sie ausspucken konnte.

David bekräftigte Bruder Jacksons gemurmeltes Kollektengebet mit einem Amen und die Gemeinde nahm wieder Platz, um die Gesangbücher abzulegen und in ihren Taschen nach Geld zu kramen, das sie in die Kollekte geben konnten. David versuchte, nicht an seine Predigt zu denken, die er in wenigen Minuten halten musste, und stattdessen die Familien anzusehen. Wie üblich brachte der kleine Bobby Whitehead seine Mutter in der vorletzten Reihe zur Verzweiflung. Sie hatte es bereits mit Doppelkeksen und einem Malbuch versucht, aber die Doppelkekse waren unter den Bänken in vier verschiedene Richtungen gekullert und Bobby kaute an einem roten Buntstift. Sie hatte die Schulter des Dreijährigen fest im Griff und flüsterte ihm eindringlich etwas ins Ohr. Der Kleine tat alles, um sich zu befreien. Sie konnte von Glück sagen, wenn sie überhaupt etwas von der Lesung mitbekam.

Die McDermotts mit ihren drei Kindern saßen lächelnd in der vierten Reihe, offenbar gewillt, alles, was er sagte, wohlwollend zu beurteilen. Tante Love saß in ihrem üblichen schwarzen Kleid und Hut in der Reihe vor ihnen und blickte wie immer streng und erwartungsvoll drein. Jocie saß allein in der zweiten Reihe von hinten, obwohl drei andere Mädchen in ihrem Alter zusammen in einer der mittleren Bänke auf der anderen Seite saßen. David wünschte, sie säße bei diesen Mädchen, die versuchten, nicht zu kichern, während die Kollektenteller weitergereicht wurden.

Aber nein, Jocie war eine Einzelgängerin. Ihr bester Freund auf der ganzen Welt war Wes, der fast fünfmal so alt war wie sie. Natürlich hatte sie Schulfreundinnen, aber keine, die sie am Wochenende nach Hause einlud. Dabei war das die Art Freundin, die sie brauchte. Eine, mit der sie einen Pakt schließen und Geheimnisse austauschen konnte. Eine, mit der sie herumalbern konnte. Wes sagte, Jocie brauche ein Stiefmutter.

David versuchte, nicht daran zu denken. Nicht, wenn er in wenigen Minuten seine Predigt halten musste. Aber sein Blick wanderte automatisch zu Leigh Jacobson, die während des Eröffnungsliedes durch den Hintereingang hereingeschlüpft war und in der hintersten Reihe Platz genommen hatte. Sie war kein Mitglied von Mt.

Pleasant. Normalerweise ging sie zu der großen Baptistengemeinde in der Stadt. Aber letzte Woche hatte sie gesagt, dass sie vielleicht irgendwann einmal vorbeikommen würde, um ihn predigen zu hören. David wünschte, sie hätte sich einen anderen Sonntag ausgesucht. Irgendeinen anderen.

Allmählich sah es so aus, als hätte Wes recht, was Leigh anging. Selbst Tante Love hatte es bemerkt, als sie Leigh letzte Woche im Lebensmittelladen getroffen hatten. Anschließend hatte sie zu David gesagt, das Mädchen habe es auf ihn abgesehen. David war sich noch nicht sicher, ob er sich darüber freuen oder in Panik geraten sollte.

Leigh war nett, keine Frage, aber sie brachte sein Blut nicht in Wallung, so wie Adrienne es getan hatte, als er sie bei der Beerdigung seines Vaters zum ersten Mal gesehen hatte. Sein U-Boot war gerade zu Wartungszwecken in die Werft gebracht worden, als er von dem Herzinfarkt seines Vaters gehört und Urlaub erhalten hatte, um zur Beerdigung zu fahren. Nach Monaten am Grunde des Meeres hätte der Anblick jeder beliebigen Frau sein Blut pulsieren lassen. Aber es war mehr gewesen als das.

Er hatte Adrienne bei dem Bestattungsunternehmen gesehen und war am nächsten Tag von ihr zu ihr nach Hause eingeladen worden. David hatte sie in einem roten Badeanzug im Garten angetroffen, wo sie an ihrer Sonnenbräune gearbeitet hatte. Sie hatte ihn gefragt, ob er an Liebe auf den ersten Blick glaube, und als er Ja gesagt hatte, hatte sie ihn herausgefordert, sie zu heiraten – nicht später, wenn sie einander besser kennengelernt hatten, sondern noch am selben Tag.

Er hatte gerade erst mit angesehen, wie der Leichnam seines Vaters in die Erde hinabgelassen worden war. Seine Mutter trauerte. Seine Brüder und seine Schwester, alle älter als er, waren mit ihren Familien aus Ohio und Texas zur Beerdigung angereist. David hatte sie seit mehr als zwei Jahren nicht gesehen und zwei ihrer Kinder überhaupt noch nicht. Seine Geschwister und er hatten sich nie besonders nahegestanden. Bei seiner Geburt, die sich für seine Eltern überraschend angekündigt hatte, als seine Mutter dreiundvierzig und sein Vater fünfzig gewesen war, waren sie alle schon erwachsen gewesen. Trotzdem waren sie seine Familie und er hatte Verpflichtungen. Adrienne hatte gelächelt und gesagt: „Jetzt oder nie." Sie hatte nicht einmal gewollt, dass er seine Mutter anrief, aber wenigstens das hatte er getan. Sie waren nach Süden über die Grenze des Bundesstaates gefahren, hatten sich einen Friedensrichter gesucht und waren am nächsten Tag wieder zurückgefahren. Inzwischen waren seine Brüder und ihre Familien bereits abgereist. Seine Schwester Esther war noch da. Zwischen ihre Augen trat eine steile Falte, wann immer sie David ansah. Die Falte wurde noch tiefer, wenn sie Adrienne ansah. Aber seine Mutter hatte gelächelt und Adrienne in ihrem Haus und in ihrem Herzen willkommen geheißen, als David den Flieger zurück zu seinem U-Boot hatte nehmen müssen. David war überzeugt davon, dass sie froh gewesen war, weil sie jetzt einen Grund hatte, nicht mit Esther nach Texas zu gehen.

Natürlich hatte damals niemand gewusst, dass Tabitha bereits unterwegs war. Gottes Plan, hatte seine Mutter ihm später geschrieben. David war sich dessen zu diesem Zeitpunkt nicht so sicher gewesen, aber damals hatte Gott ihm auch noch nicht eine Hand auf seine Schulter gelegt und ihn zum Predigen berufen. Das war erst später im Bauch des U-Boots geschehen, während er die unheilvollen Signale des kommenden Todes vernommen hatte. Adrienne hatte nie gewollt, dass er predigte. Sie hatte sich geweigert zu akzeptieren, dass seine Berufung echt war.

David sah, dass die Ältesten den Gang hinunterkamen, um die Kollekte auf dem Tisch vorne abzustellen. Er entdeckte einige Fünfer und sogar einen Zehndollarschein zwischen den Einern. Wenigstens hatten sie genug, um ihm die volle Summe für die heutige Predigt zu zahlen, selbst wenn sie ihn nicht wählten. Das war gut. Sein Auto brauchte neue Reifen. An den beiden letzten Sonntagen, an denen er gepredigt hatte, hatten sie ihm nur die Hälfte gegeben, da die Gemeinde finanzielle Probleme hatte. Tante Love hatte gesagt, er solle über den Zehnten predigen, aber er hatte ihr erklärt, dass Gott ihm dieses Thema nicht ins Herz gelegt hatte. Zum Glück. Er bezweifelte, dass jemals ein Prediger gewählt worden war, nachdem er über den Zehnten gepredigt hatte.

David legte die Hände auf die Seiten seiner Bibel und schloss die Augen, als könnte er die Worte und die Botschaft Gottes, die er verkünden sollte, dadurch in sich aufnehmen. Jessica Sanderson spielte die letzten Töne von „Welch ein Freund ist unser Jesus" und stand auf, um zu ihrem Platz in der zweiten Reihe zurückzukehren. Die Frauen der Männer, die die Kollekte eingesammelt hatten, rutschten zur Seite, um ihnen auf der Bank Platz zu machen, und plötzlich senkte sich eine erwartungsvolle Stille über die Gemeinde. Es wirkte beinahe so, als hätten alle gleichzeitig die Luft angehalten und jetzt Angst, wieder auszuatmen, während sie darauf warteten, dass Gott durch David zu ihnen sprach.

Das Schweigen dauerte an. Davids Kehle war wie zugeschnürt und drohte gänzlich zu streiken. Ihm kam der Gedanke, dass Prediger wahrscheinlich deshalb oft Witze erzählten – um diesen ersten Augenblick zu überbrücken –, aber er war völlig unbegabt für das Erzählen lustiger Anekdoten. Solange er die Augen geschlossen und den Kopf gesenkt hielt, würden die Leute natürlich glauben, dass er betete, und nicht in Panik geriet.

Und er betete. Als ginge es um sein Leben. *Herr, hilf mir etwas zu sagen, was diesen Menschen hilft.* Er wartete darauf, dass ihm die richtigen Worte in den Sinn kamen. Doch nichts geschah. David konnte beinahe fühlen, dass Gott dort in der Gemeinde war und wartete. Einige Gottesdienstbesucher begannen, auf ihren Plätzen herumzurutschen, als das Warten zu lange dauerte. Sein Gebet wurde immer verzweifelter. *Hilf mir, irgendetwas zu sagen!*

Im hinteren Teil der Kirche ertönte ein lautes Husten. Noch bevor David aufblickte, wusste er, dass es Jocie war. Sie schnitt ihre Augen-auf-Mund-auf-Grimasse und da musste er einfach lächeln. Die erste Zeile über einen kleinen Jungen mit einem Mittagessen aus fünf Broten und zwei Fischen fiel ihm ein. Er schob sie aus seinem Mund, und wie immer übernahm der Herr von da an und tat den Rest.

Jocie beobachtete die Leute vor ihr und versuchte einzuschätzen, wie gut ihr Vater war. Die meisten Gottesdienstbesucher schienen aufmerksam zuzuhören, abgesehen von zwei Kleinkindern, die mit den Händen gegen die Rückenlehne der Kirchenbank vor ihnen schlugen. Darüber würde ihr Vater sich keine Gedanken machen. Er mochte kleine Kinder in der Kirche, auch wenn sie manchmal von der Predigt ablenkten. Er sagte immer, dass Gott durch die Liebe eines Babys besser predigen könne als durch alles, was er sich überlegen konnte.

Der kleine Junge und sein Lunchpaket waren eine gute Wahl gewesen. Ihr Vater erzählte die Geschichte so, dass die ganze Gemeinde dem kleinen Jungen folgte. Jocie wünschte, Wes wäre hier, um ihren Vater zu hören, aber wie üblich war er nicht erschienen. Im Gegensatz zu Leigh Jacobson. Wes musste recht haben, was sie betraf. Zum Glück hatte sie Jocie nicht gesehen, sonst hätte sie sich bestimmt zu ihr in die Bank gesetzt. Lieber hätte Jocie bei Tante Love gesessen und in Kauf genommen, dass sie in den Arm gekniffen wurde, wenn ihre Augen auch nur ansatzweise zufielen.

Jocie versuchte, sich auf Andreas zu konzentrieren, der den Jungen mit seinem Mittagessen zu Jesus brachte, aber Zebedäus verdrängte die biblische Geschichte immer wieder aus ihren Gedanken. Sie hatte ihn zufrieden auf der Veranda liegend zurückgelassen, aber was würde geschehen, wenn sie den ganzen Tag und sogar bis in den Abend hinein fort waren? Vielleicht lief er dann zu einem anderen Haus, um ein paar Essensreste zu finden. Aber Gott würde ihre Bitte um einen Hund bestimmt nicht erhören und die Antwort dann nach nur einem Tag verschwinden lassen. Zeb würde auf sie warten.

Sie hatte ihrer Sonntagsschulgruppe erzählt, dass der Herr ihr Gebet erhört und Zeb geschickt hatte. Sie fand, nachdem Gott so nett gewesen war, ihr Gebet zu erhören, gebührte ihm auch die Anerkennung dafür. Ein paar Jungs hatten spöttisch gegrinst, aber Miss McMurtry hatte sie mit einem strengen Blick zum Schweigen gebracht und gesagt: „Das ist eine wunderbare Geschichte, Jocie, und eine gute Lektion für uns alle. Gott will, dass wir ihm alles im Gebet bringen – die großen und die kleinen Dinge.“ Und dann hatte sie Kaugummi verteilt, bevor sie die Geschichte erzählt hatte, wie Jesus einen Blinden heilte. Die, bei der er Schlamm auf die Augen des Mannes geschmiert hatte. Jocie fand es irgendwie komisch, sich vorzustellen, dass Jesus in den Dreck spuckte so wie jeder andere Mensch, anstatt es regnen zu lassen, um Matsch herzustellen.

Jocie rutschte ein paar Zentimeter zur Seite, bis sie die Uhr an Mr Snyders Arm sehen konnte, den er auf der Bank vor ihr ausgestreckt hatte. Fünf vor zwölf. Sie überlegte, ob sie mit der Hand das Kehle-durchschneiden-Zeichen machen sollte, damit ihr Vater wusste, dass er aufhören sollte. Egal, wie gut man predigte, die Leute wollten rechtzeitig zu Hause sein, um den Braten aus dem Ofen zu holen. Sie hoffte, dass in Mrs McDermotts Ofen auch ein Braten steckte und nicht nur ein Topf Kohl oben auf dem Herd stand. Vielleicht könnte sie ja einen oder zwei Knochen für Zeb schnorren. Die McDermotts hatten selbst Hunde, aber die bekamen wahrscheinlich ständig Knochen.

Ihr Vater musste einen Blick auf seine eigene Uhr geworfen haben, denn er fing an, die wichtigsten Punkte seiner Predigt zusammenzufassen und seine Zuhörer aufzufordern, nach vorne zu kommen, wenn sie irgendwelche Entscheidungen getroffen hatten, an denen die Gemeinde teilhaben sollte. Jocie hoffte, dass ein, zwei Gottesdienstbesucher beschlossen hatten, dass sie sich der Gemeinde anschließen wollten, weil das für ihren Vater gut aussehen würde, aber niemand ging nach vorne, und sie hörten auf zu singen, bevor sie bei der letzten Strophe des Einladungsliedes angekommen waren. Ihr Vater gab den Leuten nicht viel Zeit, ihre Nervosität zu überwinden.

Trotzdem lächelten alle, als sie zur Tür gingen, um auf dem Weg nach draußen meinem Vater die Hand zu schütteln. Ronnie Martin, einer der Jungen, der Jocie in der Sonntagsschule ausgelacht hatte, blieb an ihrer Bank stehen. Er war älter als sie und schon auf der weiterführenden Schule, und er gab immer damit an, dass er im nächsten Jahr in der Football-Mannschaft der Highschool spielen würde.

Jetzt versperrte er ihr den Weg aus der Kirchenbank. „Bist du nicht ein bisschen alt, um für ein Hündchen zu beten?"

„Was kümmert es dich, wofür ich bete?" Jocie funkelte ihn an. Er war zu kräftig, als dass sie ihn einfach aus dem Weg hätte schubsen können. Genauso gut hätte sie versuchen können, eine Steinmauer zu bewegen.

„Du solltest für einen Freund beten." Sein Blick wanderte zu ihren Brüsten hinunter. „Bei deiner Ausstattung dürften eine Menge Gebete nötig sein."

Jocies Gesicht fing an zu glühen. Sie hob das Gesangbuch, das sie in der Hand hielt, um es ihm über den Kopf zu hauen, als ihr gerade noch rechtzeitig die Abstimmung einfiel und die Tatsache, dass Ronnies Vater Ältester war. Also holte Jocie stattdessen tief Luft und versuchte, sich an einen von Tante Loves Bibelversen zu erinnern, den sie Ronnie an den Kopf werfen konnte. Es gelang ihr nicht, also dachte sie sich einfach einen aus. „Dumme Worte sprießen aus dem Mund des Dummkopfs und lassen ihn den Weg ins Verderben hinabgehen. Sprüche irgendwas."

„Du klingst wie eine Pastorentochter."

„Ich bin eine Pastorentochter." Jocie stieg auf die Bank. Sie würde nicht eine Minute länger zulassen, dass er ihr den Weg versperrte.

„Ja, aber wo ist deine Mutter, Pastorentochter?"

So damenhaft wie möglich sprang Jocie über die Rückenlehne der Kirchenbank. Wenn Ronnie recht hatte, hatte sie sowieso keine „Ausstattung", deren Anblick sich lohnte. Ihre Füße landeten so laut auf dem Boden, dass einige Leute, die die Kirche noch nicht verlassen hatten, sich umdrehten. Jocie wagte es nicht, ihren Vater anzusehen. Stattdessen funkelte sie Ronnie an und sagte: „Mach dich vom Acker."

„Vielleicht nehme ich ja dein kleines Hündchen mit."

Plötzlich stand Miss McMurtry neben Jocie. „Ist alles in Ordnung, Liebes?" Sie sah Ronnie an. „Gibt es ein Missverständnis?"

Jocie lächelte so liebreizend, wie sie konnte. „Überhaupt nicht, Miss McMurtry. Ronnie hat nur ein paar neue Dinge vorgeschlagen, für die ich beten könnte."

„Das war aber nett von ihm." Miss McMurtry warf Ronnie einen strengen Blick zu. „Vielleicht sollten wir gleich jetzt ein kleines Gebet sprechen, nur wir drei."

„Ja, Ma'am", erwiderte Ronnie.

Jocie wusste, dass sie dem nicht entkommen konnte, also senkte sie den Kopf und ließ Miss McMurtry so tun, als spreche sie mit Gott, obwohl sie in Wirklichkeit Ronnie und ihr eine Predigt hielt, dass sie sich vertragen und Bruder und Schwester im Herrn sein sollten. Wenigstens war ihr Gebet kurz. Ronnie musste sich ähnlich unwohl gefühlt haben, denn er verschwand zur Tür hinaus, sobald Miss McMurtry ihr Amen geflüstert hatte.

Miss McMurtry tätschelte Jocies Schulter und sagte: „Wahrscheinlich hat er dich nur geärgert, weil er dich mag."

„Ach, du liebe Güte! Da fühle ich mich doch gleich besser", sagte Jocie, ohne zu überlegen. „Tut mir leid, Miss McMurtry, aber ich glaube, Ronnie ist nicht mein Typ. Ehrlich gesagt glaube ich nicht, dass ich im Moment überhaupt einen Typ habe."

Miss McMurtry lachte. „Du bist noch viel zu jung, um dir darüber Gedanken zu machen, Liebes. Gott wird den richtigen Typ schon schicken, wenn es an der Zeit ist."

„Gut. Ich verlasse mich da ganz auf ihn."

Miss McMurtry legte einen Arm um Jocies Taille und ging mit ihr zur Tür, wo ihr Vater wartete.

Vor der Kirche standen die Leute noch in Gruppen unter der großen Eiche. Jocie blieb an der Seite ihres Vaters, während sie noch einmal die Runde machten und sich dann zu Tante Love gesellten, die bereits im Wagen wartete. Sie lächelte sogar Ronnie an, als sie an den Martins vorbeikamen, die sich mit den Sandersons über ihre Angelerlebnisse austauschten.

7

Nach dem Mittagessen brachen Jocies Vater und Mr McDermott auf, um die Kranken zu besuchen. Wahrscheinlich würden sie den ganzen Nachmittag fort sein, denn in der Gemeinde von Mt. Pleasant war in der vergangenen Woche viel los gewesen: eine Gallenblasenoperation, ein verstauchter Fuß, ein gebrochener Arm (Herbert Haskins hatte gerade den Giebel seines Hauses gestrichen, als er von Wespen angegriffen worden war und den direkten Weg vom Dach zum Erdboden gewählt hatte), ein neues Baby, eine Wurzelfüllung und ein Teenager, der angedroht hatte, nach Nashville durchzubrennen und Countrymusik zu machen.

Als Jocie Anstalten machte, das Essensgeschirr abzuräumen, scheuchte Mrs McDermott sie aus der Küche. „Geh du ruhig mit dem kleinen Matt junior und mit Molly nach draußen. Das Wetter ist viel zu schön, um hier mit uns alten Weibern im Haus zu hocken."

Jocie öffnete den Mund, um Mrs McDermott zu informieren, dass sie kein so kleines Kind wie Matt junior und Molly mehr war, aber dann dachte sie daran, wie es wäre, den ganzen Nachmittag im Haus herumzusitzen und das Gähnen zu unterdrücken, während Mrs McDermott und Tante Love sich über die beste Methode unterhielten, wie man grüne Bohnen einmachte, oder darüber, wie man Rosen vor Schädlingen schützte. Also schloss sie den Mund wieder. Die Kinder der McDermotts mussten spannender sein als das.

Bevor Jocie hinausging, schlich sie den Flur hinunter, um einen Blick auf das Baby zu werfen, den kleinen Murray, der in seiner Wiege schlief. Babys faszinierten sie. Einen Augenblick lang blieb sie neben der Wiege stehen und hoffte, Murray würde die Augen aufmachen, damit sie anbieten konnte, ihn eine Weile draußen herumzutragen. Nachdem sie zugesehen hatte, wie sein kleiner Brustkorb sich mindestens zehn Mal gehoben und gesenkt hatte, gab sie auf und ging nach draußen.

Matt junior und Molly waren damit beschäftigt, den Mückenlarven in der Regentonne zuzusehen. „Das sind Babymücken“, informierte Matt junior Jocie.

„Warum schüttet ihr das Wasser nicht aus und tötet sie?“, fragte Jocie.

„Dann würde Mom uns erschießen. Sie gießt ihre Blumen gerne mit Regenwasser. Außerdem wäre es unmöglich, alle zu töten“, sagte Matt junior. „Hey, willst du die Pferde hinterm Stall streicheln gehen?“

Während Jocie sich einen Weg zwischen Kuhfladen hindurch zum Stall bahnte, sagte sie zu Matt junior und Molly, sie könnten sich glücklich schätzen, so viele Tiere hier zu haben. Dann erzählte sie ihnen von Zeb, ihrem einzigen Tier.

Matt junior bestand darauf, dass sie die Geschichte von Zeb auf dem Motorrad zweimal erzählte. Er war ein ernst dreinblickender Junge mit einer dunklen Hornbrille über himmelblauen Augen. Seine Sonntagskleidung hatte er gegen eine Jeans mit einem Riss am Knie eingetauscht.

Molly trug jetzt ein Sommerkleid mit Erdbeeren darauf, die in dem gleichen Rot waren wie die Bänder, mit denen ihre Zöpfe zusammengebunden waren. Diese hüpften fröhlich auf ihren Schultern herum, als sie Jocie an der Hand nahm und sie hinter Matt junior herzog.

Auf dem Weg zum Stall hob Molly Steine und getrocknete Kuhfladen an, damit Matt junior die Würmer darunter packen konnte, bevor sie sich in den Erdboden verkrochen. Sie wollten am nächsten Tag angeln gehen. Jocie durfte die Dose halten, die halb mit schwarzer Erde gefüllt war und aus der fette, rosafarbene Regenwürmer lugten.

Als sie beim Stall ankamen, stellte Matt junior die Dose in den Melkraum und schnappte sich ein Stück Holz, das er darauflegte. „Warst du schon mal angeln?“, fragte er Jocie.

„Einmal.“

„Hast du etwas Gutes gefangen?“

„Nee. Ich bin nur von Mücken aufgefressen worden.“ Das war im letzten Sommer gewesen. Eine Familie aus der Sinai-Gemeinde hatte Jocie mitgenommen und man hatte ihr versprochen, es würde ungeheuren Spaß machen. Niemand hatte die Mücken und Stechfliegen erwähnt oder die Tatsache, dass man stinkende Würmer an einem Haken befestigen musste. Aber so schlimm die zerquetschten Würmer auch gerochen hatten – der glücklose Fisch, der den Köder geschluckt hatte, hatte noch übler gestunken. Jocie hatte den Fisch festhalten und den Haken aus seinem Maul entfernen müssen. Nachdem sie zwei Saiblinge gefangen hatte und die anderen ihr gesagt hatten, sie solle sie ans Ufer werfen, damit sie starben, hatte Jocie aufgehört, Würmer an ihren Haken zu machen. Danach war der Tag eigentlich ganz okay gewesen, abgesehen von den Mücken und Stechfliegen.

Hinter dem Stall hoben zwei alte Arbeitspferde die Köpfe und kamen herbeigetrottet, als Matt junior auf den Zaun kletterte und durch die Zähne pfiff.

„Wir hätten Pfefferminz mitnehmen sollen", sagte Molly.

„Pfefferminz? Pfefferminzbonbons?", fragte Jocie.

„Ja, wenn sie glauben, dass du Süßigkeiten hast, kommen sie fast angerannt. Fast. Ich glaube nicht, dass man sie wirklich dazu bringen kann zu rennen", sagte Matt junior. „Aber wenn du keine Bonbons hast, fressen sie dir auch Gras aus der Hand. Ich nehme an, für sie ist das so, als würden sie ins Restaurant gehen, wenn man das Gras für sie ausreißt."

Jocie riss eine Handvoll Klee ab und hielt es dem größeren Pferd hin, das es von ihrer Handfläche nahm.

„Deine Finger müssten eigentlich sicher sein. Er beißt nicht sehr oft", sagte Matt junior.

„Komm schon, Matt", sagte Molly. „Ace und Annie haben noch nie jemanden gebissen. Aber man muss aufpassen, dass sie einem nicht auf die Füße treten."

Jocie blickte auf die Hufe der Tiere hinunter, deren Umfang dem von Mollys Taille entsprach. „Reitet ihr auf ihnen?", fragte sie, während sie Aces samtige Nase rieb.

„Ja, aber sie gehen nur ganz langsam", sagte Matt junior. „Nächstes Jahr, wenn ich zehn werde, bekomme ich von Daddy ein Reitpony."

Sie gaben den Pferden noch eine letzte Portion Gras und kletterten dann auf den Heuboden, um nach einem neuen Wurf Kätzchen zu suchen. Der Heuboden, der halb mit Frühjahrsheu gefüllt war, roch süßlich und grün. Staub und Saat schwebten in der Luft und verfingen sich in Spinnweben, die von den Dachbalken hingen.

Immer wieder musste Jocie lose Strohhalme zwischen ihren Zehen herausziehen, weil sie ihre Sonntagssandalen trug, aber die Kätzchen waren es wert. Sie entdeckten sie in einer kleinen Mulde zwischen zwei Heuballen. Zwei waren grau-weiß, eine fast ganz weiß und die andere schwarz. Die Kätzchen fingen gerade an, die Augen zu öffnen, und als Molly die kleine schwarze Katze am Nacken packte und hochhob, miauten alle in den höchsten Tönen, woraufhin die schwarz-weiße Mutterkatze angerannt kam. Sie quetschte sich zwischen die Heuballen und legte schützend ihren Körper um die Kleinen, die aufhörten zu miauen und anfingen zu trinken.

„Ich wette, sie bringt sie wieder woandershin", sagte Molly, als sie das schwarze Kätzchen vorsichtig zu seiner Mutter setzte. „Sie kann es nicht leiden, wenn wir sie finden."

„Ich hoffe nur, sie verliert sie nicht, so wie ihren letzten Wurf. Mom sagt, Miss Kitty muss noch viel lernen, bevor sie eine gute Mutter ist", sagte Matt junior.

„Ich dachte, alle Tiermütter wären gute Mütter. Von wegen natürlicher Instinkt und so", sagte Jocie.

„Nee, das stimmt nicht", sagte Matt junior. „Wir müssen jedes Jahr ein paar Lämmer mit der Flasche füttern, weil das Mutterschaf beschließt, dass das Baby, das es gerade zur Welt gebracht hat, nicht ihm gehört, und es wegtritt, wenn es versucht zu trinken. Aber Schafe sind ja auch dumm wie Stroh."

Die Mutterkatze leckte ihre Babys und warf Jocie und den Kindern zwischendurch böse Blicke zu. Jocie sagte: „Sieht so aus, als wäre sie jetzt eine gute Mutter. Sie will, dass wir verschwinden."

„Ja, sie macht ihre Sache gut, bis ihre Kinder groß genug sind, um ihr überallhin zu folgen. Dann kann es sein, dass sie sie wegführt und im Wald verliert."

„Absichtlich?", fragte Jocie.

Molly zuckte mit den Schultern. „Mom sagt, wahrscheinlich will sie sie nicht verlieren, aber vielleicht weiß sie nicht, wie sie sich davonschleichen soll, ohne dass die Kleinen es sehen, und dann folgen sie ihr und verlaufen sich. Oder es kann sein, sagt Mom, dass sie es einfach leid ist, Mutter zu sein."

„Ist sie es leid? Deine Mutter, meine ich."

„Nein, natürlich nicht", sagte Molly. „Menschenmütter werden ihre Babys nicht leid."

Jocie verdrängte den Gedanken an ihre eigene Mutter. Sie war kein Baby mehr gewesen, als ihre Mutter sie verlassen hatte. Ganz und gar nicht. Sie war fünf gewesen, so wie Molly jetzt. Als sie an einem Abend ins Bett gegangen war, hatte sie noch eine Mutter und eine Schwester gehabt, und am nächsten Morgen nicht mehr.

Jocie fragte sich zum tausendsten Mal, warum ihre Mutter Tabitha mitgenommen hatte und nicht sie. Natürlich wäre sie nicht mitgegangen. Sie hätte sich mit aller Kraft an den Verandapfosten festgehalten, bevor sie ihren Vater und Hollyhill verlassen hätte. Trotzdem hätte ihre Mutter ihr wenigstens Lebewohl sagen können. Aber es hatte keinen Abschied gegeben, keine Nachricht von ihrer Mutter an sie oder ihren Vater, gar nichts.

Tabitha hatte einen Zettel für ihren Vater hinterlassen. Jocie hatte ihn einmal in der Bibel ihres Vaters gesehen. Das Papier war schon ganz labbrig, weil er es so oft in der Hand gehabt hatte, und die Faltstellen waren bereits eingerissen. Tabitha hatte geschrieben, dass sie weggingen und ihre Mutter nicht wollte, dass sie ihn weckte, um ihm Auf Wiedersehen zu sagen, und Jocie solle nicht an ihre Sachen gehen, weil sie irgendwann wiederkommen würde. Außer an ihre Puppen. Sie hatte geschrieben, Jocie könne ihre Puppen haben. Aber Jocie hatte nicht mit den Puppen gespielt. Oma Mae hatte sie zusammen mit Tabithas anderen Sachen in Kisten gepackt. Es stand alles noch in der Kammer und wartete auf sie.

Jocie war froh, als Matt junior sagte, er habe Durst, und sie zum Haus zurückgingen. Sie wollte nicht über gute Mütter und schlechte Mütter nachdenken. Ganz egal ob Katzen oder andere.

Tante Love bekam beinahe einen Herzinfarkt, als sie das Haus betraten, aber Mrs McDermott lachte nur und scheuchte sie zurück auf die Veranda, damit sie sich den Heustaub abklopften, bevor sie sie ins Bad schickte, um sich zu waschen.

„Dieses Mädchen", hörte Jocie Tante Love sagen. „Manchmal benimmt sie sich, als wäre sie zehn und nicht dreizehn."

„Ach was", sagte Mrs McDermott und lachte wieder. „Zehn ist doch prima und außerdem für Bruder David deutlich einfacher, würde ich sagen. Mit dreizehn könnte sie anfangen, den Jungs nachzulaufen, anstatt auf dem Heuboden herumzukriechen und Kätzchen zu jagen."

Jocie spritzte sich kaltes Wasser ins Gesicht, um ihre erröteten Wangen zu kühlen. Sie hasste es, verlegen zu sein. Wes sagte, Leute vom Jupiter würden nie rot. Stattdessen kribbelten ihnen die Ohren, bis sie damit wackeln mussten, um die Peinlichkeit loszuwerden. Jocie öffnete den Mund ganz weit und atmete aus, bis der Badezimmerspiegel vor ihr beschlagen war und ihre Wangen wieder eine normale Rosafärbung hatten. Schließlich konnte man auch von einem Jupiterianer ein paar Tricks lernen.

8

An diesem Sonntag stieg David nach dem Abendgottesdienst von der Kanzel und gab den Leuten, die in ihren Bänken sitzen blieben, die Hand, während er den Mittelgang hinunter zur Tür ging. Die meisten von ihnen sahen ihm in die Augen und lächelten. Das musste doch ein gutes Zeichen für die Abstimmung sein.

David wollte diese Stelle unbedingt haben. Auch wenn er auf vielen Kanzeln gestanden hatte, wenn ein Pastor krank oder im Urlaub war, hatte keine Gemeinde ihn auf eine feste Stelle berufen, seit Adrienne ihn verlassen hatte.

Als das geschehen war, war er Pastor der New Liberty Church in der kleinen Stadt Summersville gewesen. Es war eine alte Kirche, aber mit einer lebendigen Gemeinde. Etwa fünfzig treue Mitglieder waren jedes Mal erschienen, wenn die Kirche ihre Tore öffnete, und er hatte noch einige zusätzlich in die Bänke gelockt. Die Menschen dort hatten Tabitha und Jocie in ihre Herzen geschlossen und Adrienne meistens nicht beachtet.

Adrienne hatte sich nie an den Gedanken gewöhnen können, eine Pastorengattin zu sein. „Warum soll ich meine Sonntagnachmittage damit vergeuden, immer wieder denselben alten zahnlosen Landfrauen zuzuhören, die mir sagen, ich solle im Februar Erbsen säen und wie man Würmer von Kohlköpfen entfernt und dass ich an die Kleider meiner ‚lieben Kleinen‘ Rüschen nähen sollte? Ich mag keine Erbsen. Kohl mit oder ohne Würmer finde ich zum Kotzen. Und ich hasse Rüschen!“, hatte Adrienne bei zahlreichen Gelegenheiten zu ihm gesagt und sich rundheraus geweigert, öfter als einmal im Monat in die Kirche zu gehen.

Und auch wenn er sie immer wieder ermuntert hatte mitzukommen, war es manchmal schlimmer gewesen, wenn sie es tat. David hatte Angst gehabt, sie außer Hörweite zu lassen, weil er nie wusste, was sie sagen oder tun würde. Wenn er sie gebeten hatte, freundlich zu sein und darauf zu achten, was sie sagte, dann hatte sie erwidert: „Du sollst nicht lügen.“

Er hatte ihr erklärt, das bedeute nicht unbedingt, dass sie mit wedelnden Armen auf die Frau des Ältesten zulaufen und sie warnen musste, dass die Vögel auf der Suche nach einem Nistplatz um ihr auftoupiertes Haar kreisten. Oder dass sie dem Chorleiter sagen musste, sie könne an einem Teich ein besseres Konzert hören. Aber in solchen Situationen hatte Adrienne nur gelacht und gesagt: „Wenigstens war es ein paar Minuten lang interessant."

Sie hatte ihn jeden Sonntag – oder eigentlich jeden Tag – daran erinnert, dass sie keinen Prediger geheiratet hatte. Sie hatte einen Soldaten geheiratet, der in der Schlacht die Nerven verloren und Gott völlig unvernünftige Versprechungen gemacht hatte, die sie unmöglich halten konnte. Eine gute Pastorenfrau zu sein, war ebenso eine Berufung wie die, Prediger zu sein. Adrienne war nicht berufen worden und sie hatte nicht die Absicht, ans Telefon zu gehen, wenn Gott ihre Nummer wählte.

„Was ist denn deine Berufung?", hatte er sie einmal gefragt.

„Wer sagt denn, dass ich eine Berufung haben muss?", hatte sie mit diesem Lächeln erwidert, das ihn dazu brachte, ihr beinahe alles zu verzeihen. Sie war mit dem Finger über seinen Nacken gefahren. „Jedenfalls von Gott."

Selbst Jahre später kribbelte Davids Rücken noch und es war, als hätte ihm jemand einen Fausthieb in die Magengrube versetzt. Adrienne hatte immer gewusst, was sie tun musste, um ihn zu besänftigen. Wenigstens so lange, bis sie außer Reichweite war. Dann war der Groll zurückgekommen und er war im Kopf all seine Argumente durchgegangen, bis sie gedroht hatten, seine Predigten zu blockieren. Versuchte er nicht, ein guter Vater und Ehemann zu sein? Arbeitete er nicht viele Stunden, damit Adrienne die Dinge bekam, die sie sich wünschte? War es zu viel verlangt, wenn er sie bat, ihn bei seiner Berufung zu unterstützen, indem sie sonntags in die Kirche ging und nett zu den Leuten war? David konnte sich nicht daran erinnern, dass er ihr diese Fragen jemals gestellt hatte, aber die Antwort hatte er trotzdem bekommen. Sie war gegangen.

Keine der Gemeinden, zu denen sie gehört hatten, hatte sich für Adrienne erwärmen können. Sie hatten David immer trotz seiner Frau eingestellt. Aber als sie nicht mehr da war, wurde sie zu einem Hindernis, das die Gemeinden nicht mehr übersehen konnten.

Die Ältesten in der New Liberty Church hatten David nicht

direkt gefeuert. Sie hatten ihn lediglich ermuntert, eine Zeit lang Urlaub zu machen, bis er seine Familiensituation wieder im Griff hatte. Schließlich konnte ein Mann, der seine Familie nicht unter Kontrolle hatte, wohl kaum eine Gemeinde führen. Das hatte Paulus an Timotheus geschrieben.

Jetzt schienen einige Mitglieder hier in Mt. Pleasant gewillt zu sein, über seine gescheiterte Ehe hinwegzusehen und ihm eine neue Chance zu geben. Aber würde eine ausreichende Zahl von ihnen das so sehen, um ihn zum Interimspastor zu wählen?

Tante Love und Jocie folgten ihm nach draußen. David schloss die Kirchentür hinter sich und ging zum Auto. Es fühlte sich merkwürdig an, eine Kirche voller Menschen zu verlassen, als hätte er Angst vor ihnen.

Im Wagen schniefte Tante Love laut und sagte: „Hast du um ein einstimmiges Ergebnis gebeten? Wenn ja, dann können wir uns gleich hier und jetzt von dieser Kirche verabschieden."

„Neunzig Prozent", sagte David, während er den Motor anließ.

Tante Love kramte in ihrer Tasche nach einem Taschentuch. „Du hättest achtzig sagen sollen. Es ist schließlich keine Daueranstellung. Sie werden dich sofort in die Wüste schicken, sobald sie von einem Prediger hören, dem sie eine feste Stelle anbieten können."

„Ich erwarte nicht, dass es mehr als ein paar Monate sind, aber egal wie lange – ich wollte nicht, dass sie sich meinetwegen streiten. Ich glaube, bei neunzig Prozent habe ich eine Chance. Was meinst du, Jocie?" Er blickte in den Rückspiegel zu Jocie, die auf der Rückbank saß.

„Wenn Mr McDermott die Stimmzettel zählt, wird es ein Spaziergang für dich."

„Matt mag uns, aber er würde nicht bei der Auszählung schummeln."

„Außerdem kannst du dich darauf verlassen, dass Ogden Martin ihn nicht alleine zählen lassen wird", wandte Tante Love ein.

„Bruder Ogdens Stimme bekomme ich sicher nicht", sagte David. Er wusste nicht genau, was Ogden Martin gegen ihn hatte. Durch Gemeindetratsch hatte er gehört, Ogden hätte gesagt, ein Zeitungsmann könne unmöglich gleichzeitig Prediger sein. David schüttelte den Kopf und fuhr fort: „Aber wir überlassen die Abstimmung einfach Gott. Er hat sowieso seine Hand im Spiel. ‚Der Mensch denkt, aber Gott lenkt.'"

„Sprüche 16,9", sagte Tante Love. Sie wartete eine Minute und sagte dann über die Schulter zu Jocie: „Nun sieh schon nach, Mädchen. Ich weiß doch, dass du es überprüfen willst."

Jocie blätterte im letzten Tageslicht in den hauchdünnen Seiten ihrer Bibel. „Ja, du hast wie immer recht."

„Das ist erstaunlich, Tante Love", sagte David. „Ich studiere die Bibel unermüdlich, aber ich kann trotzdem nicht einzelne Verse aus dem Ärmel schütteln."

„Ich habe ein paar Jahre Vorsprung und konnte mir Zahlen schon immer gut merken. Ich weiß auch nicht alle Stellen auswendig. Nur diejenigen, die am häufigsten zitiert werden."

„Ich kenne Johannes 3,16 und Psalm 23. ‚Der Herr ist mein Hirte, mir wird nichts mangeln'", warf Jocie vom Rücksitz aus ein.

„Du könntest viel mehr kennen, wenn du dich intensiver mit der Bibel beschäftigen würdest", sagte Tante Love. „Selbst ein Vers pro Woche sorgt im Laufe der Jahre für ein solides Bibelwissen."

„Da könnten wir uns wohl beide mehr Mühe geben, nicht wahr, Jocie?"

„Stimmt", sagte sie. „Aber du wirst gewählt. Dass du heute Abend die Geschichte erzählt hast, wie Gott dich zum Predigen berufen hat, müsste dir mindestens ein Dutzend Stimmen einbringen." Jocie rutschte nach vorne und stützte sich neben David auf die Rückenlehne des Vordersitzes. „Hast du wirklich Gottes Hand auf deiner Schulter gespürt? Ich meine, richtig gefühlt und nicht nur gedacht, dass du sie fühlst?" Jocie legte eine Hand auf seine Schulter. „Hat es sich normal angefühlt wie das hier? Oder wusstest du sofort, dass irgendwas Unheimliches passiert?"

Jocie hatte schon immer mehr über seine Berufung wissen wollen, als David erklären konnte. In den beinahe zwanzig Jahren, seit es geschehen war, hatte er ihr und anderen, die ihn danach gefragt hatten, die Geschichte schon tausendmal erzählt, aber manche Dinge ließen sich einfach nicht rational erklären. Trotzdem hatte es gutgetan, die Geschichte an diesem Abend noch einmal zu erzählen, denn er musste sich selbst immer wieder daran erinnern, dass er tat, was Gott ihm aufgetragen hatte, und nicht nur seinen eigenen

Plänen folgte. David legte seine Hand auf Jocies. „Nein, nicht wie eine normale Hand, aber auch nicht unheimlich", sagte er.

„Aber wie hat es sich dann angefühlt?"

„Das ist schwer in Worte zu fassen." David schaltete die Scheinwerfer des Wagens ein und starrte auf die Schatten der Bäume am Straßenrand. Tante Love war auf dem Sitz neben ihm eingenickt, aber er konnte spüren, dass Jocie wie gebannt darauf wartete, dass er das Unerklärliche erklärte.

Er erinnerte sich daran, wie er versucht hatte, es Adrienne zu erklären. „Liebe Adrienne, mein Schatz", hatte er geschrieben. „Gestern Nacht hat sich mein Leben – oder vielleicht sollte ich sagen: unser Leben – für immer verändert. Gott hat seine Hand auf mich gelegt und mir den Auftrag gegeben, sein Wort zu verkündigen."

Selbst jetzt, so viele Jahre später, konnte er sich noch an jedes Wort erinnern, wahrscheinlich, weil er den Brief so oft überarbeitet und neu geschrieben hatte, bevor er ihn in den Umschlag geschoben und in den Postkasten geworfen hatte. Später hatte er vergeblich versucht, einen der Jungs, die für die Post zuständig waren, dazu zu bringen, dass er den Brief wieder herausfischte und ihm zurückgab. Als das nicht funktioniert hatte, hatte er noch einen Brief geschrieben, in dem er einen neuerlichen Erklärungsversuch unternahm, und dann noch einen, bis Adrienne am Ende sieben Briefe am selben Tag erhalten hatte, weil die Post sich verzögerte, wenn sie in einem Kriegsgebiet waren.

Es hatte eine halbe Ewigkeit gedauert, mehrere Monate, bis David eine Antwort von ihr erhalten hatte. Auf dem U-Boot gab es nur unregelmäßig Post, und selbst wenn die Verbindung in die Heimat besser gewesen wäre, war Adrienne eine notorisch schlechte Briefschreiberin. Normalerweise kritzelte sie nur ein paar Zeilen aufs Papier, wenn sie die Briefe seiner Mutter schickte, und dann beschwerte sie sich, dass sie es leid sei, einen dicken Bauch und Rückenschmerzen zu haben, und er könne nicht erwarten, dass sie sein Baby ganz allein bekam, und er müsse sofort nach Hause kommen. Was seine Berufung durch Gott anginge, so sei er offenbar halb wahnsinnig, und sie hoffe, er würde wieder zu Verstand kommen, bevor er ihr das nächste Mal schrieb. Und natürlich hatte sie recht, was den Wahnsinn betraf.

Die ganze Zeit in einem U-Boot tief unter der Meeresoberfläche zuzubringen, war nicht spurlos an David vorübergegangen. Keine Sonne, kein Tageslicht, kein Gras, keine Bäume. Nur Dunkelheit. Selbst wenn alle Lichter an waren, war ihm immer die erdrückende Schwärze bewusst gewesen, die nur einen Stromausfall oder einen Angriff entfernt war. David hatte immer noch Albträume, in denen er die Augen öffnete und alles um ihn herum undurchdringlich dunkel war.

„Versuch es", bettelte Jocie jetzt.

„Du hast es doch schon hundertmal gehört, Jocie. Gerade heute erst."

„Du hast der Gemeinde aber nicht erzählt, wie es sich angefühlt hat. Du hast ihnen nur gesagt, was passiert ist. Du warst in einem U-Boot auf dem Grund des Ozeans. Die feindlichen Schiffe durchsuchten das Wasser, um euch zu finden, damit sie euch in die Luft jagen konnten. Deine Aufgabe war es festzustellen, wo die feindlichen Schiffe waren, damit ihr euch anschleichen und sie zuerst in die Luft jagen konntet. Es war Krieg. Schiffe wurden versenkt. U-Boote wurden getroffen. Menschen sind gestorben." Jocie hielt inne und drückte die Schulter ihres Vaters. „Ich bin froh, dass du nicht gestorben bist."

„Ich auch", sagte David. „Aber ich habe es heute Abend ein bisschen spannender erzählt, oder?"

„Ja, klar. Meins war nur die Kurzfassung." Jocie holte tief Luft und sprach weiter. „Du hattest mehr Angst davor, getroffen zu werden und nicht an die Oberfläche zu kommen, als davor, in die Luft gejagt zu werden. Und eines Nachts, als das Echolot verrücktspielte, ist Gott gekommen und hat dir gesagt, dass er alles im Griff hat und dass er zu Hause in Hollyhill einen Plan für dich hat, und so wusstest du, dass du nicht als Fischfutter enden würdest."

Tante Love fuhr schaudernd hoch. „Gütiger Himmel, Kind. Du solltest nicht davon sprechen, dass dein Vater Fischfutter hätte werden können."

„Stimmt, das war nicht nett, oder?", sagte Jocie. „Tut mir leid."

„Ist schon in Ordnung", sagte David lachend. „Ich bin ja kein Fischfutter geworden und die Vorstellung verleiht der Geschichte eine gewisse dramatische Note. Vielleicht baue ich sie beim nächsten Mal ein, wenn ich die Geschichte erzähle."

„Ich finde, deine übliche Version ist dramatisch genug, auch ohne dass du von Fischfutter sprichst“, sagte Tante Love.

„Aber du sagst nie, wie du dich gefühlt hast. Hattest du Angst?“, fragte Jocie.

„Natürlich hatte ich Angst. Jeden Tag. Aber nach einer Weile war es mit der Angst wie mit schlimmen Zahnschmerzen. Man wird sie nicht los. Man kann sie nicht vergessen. Also verdrängt man sie, damit man weiteratmen, Witze reißen, Briefe nach Hause schreiben und sich vorstellen kann, es wäre vorbei.“

„Ich meine nicht den Krieg. Ich meine, hattest du Angst, als Gott aufgetaucht ist?“

„Wenn Gott oder sein Engel jetzt hier im Auto erscheinen würde, hättest du dann Angst?“, fragte David.

„Wir müssten Übermenschen sein, um keine Angst zu haben“, sagte Tante Love. „Wo man in der Bibel nachliest, wann immer ein Engel des Herrn erscheint, sagt er als Erstes: ‚Fürchte dich nicht!‘“

„Das stimmt“, sagte David. „Also ja, ich hatte Angst, aber es war eine andere Angst. Und du musst bedenken, dass ich zuerst nicht begriffen habe, was da geschah.“

„Was ist zuerst passiert?“, fragte Jocie.

„Ich habe Robinienblüten gerochen“, sagte David.

„Robinienblüten?“

„Einer der süßesten Düfte der Erde“, sagte Tante Love.

„Flieder riecht besser“, sagte Jocie.

„Für mich nicht“, widersprach David. „Ich habe die Robinienblüten im Frühjahr immer als Erster gerochen. Mutter kam auf die Veranda hinaus, um zu sehen, ob sie den Duft auch bemerkte, aber manchmal dauerte es zwei Tage, bis sie es konnte. Sie sagte immer, Gott müsse mich mit einem Hund verwechselt haben, als er die Nasen verteilt hat.“

„Jeder hat Gaben“, sagte Tante Love.

„Eine empfindliche Nase ist nicht immer ein Geschenk. Es gibt viele Gerüche, die man lieber nicht wahrnehmen würde.“ David konzentrierte sich eine Weile auf die Straße. Seltsam, dass er sich immer noch an den Duft dieser Robinienblüten erinnern konnte. Verbunden mit den metallischen Gerüchen, dem des Maschinenöls und dem Gestank ungewaschener Leiber, die in einem U-Boot vorherrschten.

„Willst du damit sagen, dass Gott wie Robinienblüten riecht?", fragte Jocie.

„Nein, nein. Ich glaube, er hat die Robinienblüten nur benutzt, um meine Aufmerksamkeit zu erlangen. Ehrlich gesagt, dachte ich, ich würde sterben, als mir der Duft bewusst wurde. Ich dachte, Gott hätte mir ein letztes Geschenk gemacht, ein Geschenk aus der Heimat, bevor wir in Stücke gerissen werden. Das wäre in dieser Nacht definitiv möglich gewesen."

„Und dann lag seine Hand auf deiner Schulter. War sie heiß? Oder kalt?", wollte Jocie wissen.

„Ich würde sagen, weder heiß noch kalt."

„Irgendwas muss es doch gewesen sein", sagte Jocie.

„Stimmt. Warte mal, wie kann ich es beschreiben? Vielleicht war die Hand Gottes wie ein Handtuch, das man im Sommer von der Wäscheleine nimmt und das von der Sonne noch warm ist. Tröstlich. Vollkommen. Und auch wenn sie nicht schwer war, so war sie doch nicht etwas, das ich hätte abschütteln können, selbst wenn ich es gewollt hätte."

Das war keine besonders gute Beschreibung, aber sie schien Jocie zufriedenzustellen.

„Woher wusstest du, dass es Gottes Hand war?"

„Keine Ahnung. Ich glaube, am Anfang wusste ich es gar nicht. Ich wusste nur, dass ich keine Angst mehr hatte zu sterben, dass ich mich ganz anders fühlte als noch fünf Minuten vorher."

„Der Friede, der höher ist als alle Vernunft", warf Tante Love ein.

„Das muss es gewesen sein", stimmte David ihr zu. Er erinnerte sich daran, wie er gedacht hatte, wenn das Sterben sich so anfühlte, dann würde es nicht so schlimm sein. Er hatte Dinge bedauert. Vor allem, dass er das Baby, das unterwegs war, nie sehen würde. Und dann war der Friede noch tiefer in seine Seele eingedrungen und hatte jeden Gedanken an Kummer fortgewischt.

Die Nadel des Echolots hatte wie verrückt ausgeschlagen. Das U-Boot war im Wasser herumgehüpft, während die Geschosse neben ihnen detonierten. Der Mann an seiner Seite hatte gezittert, während er versucht hatte, die Steuerung zu bedienen und das Gerät kreisen zu lassen, aber David war so ruhig gewesen, als würde er in einem Ruderboot dahintreiben und einen Köder aufspießen, um eine Angel in das in der Sonne glitzernde Wasser zu werfen.

Und dann war auf dem Monitor vor ihm eine blinkende Nachricht erschienen: „DU WIRST MEIN WORT VERKÜNDIGEN." In Großbuchstaben. Erst in Dunkelgrün, dann in Rot.

„Ich dachte, ich hätte den Verstand verloren", erklärte David Jocie. „Wir benutzten diesen Monitor gar nicht, er war nicht einmal eingeschaltet, und selbst wenn er funktioniert hätte, wären Echo-Signale darauf zu sehen gewesen und keine Wörter. Aber da waren sie. Rot und grün blinkende Wörter. Ich brüllte dem diensthabenden Offizier zu, er solle herkommen und gucken. Ich weiß nicht, was ich erwartete."

„Wahrscheinlich, dass er die blinkenden Wörter sieht", sagte Tante Love.

„Aber das tat er nicht", sagte Jocie.

„Ich bin mir nicht sicher. Vielleicht hat er sie gesehen und nichts gesagt, weil er dachte, er hätte den Verstand verloren. Oder vielleicht dachte er, die Botschaft wäre für ihn bestimmt. Ich wollte ihn immer unter vier Augen darauf ansprechen und ihn fragen, aber dann habe ich es doch nicht getan." David war nie ganz klar gewesen, ob er mehr Angst davor gehabt hatte, der Offizier könnte die Wörter gesehen haben oder er könnte sie nicht gesehen haben.

„Aber was ist dann passiert?", fragte Jocie.

„Ich bin nach Hause gekommen und habe gleich bei der Zeitung angefangen und mit dem Predigen."

„Nein, ich meine, dort. Der Offizier kam rüber und sah nicht so aus, als würde er die Wörter blinken sehen, und was dann?"

„Die Wörter verschwanden. Der Duft von Robinienblüten war auch nicht mehr da. Ich konnte wieder riechen, dass der Mann neben mir schwitzte. Meine Schulter fühlte sich leer an. Ganz nackt. Und das Echolot zeigte ein feindliches Schiff, das genau über uns war. Der Oberoffizier blies zum Angriff und wir haben den Kampf aufgenommen und das Schiff versenkt."

„Aber du hattest keine Angst mehr", sagte Jocie.

„Keine Angst zu sterben", sagte David. Es hatte neue Dinge gegeben, vor denen er sich gefürchtet hatte. Halluzinationen zu haben.

Zu predigen. Es Adrienne zu sagen. Und ein Licht in der erdrückenden Dunkelheit zu sein, die sie immer noch umgab. Zu wissen, dass Menschen starben, weil Radarwellen von ihrem Schiff reflektiert wurden und auf seinem Monitor zu sehen waren. Es war Krieg. Krieg und Tod waren nicht voneinander zu trennen.

Er hatte nicht sterben wollen. Aber er hatte auch nicht der Grund sein wollen, warum jemand anderes starb. Er hatte nicht predigen wollen. Damals nicht. Aber Gott hatte gesagt: Predige! Also was hätte er sonst tun sollen?

9

Jocie hörte die Geschichte von der Berufung ihres Vaters gerne. Sie wusste, dass ihr Vater ein besonderer Mensch war, aber die Tatsache, dass Gott ihn erwählt hatte, machte das noch deutlicher. Natürlich sagte ihr Vater, dass jeder in den Augen Gottes ein besonderer Mensch sei, aber nicht jeder konnte eine Geschichte wie die ihres Vaters erzählen.

Sie sprach ständig mit Gott. Überwiegend waren es einseitige Unterhaltungen wie das Hundegebet und: „Segne Daddy" oder „Hilf mir, Tante Love nicht völlig wahnsinnig zu machen, denn halb wahnsinnig ist schlimm genug" und „Danke für die Spottdrossel, die im Baum neben dem Haus singt und tanzt" und „Pass auf Tabitha und meine Mutter auf". Gebete wie diese waren einfach, aber Jocie erwartete eigentlich nie, dass sie eine Antwort von Gott hören würde, bei der er ihr sagte, was sie tun oder lassen sollte.

Die Vorstellung, er könnte direkt zu ihr sprechen, machte sie nervös. Was, wenn er ihr sagte, sie solle etwas tun, was sie nicht tun wollte? Zum Beispiel Missionarin in Afrika werden, wo sie vielleicht gebratene Ameisen oder wer weiß was essen musste. Sie war eigentlich ganz zufrieden mit dem, was sie hatte. Vor allem jetzt, nachdem Gott ihr Hundegebet erhört hatte. Aber was, wenn Gott irgendeine Gegenleistung erwartete, weil er ihr Zeb geschickt hatte?

Ihr Vater sagte, so sei Gott nicht, aber es schien ihr nur gerecht. Gott hatte ihr Zeb gegeben. Vielleicht erwartete er, dass sie ihm auch etwas gab. Vielleicht, dass sie Ronnie Martin am nächsten Sonntag keinen Nasenstüber verpasste, wenn ihr Vater die Stelle in Mt. Pleasant erhielt. Oder dass sie ihren Sonntagsschulvers wirklich vorher auswendig lernte, anstatt ihn auf dem Weg zur Kirche einmal kurz zu lesen und so zu tun, als wüsste sie ihn. Oder dass sie sich nicht über Tante Love beschwerte, wenn sie die Brötchen anbrennen ließ. Oder noch besser, dass sie früh genug aufstand, um in der Küche zu sein und die Brötchen zu retten, bevor sie verbrannten.

Wenn sie versprach, an ihrer Dankbarkeit zu arbeiten, würde Gott doch sicher dafür sorgen, dass Zeb noch immer auf der Veranda lag, wenn sie nach Hause kamen. Jocie schickte ein stilles Gebet gen Himmel, als sie in den Weg einbogen, der zu ihrem Haus führte. *Bitte, Herr, mach, dass Zeb kein anderes Zuhause gefunden hat.*

Es war schon dunkel, aber die Scheinwerfer des Wagens würden die Veranda erleuchten, wenn sie näher kamen. Sie würde sehen können, ob Zeb dort auf sie wartete. Wieder rutschte Jocie auf der Rückbank nach vorne und spähte durch die Windschutzscheibe in Richtung Haus. Auf der Veranda war ein Licht zu sehen. Nicht von der Lampe neben der Tür. Es sah eher aus wie eine Taschenlampe, deren Batterie kurz davor ist, den Geist aufzugeben. Oder ein Glas mit Glühwürmchen. Oder eine Kerze, die im Wind flackerte.

„Sieh mal, Dad." Jocie zeigte an seinem Kopf vorbei auf die Veranda. „Was ist das für ein Licht?"

Tante Love, die zwischenzeitlich wieder eingenickt war, wachte mit einem kleinen Grunzen auf. „Licht? Was für ein Licht?"

„Es sieht aus wie eine Kerze", sagte ihr Vater.

„Eine Kerze? Merkwürdig." Tante Love setzte sich aufrechter hin und starrte aus dem Fenster.

„Jemand ist auf der Veranda", sagte ihr Vater.

„Aber wer?", fragte Jocie.

„Das kann ich nicht sehen. Es ist zu dunkel", erwiderte ihr Vater.

Jocie kniff die Augen ein wenig zusammen, aber sie konnte nur die Umrisse einer Person ausmachen, die in dem Schaukelstuhl auf der Veranda saß. Nirgendwo waren die Umrisse eines Hundes zu erkennen. „Ich kann Zeb nicht sehen. Glaubst du, er ist weggelaufen?"

„Mach dir keine Sorgen, Jocie. Dieser Hund weiß, was gut für ihn ist. Er ist bestimmt hier", sagte ihr Vater.

Jocie berührte die Tüte neben sich, in der sich der Knochen befand, den sie Mrs McDermott abgeschwatzt hatte, und plötzlich kam ihr ein schrecklicher Gedanke. „Und was ist, wenn Zebs Besitzer gekommen ist, um ihn zurückzuholen?"

„Niemand, der bei Verstand ist, würde diesem Hund hinterherrennen", sagte Tante Love kurz angebunden. „Wahrscheinlich ist es Wes, der irgendetwas wegen der Zeitung besprechen will."

„Ich sehe aber sein Motorrad nicht. Und Wes geht nie zu Fuß", beharrte Jocie.

„Sein Motorrad könnte einen Gang verloren haben oder was immer Motorräder machen außer einem unchristlichen Lärm“, sagte Tante Love.

„Wir brauchen nicht zu spekulieren. Sobald wir da sind, werden wir schon sehen, wer es ist“, sagte ihr Vater.

„Aber Dad, jemand sitzt zu dieser späten Uhrzeit mit einer Kerze auf unserer Veranda und weit und breit ist kein Auto zu sehen – findest du das nicht seltsam? Ich meine, wer setzt sich denn mitten in der Nacht auf anderer Leute Veranda und bringt eine Kerze mit?“

„Jemand, der Angst vor der Dunkelheit hat und keine Taschenlampe?“, schlug ihr Vater vor.

„Aber es ist zu spät, um Besuche zu machen“, sagte Jocie.

„Es sei denn, jemand bringt schlechte Nachrichten“, gab Tante Love zu bedenken. Sie beugte sich ebenfalls vor und versuchte, die geheimnisvolle Gestalt auf der Veranda besser zu sehen.

„Still, ihr zwei“, sagte ihr Vater, als er den Wagen vor der Garage parkte. „Wahrscheinlich ist es nur jemand, der weiß, dass ich Prediger bin, und reden will. Oder jemand, der sich verlaufen hat und jemanden braucht, der ihn nach Hause fährt.“

„Mit einer Kerze in der Tasche?“

„Menschen haben alles Mögliche in der Tasche. Oder in ihren Handtaschen. Wer weiß? Vielleicht kann Tante Love auch eine Kerze aus ihrer Tasche ziehen.“

„Nein, keine Kerze“, sagte Tante Love. „Streichhölzer, aber keine Kerze.“

Pfoten klopften gegen Jocies Tür und Zeb drückte die Schnauze an ihr Fenster. Jocie stieß die Tür auf und ließ sich von Zeb das Gesicht abschlecken. Aus irgendeinem Grund schlug ihr das Herz bis zum Hals. Und es hatte nichts mit dem Hund zu tun. Es lag an der Person auf der Veranda. Egal, was ihr Vater sagte, das hier war nicht normal. Irgendetwas war los. Das Hundegebet war erhört worden. Das Gebet, ihr Vater möge von einer Gemeinde berufen werden, wurde gerade erhört. Vielleicht hatte Gott beschlossen, dass er in dieser Woche alle Gebete der Brookes erhören würde.

In Kalifornien trugen die Leute wahrscheinlich immer Kerzen bei sich. Jocie hatte im Fernsehen Bilder von Teenagern in wilden Klamotten gesehen, die überall Kerzen anzündeten. Hippies. So etwas gab es in Hollyhill nicht. Hier gab es vielleicht Kerzen auf dem Geburtstagskuchen und Kerzen für Notfälle, wenn ein Sturm einen Stromausfall verursachte, aber hier hatte man keine Kerzen in der Tasche. Doch wer wusste schon, was die Leute in Kalifornien alles mit sich herumtrugen.

Jocie kraulte Zebs Kopf und gab ihm den Knochen. Voller Begeisterung ließ der Hund sich mitten in der Auffahrt auf den Boden fallen und fing an, an dem Knochen zu nagen. Jocie folgte ihrem Vater und Tante Love zur Veranda.

Die Gestalt erhob sich und setzte damit den nun leeren Schaukelstuhl in Schwung. Die Kerze flackerte erst, dann erlosch sie in dem Luftzug. Viel Licht hatte sie nicht gespendet, aber jetzt fühlte die Nacht sich plötzlich besonders dunkel an, obwohl eine Million Sterne über ihren Köpfen funkelten. Der Mond hatte sich versteckt. Irgendwo in der Ferne heulte eine Eule und Jocie lief ein Schauer über den Rücken. Sie schob sich näher an ihren Vater und berührte sein Hemd. Dann hielt sie die Luft an und wartete. Es kam ihr vor, als würde die Nacht dasselbe tun. Sie konnte jetzt nicht einmal mehr Zeb kauen hören.

Ihr Vater blieb am Fuß der Treppe stehen, als wären sie die Besucher und die Person auf der Veranda der Hausbesitzer. „Können wir Ihnen irgendwie helfen?“, fragte er.

Die Gestalt auf der Veranda trat näher an das Geländer über ihnen. Die Stimme der Frau klang schüchtern, beinahe ängstlich. „Hallo, Daddy. Ich bin wieder zu Hause.“

Jocies Atem entwich explosionsartig aus ihrer Lunge. „Sie ist es. Es ist Tabitha!“, rief sie. Hastig drängte sie sich an ihrem Vater und Tante Love vorbei und rannte die Treppe hoch, um ihre Schwester zu umarmen.

„Du kannst nicht Jocie sein“, sagte Tabitha, die sie auf Armlänge von sich weg hielt. Es war immer noch zu dunkel, um ihr Gesicht zu sehen. „Du bist so groß.“

Gemeinsam drehten sie sich zu ihrem Vater um, der immer noch wie angewurzelt auf demselben Fleck stand. Neben ihm griff Tante Love sich an die Brust und zitierte Bibelverse. „Danket dem Herrn, denn er ist freundlich; und seine Güte währet ewiglich.“

„Sag was, Daddy“, sagten sie beide praktisch gleichzeitig. Und dann fuhr Tabitha fort: „Du freust dich doch, mich zu sehen, oder, Daddy?“

David starrte die beiden Mädchen an, seine beiden Mädchen, die von der Veranda zu ihm heruntersahen, und fühlte sich, als hätte ihm jemand einen Schlag versetzt. Einen Schlag, der ihm den Atem raubte. Die eine Tochter so vertraut wie seine eigene Hand, die andere fremd und unbekannt. Er rang nach Luft, um Tabitha zu antworten. Wie konnte diese groß gewachsene, schlanke junge Frau, die ihn im Dunkeln ansah, Tabitha sein? All die Jahre hatte er die dreizehnjährige Tabitha in seinem Herzen getragen, ohne sie älter werden zu lassen, so als könne er dadurch die Zeit anhalten und nichts von ihrem Leben verpassen. Jetzt stand sie hier vor ihm, nach etlichen Jahren ihres Lebens, von denen er nichts wusste, und er brachte kein Wort heraus.

„Er kann nicht reden. Ich habe noch nie gesehen, dass Daddy sprachlos ist.“ Jocie zog Tabitha die Stufen hinunter auf David zu.

„Gott sei gelobt“, sagte David schließlich, während er die Arme um Jocie und Tabitha schlang und gegen die Tränen ankämpfte, die ihm wieder die Sprache zu rauben drohten. „Ich kann noch nicht glauben, dass du wirklich hier bist. Willkommen zu Hause, Liebling.“ Er drückte einen zärtlichen Kuss auf ihre Stirn.

Tante Love zitierte immer noch am laufenden Band Bibelverse und Zebedäus hatte sich von seinem Knochen abgewandt und tänzelte um sie herum, während er mit voller Lautstärke sein donnerndes Gebell erklingen ließ.

Plötzlich fing Tabitha an zu lachen. „Das hier ist verrückter als alles, was ich in Kalifornien gesehen habe.“ Sie warf Tante Love einen fragenden Blick zu. „Und wer sind Sie?“

Tante Love hörte auf, Bibelverse zu zitieren, und trat näher. „Ich bin deine Tante Love.“

„Ach ja. Oma Maes Schwester. Ich erinnere mich, dass Dad geschrieben hat, du würdest jetzt hier wohnen, aber ich hatte es wieder vergessen. Tut mir leid“, sagte Tabitha. „Und was hast du gerade gesagt? War das ein Lied oder so was?“

„Nein, mein Kind. Das waren Bibelverse. Überwiegend Psalmen“, sagte Tante Love.

„Oh. Na ja, ich war in letzter Zeit nicht oft in der Kirche.“ Tabitha sah ihren Vater an und senkte dann den Blick. „Eigentlich eher gar nicht.“

„Das macht nichts. Jetzt, wo du wieder zu Hause bist, hast du jede Menge Gelegenheiten, das wiedergutzumachen“, sagte Jocie. „Jeden Sonntag und öfter.“

„Kommt, gehen wir rein“, sagte David. „Ich will sehen, wie erwachsen du geworden bist.“ Es war immer noch zu dunkel, um mehr als einen Schatten von Tabithas Gesicht zu sehen, aber in diesem Schatten sah er Adrienne. „Bist du allein?“

Tabitha ließ sich von David die Treppe hinauf und zur Eingangstür schieben. „Schon irgendwie.“

Er hörte Anklänge an die Kinderstimme, an die er sich erinnerte, aber zugleich war ihre Stimme neu und fremd.

„Mutter ist nicht hier?“ Jocies Worte klangen gepresst.

„Oh nein“, sagte Tabitha. „DeeDee wird Kalifornien nie verlassen. Sie gehört dorthin. Sie sagt, sie hätte dort geboren werden sollen.“

„Aber wie bist du hierhergekommen?“

„Mit dem Bus. Mann, ist das eine lange Fahrt von Kalifornien.“

„Wir haben keine Bushaltestelle in Hollyhill.“

„Das habe ich gemerkt. Ich musste in Grundy aussteigen und mit einem Lastwagenfahrer mitfahren“, sagte Tabitha. „Er hat Kartoffelchips an das Restaurant geliefert, von dem aus ich versucht habe, euch anzurufen, und wahrscheinlich fand er, dass ich irgendwie verloren aussah, deshalb hat er mich hierher mitgenommen. Keine Angst, Dad, er war ganz nett. Hat gesagt, er hätte eine Enkelin in meinem Alter. Ich dachte schon, ich müsste auf einer Parkbank schlafen, weil ich nicht mal im Bushäuschen bleiben konnte, denn es gab keins. Der Fahrer hat mich einfach an der Ecke beim Gericht aussteigen lassen und meine Tasche aus dem Kofferraum geholt, dann ist er weitergefahren. Ich meine, ich hatte ihn darum gebeten, aber ich hatte nicht erwartet, dass die Stadt so tot ist. Da war kein Mensch zu sehen. Zum Glück war das Restaurant offen, sodass ich telefonieren konnte.“

„Du hättest uns schreiben sollen, dass du kommst, dann hätte ich dich in Williamsburg abgeholt, wo es einen Busbahnhof gibt." David gefiel der Gedanke, dass Tabitha ganz allein unterwegs und irgendwelchen fremden Menschen ausgeliefert gewesen war, überhaupt nicht.

„Es war kein Problem. Ich musste beim Umsteigen sowieso schon mehrere Stunden warten. Noch eine Nacht irgendwo wäre auch in Ordnung gewesen. Solange niemand sonst meine Bank haben oder mir seine Lebensgeschichte hätte erzählen wollen. Auf dem Weg quer durchs Land habe ich jede Menge Lebensgeschichten gehört. So was von langweilig! Man sollte meinen, dass irgendjemand mal was Aufregendes erlebt, aber nein. Nichts als Blinddarmdurchbrüche und ellenlange Storys über superschlaue Enkel."

„Ich höre gerne die Lebensgeschichten von anderen Leuten", sagte Jocie, während sie vor Tabitha das Haus betrat und das Licht einschaltete.

„Ich wünschte, du wärest dabei gewesen, um an meiner Stelle zuzuhören, Schwesterlein", sagte Tabitha und schirmte ihre Augen vor dem plötzlichen grellen Licht ab. „Dann hätte ich von der Küste bis hierher schlafen können."

„Du hättest reingehen und es dir bequem machen sollen. Die Tür war nicht abgeschlossen", sagte David.

„Ja, ich weiß. Das wollte ich auch zuerst, aber dann habe ich mir überlegt: Was, wenn ihr gar nicht mehr hier wohnt? Ich meine, es ist eine Weile her, dass wir einen Brief bekommen haben, und am Briefkasten stand kein Name und dieser Hund hat gebellt, bis ich ganz taub war, und ich wusste nichts von einem Hund. Ich wusste nur, dass Stumpy überfahren wurde, nachdem ich weg war. Also habe ich zu Opa Jack mit den Kartoffelchips gesagt, dass ich vielleicht besser hier auf der Veranda warten sollte. Er hätte mir Gesellschaft geleistet, aber er musste nach Hause. Wir waren uns allerdings einig, dass niemand einen Aufstand machen würde, wenn ich auf der Veranda sitze, auch wenn ihr hier nicht mehr wohnt. Bevor er gefahren ist, hat er mir zwei Tüten Chips gegeben. Irgendwann habe ich den Hund dazu gebracht, dass er aufhört zu bellen, indem ich ihm ein paar der Chips gegeben habe. Dann habe ich welche gegessen. Wahrscheinlich zu viele, weil mir schlecht wurde, und dann musste ich mich übergeben. Ich war echt froh, als ihr die Straße raufgekommen seid."

Das arme Mädchen sah müde aus. Mehr noch, richtig erschöpft. Sie war zu dünn und zu blass und hatte dunkle Ringe unter den Augen. Auf ihrer linken Wange prangte eine gemalte Rose. Zumindest hoffte David, dass sie gemalt war. Ihr zerknittertes, verwaschenes rotes Oberteil hing lose über leuchtend grünen Hosen. Sie hatte sich ein rot-grün gestreiftes Stoffstück wie ein Schweißband um die Stirn gebunden. Ihre langen Haare, die die gleiche honigblonde Farbe hatten wie die von Adrienne, wurden im Nacken von einem einfachen Gummiband zusammengehalten.

Selbst jetzt, wo sie so zerzaust war und dringend eine Dusche brauchte, ähnelte sie Adrienne, wie sie bei ihrer ersten Begegnung ausgesehen hatte, so sehr, dass David der Atem stockte. Tabitha war immer wie Adrienne gewesen, von dem sechs Monate alten Baby, das er kennengelernt hatte, als er endlich vom Krieg nach Hause zurückgekehrt war, bis zu dem dreizehnjährigen Mädchen, das eines Nachts mit seiner Mutter verschwunden war.

Aber es war mehr als die gleiche Haarfarbe und die grünen Augen mit den dichten dunklen Wimpern und die hohen Wangenknochen. Adrienne hatte immer irgendwelche Geheimnisse gehabt, und jetzt hatte Tabitha den gleichen zurückhaltenden Ausdruck in den Augen, so als gäbe es noch mehr, was sie nicht sagen wollte, obwohl ihre Worte sich beinahe überstürzten.

Jetzt sah sie sich im Wohnzimmer um. „Ich fasse es nicht. Das ist ja immer noch ganz genauso. Das alte Klavier in der Ecke mit unseren Schulfotos darauf und die Bücher. Ihr habt doch bestimmt neue Bücher." Sie fuhr mit den Fingern über einige der Buchrücken.

„Viele neue Bücher", sagte Jocie. „Und auch neue Bilder. Meine Schulfotos."

„Klar, aber es ist trotzdem so wie früher." Tabitha lief zum Sofa und nahm ein besticktes Kissen in die Hand. „Das hat Oma Mae gemacht. Ich durfte die Farben für die Stickerei aussuchen und ein paar Stiche mit der Nadel machen." Sie drückte das Kissen an sich. Ihren Augenwinkeln entwichen ein paar Tränen. „Ich denke die ganze Zeit, ich sehe sie auch gleich wieder."

„Sie ist ein paar Jahre, nachdem du weg warst, gestorben", sagte

Jocie, die außer Tabitha die Einzige zu sein schien, die nicht sprachlos war. „Daddy hat dir geschrieben und es dir erzählt."

„Ja, ich weiß. Aber wenn man nicht vor Ort ist, ist es wohl einfacher, jemanden in seinen Gedanken weiterleben zu lassen. Ich stelle mir immer vor, wie alle das Gleiche machen wie früher. Oma Mae, die Blumen pflanzt. Daddy, der in der Zeitungsredaktion ist. Du, wie du mit Erde spielst. Du hast immer mit Erde gespielt. Es hat DeeDee verrückt gemacht. Sie hat dich angeschrien, wenn du ihr mit deinen dreckigen Händen zu nahe gekommen bist."

„Ich spiele nicht mehr im Dreck, außer wenn ich Tante Love im Garten helfe."

„Natürlich nicht. Du bist ja richtig erwachsen geworden. Wie alt bist du jetzt? Elf? Zwölf?"

10

Tante Love ließ ihre Handtasche auf den Tisch neben der Treppe fallen und sagte: „Dreizehn. Deine Schwester ist dreizehn. Und du setzt dich besser hin, bevor du ohnmächtig wirst. Ich glaube, wir haben noch etwas Schinken vom Frühstück übrig. Vielleicht auch noch Apfelmus. Du musst etwas anderes essen als Kartoffelchips. Und wer um alles in der Welt ist diese DeeDee, von der du immer sprichst? Doch gewiss nicht deine Mutter", sagte Tante Love.

Tabitha sah Tante Love an, als wäre sie aus einem Traum gerissen worden. „Ich kann mich gar nicht an dich erinnern. Müsste ich?"

Tante Love blieb auf dem Weg in die Küche vor ihr stehen. „Ich habe dich ein paarmal gesehen, als du ein Kind warst. Daran erinnerst du dich sicher nicht. Ich war nie eine Lieblingstante."

„Tante Love. Ich kannte ein Mädchen in Kalifornien, das von allen Love genannt werden wollte, obwohl sie eigentlich Edith hieß. Heißt du wirklich so – Love?"

„Lovella. Ich weiß nicht, woher meine Mutter diesen Namen hatte. Es ist kein anständiger biblischer Name wie deiner. Tabitha, auch Dorcas genannt." Tante Love schob Tabitha in Richtung Sofa. „Jetzt setz dich hin. Du hast eine lange Reise hinter dir und du kannst uns nicht alles heute Abend erzählen. Du bleibst doch eine Weile, vermute ich?"

„Ja, eine Weile, und ich bin völlig fertig. Von den Haarspitzen bis in die Zehennägel." Tabitha ließ sich auf die Couch fallen und schüttelte ihre Sandalen ab. Die Riemen hatten dunkle Streifen auf ihren Füßen hinterlassen. Sie streckte die Beine vor sich aus und wackelte mit den Zehen, deren Nägel leuchtend rot lackiert waren. Sie gab sich keine Mühe, ein Gähnen zu unterdrücken. „Sieht der Rest des Hauses auch noch so aus wie immer? Gibt es noch dieselben Bettüberwürfe mit Rosen? Ich hatte immer das Gefühl, ich könnte diese Rosen riechen, wenn ich darauflag."

„Nein, jemand hat uns eine Patchworkdecke geschenkt, die ich stattdessen auf mein Bett gelegt habe. Ich schlafe jetzt in deinem früheren Zimmer", sagte Jocie. „Aber deine Sachen sind noch in der Kammer. Die Bettdecke mit den Rosen ist wahrscheinlich auch noch irgendwo."

„Was ist mit deinem alten Zimmer?"

„Das gehört jetzt Dad", sagte Jocie. „Tante Love wohnt in dem Schlafzimmer hier unten."

„Ach ja, natürlich", sagte Tabitha, aber sie wirkte enttäuscht. „Kein Problem. Ich bin es gewöhnt, auf der Couch zu schlafen. Die meisten unserer Wohnungen hatten nur ein Schlafzimmer. Mehr konnte DeeDee sich nicht leisten."

„Da redest du schon wieder von DeeDee", sagte Tante Love und reichte Tabitha einen Teller mit Schinken und Brötchen und Apfelmus. Dann stellte sie ein Glas Limonade auf die Glasplatte des Couchtisches. „Ist das so eine moderne kalifornische Bezeichnung für Mütter?"

Tabitha lachte. „Du bist lustig."

„Ein fröhliches Herz ist eine gute Medizin", sagte Tante Love.

„Wahrscheinlich wieder aus der Bibel, oder?", fragte Tabitha.

„Du wirst dich dran gewöhnen", sagte Jocie. „Aber nennen Kinder in Kalifornien ihre Mütter alle DeeDee?"

„Nein, nein. Das hat nichts mit Kalifornien zu tun. Dazu kam es in Chicago, gleich nachdem wir weggegangen waren. DeeDee hat allen erzählt, wir wären Schwestern, da konnte ich sie ja schlecht mit Mom anreden. Sie hat mir hundertmal damit gedroht, mich zurückzuschicken, bevor ich mich daran gewöhnt hatte, aber jetzt kann ich mir gar nicht mehr vorstellen, zu DeeDee Mom zu sagen."

„Ich habe dafür gebetet, dass sie dich zurückschickt. Jeden Tag. Ein Dutzend Mal am Tag", sagte David.

„Sieht so aus, als würden deine Gebete endlich erhört." Tabitha trank einen Schluck Limonade und zupfte ein paar Krümel von dem Brötchen, so als wollte sie testen, ob das Essen in Ordnung war.

„Meins auch", sagte Jocie. „Ich bete seit Jahren das Schwestergebet. Das und das Hundegebet, und jetzt habe ich Zeb und dich innerhalb von zwei Tagen bekommen."

„Das Schwestergebet?" Tabitha lachte wieder. „Ihr seid wirklich zu komisch. DeeDee hat gesagt, ich müsse meinen Sinn für Humor einpacken, wenn ich hier überleben wolle." Sie nahm noch einen Bissen von dem Brötchen und stellte den Teller dann auf den Couchtisch. „Eigentlich habe ich gar keinen Hunger. Zu viele Chips, nehme ich an, aber die Limonade ist klasse. Danke, Tante Love."

„Sie muss daran gedacht haben, Zucker reinzutun", murmelte Jocie. David sah sie mit gerunzelter Stirn an, aber das Klingeln des Telefons rettete sie. „Das ist bestimmt die Gemeinde."

Das Telefon läutete noch einmal, bevor David aufstand, um dranzugehen. Vielleicht wäre es besser, es einfach klingeln zu lassen und das Urteil erst morgen zu hören. Er wollte nicht, dass irgendetwas die Rückkehr von Tabitha verdarb, aber es klingelte weiter, und er musste abnehmen. Während er langsam zu dem Telefon auf dem kleinen Tisch neben der Tür ging, hörte er, wie Jocie Tabitha die Sache mit der Gemeinde und der Abstimmung für die Stelle als Interimspastor erklärte.

„Das heißt, Daddy predigt immer noch?", sagte Tabitha. „DeeDee war sich sicher, er hätte aufgehört, wegen der Scheidung und so, weißt du. Sie sagte, die Leute in Hollyhill seien nicht sehr tolerant. Nicht so wie in Kalifornien. Da interessiert es niemanden, wie oft man verheiratet war oder ob man es überhaupt ist. Ich weiß natürlich nicht, wie es bei Predigern ist. Ich bin mir nicht sicher, ob es dort überhaupt Prediger gibt."

„Natürlich gibt es in Kalifornien auch Prediger", sagte Tante Love schroff.

„Meinst du? Wenn, dann habe ich noch nie einen gesehen", sagte Tabitha. „Und das hätte ich doch normalerweise, oder? Ich meine, laufen Prediger nicht rum und erzählen, was sie machen? Indem sie Dinge sagen wie ‚Kommt in meine Kirche' oder ‚Glaubt an Gott, sonst gibt's Ärger' oder ‚Ihr dürft nichts machen, was Spaß macht', so was halt."

„Gütiger Himmel, Mädchen. Wie kannst du nur so etwas sagen!", protestierte Tante Love.

„Du meine Güte, jetzt habe ich dich schockiert", sagte Tabitha. „DeeDee hat gesagt, dass ich deswegen auch aufpassen muss. Dass mein Mundwerk mich in Hollyhill doppelt so schnell in Schwierigkeiten bringen wird."

David hätte das Telefon am liebsten klingeln lassen und Tabitha aus der Patsche geholfen, aber wenn es Matt McDermott war, würde er glauben, etwas stimme nicht, wenn David nicht abnahm, und dann würde er wahrscheinlich herkommen, um sich zu vergewissern, dass sie auf dem Heimweg nicht mit dem Wagen liegen geblieben waren. Erst heute hatte er zu David gesagt, dass sein Automobil so aussehe, als werde es nur noch von Gebeten zusammengehalten. Tatsächlich gab das alte Gefährt in letzter Zeit merkwürdige Geräusche von sich. Selbst Wes hatte gesagt, er solle sich einen neuen Wagen zulegen, schließlich brauche er jetzt, wo Leigh Jacobson ein Auge auf ihn geworfen habe, ein zuverlässiges Fahrzeug für Verabredungen.

David schob diesen Gedanken beiseite. Heute Abend hatte er keine Zeit, sich über neue Transportmöglichkeiten Gedanken zu machen. Oder über Leigh Jacobson. Es reichte, dass die Erinnerung an Adrienne zusammen mit Tabitha in sein Haus zurückgekehrt war, so klar und schmerzlich wie an dem Tag, an dem sie gegangen war. Was er eigentlich brauchte, war eine Zeit auf der Mauer am Ende des Grundstücks, von wo aus er zu den Sternen hinaufblicken konnte, bis ihr Funkeln seine Seele beruhigte, und Gott ihm helfen konnte zu verarbeiten, was hier geschah. Aber das Telefon läutete weiter, inzwischen bestimmt zum zwanzigsten Mal. Tabitha redete immer noch. Tante Love hatte angefangen, Bibelverse zu zitieren. Und er konnte nicht einmal ein Gebet flüstern, bevor er den Hörer abnahm. „Hallo?"

„Oh, gut, du bist da", sagte Matt McDermott. „Ich hatte vorhin schon mal angerufen, aber da ging keiner dran, und allmählich hatte ich mir Sorgen gemacht, ihr wärt auf dem Heimweg liegen geblieben."

David konnte an seiner Stimme nichts erkennen. Matt war ein so ausgeglichener Mann, dass gute und schlechte Nachrichten wahrscheinlich gleich klingen würden, eben wie etwas, das man hinnahm. „Wir waren eine Weile draußen." Kurz überlegte er, ob er Matt erzählen sollte, dass Tabitha nach Hause gekommen war, aber das hätte zu vieler Erklärungen bedurft. Besser, wenn er einfach herausfand, wie die Abstimmung gelaufen war, und es hinter sich brachte.

„Ich nehme an, dein Mädchen muss sich um den Hund kümmern. Wenn ich gewusst hätte, dass sie sich einen Hund wünscht, hätte ich einen für sie besorgen können. Es gibt immer jemanden, der Hundebabys loswerden will."

„Ich glaube, sie ist glücklich mit dem Mischling, der uns zugelaufen ist. Aber was ist mit der Abstimmung? Werde ich nächsten Sonntag in Mt. Pleasant predigen?"

Matt zögerte, bevor er antwortete. „Ich glaube, das ist deine Entscheidung, Bruder."

„Das heißt, sie haben mich nicht gewählt." David versuchte, sich seine Enttäuschung nicht anmerken zu lassen. Wie konnte er an diesem Abend enttäuscht sein, wenn doch seine Tochter, von der er befürchtet hatte, er würde sie niemals wiedersehen, hinter ihm auf dem Sofa saß?

„Na ja, so gut wie. Es waren achtundachtzig Komma sechs Prozent, was fast neunzig Prozent sind, und es wären neunzig gewesen, wenn Stella Hoskins nicht heute Nachmittag krank geworden wäre. Sie hat allen erzählt, du seist Gottes Antwort auf unsere Gebete hier in Mt. Pleasant. Jemand, der junge und alte Menschen gleichermaßen anspricht. Sie hat mich vorhin angerufen und gefragt, ob sie telefonisch abstimmen kann, aber ich fand, es war zu spät, um offiziell zu zählen, weißt du. Vielleicht, wenn sie vor dem Gottesdienst angerufen hätte, aber sie sagte, da sei sie zu sehr damit beschäftigt gewesen, ihr Mittagessen von sich zu geben. Trotzdem, inoffiziell finde ich, dass du neunzig Prozent der Gemeinde hinter dir hast."

„Das ist Interpretationssache", sagte David.

„Vielleicht, aber es ist eine Interpretation, zu der du, wie ich hoffe – wie neunzig Prozent der Gemeindemitglieder hoffen –, Ja sagen kannst." Matt McDermott betonte die neunzig Prozent.

„Achtundachtzig Komma sechs", sagte David.

Plötzlich war es auf dem Sofa hinter ihm still. Und dann stand Jocie neben ihm und flüsterte: „Aufgerundet sind das neunzig Prozent."

David zeigte auf die Couch. Er konnte sich jetzt nicht entscheiden. Aber er würde auch nicht Nein sagen. „Ich werde darüber beten und dir morgen Bescheid geben", sagte er zu Matt.

„Mir wäre es ja lieber, du würdest gleich Ja sagen, aber als Ältester kann ich ja schlecht mit einem Prediger streiten, der beten will.

Tatsache ist, dass wir gar nicht hätten abstimmen sollen. Das Kanzelkomitee hätte dich einfach ernennen können."

„Ich wollte eine Abstimmung."

„Ich weiß und ich verstehe auch, warum. Da ist keine Diskussion nötig." Matt atmete lautstark aus, dass es in der Leitung hörbar rauschte. „Bete du ruhig, David, und ich werde beten, dass du dich entscheidest, das Ergebnis als gut genug anzusehen. Es fehlt wirklich nicht viel. Aber wenn der gute Gott dich in eine andere Richtung lenkt, werde ich nicht mein Abonnement des *Hollyhill Banner* stornieren, das weißt du. Und du kannst trotzdem mit deiner Tochter in meinem Teich fischen, wann immer du willst."

„Das ist gut zu wissen", sagte David lächelnd. „Der *Banner* kann es sich nicht leisten, irgendwelche Abonnenten zu verlieren, und ich kann es mir nicht leisten, einen Angelgrund zu verlieren."

Nach einigen weiteren Worten legte David auf und wandte sich wieder dem Sofa zu. Jocie sah aus, als würde sie gleich platzen, aber er schüttelte den Kopf. „Gott ist der Einzige, mit dem ich heute Abend darüber reden werde. Heute beten. Morgen nachdenken."

„Okay", sagte Jocie achselzuckend. „Mir ist es ohnehin egal. Wenn du die Stelle nicht nimmst, muss ich nicht versuchen, nett zu Ronnie Martin zu sein."

„Nett zu Menschen zu sein, die man nicht mag, ist gut für die Persönlichkeit als Christ", sagte Tante Love. „Aber dein Vater hat recht. Wir sind alle müde und die arme Tabitha ist ganz erschöpft. Wir müssen ihr ein Bett machen und sie schlafen lassen."

Tabitha waren schon ein paarmal die Augen zugefallen, während David telefoniert hatte. „Tut mir leid, Leute. Ich will ja keine Spielverderberin sein, aber ich brauche wirklich Schlaf", sagte sie. „Wenn ihr mir ein Kissen und eine Decke gebt, strecke ich mich einfach hier aus."

„Warum schläfst du nicht in deinem alten Zimmer?", sagte Jocie. „Ich kann auf der Loggia hinter dem Haus schlafen. Weißt du, ich wollte sowieso fragen, ob ich diesen Sommer dort übernachten kann. Es ist so schön kühl mit dem Luftzug."

„Das ist lieb von dir, Jocie." David vermutete, dass sie vorhatte, den Hund hereinzulassen, sobald sie das erste Schnarchen hörte, aber er würde erst einmal so tun, als wüsste er von nichts. Wenn sie Glück hatten, hatte das Bad, das Jocie Zeb gestern verabreicht hatte, eventuelle Flöhe beseitigt. Und abgesehen davon war David an diesem Abend einfach nicht mehr in der Lage, noch irgendeine Diskussion zu führen.

Jocie brachte Tabitha erst ins Bad und dann zu ihrem Zimmer. Tante Love ging in die Küche, um mit den Töpfen zu klappern. David wusste nicht, was sie machte. Manchmal war er sich nicht sicher, ob Tante Love selbst wusste, was sie tat. Aber wenn es ihr half, mit den Töpfen zu klappern, dann würde er sich nicht über ein bisschen Lärm beschweren.

Während seine Familie allmählich zur Ruhe kam, setzte David sich auf die Couch. Wahrscheinlich sollte er beten, aber seine Seele war zu erschöpft. Er versuchte, nicht einmal zu denken, aber dann lachte Tabitha oben in Jocies Zimmer und ihr Lachen klang wie das von Adrienne. Genau so hatte Adrienne gelacht, als er darüber gesprochen hatte, noch ein Baby zu bekommen, als Tabitha fünf gewesen war. Und sie hatte gesagt, sie würde nicht noch einmal durchmachen, was sie mit Tabitha erlebt hatte. Als er zwei Jahre später herausgefunden hatte, dass sie schwanger war, war er so glücklich gewesen. Und dann so zornig, als er sie dabei ertappt hatte, wie sie irgendein giftiges Gebräu anrührte, von dem sie hoffte, dass es eine Fehlgeburt herbeiführen würde.

Danach hatte es in ihrem Haus lange gar kein Lachen mehr gegeben. Monatelang hatte Adrienne sich geweigert, aus ihrem gemeinsamen Schlafzimmer zu kommen oder ihn hereinzulassen. David hatte draußen auf der Loggia auf einer Liege geschlafen und sich manchmal gefragt, ob die Sterne, die er durch die hohen Fenster sehen konnte, das Einzige waren, was ihn noch bei Verstand bleiben ließ. Natürlich hätte er die Schlafzimmertür eintreten können, das hatte er in den letzten Monaten vor Jocies Geburt auch mindestens einmal am Tag in Erwägung gezogen, aber seine Mutter, der Adrienne erlaubte, ihr etwas zu essen zu bringen, hatte gesagt, es gehe ihr körperlich gut und sie werde sicherlich ihre emotionale Stabilität wiedererlangen, wenn das Baby erst einmal da war.

Als die Wehen anfingen, hatte Adrienne sich geweigert, ins Krankenhaus zu fahren. Dr. Markum hatte kommen und mit der Hilfe von Davids Mutter die Hausgeburt überwachen müssen. Zwei

Tage später hatte Adrienne David das weinende Baby in den Arm gedrückt und gesagt: „Du wolltest sie. Sie gehört dir. Sie heißt Jocelyn. Das steht nicht in der Bibel. Ich habe mich vergewissert, bevor ich den Namen ausgesucht habe."

David hatte den Bedingungen zugestimmt, allen Bedingungen – auf dem Sofa zu schlafen, um Jocie nachts besser zu hören, keine Fragen zu stellen, wenn Adrienne spät abends aus Grundy zurückkam, im selben Haus zu wohnen und doch ein getrenntes Leben zu führen … Es war schon merkwürdig mit der Hoffnung. Selbst wenn im Osten nicht der Hauch eines Lichtscheins zu sehen war, verließ man sich darauf, dass die Sonne aufgehen würde. Und bei der Sonne funktionierte das mit der Hoffnung auch. Andere Dinge hingegen waren nicht so sicher wie der Sonnenaufgang.

Jetzt fragte David sich, ob er irgendwo in seinem tiefsten Innern, wo er sich nicht nachzusehen traute, noch immer die Hoffnung hegte, dass eines Tages nicht nur Tabitha, sondern auch Adrienne zurückkehren würde. Trotz der Scheidung auf Distanz, als Adrienne nach Las Vegas gezogen war. Trotz ihres Freundes. Trotz der Tatsache, dass sie ihn schon lange verlassen hatte, bevor sie mitten in der Nacht in den Wagen gestiegen und weggefahren war.

Vielleicht hatte Wes recht. Es war Zeit, nach vorne zu blicken. Aber Leigh Jacobson? Sie war so jung. David erinnerte sich an ihren Gesichtsausdruck, als sie ihn an diesem Morgen hatte predigen hören. Eifrig. Lächelnd. Doch zugleich auch ängstlich, als würde sie sich schon Sorgen darüber machen, ob sie die richtigen Worte finden würde, wenn sie ihm beim Hinausgehen die Hand reichte.

David schob ihr Gesicht beiseite, als Jocie mit Kissen und Laken und einer Decke für die Liege in der Loggia die Treppe herunterkam.

„Bist du dir sicher, dass es dir nichts ausmacht, dein Zimmer herzugeben?", fragte er sie.

„Ganz sicher. Es wird bestimmt Klasse morgen früh, wenn die Sonne aufgeht."

„Die Sterne sind auch nicht schlecht", sagte David. „Ich habe vor vielen Jahren auch mal dort geschlafen. Ist bei Tabitha alles in Ordnung?"

„Sie hat gesagt, sie sei noch ein bisschen benommen, aber ich war noch nicht aus dem Zimmer, da war sie schon eingeschlafen. Ist es nicht toll, dass sie nach Hause gekommen ist, Daddy?"

„Ja, das ist es."

„Und du hast beinahe neunzig Prozent bekommen! Sie wollen dich und in ein paar Wochen mögen dich bestimmt sogar die Martins."

„Wenn du Ronnie nicht ein blaues Auge verpasst."

„Ich werde etwas viel Hinterhältigeres tun. Ich werde so nett zu ihm sein, dass er sich das Hirn zermartern wird, um herauszufinden, was ich im Schilde führe." Jocie grinste.

„Verwirrungstaktik."

„Genau. Gute Nacht, Daddy." Jocie gab ihm einen Kuss auf die Wange und sah sich um. „Ist Tante Love schon im Bett?"

„Ich glaube, ja. Jedenfalls höre ich sie nicht mehr mit den Töpfen klappern."

„Dann wartet Isebel ja vielleicht auch nicht mehr hinter der Küchentür auf eine Gelegenheit zum Angriff. Ich habe vergessen, Tabitha vor dem Bösen zu warnen, das in der Dunkelheit lauert und sich auf ahnungslose Zehen stürzt."

„Ich mache die Tür zu deinem Zimmer zu, wenn ich nach oben gehe."

„Gut, aber wer weiß? Isi hasst mich, aber vielleicht mag sie Tabitha ja. Wir sind uns gar nicht ähnlich, oder?"

„Sie ist schon lange aus Hollyhill fort. Aber sie wirkt so, als wäre sie froh, wieder hier zu sein."

„Ja." Jocie zögerte einen Augenblick, bevor sie fragte: „Wünschst du dir, Mutter wäre mitgekommen?"

„Nein", sagte David, ohne nachzudenken und überraschte sich damit selbst. Als er aufstand, um in sein Zimmer zu gehen, fühlte er sich noch leichter, als sich der biblische David gefühlt haben musste, als er die Rüstung von König Saul abgelegt hatte und ohne sie hinausging, um gegen Goliath zu kämpfen. Er schwebte fast, als er ging, um es mit dem Riesen aufzunehmen. Aber der Schäfer David hatte gesehen, wer auf ihn wartete, und wusste wenigstens, was auf ihn zukam. Welche Riesen warteten auf David Brooke?

Oben warf David als Erstes einen Blick in das Zimmer, in dem Tabitha schlief. Sie lag zusammengerollt da, das Laken bis zum

Kinn hinaufgezogen, und sah wieder so aus wie die Tabitha, an die er sich erinnerte. Ihre honigfarbenen Haare lagen ausgebreitet auf dem Kissen, obwohl sie das Stirnband nicht abgenommen hatte. Davids Blick fiel auf die Rose auf ihrer Wange. Ein Mädchen aus Kalifornien in Hollyhill. Das würde vielleicht der erste Riese sein, dem er die Stirn bieten müsste. Er hatte das Gefühl, dass er seiner Gebetsliste an diesem Abend besser eine Portion Mut hinzufügen sollte. Und Weisheit.

11

Die Tür zur Loggia knarrte nur ganz wenig, als Jocie den Hund hereinließ. Das würde ihr Vater oben nicht hören, wenn der Ventilator neben seinem Bett lief. Schnell erklärte sie Zeb die Regeln – kein Bellen oder Knurren, kein Beinchenheben an den Möbeln, keine Jagd auf die böse Katze. Zeb legte den Kopf schief und beobachtete sie aufmerksam, bis sie aufhörte zu reden. Dann ließ er sich mit einem zufriedenen Schnaufen auf dem Teppich neben der Liege nieder und schloss die Augen. Jocie fiel es nicht so leicht, zur Ruhe zu kommen.

Die lange Außenwand der Loggia hatte vier Fenster, die nach oben zu öffnen waren und an der Decke eingehängt werden konnten, um die kühle Nachtluft hereinzulassen, zusammen mit der nächtlichen Musik. Die Laubfrösche und Grillen legten sich draußen ordentlich ins Zeug. Als drüben in Mr Crutchers Wald eine Eule heulte, streckte Jocie die Hand aus und berührte Zebs Kopf. Der Hund rührte sich nicht. Anscheinend war er gänzlich unbeeindruckt von den nächtlichen Geräuschen und dem neuen Gefühl, drinnen zu sein … oder jedenfalls beinahe drinnen.

Eine Schwarzkehl-Nachtschwalbe stimmte ihren Nachtgesang an. Immer wieder die gleichen trillernden Töne, aber es hatte etwas Beruhigendes. Da war nichts Unerwartetes. Dem Vogel wurde das Lied, das Gott ihm gegeben hatte, nie langweilig, sodass er es geändert hätte.

Und ihr Vater hatte recht, was die Sterne betraf. Zwei der Fenster waren von dem Ahornbaum versperrt, aber die anderen öffneten sich zum Himmel, der so dicht mit Sternen übersät war, dass es aussah, als hätte Gott eine ganze Packung dort ausgeschüttet und die Engel hätten vergessen, sie zu nehmen und zu verteilen. Wie könnte sie dabei die Augen schließen und einfach schlafen? Es erschien ihr irgendwie respektlos.

Ein Dutzend Mal fing Jocie mit einem Dankgebet an, aber immer wieder gingen ihre Gedanken auf Wanderschaft. Zu Tabitha, die in ihrem Bett schlief. Dazu, wie sie Zeb am Bellen hindern sollte, falls

Isebel unerwartet auftauchte. Zu der Abstimmung von Mt. Pleasant. Zu den Kätzchen und der Mutterkatze, die sie vielleicht im Wald verlor. Zu ihrer eigenen Mutter. DeeDee. Vielleicht könnte sie ihr einen Brief schreiben. Sie hatte ihr schon einige Male geschrieben und nie eine Antwort erhalten, aber vielleicht würde sie eine erhalten, wenn sie „Liebe DeeDee" schrieb und nicht „Liebe Mom".

Liebe DeeDee, ich hoffe, es geht dir gut. Uns geht es gut hier und wir sind sehr froh, Tabitha zu sehen. Daddy war überrascht. Warum bist du nicht mitgekommen?

Jocie hielt inne und radierte diese letzte Frage im Geiste mit einem Radiergummi aus. Das konnte sie nicht fragen. Nach ein paar Minuten begann sie wieder, in Gedanken ihren Brief zu schreiben. *Siehst du noch genauso aus wie früher? Ich weiß noch, dass du sehr hübsch warst. Ich sehe nicht mehr so aus wie damals. Ich bin dreizehn. Meinst du, ich sollte Dad fragen, ob ich mir einen BH kaufen darf? Ich bin dünn und brauche nicht wirklich einen, aber ich kann nicht ohne BH-Träger zur Highschool gehen. Ich habe einen Hund. Na ja, eigentlich hat Gott ihn mir geschickt. Dad sagt, er sei der hässlichste Hund, den er je gesehen hat, aber ich mag ihn. Magst du Hunde?*

Ich weiß eigentlich gar nicht, was du magst. Manchmal frage ich mich, ob du überhaupt jemals hier warst. Ich meine, ich weiß natürlich, dass du hier warst. Ich erinnere mich auch daran, dass ich dich gesehen habe, aber hast du auch der Nachtschwalbe zugehört und dir gewünscht, du könntest ihren Baum finden und sie singen sehen? Hast du nachts den Kopf in mein Zimmer gesteckt, um zu sehen, ob ich schlafe? Hast du eine Beule an meinem Kopf geküsst, damit es nicht mehr wehtut? Hast du mir beigebracht, Mom zu sagen? An all diese Sachen kann ich mich nicht erinnern und irgendwie habe ich das Gefühl, als sollte ich mich daran erinnern. Immerhin war ich fünf, beinahe sechs. War ich zu klein, um deine Schwester zu sein, und hast du mich deshalb hiergelassen? Ich meine, das ist in Ordnung. Ich glaube nicht, dass ich Kalifornierin sein könnte. Wes sagt, ich könnte, weil jeder woanders hinziehen und sich an den neuen Ort gewöhnen kann. Er muss es eigentlich wissen, wo er doch vom Jupiter kommt. Aber ich mag Hollyhill. Die Leute sind manchmal komisch, aber sind sie das nicht überall?

Wir werden gut auf Tabitha aufpassen. Alles Liebe, Jocie.

Sie ging noch einmal zurück und strich im Geiste den Teil über Wes und dass sie Hollyhill mochte. Ihre Mutter würde sowieso nur darüber lachen. Natürlich würde Jocie wahrscheinlich nichts von alle dem wirklich aufschreiben und abschicken. Es sei denn, Tabitha sagte, ihre Mutter hätte gerne einen Brief von ihr. Vielleicht würde Jocie sie nach ihrer Mutter fragen, wenn sie sich ein bisschen ausgeruht hatte. Schließlich sollte doch jeder Mensch etwas über seine Mutter wissen, oder? Zum Beispiel ihre Lieblingsfarbe. Und schleckte sie Eis oder biss sie hinein? Und trug sie immer noch diesen blassrosa Lippenstift und das tropische Blumenparfüm? Sprach sie jemals von Hollyhill? Oder von Jocie?

Jocie schlug nach einer Mücke, die um ihre Ohren kreiste, zog sich die Decke über den Kopf und schlief ein.

Am nächsten Morgen schreckte Jocie hoch, als eine Spottdrossel ihr Lied anstimmte. Normalerweise mochte sie Spottdrosseln, aber diese sang nicht nur sehr abwechslungsreich, sondern auch sehr laut. Sie vergrub den Kopf unter ihrem Kissen, aber es nützte nichts. Tante Love begann in der Küche mit der Pfanne zu hantieren und Mr Crutcher traf gleich hinter dem Zaun auf seiner Weide, die er mit der Egge auflockerte, immer wieder auf Steine.

Neben ihr stieß Zeb ein kehliges Knurren aus. Sie hatte den Hund völlig vergessen. Jocie warf das Kissen zur Seite, packte seine Schnauze und flüsterte: „Nicht bellen!" Sie stieg aus ihrem Bett, blickte über die Schulter zur Küchentür und ließ Zeb dann durch die Hintertür hinaus. Gerade noch rechtzeitig. Keine zwei Sekunden später kam Isebel aus der Küche und streckte den Kopf um die Ecke.

„Guten Morgen, Sugar", sagte Jocie zuckersüß. Die weiße Katze machte einen Buckel und fuhr mit der Pfote durch die Luft, bevor sie wieder in der Küche verschwand.

Zehn Minuten später hatte Jocie sich das Gesicht gewaschen, die Haare gekämmt und sich in ihrem Zimmer auf Zehenspitzen frische Wäsche geholt. Tabitha zuckte nicht einmal mit der Wimper, während Jocie ihre Sachen zusammensuchte, obwohl die Kommodenschublade knarrte, als sie sie aufzog. Ihre Schwester lag so reglos da, dass Jocie auf ihren Brustkorb starrte, bevor sie den Raum verließ, um sich zu vergewissern, dass sie noch atmete, während ihr verrückte Schlagzeilen durch den Kopf gingen. „Schwester kehrt zurück und stirbt im Schlaf." „Chips von unbekanntem Lastwagenfahrer vergiften ahnungsloses Mädchen." Aber Tabitha atmete und ihr Brustkorb hob und senkte sich ganz normal. Hastig flüsterte Jocie ein Dankgebet und zog die Tür hinter sich zu.

Sie kam gerade rechtzeitig in die Küche, um die Brötchen zu retten und den Schinkenspeck zu wenden. Das Frühstück war ihre Lieblingsmahlzeit, da Tante Love noch keine Methode gefunden hatte, den unerschöpflichen Kohlreichtum von Mt. Pleasant dabei zu verwerten.

Tante Love war nirgends zu sehen. Das war in letzter Zeit ihr Problem. Sie fing an zu kochen und ging dann weg, um etwas anderes zu tun. Darüber vergaß sie das Essen auf dem Herd, bis der Qualm sie wieder daran erinnerte. Was Jocie nicht verstand, war die Tatsache, dass Tante Love sich nicht an die Bohnen erinnern konnte, die sie vor zehn Minuten aufgesetzt hatte, aber immer noch die halbe Bibel auswendig aufsagen konnte. Aber ihr Vater sagte, so sei das bei alten Leuten, und sie müssten einfach versuchen, Tante Love bei den Dingen zu helfen, die sie vergaß.

Es war nicht so, das Jocie Tante Love nicht mochte. Sie gehörte zur Familie. Sie musste sie mögen, oder vielleicht eher lieben. Vielleicht hatte sie eine Wahl, ob sie Tante Love mochte. Aber *Liebe deinen Nächsten* könnte genauso gut heißen: Liebe deine senile alte Tante. Es war nicht Tante Loves Schuld, dass sie nicht wie Oma Mae war. Die beiden waren Schwestern gewesen, aber einander nicht ähnlich. So wie Jocie und Tabitha. Schwestern, aber überhaupt keine Ähnlichkeiten.

Jocie nahm den Speck aus der Pfanne und legte ihn auf eine braune Papiertüte, die das Fett aufsaugen sollte. Als Tante Love schließlich wieder in die Küche kam, deckte sie gerade den Tisch. Wenn Jocie nicht eingesprungen wäre, hätte das Fett in der Pfanne inzwischen wahrscheinlich deckenhohe Flammen geschlagen. Vielleicht sollten sie anfangen, Cornflakes zum Frühstück zu essen. Ihr Vater hatte Tante Love bereits gebeten, kein Mittagessen zu kochen, wenn nicht Jocie oder er da war. An manchen Tagen nahm er die Sicherung für den Herd aus dem Stromkasten.

„Lasst uns fröhlich sein! Dies ist der Tag, den der Herr gemacht hat", sagte Jocie und kam Tante Love so mit einem kleinen Bibelvers zuvor.

Tante Love lächelte. Sie trug ihr übliches Hauskleid aus dunkelrotem Stoff mit einer weißen Schürze darüber. Ein paar weiße Katzenhaare klebten an den Ärmeln ihres Kleides, aber die Katze war nirgends zu sehen. Tante Loves dunkelgraue Haare waren im Nacken zu einem Knoten festgesteckt. Einmal hatte Jocie gesehen, wie ihre Tante sich selbst die Haare geschnitten hatte. Sie hatte sie in der Küchenspüle gewaschen und sie erst nach hinten gekämmt, bevor sie alle zusammengefasst und über ihre Schulter nach vorne gezogen hatte. Dann hatte sie ohne viel Aufhebens fünf Zentimeter abgeschnitten. Sie sagte, es spiele keine Rolle, wenn sie nicht alle gleich lang waren. Ein paar kürzere Haare hier oder dort würden nicht auffallen, wenn sie zu einem Knoten hochgesteckt waren.

„Hattest du irgendwann einmal kurze Haare?", hatte Jocie sie gefragt. Momentan fielen Jocies Haare ihr bis auf die Schultern, aber sie hatte auch schon einen so kurzen Haarschnitt gehabt, dass sie keine Haarspange hatte tragen können, geschweige denn einen Pferdeschwanz.

„Einmal, aber es gefiel mir nicht. Also habe ich sie wieder wachsen lassen", hatte Tante Love gesagt. „Ich trage den Knoten jetzt seit beinahe vierzig Jahren so, würde ich sagen. Ehrlich gesagt würde mein Kopf mittlerweile wahrscheinlich automatisch nach vorne fallen, wenn er nicht von dem Dutt nach hinten gezogen würde."

Jocie hatte sich darüber gewundert, dass Tante Love versucht hatte, einen Witz zu machen. Manchmal wirkte sie fast wie ein normaler Mensch, aber das hielt nie lange an.

Doch jetzt war Jocie entschlossen, dass es länger andauern sollte. Sie hatte sich vorgenommen, sich nicht mit Tante Love anzulegen, sich nichts daraus zu machen, wenn Tante Love sie kritisierte, was sie ganz sicher tun würde, und zwar bei allem, was Jocie tat, auf ihren Rat zu hören und Dinge nicht aus Trotz extra anders zu machen.

Nett zu Tante Love zu sein, war eine Art Dank an Gott, weil er ihr Hundegebet und ihr Schwestergebet erhört hatte. Jocie verstand immer noch nicht, warum Tabitha das Schwestergebet so lustig fand. Wenn sie sieben Jahre lang dasselbe gebetet hätte, hätte sie es bestimmt verstanden, aber so wie es aussah, hatte Tabitha in letzter Zeit überhaupt keine Gebete gesprochen. Vielleicht konnte Jocie ihr helfen, ihre Kenntnisse auf diesem Gebiet aufzufrischen, bevor jemand sie aufforderte, ein Tischgebet oder so etwas zu sprechen.

Jetzt korrigierte Tante Love Jocies Bibelvers. „‚Dies ist der Tag, den der Herr macht; lasst uns freuen und fröhlich an ihm sein'. Psalm 118,24. Aber das war sehr gut, Jocie."

„Danke", sagte Jocie. „Soll ich die Eier für Dad machen? Wo ist er überhaupt? Normalerweise ist er doch um diese Uhrzeit längst auf."

„Er ist früh aufgestanden, um spazieren zu gehen und zu beten, vermute ich", sagte Tante Love.

„Ach ja, die Abstimmung. Meinst du, er sollte annehmen?"

„Das sollte er, aber ich weiß nicht, was er tun wird. Dein Vater muss selbst entscheiden, was das Beste ist", sagte Tante Love. „Mit Gottes Hilfe natürlich."

„Stimmt", sagte Jocie.

Tante Love nahm Jocie den Eierkorb ab. „Du hast den Schinkenspeck gemacht, ich mache die Eier." Dann fiel Tante Loves Blick auf die Brötchen auf dem Herd und sie erinnerte sich. „Ach, du liebe Güte, ich habe es schon wieder getan, nicht wahr? Ich sage immer, ich würde nicht aus der Küche gehen, wenn ich etwas auf den Herd gestellt habe, aber dann bin ich doch wieder im Schlafzimmer und suche etwas, und dann konzentriere ich mich nicht."

„Mach dir keine Gedanken, Tante Love. Es ist nichts angebrannt." Jocie stellte ein Glas mit Brombeergelee neben die Butter auf den Tisch. „Tabitha ist immer noch nicht ansprechbar."

„Ich bezweifle, dass sie vor zwölf Uhr aufstehen wird, vielleicht nicht einmal dann. Das Beste ist, wenn sie schläft und sich ausruht. Die nächsten Wochen könnten schwierig für sie werden."

„Warum?", fragte Jocie.

Tante Love zögerte, bevor sie sagte: „Weil sie sich wieder hier eingewöhnen muss. Und sie muss sich an uns gewöhnen."

„Du meinst, sich über uns lustig machen."

„Wahrscheinlich komme ich ihr sehr merkwürdig vor. Aber andererseits halten mich alle für merkwürdig."

Jocie besann sich auf ihre neue Einstellung. „Nein, Tante Love. Exzentrisch vielleicht, aber nicht merkwürdig."

„Ich glaube, wenn du diese Begriffe in einem Wörterbuch nachschlägst, wirst du feststellen, dass sie so ziemlich das Gleiche bedeuten, Jocelyn", sagte Tante Love, aber sie lächelte.

„Wo ist Is..., äh Sugar?", fragte Jocie, um das Thema zu wechseln.

„Sie macht schon wieder ein Nickerchen. Sie war die ganze Nacht unruhig. Ich habe mir schon Sorgen gemacht, aber dann fiel mir ein, dass es vielleicht nur an der neuen Person im Haus liegt."

Oder an dem Hund, dachte Jocie. „Ich sehe mal nach, ob ich Dad zum Frühstück holen kann. Für mich bitte kein Ei. Ich möchte nur Brötchen mit Gelee."

„Du isst nicht genug, Kind. Von der Seite sieht man dich bald gar nicht mehr", murmelte Tante Love, während Jocie zur Hintertür hinausging.

Zeb erwartete sie auf der Treppe und freute sich so, als hätte er sie einen Monat lang nicht gesehen. Dabei hatte sie ihn erst vor fünfzehn Minuten zur Tür hinausgelassen. Jocie erwiderte sein Grinsen und ließ ihn ihre Finger ablecken. „Braver Hund."

Tante Love kam an die Tür. „Sei vorsichtig. Er riecht das Bratenfett an deinen Händen. Wer weiß, was einem Streuner wie ihm einfällt? Vielleicht beißt er."

Jocie ignorierte Tante Love und ging zu der Steinmauer am Ende des Grundstücks. Im kühlen Schatten der beiden Eichen, die neben dem Tor Wache standen, betrat sie den Obstgarten. Die oberste Angel des Tores war seit Jahren zerbrochen und das eiserne Tor stand offen. Inzwischen waren die unteren Eisenteile von Gras und Unkraut überwuchert, aber das spielte keine Rolle. Sie hatten keine Kühe oder Pferde, die aus dem Garten ferngehalten werden mussten.

Es waren wieder ein paar Steine aus der kaputten Stelle der Mauer gebrochen und zu Boden gefallen. Jocie hob einen davon auf und versuchte, ihn wieder an seinen Platz zu setzen, aber sobald sie losließ, rutschte er wieder herunter. Ihr Vater sagte, es sei eine Kunst, die Steine so aufeinanderzulegen, dass die Mauer ohne Mörtel hielt.

Er hatte versucht, jemanden zu finden, der ihm die Technik beibringen konnte, hatte sogar im *Banner* eine Anzeige geschaltet, aber die Mauer war vor hundert Jahren errichtet worden, und die Männer, die das Geheimnis kannten, wie man die Steine setzen musste, waren in Hollyhill längst ausgestorben.

Normalerweise fand Jocie ihren Vater auf dem flachsten Stein an der Stelle, wo die Mauer bröckelte, während er über die nötigen Mittel nachdachte, wie er die Mauer reparieren konnte. Aber heute war er nicht dort, deshalb ging Jocie tiefer in den Obstgarten hinein.

Die Apfelbäume waren vielleicht nicht so alt wie die Steinmauer, aber sie waren knorrig und verdreht, weil sie seit vielen Jahren dem Wetter standhielten. Einige waren vom Sturm umgeworfen worden, aber es waren noch genügend Wurzeln in der Erde, dass die Bäume Blätter hatten und manchmal auch Äpfel trugen. Jocie liebte es, im Frühjahr zwischen den Bäumen hindurchzugehen, wenn die Blüten im Wind wehten.

Aber die Blütenblätter waren schon vor Wochen abgefallen und jetzt waren an den Ästen kleine runde Äpfel zu sehen. Das versprach eine super Ernte. Eins dieser zweifelhaften Vergnügen, von denen ihr Dad manchmal sprach. Es war schön, dass sie einen Apfel pflücken und essen konnte, wenn sie hierherkam, aber Jocie fürchtete die langen Stunden, in denen sie für Tante Love Äpfel schälen musste, damit sie Apfelmus machen konnte. Wobei Apfelmus zum Abendessen natürlich tausendmal besser war als Kohl.

Gerade als Jocie aufgeben und zum Haus zurückgehen wollte, entdeckte sie ihren Vater ganz am Ende des Obstgartens. Er winkte ihr zu, als er sie sah.

Jocie blieb stehen und wartete auf ihn. Er sah größer aus, als er mit der Sonne im Rücken zwischen den Bäumen auf sie zukam. Für jemanden in seinem Alter sah er gar nicht schlecht aus. Nicht, dass er sehr alt war. Ehrlich gesagt hatte sie nie so richtig darüber nachgedacht, wie ihr Vater auf andere Leute wirken könnte, aber dass Wes von Stiefmüttern sprach, hatte Jocie ein bisschen die Augen geöffnet. Sie konnte verstehen, warum Leigh Jacobson den ganzen Weg zur Kirche von Mt. Pleasant fuhr, um sich seine Predigt anzuhören. Trotzdem machte ihr der Gedanke irgendwie Angst. Sie und ihr Dad waren lange gut alleine klargekommen.

Tante Love hatte daran nichts geändert. Sie kamen trotz Tante Love klar. Jocie wusste nicht, ob sich durch Tabitha etwas daran ändern würde. Aber sie war sich ziemlich sicher, dass das bei Leigh Jacobson der Fall sein würde, wenn sie wirklich ihre Stiefmutter werden sollte. Andererseits kannte sie sich vielleicht mit Büstenhaltern aus. Sie glaubte nicht, dass Tabitha etwas davon verstand. Sie trug keinen.

12

David schritt schneller aus, als er Jocie und den Hund am anderen Ende des Obstgartens erblickte. Er hatte nicht vorgehabt, so lange unterwegs zu sein, aber seine Gebetsverbindung zu Gott war von Sorgen blockiert gewesen, die nichts mit der Gemeinde von Mt. Pleasant zu tun hatten. Er hatte an kaum etwas anderes denken können als an Tabitha. Da er nicht gut geschlafen hatte, war er beim ersten Licht des neuen Tages aufgestanden, zu Jocies Zimmer geschlichen und hatte Tabitha beim Schlafen zugesehen.

Es erschien ihm passend, dass ein neuer Morgen anbrach. Alles würde neu sein – seine Tochter kennenzulernen, nachdem sie so lange nicht Teil seines Lebens gewesen war, und ihr irgendwie zu helfen. Denn sie würde Hilfe brauchen. Tabitha war nicht mit dem Bus quer durch die Vereinigten Staaten gefahren, weil sie Kalifornien leid war. Irgendetwas stimmte nicht.

Aber bis sie ihm genug vertraute, um ihm zu erzählen, was los war, würde er sich gedulden müssen. Wer wusste schon, was ihr im Laufe der Jahre zugestoßen war. Mit der Kirche und dem christlichen Glauben hatte sie offensichtlich nichts zu tun gehabt. Natürlich würde sie die biblischen Wahrheiten, die sie gelernt hatte, bevor sie gegangen war, nicht völlig vergessen haben. Immerhin war sie dreizehn Jahre alt gewesen. Alt genug, um Gut und Böse zu unterscheiden. Als sie zwölf gewesen war, hatte sie Jesus ihr Leben gegeben und war dann in die New Liberty Church hineingetauft worden. Wahrscheinlich war sie dort immer noch Mitglied, es sei denn, die Gemeinde hatte sie von der Mitgliederliste gestrichen. Doch es gab nicht mehr viele Gemeinden, die das taten. Kaum eine führte einen Hausputz durch, nur weil ein Mitglied keine Kirchenbank mehr besetzte.

Sie würden reden müssen. David musste herausfinden, ob die Entscheidung, die Tabitha als Kind getroffen hatte, ihr jetzt immer noch etwas bedeutete. Er musste wissen, ob sie den Herrn liebte. Das war eine Frage, die er sich selbst nie hatte stellen müssen. Er hatte schon immer gewusst, dass Gott bei ihm war – lange bevor er in dem U-Boot Gottes Hand auf seiner Schulter gespürt hatte. Er hatte nicht immer die richtigen Entscheidungen gefällt, aber er hatte nie Zweifel daran gehabt, dass der Herr da war und ihn anfeuerte, den richtigen Weg zu wählen.

David war sich nicht sicher, ob er an diesem Morgen die richtige Entscheidung getroffen hatte. Während er über Hermann Crutchers Kuhweide gelaufen war, hatte er hatte gebetet und dabei zu ignorieren versucht, was er selbst wollte. Er hatte gelauscht und auf eine klare Antwort Gottes gehofft. Doch er hatte nichts gehört außer einem neu geborenen Kalb, das nach seiner Mutter schrie. Aber manchmal beantwortete Gott Gebete so. Ohne eine klare Weisung in die eine oder andere Richtung.

Er hätte um ein Zeichen bitten können. Er hätte beten können: „Herr, wenn du willst, dass ich weiter in Mt. Pleasant predige, lass mich einen Wiesenstärling hören." Aber mit welchem Recht forderte er von Gott irgendwelche Zeichen? Und es spielte keine Rolle, dass er drei Minuten nach diesem Gedanken einen Wiesenstärling gehört hatte. Vielleicht hatte er vorher schon einen gehört, und das hatte ihn überhaupt erst auf die Idee gebracht. Er vertraute darauf, dass der Herr seine Gedanken lenkte und ihn führte. Nicht nur in Bezug darauf, wie er auf die Abstimmung reagieren sollte, sondern bei allem, was er tat – angefangen von dem, was er im *Banner* veröffentlichte, bis hin zu dem, was er zu den Menschen von Hollyhill sagte, wenn er ihnen auf der Straße begegnete. Wes sagte, das führe dazu, dass er manchmal ein bemitleidenswerter Redakteur einer langweiligen Kleinstadtzeitung sei, die höchstens zum Auslegen von Schubladen tauge.

Manchmal wünschte David sich, er könnte den *Banner* ein bisschen aufpeppen, aber es war nun einmal so, dass Hollyhill die Stadt war, über die er schreiben musste, und die Leute von Hollyhill waren anständige, normale Leute, die nicht herumliefen und sich gegenseitig abknallten. Jedenfalls nicht sehr oft. Gott sei Dank. Die Bank war noch nie überfallen worden. Soweit bekannt war, hatte kein städtischer Beamter jemals öffentliche Gelder in die eigene Tasche gesteckt. Der Bürgermeister war vielleicht nicht gerade der Hellste, aber die Leute von Hollyhill kamen gut mit ihm zurecht und hatten ihn jetzt schon für die dritte Amtszeit gewählt. Der Polizeichef verbrachte einen Großteil seines Tages damit, Strafzettel auszustellen.

Natürlich gab es Skandale. Junior Jacksons Frau war vor drei Wochen mit dem Leichtathletiktrainer der Highschool durchgebrannt. Und dann war da noch Bennie Adams, der bei der Bank arbeitete und eine Abmahnung erhalten hatte, weil er betrunken zur Arbeit erschienen war. Ganz zu schweigen von der Scheidung der Harrisons, nachdem der kleine Stevie geboren worden war. Das süßeste Baby in der ganzen Stadt, aber den Gerüchten zufolge gab es gute Gründe dafür, dass das Baby Seth Harrison kein bisschen ähnlich sah. Mehrere Namen möglicher Väter hatten die Runde gemacht, aber diese Art Nachrichten konnte David schließlich nicht im *Banner* abdrucken. Er war selbst eine solche Nachricht gewesen, nachdem Adrienne ihn verlassen hatte. Dass Tabitha wieder hier war, könnte Klatsch und Tratsch in der Stadt erneut anheizen. Wenn, dann würde niemand auf das Erscheinen des *Banner* warten, bis sie sich die Mäuler zerrissen.

„Hallo, Dad", sagte Jocie, als er näher kam. „Das Frühstück steht bereit."

David war froh, dass sie ihn nicht nach seiner Entscheidung bezüglich der Gemeinde fragte. „Und ich bin bereit fürs Frühstück", sagte er mit einem Blick auf seine Armbanduhr. „Ich wollte nicht so lange fortbleiben. Wes fragt sich bestimmt schon, wo wir bleiben."

„Wes nicht, aber Zella wird dir damit in den Ohren liegen, dass du spät dran bist. Als ob sie sich noch nie verspätet hätte!"

„Das bezweifle ich tatsächlich." David hatte Zella Curtsinger von seinem Vorgänger geerbt, der ihm das Versprechen abgenommen hatte, sie weiter zu beschäftigen. Der *Banner* war die einzige Familie, die Zella hatte. Nicht, dass David sie sonst gefeuert hätte. Sie wusste, wo alles war. Sie schickte die Rechnungen pünktlich raus, behielt im Blick, wer bezahlt hatte und wer nicht, und sorgte dafür, dass genügend Anzeigen verkauft wurden, um ihre Gehälter zahlen zu können. Ohne sie wäre David schon vor Jahren in den roten Zahlen gewesen.

„Natürlich habe ich Tante Love jetzt mit den Eiern allein gelassen", sagte Jocie. „Das heißt, wir haben eventuell gar keine Küche mehr, in der wir essen können. Sie muss Is..., ich meine Sugar, beibringen zu heulen, wenn etwas anbrennt. Ich wette, Zeb könnte das."

„Wenn er ins Haus dürfte." David sah Jocie direkt in die Augen und lächelte beinahe, als sie den Kopf senkte. Das Kind war noch nie gut darin gewesen, etwas vor ihm zu verheimlichen. Selbst wenn Jocie als Vierjährige mit ihren Sonntagsschuhen in eine Schlammpfütze gesprungen war, war sie sofort zu ihm gelaufen, um es ihm zu zeigen. Er wusste von jeder Pause, in der sie Strafarbeiten hatte schreiben müssen, weil sie zu viel geredet hatte. Als sie Tante Loves Lieblingsbonbonniere zerbrochen hatte, hatte sie nicht versucht, die Scherben zu verstecken oder heimlich wieder zusammenzukleben. Sie hatte immer zu ihren Taten gestanden. Mit dem Hund war es genauso.

„Ich weiß, ich habe vorher nicht gefragt, aber ich habe Zeb gestern Abend neben meinem Bett schlafen lassen. Es macht dir doch nichts aus, oder? Ich meine, so richtig ..." Sie blickte auf. „Er war ganz brav."

„Wenn Sugar mal mitten in der Nacht in der Loggia erscheint, bricht garantiert der Dritte Weltkrieg aus."

„Dann darf Zeb also reinkommen? Nachts, meine ich." Jocie sah ihn hoffnungsvoll an.

„Solange du den Frieden beibehalten kannst. Wenn Krieg ausbricht, fliegt er raus. Sugar war zuerst hier."

„Abgemacht", sagte Jocie. „Aber wir sollten es nicht Tante Love erzählen, oder? Wir brauchen sie ja nicht unnötig aufzuregen. Und ich sorge dafür, dass die Loggia immer sauber ist."

„In Ordnung. Aber wenn es zum Krieg kommt, tue ich natürlich so, als wüsste ich von nichts. Dann bist du auf dich allein gestellt."

„Oh, Dad. Das würdest du nicht tun. Das wäre doch gelogen."

„Nenn es, wie du willst. Ich nenne es Selbsterhaltungstrieb." David lachte und legte den Arm um Jocie. „Das lernen Prediger ganz früh. Für das, was du nicht weißt, kann dir keiner die Schuld geben."

Tante Love hatte die Eier nicht vergessen. Das Frühstück sah gut aus. David wartete, bis Tante Love das Tischgebet gesprochen hatte, bevor er seine Entscheidung verkündete. Nachdem er seine eine Brötchenhälfte mit Butter bestrichen hatte, sagte er: „Ich habe beschlossen, die Wahl anzunehmen. Wir werden mindestens diesen Sommer in der Mt. Pleasant-Gemeinde verbringen."

„Das ist super, Dad. So lange kann ich bestimmt nett zu Ronnie Martin sein. Mit Gebet und Gottes Hilfe natürlich", fügte Jocie hinzu, während sie einen Streifen Schinkenspeck zerteilte, damit er auf ihr Brötchen passte.

Tante Loves Reaktion fiel knapper aus. „Gut", sagte sie.

David lächelte. So war das mit Entscheidungen oft. Man rang mit ihnen. Sie hielten einen die ganze Nacht lang wach. Man zweifelte und überlegte hin und her. Und wenn die Entscheidung dann gefallen war, ging das Leben so gut wie unbehelligt weiter. „Sobald ich im Büro bin, rufe ich Matt McDermott an."

„Er ist jetzt sowieso im Stall zum Melken", sagte Tante Love. „Soll ich Tabitha einfach schlafen lassen?"

„Das ist vielleicht das Beste. Sie war ganz erschöpft", sagte David.

„Ich kann es kaum erwarten, Wes davon zu erzählen. Das glaubt er mir nie. Erst das Hundegebet und jetzt das Schwestergebet", sagte Jocie. „Du hast doch nichts dagegen, wenn ich mit dir zur Arbeit fahre, oder? Ich habe doch neulich abends mein Fahrrad dort stehen lassen und außerdem habe ich Wes versprochen, dass ich ihm heute bei den Anzeigen für die Sommerbibelschule helfe. Er muss fünf Stück fertig machen."

„Dorothy McDermott hat gestern über den Bibelunterricht von Mt. Pleasant gesprochen. Ich glaube, sie erwarten, dass du dort bist, um die Versammlungen zu leiten", sagte Tante Love.

Er würde sich etwas einfallen lassen müssen, wie er es schaffen konnte, die Abgabetermine für die Zeitung einzuhalten und jeden Tag zur Kirche zu fahren. Doch das machte ihm nichts aus. Es war schön, mal wieder ein solches Problem zu haben.

Als sie um kurz nach neun in der Redaktion erschienen, blickte Zella von ihrer Schreibmaschine auf. „Ach, du bist heute doch hier. Ich dachte, du hättest dir vielleicht ein paar Tage freigenommen, obwohl in deinem Kalender nichts davon steht." Sie drehte ihren Stuhl zu ihnen herum und sah David und Jocie an. Mit dem Zeigefinger schob sie das grüne Brillengestell auf ihrer Nase nach oben und berührte dann wie beiläufig ihr schwarz gefärbtes Haar, um sich zu vergewissern, dass jede ihrer großen Locken an der richtigen Stelle saß. David hatte sie noch nie mit zerzausten Haaren gesehen, selbst an den stürmischsten Tagen. Jocie sagte, Zellas Haare würden eher abbrechen, bevor der Wind sie durcheinanderbringen konnte.

„Aber Zella, du weißt doch, dass ich dir Bescheid sagen würde, wenn ich nicht käme. Es tut mir leid. Ich hätte wahrscheinlich anrufen sollen, um dir zu sagen, dass wir uns ein wenig verspäten."

„Ach, das ist schon in Ordnung. Ich bin mir sicher, du hattest wichtigere Dinge zu tun, als dir Gedanken darüber zu machen, ob die anderen auf der Arbeit wissen, wo du bist. Schließlich spielt es kaum eine Rolle, wenn ich dem Bürgermeister sagen muss, dass du nicht hier bist und ich auch keine Ahnung habe, ob du erscheinst oder nicht."

Jocie sah David an und verdrehte die Augen. „Mensch, Zella, was hast du denn zum Frühstück gegessen? Zitronen?" Ohne eine Antwort abzuwarten, öffnete Jocie die Tür zur Druckerei. Sofort drang der Lärm der Maschinen heraus. Noch bevor die Tür sich hinter ihr schloss, brüllte Jocie Wes etwas von Tabitha entgegen.

„Der Bürgermeister hat also angerufen. Wollte er irgendetwas Bestimmtes oder sollen wir nur kostenlos für seinen Wahlkampf werben?"

„Die Wahl ist doch erst im nächsten Frühjahr", sagte Zella.

„Für den Bürgermeister ist immer Wahlkampf."

„Das stimmt", gab Zella zu. „Aber er sagte, er wolle mit dir über die Feiern zum vierten Juli sprechen. Er meinte, nach den tragischen Ereignissen im vergangenen Herbst sei das besonders wichtig, und da stimme ich ihm voll und ganz zu. Mir kommen immer noch die Tränen, wenn ich daran denke, wie der kleine John-John vor dem Sarg seines Vaters salutiert hat. Solch eine Tragödie." Sie zog ein Taschentuch aus ihrem Rockbund und betupfte damit ihre

Augen. „Was ist nur aus der Welt geworden, dass sie so wundervolle Männer wie Präsident Kennedy erschießen?"

„Ich weiß es nicht, Zella." David wünschte, er wäre bei Wes und Jocie in der Druckerei und könnte mit ihnen darüber reden, dass Tabitha nach Hause gekommen war. Nicht, dass er Zella nicht zustimmte, was die Tragik des Kennedy-Attentats anging. Das tat er. Aber Zella badete in ihrem Kummer und genoss ihn so sehr, wie ein Schwein den Dreck liebt.

„Aber was meinst du als Prediger, David? Glaubst du, dass wir uns in der Endzeit befinden, mit all diesen Kriegsgerüchten und Stürmen und Aufruhr überall um uns herum?"

„Die Bibel ist da ziemlich eindeutig, Zella. Dort steht, dass niemand das wissen kann, also verbringe ich nicht viel Zeit damit, darüber nachzudenken."

„Aber sie haben diese Bomben, die uns in einer Millisekunde auslöschen können, und diese roten Telefone und all das. Es ist doch beängstigend, wenn man darüber nachdenkt. Ich habe schon überlegt, ob ich mir einen Bunker in meinem Garten bauen soll, aber ich kann mir nicht vorstellen, meinen schönen Rosengarten umzugraben. Außerdem will man ja auch nicht mit seinen Vorräten unter der Erde sitzen, wenn über einem alle sterben, oder? Besser früh und schnell gehen, sage ich." Zella nickte energisch. Ihre Locken rührten sich nicht von der Stelle.

„Da könntest du recht haben", stimmte David ihr zu. „Wir müssen einfach weiter für Frieden beten."

„Natürlich, das ist doch selbstverständlich."

„Irgendwelche anderen Nachrichten außer der vom Bürgermeister?", fragte David, während er sich an Zellas Schreibtisch vorbeischob. Zella konnte stundenlang ohne Punkt und Komma darüber reden, dass die Welt ein schlimmes Ende nehmen würde, aber sie hatte auch keine Probleme damit, sich urplötzlich wieder der anfallenden Arbeit zu widmen.

„Nur Harry Sanders. Er hat angerufen, um dir zu sagen, dass seine Farbe diese Woche im Angebot ist, falls du welche brauchst."

„Hast du ihn dazu überredet, eine Angebotsanzeige in der Zeitung zu schalten?"

„Natürlich."

„Du bist dein Gewicht in Gold wert“, sagte David.

„Wer nicht wirbt, geht pleite.“ Zella wandte sich wieder ihrer Schreibmaschine zu, um ihr zufriedenes Lächeln zu verbergen.

„Und eine Zeitung, die sich nicht verkauft, geht noch schneller pleite.“ David war jetzt an der Tür zu seinem kleinen Büro. „Ach, übrigens, ich habe Neuigkeiten. Gute Neuigkeiten.“

Zella blickte wieder auf. „Die Gemeinde hat dich gewählt? Das ist wunderbar! Natürlich, das war auch richtig so.“

„Das auch“, sagte David. „Aber es gibt noch mehr. Tabitha ist nach Hause gekommen.“

Zella runzelte verwirrt die Stirn, bis ihr dämmerte, von welcher Tabitha er sprach. Dann riss sie die Augen auf. „Deine Tabitha?“

„Ja, meine Tabitha.“

„Ach, du lieber Himmel, David. Das ist ja wirklich eine fantastische Neuigkeit.“ Zella stand auf, schien aber nicht zu wissen, was sie als Nächstes tun sollte. „Geht es ihr gut? Was ist mit Adrienne? Und du liebe Güte, warum hast du nicht sofort etwas gesagt, als ihr zur Tür hereingekommen seid? Das ist ja so aufregend!“

„Es geht ihr gut, Zella, und Adrienne ist nach wie vor in Kalifornien.“

„Kalifornien passt zu ihr.“ Zella setzte sich wieder. Ihr Lächeln war verschwunden.

„Woher weißt du das? Warst du schon mal in Kalifornien?“

„Nein, aber Wesley war dort, und du siehst ja, wie er ist.“ Zella spannte ein frisches Blatt Papier in ihre Schreibmaschine ein. „Du solltest wirklich nicht erlauben, dass er Jocelyn all diese verrückten Geschichten vom Jupiter erzählt. Am Ende glaubt sie sie noch.“

„Ach, die beiden machen sich doch nur einen Spaß. Mach dir keine Sorgen.“

„Hat er dir eigentlich erzählt, warum er sich hier in Hollyhill versteckt? Bestimmt ist er auf der Flucht vor dem Gesetz.“

„Ich glaube nicht, dass er sich vor der Justiz versteckt“, sagte David.

„Vor irgendetwas versteckt er sich. Aber zurück zu Tabitha.“ Zella sah ihn durchdringend an. „Du wusstest doch nicht, dass sie kommt, und hast es uns allen verschwiegen, oder?“

„Nein, wir kamen gestern Abend vom Gottesdienst in Mt. Pleasant nach Hause und da saß sie auf der Veranda.“

Zellas Lächeln kehrte zurück. „Erstaunlich! Wie alt ist sie jetzt eigentlich?"

„Nächsten Monat wird sie zwanzig."

„Zwanzig? Ist es schon so lange her? Das kann doch kaum sein. Wie auch immer … sag ihr, sie soll mich besuchen kommen. Du weißt ja, dass ich ihr das Maschineschreiben beigebracht habe, als sie klein war, und ich habe ihr auch gezeigt, wie sie meine Veilchen gießen muss, ohne dass die Blätter nass werden. Sie hat immer hier bei mir gesessen und Regenbogen gemalt, wenn du sie in die Redaktion mitgebracht hast. Sie war so ein liebes Mädchen."

„Jocie könnte wahrscheinlich auch ein paar Tipps gebrauchen, was die Verbesserung ihrer Tippkünste betrifft."

Zella warf ihm einen Blick zu. „Sie kommt doch im Herbst in die Highschool. Da lernen sie es."

David erwiderte nichts, sondern ging in sein Büro, um den Bürgermeister anzurufen. Nein, der Bürgermeister hatte noch keine konkreten Pläne für die Feiern zum Nationalfeiertag am vierten Juli. Er dachte an ein paar patriotische Lieder und eine kleine Predigt. Dafür würden sie natürlich den Prediger der großen Baptistengemeinde in der Stadt engagieren. Und den Prediger der freien Christengemeinde für das Eröffnungsgebet. Damit bekämen zwar nicht beide die gleiche Redezeit zur Verfügung, aber es gab in Hollyhill schließlich mehr Baptisten als Mitglieder der freien Christengemeinde.

„Was ist mit den Methodisten?", fragte David.

„Die können natürlich auch mitmachen", sagte der Bürgermeister. „Wir diskriminieren niemanden wegen seiner Konfession. Glauben Sie, dass ein paar Leute Geld für ein Feuerwerk spenden würden, wenn Sie etwas darüber in die Zeitung setzen? Letzten Sommer war ich am vierten Juli drüben in Grundy und sie haben die amerikanische Flagge mit Feuerwerk nachgebildet. Das war was!"

„Ich schreibe gerne ein Editorial darüber", versprach David. „Aber wir haben nicht viel Zeit. Nicht einmal einen Monat. Wir hätten früher mit der Planung anfangen sollen."

„Das hatte ich auch vor, aber Sie wissen ja, wie die Zeit vergeht. Eigentlich sollte jetzt noch März sein und nicht schon Juni. Aber wie dem auch sei, daran können wir nichts mehr ändern. Und wir müssen auch kein Feuerwerk haben. Nur die Lieder und die Predigt und vielleicht die Highschool-Band, um die Nationalhymne zu spielen. Und Pfadfinder mit Flaggen. Jungen und Mädchen. Verkaufen die Girl-Scouts noch selbst gebackene Kekse? Vielleicht können wir eine Parade auf die Beine stellen."

„Klingt gut, Herr Bürgermeister. Haben Sie den Stadtrat gefragt, was er davon hält?"

„Wen interessiert schon, was die denken", antwortete der Bürgermeister abschätzig, doch dann erinnerte er sich daran, mit wem er gerade sprach. „Also, ich will nicht, dass das nächste Woche in der Zeitung steht, David, aber Sie wissen ja, wie ein paar von denen denken. Wenn ich vorschlagen würde, in der Sahara einen Brunnen zu bauen, würden sie sagen, dass dort nie jemand Durst hat, und selbst wenn, könnten sie doch Sand trinken wie ihre Vorväter, und ein Brunnen wäre eine Verschwendung von Haushaltsgeldern. Sie wissen, dass das stimmt, David."

David lachte. „Vielleicht, aber die Mitglieder des Stadtrats wollen doch bestimmt alle gute Patrioten sein."

„Sie springen vielleicht auf den Zug auf, wenn sie glauben, sie könnten mich runterschubsen, aber damit muss ein Politiker jeden Tag fertig werden. Sie machen also Werbung, um bei den Leuten Interesse zu wecken? Der Artikel muss entweder diese oder nächste Woche erscheinen."

„Gerne. Ich finde, es ist eine gute Idee. Etwas, das die Gemeinschaft stärkt."

„Wunderbar. Ich klappere dann als Nächstes mit dem Hut die Geschäfte in der Hauptstraße ab. Wenn wir das mit der Parade hinbekämen, würde das sicherlich ein paar zusätzliche Leute zum Einkaufen in die Stadt locken. Eine Win-win-Situation für alle Beteiligten."

„Sind Sie sich sicher, dass wir kein Wahljahr haben?"

„Wenn ein Mann Bürgermeister bleiben will, dann ist jedes Jahr Wahljahr", sagte Bürgermeister Palmor. „Man muss nur nicht jedes Jahr Anzeigen in der Zeitung schalten."

„Sie bezahlen sie, wir drucken sie."

„Keine Sorge. Im nächsten Wahlkampf werde ich für jede Menge Anzeigen zahlen, aber im Moment brauchen Sie nur daran zu denken, wer die Idee hatte, wenn Sie etwas über die Feiern zum vierten Juli schreiben." Der Bürgermeister lachte und legte auf.

David ließ den Hörer auf die Gabel fallen und betrachtete die Papierstapel auf seinem Schreibtisch. Alles Zu-erledigen-Stapel und keine Erledigt-Stapel. Und er musste noch Matt McDermott anrufen. Kurz entschlossen schob David seinen Stuhl zurück und stand auf. Das konnte warten. Alles konnte warten. Jetzt brauchte er erst einmal einen Kaffee und eine gute Portion Frotzeleien von Wes. Er würde schon alles schaffen. Der Herr würde ihm nicht solche Chancen bieten und ihm dann nicht helfen, die damit verbundene Arbeit zu bewältigen.

13

Wes war Jocie in jeder Unterhaltung drei Schritte voraus und hatte immer eine clevere Erwiderung parat, aber die Neuigkeit über Tabitha überraschte selbst ihn. „Tabitha ist nach Hause gekommen? Aus Kalifornien?“, sagte er. „Ist sie mit einem Raumschiff gekommen, so wie ich?“

„Nee. Mit dem Bus“, sagte Jocie.

„Den ganzen Weg von Kalifornien? Wenn das nichts ist …“ Wes schüttelte verwundert den Kopf. „Am Samstag das Hundegebet, am Sonntag das Schwestergebet. Ich komme aber nicht in einem deiner Gebete vor, oder?“ Besorgt sah Wes sie an.

„Was dich angeht, bete ich nur das Übliche. ‚Gott, segne Wes und mach, dass er seine Finger nicht in der Druckerpresse zerquetscht, und lass sein Raumschiff noch ein paar Jahre wegbleiben.‘ Also nichts Besonderes.“

Wes blickte auf seine tintenbefleckten Finger hinunter. „Weißt du, ich habe keinen einzigen roten Fingernagel. Ich kann mich nicht erinnern, dass ich mir jemals die Finger gequetscht hätte, seit ich angefangen habe, für deinen Dad zu arbeiten. Das Hundegebet. Das Schwestergebet. Das Keine-gequetschte-Finger-Gebet. Was betest du denn sonst noch so?“

Jocie zuckte mit den Schultern. „Ich weiß nicht. Dass Tante Love nicht das Haus abbrennt. Für Regen für die Bauern. Dass verlorene Menschen gerettet werden. Kranke gesund werden. Ich weiß nicht. Daddy sagt, dass wir oft gar keine Antwort erwarten, wenn wir beten. Wir leiern unsere Gebete einfach so runter, ohne zu überlegen, worum wir eigentlich bitten.“

„Hast du eine Antwort auf dein Schwestergebet erwartet?“

„Schon, aber nicht so schnell nach dem Hundegebet. Es ist so, als hätte Gott auf die Erde runtergesehen und gesagt: ‚Ach, da ist ja Jocie. Worum hat sie noch mal gebetet? Ach ja, ein Hund und die Schwester.‘ Und schwupp, da sind sie.“

„Und was ist mit Tabitha? Wie geht es ihr? Sie war noch ein kleines Mädchen wie du, als ich sie das letzte Mal gesehen habe.“

„Ich bin kein kleines Mädchen. Ich bin dreizehn."

„Also gut, du bist beinahe erwachsen, und in fünfzig Jahren wirst du so alt sein wie ich jetzt. Aber erzähl mir von Tabitha. Ist sie so hübsch geworden, wie ich es erwartet hatte?"

„Sie ist hübsch. So wie Mom in meiner Erinnerung. Aber Tabitha trägt kein Make-up, so wie Mom immer. Nicht einmal Lippenstift. Nur eine Rose ist auf ihre Wange gemalt. Aber sie war tagelang mit dem Bus unterwegs, bevor ein Lastwagenfahrer mit einer Lieferung Kartoffelchips sie bis zu unserem Haus gebracht hat. Ich dachte, Dad würde deswegen völlig ausflippen, aber er ist ziemlich ruhig geblieben. Dann hat sie auf unserer Veranda gewartet, bis wir nach Hause kamen."

„Warum ist sie nicht ins Haus gegangen?"

„Sie sagte, sie sei sich nicht sicher gewesen, ob wir noch dort wohnen. Als wäre Dad umgezogen, ohne es ihr zu sagen. Natürlich hat er ihr eine Weile nicht geschrieben, weil wir ihre letzte Adresse nicht hatten. Jedenfalls war die Fahrt quer durchs Land ganz schön anstrengend für sie. Sie hat erzählt, dass sie in einer Bushaltestelle geschlafen hat, als sie umsteigen musste."

„Sie hat die lange Reise ganz allein gemacht?" Wes schüttelte den Kopf, als könnte er es nicht glauben. „Die Tabby, an die ich mich erinnere, war ein schüchternes kleines Ding und hatte Angst vor ihrem eigenen Schatten. In Bushaltestellen gibt es eine Menge Schatten."

„Darüber weiß ich nichts, aber sie ist hier angekommen. Ich würde sagen, ein bisschen nervös sah sie gestern Abend schon aus, aber die Situation war ja auch verrückt. Zeb hat gebellt und Tante Love hat Bibelverse zitiert und Dad hat sie einfach nur angestarrt, als traute er seinen Augen nicht, und kein Wort herausgebracht."

„Dein Dad sprachlos? Das hätte ich gerne gesehen."

„Ja, ich weiß. Jedenfalls sieht Tabitha nicht mehr so aus, wie ich sie in Erinnerung habe. Ihre Haare sind lang und glatt und reichen ihr fast bis zur Taille. Und sie hatte ein cooles weites Oberteil und leuchtend grüne Hosen und Sandalen an. Und dann diese Rose, die auf ihre Wange gemalt ist. Jedenfalls glaube ich, dass sie nur aufgemalt ist. Ich habe noch nie ein Mädchen mit einer echten Tätowierung gesehen."

„Ich wollte mir auch mal eine Tätowierung machen lassen“, sagte Wes. „Aber ich wusste nicht mehr, was die Raumschiffgesetze auf dem Jupiter darüber sagen, ob man außerjupiterianische Tinte einführen darf. Ich wollte mir nicht ein Stück Haut rausschneiden müssen, um wieder nach Hause reisen zu dürfen.“

„Du bist verrückt“, sagte Jocie grinsend und warf dann einen Blick über ihre Schulter, als erwartete sie, dass Zella oder ihr Vater sich von hinten anschlichen. Außer Wes und ihr war niemand in der Druckerei, aber trotzdem senkte sie die Stimme, als sie Wes fragte: „Glaubst du, sie ist ein Hippie?“

„Könnte sein. Wo sie doch aus Kalifornien kommt und so. Warum fragst du sie nicht einfach?“

„Das mache ich vielleicht. Später, wenn sie ausgeschlafen hat. Ich könnte sie eine ganze Menge Sachen fragen“, sagte Jocie und dachte wieder an ihre Mutter.

Niemand sprach gerne über ihre Mutter. Tante Love sagte, sie hätte lediglich ein paarmal „Guten Tag“ zu ihr gesagt, und so würde man einen anderen Menschen nicht kennenlernen. Wes sagte so ziemlich das Gleiche: Er wisse nicht genug über sie, um Jocie etwas erzählen zu können. Und ihr Vater sah jedes Mal, wenn sie etwas über ihre Mutter sagte, so aus, als würde sie ihn mit Nadeln piesacken. Die meisten Leute in Hollyhill taten so, als hätte Jocie nie eine Mutter gehabt. Aber Tabitha dürfte eigentlich kein Problem damit haben, über sie zu reden. Und sie würde Dinge wissen, die niemand in Hollyhill wusste.

Die Tür ging auf und ihr Vater betrat die Druckerei. „Gibt's hier noch Kaffee?“, fragte er.

„Aber klar, Boss. Stark und so schwarz, dass wir ihn als Tinte benutzen können, falls uns die Druckerschwärze ausgeht“, sagte Wes.

Jocie nahm einen Becher von dem Regal über der Kaffeemaschine und goss ihrem Vater etwas ein. Bevor sie ihm die Tasse reichte, schwenkte sie den Kaffee unter ihrer Nase. „Puh! Vielleicht hat Zella das zum Frühstück gehabt und keine Zitronen.“

„Nee. Dieser Kaffee ist nichts für eine Frau wie Zella. Um etwas so Ekliges runterzuschlucken, braucht's einen Mann“, sagte Wes und trank den letzten Schluck aus seinem eigenen Becher, bevor er ihn Jocie zum Nachfüllen hinhielt.

„Könnte sein, dass die Kanne mal wieder gespült werden müsste“, sagte David nach einem Blick auf die schwarze Flüssigkeit in seinem Becher.

„Ich habe gehört, das nimmt den Geschmack weg“, sagte Wes.

„Das wäre zu hoffen.“ David trank einen Schluck und schnitt eine Grimasse. „Aber wenigstens öffnet er einem die Augen.“

„Er weitet sozusagen den Blick“, sagte Wes. „Und das braucht ein Zeitungsmann schließlich. Jo hat mir gerade erzählt, dass Tabby gestern Abend bei euch auf der Matte stand. Ist sie in Ordnung?“

„Sie ist müde. Völlig erschöpft von der Reise, aber in Ordnung.“ David nippte an dem Gebräu in seinem Becher.

„Hat sie euch erzählt, warum sie hier ist?“, fragte Wes.

„Noch nicht“, sagte David.

Jocie schaltete sich ein. „Was meinst du damit, warum sie hier ist? Vielleicht wollte sie einfach kommen. Vielleicht wollte sie Dad sehen.“

„Hat sie gesagt, dass sie nur zu Besuch gekommen ist?“, fragte Wes.

„Ich glaube, sie will eine Weile bleiben“, sagte David.

„Hollyhill wird auf jeden Fall ein Tapetenwechsel für sie sein. Jo sagt, sie sieht wie eine richtige Kalifornierin aus.“

„Ein Blumenkind, ganz sicher“, sagte David. „Aber sie ist immer noch meine Tochter.“

„Ein Vater sollte für seine Tochter sorgen.“ Wes starrte in seinen Kaffee.

„So gut er kann. Kein Vater kann seine Kinder davor behüten, dass etwas Schlimmes geschieht“, sagte David leise.

„Na, jedenfalls wird keine Zeitung gedruckt, wenn wir hier herumstehen und den ganzen Tag Maulaffen feilhalten“, sagte Wes. „Fangen wir mit diesen Anzeigen für die Sommerbibelschule an. ‚Meldet euch alle an! Wir bringen euch bei, wie man mit Suppennudeln Jesus buchstabiert!‘“

„Ach, Wes“, sagte Jocie. „Die Bibelschule macht Spaß. Man darf Plätzchen essen, bis einem schlecht ist, und singen und Fangen spielen. Ich bin noch nie einem Kind begegnet, das nicht gerne zur Bibelschule gegangen wäre.“

„Selbst gebackene Plätzchen?“, fragte Wes.

„Klar. Manchmal sogar Muffins."

„Bin ich zu alt, um mitzumachen?", fragte Wes, und jetzt lächelte er wieder.

„Ich weiß nicht. Da müssen wir den Pastor fragen", sagte Jocie.

Wes warf David einen Blick zu. „Haben wir einen in der Nähe? Sehe ich etwa den frischgebackenen Pastor von Mt. Pleasant vor mir? Den Reverend David Brooke?"

„Bruder David tut es auch", sagte David.

„Das heißt, du hast genügend Stimmen bekommen", sagte Wes.

„Na ja, eine weniger, als ich eigentlich wollte, aber ich habe beschlossen, dass das kein Grund ist, die Berufung auszuschlagen. Es sind ohnehin nur ein paar Monate, bis sie jemanden finden, der eine ganze Stelle machen kann. Allerdings habe ich heute noch nicht mit Matt McDermott gesprochen. Er weiß bisher nicht, dass Tabitha nach Hause gekommen ist."

„Was spielt das für eine Rolle? Das ist doch gutes Predigtfutter für dich. Die verlorene Tochter kehrt heim." Wes legte eine Hand auf Jocies Schulter. „Und die treue andere Tochter ist genauso froh wie du. Sie ist bereit für das Fest. Ihr ladet mich doch ein, oder?"

Jocie kicherte. Sie malte sich aus, wie Tabitha in ihrem Zimmer aufwachen und vielleicht die Kiste mit ihren alten Sachen aus dem Wandschrank ziehen würde. Einige der Gegenstände würden sie zum Lachen bringen. Andere vielleicht zum Weinen. Und dann würde sie nach unten gehen und Tante Love würde sie mit Bibelversen begrüßen. Vielleicht etwas wie: „Guter Schlaf ist ein Geschenk Gottes." Jocie war sich nicht sicher, ob das in der Bibel stand, aber es könnte gut sein. Vielleicht würde Tante Love sie ein bisschen in Ruhe lassen, jetzt, wo sie jemand anderen im Haus hatte, den sie mit Bibelsprüchen bombardieren konnte.

Jocie presste die Lippen zusammen, um ihr Kichern zu unterdrücken. Ihr Vater und Wes würden sonst noch glauben, sie hätte Kicherwasser getrunken. Sie dachte daran, dass Zeb sich unter der Veranda eine Kuhle gegraben hatte, wo er es schön kühl hatte, bis sie nach Hause kam. Sie dachte an die Sterne, die sie am Abend zuvor durch das Fenster gesehen hatte. Plötzlich fiel ihr ein Kinderlied aus der Sonntagsschule ein: „Wenn du glücklich bist, dann klatsche in die Hand". Am liebsten hätte sie gleichzeitig in die Hände geklatscht und mit den Füßen gestampft und Amen gerufen.

„Ich plane die Feier gleich, nachdem ich mir überlegt habe, was wir diese Woche auf die Titelseite packen“, sagte ihr Vater gerade.

„Du hast doch das Bild von den Zwillingskälbern“, sagte Wes. „Und es ist Bibelschulzeit in unserem kleinen, frommen Hollyhill. Du könntest Jocie etwas über die Großartigkeit der Sommerbibelschule schreiben lassen. Sie scheint ein riesiger Fan zu sein. Und wir haben im Archiv bestimmt ein paar Bilder von Kindern, die vor einer Kirche herumlaufen.“

„Du könntest darüber schreiben, dass Tabitha nach Hause gekommen ist“, schlug Jocie vor.

„Ich glaube nicht“, sagte David. „Ich könnte mir vorstellen, dass Tabitha nicht gleich in der ersten Woche ihren Namen in der Zeitung lesen will. Außerdem will der Bürgermeister, dass die Stadt eine große Party zum vierten Juli veranstaltet. Ich habe ihm gesagt, dass ich ein Editorial schreiben werde, aber vielleicht können wir ja die ganze Seite damit füllen. Damit die Leute es auch wirklich wahrnehmen.“

„Wie wäre es mit dem neuen Pastor von Mt. Pleasant? Neue Prediger sind immer eine Nachricht wert“, sagte Wes. „Ich könnte zu euch rauskommen und ein Bild von dir und Tabby und Jo und Love machen, so als wärt ihr gerade erst eingezogen. Ein Feature über die ganze Familie. So sehen alle, wie Tabby aussieht, und müssen nicht unter irgendeinem fadenscheinigen Vorwand bei euch vorbeikommen, um einen Blick auf sie zu erhaschen.“

„Das ist ein gutes Argument“, sagte David. „Die Leute werden mit Sicherheit neugierig sein.“

„Siehst du. Die Titelseite ist so gut wie voll, und dann haben wir noch die Sportveranstaltungen und jede Menge Hochzeitsanzeigen“, sagte Wes. „Wer sagt denn, dass in Hollyhill nichts Aufregendes passiert?“

„Ich glaube, das warst du“, sagte Jocie.

„Nur nicht frech werden, junge Dame.“ Wes schob sie zu dem Tisch, auf dem die Anzeigen für die Sommerbibelschule gesetzt werden sollten. „Dazu hast du gar keine Zeit. Morgen Nachmittag muss die Druckmaschine angeworfen werden und wenn ich mich nicht irre, hast du noch kein Wort von dem Artikel über die Bibelschule geschrieben. Ganz zu schweigen vom Setzen der Anzeigen."

„Vielleicht könnte ich auch den Bürgermeister und ein paar andere Leute zum Nationalfeiertag interviewen", sagte Jocie. „Wir haben ihn in der Schule durchgenommen, aber das war alles aus irgendwelchen Geschichtsbüchern."

„Einflussreiche Persönlichkeiten unserer Stadt erzählen einer Jugendlichen, was ihnen der Unabhängigkeitstag bedeutet. Das könnte funktionieren. Und ich könnte ein paar Kinder zusammentrommeln und hören, was sie darüber wissen. Gute Idee, Jocie!", sagte ihr Vater.

„Ich könnte mit dir anfangen", sagte Jocie.

„Ich hebe mir meine Munition lieber für das Editorial auf. Den Platz muss ich schließlich auch noch füllen."

„Wie wäre es dann mit dir, Wes? Nur als Übung. Was bedeutet dir der vierte Juli?"

„Bei uns auf dem Jupiter gibt es leider keinen Unabhängigkeitstag, aber ..."

„Komm schon, Wes. Du weißt doch, dass ich nichts über den Jupiter schreiben kann", unterbrach Jocie ihn. „Es muss alles ganz amerikanisch sein."

„Also gut, heute mal keine Jupiterhistorie. Die Geschichte hätte dir bestimmt gefallen, aber in Ordnung. Wenn du Erdzeug willst, bekommst du Erdzeug." Wes warf einen Blick auf die Druckmaschine hinter sich, als würden die Worte dort erscheinen. „Feuerwerk. Hotdogs. Reife, saftige Wassermelonen. Nickerchen."

Jocie hatte einen Bleistift in die Hand genommen, um sich Notizen zu machen. Jetzt blickte sie auf. „Nickerchen?"

„Ja, während die Politiker dir erzählen, wie toll sie sind. Am besten nimmst du Streichhölzer mit, damit du die Augen offen halten kannst, wenn du mit dem Bürgermeister sprichst", sagte Wes.

„Ich werde ihm sagen, er soll sich auf fünf Dinge beschränken, jedes mit maximal zwei Wörtern."

„Er könnte dir noch nicht mal seinen Namen sagen, ohne mehr als zwei Wörter zu gebrauchen", sagte Wes. Er hob die Stimme um zwei Oktaven. „Bürgermeister Raymond Palmor, das bin ich. Aber die Leute in der schönsten kleinen Stadt Amerikas nennen mich einfach den Macher. Weil ich Hollyhill dazu gemacht habe. Ganz alleine. Vergesst das nicht, wenn ihr nächstes Jahr wählen geht.'"

„Lass ihn das nicht hören", sagte David und wandte sich ab, um in sein Büro zurückzugehen. „Sonst will er noch, dass wir den *Banner* in *Der Macher* umbenennen."

Jocie machte sich an die Arbeit, die Anzeigen zu setzen. Aber während sie die Wörter zusammenfügte und einpasste, dachte sie über die anderen Geschichten nach, die sie schreiben sollte. Der Artikel über die Bibelschule war einfach. Damit kannte sie sich aus. In dem Sommer, in dem sie acht Jahre alt gewesen war, also in dem perfekten Alter für die Bibelschule, hatte sie an zehn verschiedenen Bibelwochen teilgenommen. Am Ende des Sommers hätte sie die Lektionen rückwärts aufsagen können, und sie hatte ein ganzes Regal voll mit Raupen aus Eierkartons, Stiftebehältern aus Suppendosen, Tellern mit aufgeklebten Buchstabennudeln und Untersetzern mit ihrem Bild in der Ecke.

Ihre Oma Mae hatte jeden einzelnen Gegenstand bewundert, als wäre er ein Kunstwerk. Als sie im Herbst darauf gestorben war, hatte Jocie einen der Untersetzer in ihren Sarg geschmuggelt, als niemand hingesehen hatte. Sie erinnerte sich noch daran, wie steif und seltsam ihre Großmutter sich angefühlt hatte, als sie ihren Arm berührt hatte. Noch Monate danach hatte sie deswegen Albträume gehabt, aber sie hatte es nie bereut, den Untersetzer mit ihrem Bild in den Sarg gelegt zu haben. Sie wollte nicht, dass ihre Oma vergaß, wie sie aussah, bevor sie sich einander im Himmel wieder begegneten.

14

Sie druckten die Zeitung dienstagnachmittags. Selbst Zella bekam schwarze Hände, wenn sie die frisch gedruckten Seiten aus der Maschine nahm, um sie zu konfektionieren, aber sie war ein alter Hase darin, denn sie hatte schon Zeitungen gefaltet, als David und Wes sich noch nicht einmal hätten träumen lassen, bei einer Zeitung zu arbeiten. An Dienstagen trug sie immer ihren dunkelblauen Rock und eine weiße, hochgeschlossene Bluse, die irgendwie weiß blieb. Sie kratzte sich nie an der Nase oder rieb sich die Augen, bis die letzte Zeitung gefaltet war, während alle anderen am Ende des Faltvorgangs immer aussahen wie gefleckte Dalmatiner.

Für David war es immer der beste Augenblick seiner Arbeitswoche, wenn er die erste Zeitung vom Stapel nahm und sich hinsetzte, um sie aufzuschlagen, als säße er auf seiner Veranda und wollte die Neuigkeiten der Stadt erfahren. Während er die Titelseite dieser Ausgabe überflog, nickte er zustimmend.

Jocie atmete erleichtert auf und lächelte. Ihr Artikel über die Bibelschule stand unten auf der Titelseite. Das Bild von den Kälberzwillingen nahm die obere Hälfte ein. Zwillingsgeburten kamen bei Rindern nur alle Jubeljahre einmal vor, und auch wenn wahrscheinlich jeder im Bezirk inzwischen davon gehört hatte, zählte David darauf, dass die Menschen auch das Bild als Beweis sehen wollten.

Sie hatten kein Bild gefunden, auf dem Kinder über einen Kirchhof liefen, also hatte Wes ein SBS-Logo für die Sommerbibelschule entworfen, von dem David vermutete, dass einige Gemeinden es ausschneiden und für ihren Gemeindebrief verwenden würden. Wes hatte eine Bibel, ein lächelndes Kindergesicht und ein Kreuz in das Logo integriert. David zog die Zeitung näher, um sich das S in dem Logo genauer anzusehen. „Wes, sag mir, dass du dem S keine Schlangenaugen verpasst hast.“

„Schlangen sind biblisch. Eine alte Schlange hat gleich zu Anfang eine wichtige Rolle gespielt, habe ich gehört“, sagte Wes.

„Schlange? Wo ist eine Schlange?“, wollte Jocie wissen und nahm sich eine Zeitung vom Stapel.

Zella blickte über Jocies Schulter. „Wesley Green, wenn wir die Titelseite noch einmal drucken müssen, wird das von deinem Lohn abgezogen", sagte sie.

„Wir drucken nicht noch mal", sagte David. „Der Herr hat die Sache recht gut verwischt. Aber Wes, es gibt Dinge, mit denen spielt man nicht. Wenn die Leute aus den Gemeinden den Banner nicht mehr kaufen, gehen wir unter."

„Ganz zu schweigen von der Gefahr, während der Zeit der Bibelschule und der Erweckungssaison weniger Anzeigeneinnahmen zu haben", fügte Zella hinzu.

Jocie schlug sich die Hand vor den Mund, um ihr Lächeln zu verbergen, und verpasste ihrem Gesicht dadurch noch mehr schwarze Streifen.

„Das ist nicht im Geringsten lustig, Jocelyn", sagte Zella.

Jocie konnte nicht anders, sie lachte laut auf. „Ach, komm schon, Zella. Niemand außer uns wird merken, dass es eine Schlange ist, und wenn es doch jemand tut, dann sehen wir uns das Logo genauer an und geben zu, dass man den Tintenklecks von der Druckmaschine mit viel Fantasie für Schlangenaugen halten könnte."

Zella warf Wes einen vernichtenden Blick zu. „Wesley Green, irgendwann wirst du dich dafür verantworten müssen, dass du dieses Kind in die Irre geführt hast."

„Ach, Zella, es sind doch nur ein paar Schlangenaugen. Ein bisschen Spaß muss schließlich sein", sagte Wes. „Wenn du nicht langsam mit dem Üben anfängst, bekommst du womöglich Risse im Gesicht, wenn dir irgendwann etwas so Lustiges begegnet, dass du einfach lächeln musst."

„Haha", sagte Zella ohne den geringsten Anflug eines Lächelns, bevor sie davonstapfte, um sich die Hände zu waschen.

David seufzte. „Wes, du hast doch versprochen, Zella eine Weile in Ruhe zu lassen. Ich habe noch andere Dinge zu tun, als sie bei Laune zu halten."

„Tut mir leid, Boss." Wes sah nicht so aus, als täte es ihm leid, während er sich daranmachte, die Zeitungen für die Auslieferung zu bündeln. Zwei Drittel der Exemplare wurden zur Post gebracht und verschickt. Das andere Drittel kam in Lebensmittelläden und Restaurants, also alles Orte, an denen sie gekauft werden konnten.

Einige wenige wurden in den Ständer vor dem Zeitungsbüro gesteckt. Für einen Vierteldollar konnte jeder in Erfahrung bringen, was sich an Berichtenswertem in Hollyhill zugetragen hatte oder auch an nicht so Berichtenswertem. Wenn nichts geschah, mussten sie die Spalten trotzdem mit Wörtern füllen.

David überflog Jocies Artikel über die Sommerbibelschule noch einmal. Er konnte die frisch geschrubbten Kinder beinahe vor sich sehen, wie sie in die Kirchen marschierten, konnte die Gelöbnisse auf die Bibel hören, die Orangenlimonade und die Schokoladenkekse förmlich schmecken. Das Mädchen war im Umgang mit Sprache ein Naturtalent, viel besser als er.

Andererseits hatte er ja auch nie vorgehabt, ein Zeitungsmann zu werden, hatte nicht einmal im Traum daran gedacht. Er hatte auch keine Ausbildung fürs Schreiben genossen, abgesehen davon, dass er schon immer viel gelesen hatte und beim Militär geübt hatte, Berichte zu verfassen. Aber als er nach dem Krieg nach Hause gekommen war, war jemand für den *Banner* gesucht worden. Henry Lyster, der damalige Eigentümer und Herausgeber, hatte ihn gemocht und ihn zu den verrücktesten Zeiten arbeiten lassen, damit er nebenbei das theologische Seminar in Louisville besuchen konnte. David hatte nur dafür sorgen müssen, dass er da war, wenn die Druckmaschine lief, und dass seine Beiträge alle rechtzeitig fertig waren.

Henry hatte den *Banner* mehr als dreißig Jahre lang veröffentlicht und er fasste sein Zeitungs-Know-how gerne mit den Worten zusammen: „Ärgere hin und wieder die Politiker und drucke die Enkel der Einwohner ab, so oft du kannst."

Nachdem David sein Theologiestudium beendet hatte, hatte Henry verkündet, er würde nach Florida ziehen und David den *Banner* verkaufen. Seitdem hatte David ihm jedes Jahr einen Prozentsatz des Gewinns überwiesen, den Henry auf den Kaufpreis anrechnete. Henry hatte ihm gesagt, wenn der *Banner* ein gutes Jahr hatte, würde die Zahlung dieses Jahres die letzte sein. Das war nach Davids Aufzeichnungen nicht ganz korrekt, aber Henry sagte, seine Buchführung sei die, die zählte.

Als David die Zeitung aufschlug, lachte ihm das Bild des neuen Interimspastors von Mt. Pleasant und seiner Familie entgegen. Tante Love hatte nicht mit aufs Bild gewollt und so lange an den

Kämmen in ihrem Haar und dem weißen Kragen ihres dunkelvioletten Kleides herumgefingert, dass Jocie irgendwann gesagt hatte: „Zaudert nicht, spricht der Herr."

„Ich will einen Beweis mit Kapitel und Vers sehen, dass der Herr das gesagt hat", hatte Tante Love erwidert, aber schließlich hatte sie erlaubt, dass Wes das Foto machte. Sie lächelte nicht, aber sie sah hoheitsvoll und gefasst aus. Niemand konnte an ihrem Anblick erkennen, dass ihr das Gedächtnis allmählich abhanden kam.

Tabitha sah immer noch blass aus, beinahe fahl, aber sie lächelte. Das Lächeln ihrer Mutter. Das Lächeln, das bedeutete: Ich bin hier und tue, was du willst, aber es kann sein, dass du später dafür bezahlen musst. Zum Glück hatte sie die Wange mit der Rose nicht der Kamera zugewandt. David hatte noch nicht den Mut gehabt, sie zu fragen, ob die Rose dauerhaft war oder ob die Chance bestand, dass sie bis Sonntag verschwand. Er hatte sie überhaupt noch nichts gefragt. Und sie hatte ihm nichts erzählt. Sie hatte nur gesagt, es gehe ihr noch nicht gut. Tante Love sah Tabitha immer wieder sekundenlang an, bevor ihr Blick zu David wanderte und die Falten um ihre Augen sich vertieften.

Jocie lächelte wie immer. Sie hatte den Hund mit auf dem Bild haben wollen, aber sie hatte nicht geschmollt, als er Nein gesagt hatte. Ihm kamen die Tränen, als er Jocie auf diesem Bild betrachtete. Es war merkwürdig, dass man einen Menschen jeden Tag sehen und nicht bemerken konnte, wie sehr er sich veränderte, bis man ihn auf einem Foto sah. Jocies Gesicht verlor allmählich das kindlich Runde und sie verwandelte sich in eine junge Frau. Was für ein Geschenk Gott ihm gemacht hatte, als sie geboren worden war.

„Wieso guckst du so, Dad?", fragte Jocie und trat neben ihn, um in die Zeitung zu spähen. „Oh, oh. Ist das Bild so schrecklich geworden?"

„Überhaupt nicht schrecklich. Es ist keine Schande, ein paar Tränen zu vergießen, wenn man seine beiden Töchter zusammen auf einem Foto sieht."

„Es hätte noch perfekter ausgesehen, wenn Zeb mit auf das Bild gedurft hätte", sagte Jocie.

„Um als mustergültige Familie durchzugehen, braucht es mehr als einen Hund. Zum Beispiel eine Ehefrau", sagte David.

Jocie grinste ihn an. „Ich höre, es gibt Kandidatinnen, die sich aktiv um diese Stelle bewerben. Ich meine, es ist weit bis nach Mt. Pleasant."

Wes verstand sofort, was sie damit sagen wollte. „Das heißt also, Leigh war dort. Ich habe gehört, wie Zella ihr eine Wegbeschreibung gegeben hat." Er zog die Augenbrauen hoch. „Hat sie irgendwelche Entscheidungen getroffen?"

„Es reicht, ihr zwei." David richtete den Blick wieder auf die Fotografie, um die Röte zu verbergen, die in seine Wangen kroch. „Leigh ist eine nette junge Frau. Betonung auf jung."

„Die ein Auge auf einen Prediger geworfen hat, den wir alle kennen", sagte Wes.

„Sie ist viel zu jung für mich", protestierte David und betrachtete sich selbst auf dem Foto. „Wann bin ich so alt geworden?"

„Das geschieht so nebenbei", sagte Wes. „Aber du hast noch ein paar Tage Zeit, bevor du anfangen kannst zu behaupten, du wärst alt." Wes hievte zwei Zeitungsbündel in den Bollerwagen, mit dem sie die Zeitungen zum Auto transportierten. „Warte ab, bis du so antik bist wie ich. Gibt es bei diesem Job eigentlich eine Rente?"

„Du kannst nicht in Rente gehen, Wes", sagte Jocie. „Ohne dich würden wir die Zeitung nie fertig bekommen."

„Da hat sie recht." David blickte Wes prüfend an, um zu sehen, ob seine Bemerkung ernst gemeint war. Inzwischen war es zehn Jahre her, dass Wes mit seinem Motorrad vor der Redaktion gehalten hatte, weil er sich eine Zeitung hatte kaufen wollen. Da der Ständer an der Straße leer gewesen war, war Wes durch die Eingangstür gestürmt. Die Glocke hatte wie wild geläutet und Zella war schnell ins hintere Büro geeilt, um David zu holen. Wes hatte nur einen Aushilfsjob gesucht, der ihm genug Geld einbrachte, um Benzin kaufen und weiterfahren zu können. Ein Ziel hatte er nicht gehabt. Er war einfach nur gefahren.

Der Mann mit der abgewetzten Lederjacke und dem roten Tuch um den Kopf hatte müde und fertig ausgesehen. David hatte keine Aushilfe gesucht, aber kaum hatte er den Mund aufgemacht, hatte er ihm eine Arbeit angeboten, solange er sie brauchte, egal, ob es zwei Wochen waren oder ein Jahr. Zella hatte gedroht zu kündigen, als sie es erfahren hatte. Ein Jahr lang war David jeden Morgen bei der Arbeit erschienen und hatte damit gerechnet, dass Wes nicht mehr da war, aber jeden Morgen war der Mann erschienen, um zu tun, was immer beim *Banner* an Arbeit anfiel. Und um mit Jocie zu spielen, denn selbst damals war sie schon Davids Schatten gewesen. Es ging nicht anders. Er konnte sie nicht bei Adrienne lassen, das hatte er auf schmerzhafte Weise gelernt, als er eines Tages nach Haus gekommen war und Jocie auf der Straße vorgefunden hatte, weil sie ihren Daddy suchte.

Adrienne hatte auf der Veranda gesessen und sich die Zehennägel lackiert. „Ach, du hast sie gefunden", hatte sie gesagt. „Tabitha hat sich schon gefragt, wo sie ist."

David war explodiert. Als Adrienne nur gelächelt und weiter ihre Nägel lackiert hatte, hatte er den Nagellack genommen und gegen einen Baum im Garten gefeuert. Jocie hatte angefangen zu weinen und Tabitha hatte mit großen, runden Augen durch die Fliegengittertür gestarrt.

Adrienne hatte das alles nicht das Geringste ausgemacht. Sie hatte ihre Handtasche genommen und gesagt: „Jetzt muss ich nach Grundy fahren, um Nagellack zu kaufen, damit ich meine Nägel fertig lackieren kann. Ich weiß nicht, wie lange es dauern wird, genau die gleiche Farbe aufzutreiben."

David hatte sich entschuldigt, aber das war Adrienne natürlich egal gewesen. Schon bevor Jocie geboren wurde, war es ihr gleichgültig gewesen, was er dachte oder sagte. Im Grunde genommen hatten sie nur so getan, als wären sie verheiratet, und selbst das hatte Adrienne überwiegend ihm überlassen. Seltsam, was man aus Liebe alles tat. Oder war es Stolz?

Es war auf jeden Fall Stolz gewesen, der ihn davon abgehalten hatte, einen Babysitter für Jocie zu suchen. Wenn er das getan hätte, hätte er zugeben müssen, wie merkwürdig es in seiner Familie zuging. Und immerhin war er Prediger. Man erwartete von ihm, dass er in der Lage war, diese Dinge im Griff zu haben. Seine Mutter hatte es natürlich gewusst, auch wenn sie nie auch nur ein einziges Wort über Adriennes Gleichgültigkeit gegenüber Jocie gewechselt hatten. Und Wes hatte es erraten und war für Jocie Babysitter, bester Freund und Großvater in einem geworden.

Manchmal fragte David sich, ob Zella recht hatte und Wes vielleicht mit seinen Jupitergeschichten und seinem Mangel an religiösem Eifer nicht der beste Einfluss war. Aber es bestand kein Zweifel an seiner Liebe zu Jocie. Wenn hin und wieder die immer gegenwärtige Traurigkeit aus seinen Augen quoll, schüttelte Wes sie sofort ab, wenn Jocie in der Nähe war, und erzählte ihr eine Jupitergeschichte oder brachte ihr einen albernen neuen Zungenbrecher bei.

Irgendwann hatte David aufgehört, sich Sorgen darüber zu machen, dass Wes sich wieder auf den Weg machen könnte. Er hatte keine Sekunde mehr darüber nachgedacht, bis er eines Montagmorgens in sein Büro gekommen war und eine Nachricht gefunden hatte. Selbst dann hatte er es nicht glauben können. Er war die Treppe zur Wohnung über dem Büro hinaufgelaufen, als gäbe es den Brief in seiner Hand nicht. In dem Brief stand: Danke für alles, aber es ist Zeit, dass ich mich wieder auf den Weg mache.

Zum Glück war Jocie nicht dabei gewesen. Sie war in der Woche zuvor in die Grundschule gekommen und David hatte sie dort abgesetzt, bevor er zur Arbeit gefahren war. Er hatte beobachtet, wie sie in das Schulgebäude marschiert war, die Schultern hochgezogen und den Kopf nach vorne gereckt, bereit für den ersten Angriff. Am liebsten wäre er hinter ihr hergelaufen, um sie vor allem Schmerz zu bewahren. Aber das konnte er natürlich nicht.

Genauso wenig, wie er sie vor dem Schmerz hatte bewahren können, als ihre Mutter und ihre Schwester zwei Monate zuvor mitten in der Nacht verschwunden waren. Damals war Jocie immer noch mit hoffnungsvollem Blick zur Tür gelaufen, sobald sie ein Auto die Auffahrt heraufkommen hörte, und in der Nacht davor hatte er sie wieder in Tabithas Zimmer gefunden, wo sie regungslos dagestanden hatte, als könnte sie Tabitha aus den Wänden ziehen.

David war auf die graubraune Couch in Wes' Wohnung gesunken und hatte sich gefragt, was er Jocie erzählen sollte. Auf dem Zettel stand auch: „Sag Jocie, ich schicke ihr irgendwann einen Brief vom Jupiter."

Ein Brief vom Jupiter würde nichts nützen. Nichts würde etwas nützen. Es brach David das Herz, wenn er nur daran dachte, Jocie erzählen zu müssen, dass Wes nicht mehr da war. Dass ihre Mutter und ihre Schwester mitten in der Nacht verschwunden waren, war schlimm gewesen, aber das hier war schlimmer. Viel schlimmer. Adrienne hatte Jocie stets wie eine streunende Katze behandelt, die sich auf ihre Veranda verirrt hatte. Wann immer sie ihr nahe gekommen war, hatte sie die Kreatur weggestoßen. Aber Wes hatte die streunende Katze ins Herz geschlossen und sie hatte sich dort zusammengerollt und ihren Lieblingsplatz zum Schnurren gefunden.

David las die Nachricht immer wieder und dann faltete er sie ganz klein zusammen, während er betete. Sein Gebet bestand nicht aus Worten, sondern nur aus Verzweiflung. Als er das Motorrad hörte, traute er seinen Ohren kaum. Er blieb sogar auf dem Sofa sitzen, als könnte das Motorengeräusch verschwinden, wenn er zum Fenster ging und hinaussah.

David hatte die Tür zur Wohnung offen stehen lassen und Wes war die Außentreppe halb hinaufgestiegen und hatte gerufen: „Bist du da oben, David?"

„Ja."

„Jo in der Schule?"

„Ja."

„Gut."

Wes war die restlichen Stufen hinaufgestiegen, hatte sich auf eine Kiste mit Büchern gesetzt und seine Hände betrachtet, anstatt David anzusehen. „Ich konnte nicht weiterfahren. Ich war schon an der Grenze, als ich merkte, dass ich es nicht tun konnte. Ich bin die ganze Nacht gefahren."

„Bist du in Ordnung?", hatte David gefragt.

„Nein."

„Willst du darüber reden?"

„Nein."

David hatte noch nach den richtigen Worten gesucht, als Wes weitergesprochen hatte. „Vielleicht. Ich weiß nicht."

Wieder hatte David gewartet. Das Schweigen hatte so lange gedauert, dass David sich gefragt hatte, ob er einfach in sein Büro hinuntergehen und Wes in Ruhe lassen sollte. Aber gerade als er hatte aufstehen und gehen wollte, hatte Wes angefangen zu reden.

„Ich habe mir geschworen, nie wieder einen Menschen an mich heranzulassen. Nicht so richtig jedenfalls. Es tut zu weh. Ich habe den Schmerz bei Rosa und Lydia erlebt. Erlebe ihn immer noch. Jeden Tag durchbohrt er mein Herz. Ich wollte nicht noch mehr davon. Ich dachte, ich könnte nicht noch mehr davon ertragen."

„Rosa und Lydia?", hatte David gefragt.

„Meine Frau und meine Tochter. Rosa sagte immer, wir seien eine perfekte Familie. Ein starker Mann, eine schöne Frau, ein guter Sohn und eine liebe Tochter. Wir hatten dreiundzwanzig Jahre. Mehr, als andere haben, nehme ich an."

„Was ist passiert?"

„Wesley junior hat geheiratet. Er war glücklich. Nach der Hochzeit sind Rosa, Lydia und ich für eine Woche an den Strand gefahren. Wir waren auch glücklich. Rosa und ich haben über alles geredet, was sich verändern würde, jetzt, wo Wes junior verheiratet war und Lydia im Herbst aufs College gehen würde. Mir war nicht bewusst, wie viel sich noch verändern würde."

„Was ist passiert?", hatte David wieder gefragt.

„Ich rede nicht gerne darüber. Tatsache ist, dass ich nicht weiß, was passiert ist. Ich weiß, dass wir unsere Sachen gepackt hatten und auf dem Heimweg waren. Ich weiß, dass ich gefahren bin. Ich weiß, dass es regnete. Die Polizei sagte, vielleicht sei ein Reifen geplatzt. Ich erinnere mich nicht daran. Ich weiß nur, dass ich im Krankenwagen aufwachte und der Typ, der neben mir saß, mir nicht in die Augen geschaut hat, als ich nach Rosa und Lydia fragte. Ich habe versucht ihn umzubringen. Ich weiß nicht, warum. Es war nicht seine Schuld. Es war meine Schuld."

„Es tut mir leid." Die Worte waren unzulänglich gewesen. „Was ist mit deinem Sohn?"

„Es war komisch. Wir konnten nicht darüber reden, und auch nicht über andere Sachen. Der Geist von Rosa und Lydia stand immer zwischen uns. Ich dachte mir, wenn ich nicht die Flucht ergreife, muss er es tun, also habe ich ihm das Haus überschrieben und versucht, mich auf der Straße zu verlieren. Ich weiß nicht, warum ich aufgehört habe zu fliehen, als ich hier ankam."

„Du warst müde."

„Das war ich, das stimmt. Und ich mochte den Geruch von Druckerschwärze."

„Und dann war da noch Jocie", hatte David gesagt.

„Ja, Jo. Ich hätte gleich am ersten Tag abreisen sollen, als ich ihr kleines Gesicht sah, mit dem sie zu mir hochschaute."

„Warum hast du es nicht getan?"

„Ich weiß nicht. Ich wollte, habe es aber immer vor mir hergeschoben. Du warst so nett zu mir und ich wollte dich nicht hängen lassen. Das sagte ich mir jedenfalls. Oder ich hatte Jo noch eine Jupitergeschichte versprochen und ein Mann muss schließlich seine Versprechen halten. Es gab immer einen Grund."

„Und warum gab es gestern keinen?"

„Ich weiß nicht. Als Jocie gestern früh in der Druckerei war, hat sie mir erzählt, dass ihr Hund überfahren worden ist, und sie hat geweint. Ich konnte ihr kein Lächeln entlocken. Ich saß nur da und weinte mit ihr. Es tat zu weh. Ich musste weiterfahren."

„Und warum bist du dann jetzt wieder hier?"

„Jo", hatte Wes gesagt, und das war Erklärung genug gewesen.

David hatte Wes' Geschichte nie jemandem erzählt. Nicht einmal Jocie. Er dachte, dass Wes es ihr vielleicht irgendwann selbst erzählen würde. Und wenn Wes wollte, dass die Leute in Hollyhill glaubten, er käme vom Jupiter, dann war das sein gutes Recht. Manchmal dachte David an den Sohn, den Wes erwähnt hatte, aber er fragte nie nach ihm.

Jetzt wedelte Jocie mit der Hand vor Davids Gesicht herum und holte ihn damit wieder in die Gegenwart. „Hallo, Dad! Bist du da drin?"

„Er denkt wahrscheinlich gerade an eine gewisse junge Dame", sagte Wes. „Jedenfalls denkt er nicht daran, uns mit diesen Zeitungen zu helfen."

„Ich dachte gerade, wie gut ich es habe, zwei so fleißige Mitarbeiter zu haben, die einspringen, damit ich mich meinen Tagträumen überlassen kann."

„Ich wette, Leigh würde beim Falten der Zeitungen helfen", sagte Wes. „Nur dir zuliebe. Vor allem, wenn es eine Faltaktion unter vier Augen wäre."

„Eine Verabredung beim Zeitungfalten?", sagte Jocie. „Dann müsste sie verrückt sein."

„Wenn sie es wirklich auf diesen alten Mann hier abgesehen hat, wie ihr beide zu glauben scheint, dann steht das doch schon fest. Sie hat eindeutig ein paar Schrauben locker." David wandte sich ab, damit die anderen sein Lächeln nicht sahen. An diesem Nachmittag klang es gar nicht so schlecht, dass eine Frau, die über zehn Jahre jünger war als er, ihm schöne Augen machte.

15

Eine Woche verstrich. Und dann noch eine. Zwei Ausgaben des *Banner* rollten von der Druckwalze. Zwei Sonntagspredigten. Zwei Sonntage, an denen Jocie es schaffte, Ronnie Martin in der Sonntagsschule keinen Nasenstüber zu verpassen. Jedes Mal, wenn er etwas Dämliches sagte, lächelte sie nur und sagte sich, dass Gott jeden Menschen liebte. Wenn das nicht half, stellte sie sich vor, dass Zeb ihn biss.

Nicht, dass Zeb irgendjemanden beißen würde. Zeb war ein vorbildlicher Hund und er hatte weder eine von Tante Loves Blumen ausgegraben noch hatte er Isebel gejagt. Wenn Isi in den frühen Morgenstunden in der Loggia auftauchte, knurrte er nur warnend, sodass die Katze in Tante Loves Zimmer zurückrannte.

Tabitha war nicht mit in der Kirche gewesen. Sie sagte, sie fühle sich noch nicht kräftig genug dafür, und Tante Love hatte sie nur angesehen und „In Ordnung" gesagt, anstatt die Großinquisition zu beginnen, so wie sie es tat, wenn Jocie sagte, sie sei krank – „Was tut weh? Wie lange tut es schon weh? Wie schlimm tut es weh? Musst du dich übergeben? Nein? Dann mach dich für die Kirche fertig." Als einzigen Grund konnte Jocie sich denken, dass sie hofften, die Rose auf Tabithas Wange würde verschwinden, bevor sie sie der Gemeinde von Mt. Pleasant vorstellen mussten.

Es war merkwürdig, wie wenig sich durch Tabithas Heimkehr verändert hatte. Niemand gab ihr Aufträge. Sie schlief, wann immer sie wollte. Wenn sie zum Abendessen nicht bei Tisch erschien, hob Tante Love ihr einfach einen Teller auf. Den größten Teil des Tages saß sie auf einer Decke in der Sonne, flocht ihre langen Haare und lackierte ihre Zehennägel in unterschiedlichen Farben. Auch das schien niemanden zu stören. Es war, als gäbe die Tatsache, dass sie aus Kalifornien nach Hause gekommen war, ihr besondere Freiheiten. Tante Love bombardierte Tabitha nicht einmal mit Bibelversen. Die hob sie sich alle für Jocie auf.

Zweimal ging Jocie hinaus und setzte sich neben Tabithas Decke ins Gras. Sie wollte immer nach ihrer Mutter fragen, aber irgendwie blieb ihr die Frage im Halse stecken.

Sonst hatte Jocie eigentlich keine Probleme, Fragen zu stellen. Sie interviewte beinahe die ganze Stadt für den Artikel zum vierten Juli, der nächste Woche im *Banner* erscheinen sollte, also eine Woche vor der Parade und der Feier. Sie fing mit Bürgermeister Palmor an und erhielt die erwartete Antwort: die Flagge, Paraden, Bürgerstolz, Feuerwerk, patriotische Reden. Randy Simmons, der Polizeichef, sagte so ziemlich das Gleiche, mit einem ergänzenden Hinweis, man solle beim Feiern nicht über die Stränge schlagen. Richter Blakemore erwähnte das Militär, da er einen Sohn in Vietnam hatte. Betty Moore, die oberste Beamtin der Stadtverwaltung, sprach vom Familienpicknick.

Jocie stellte sogar Leigh Jacobson ein paar Fragen, aber es waren nicht die Fragen, die sie ihr eigentlich stellen wollte. Zum Beispiel: Warum interessieren Sie sich für meinen Dad? Mögen Sie Hunde? Und wussten Sie, dass mein Vater meint, eine Pastorenfrau zu sein, sei genauso eine Berufung wie die zum Prediger? Und haben Sie irgendwelche Hinweise in dieser Richtung bekommen? Von Gott?

Stattdessen fragte sie Leigh, was sie am vierten Juli mochte, und Leigh lächelte und sagte: „Wer mag denn den vierten Juli nicht? Es ist ein freier Tag und es gibt ein Feuerwerk, Wassermelone und Hotdogs!" Sie verlor kein Wort über die Flagge und als Jocie alle ihre Fragen zum Nationalfeiertag gestellt hatte, mochte sie Leigh beinahe schon ein bisschen. Sie wagte sogar, noch eine zusätzliche Frage einzuwerfen: Was war Leighs Lieblingsessen am vierten Juli?

Als Leigh Schokoladenkuchen mit Schokoladenglasur sagte, schien es Jocie fast wie ein Zeichen. Sie brauchte einen Schokoladenkuchen mit Schokoglasur für Tabithas Geburtstag am Samstag, und das konnte Leigh nicht gewusst haben, es sei denn, Wes hätte es ihr erzählt. Beinahe hätte Jocie sie als Nächstes gefragt, wo sie einen BH kaufen konnte, aber stattdessen bat sie Leigh, ihr beim Backen des Geburtstagskuchens zu helfen. Und nachdem sie sie um Hilfe beim Backen gebeten hatte, musste sie Leigh natürlich auch einladen, beim Essen zu helfen.

Das hatte zur Konsequenz, dass Jocie auch Zella einladen musste, weil Leigh sie anrief und ihr von der Party erzählte, die Jocie für

Tabitha veranstaltete. Natürlich kam Zella sofort in die Druckerei, um Jocie in die Enge zu treiben, und da blieb Jocie nichts anderes übrig, als zu sagen: „Ach, Zella, habe ich dir das nicht erzählt? Komm doch auch vorbei. Aber es gibt nur ein bisschen Kuchen und Tee oder Limonade. Nichts Besonderes."

„Ich möchte Tabitha so gerne sehen", sagte Zella. „Ich denke immer, sie kommt vielleicht mal vorbei, wenn sie in der Stadt ist."

„Ich glaube, sie war noch gar nicht in der Stadt, seit sie zurück ist. Sie will einfach nur zu Hause bleiben und in der Sonne sitzen. Sie sagt, hier sei es schwieriger, braun zu werden, als in Kalifornien."

„Hier scheint doch dieselbe Sonne wie dort", wandte Zella ein.

„Das stimmt natürlich. Aber sie sagt, man wird schneller braun, wenn das Meer in der Nähe ist. Hier schwitzt man nur, sagt sie."

„Männer schwitzen, Damen glänzen." Zella zog ein rosafarbenes Taschentuch aus dem Bund ihres rosafarbenen Rockes und tupfte ihre glänzende Stirn ab. „Soll ich am Samstag irgendetwas mitbringen? Vielleicht die kleinen pastellfarbenen Minzbonbons?"

„Gerne, wenn du willst."

„Hilft Tante Love dir beim Backen?" Zella zog die Augenbrauen hoch.

Jocie merkte, dass Zella versuchte, sie auszuhorchen, aber manchmal bekam man Zella am einfachsten aus der Druckerei, wenn man ihre Spielchen mitspielte. „Nein. Ich dachte, du wüsstest, dass Leigh mir mit dem Kuchen hilft."

„Ach ja, stimmt. Das hat sie mir erzählt", sagte Zella, als wäre es ihr gerade erst wieder eingefallen. Sie wirkte besonders zufrieden mit sich. „Ich habe ihren Schokoladenkuchen schon gegessen. Er ist köstlich."

Wes wartete, bis Zella wieder zu ihrem Schreibtisch gegangen war, und sagte dann: „Als Nächstes wird sie bei der Hochzeit Brautjungfer sein wollen."

„Hochzeit? Ich habe Leigh nur gebeten, mir beim Kuchenbacken zu helfen", sagte Jocie.

„Heute ist es ein Geburtstagskuchen. Morgen eine Hochzeitstorte. Oder wann immer es so weit ist."

„Ich hätte einfach eine Backmischung kaufen sollen." Jocie sank auf einen Hocker vor dem Setztisch.

„Nein, nein. Du hast zwei Frauen sehr glücklich gemacht."

„Vielleicht sollte ich Dad warnen."

„Keine schlechte Idee."

„Und Tabitha. Und Tante Love."

„Du hast deiner Tante Love nicht erzählt, dass du eine Party feiern willst?"

„Ich wollte ja gar keine Party machen. Ich wollte nur, dass du kommst, und Tante Love ist es egal, ob du Staub auf dem Klavier siehst, aber jetzt müssen wir die Wände absaugen und das Holz polieren. Ich werde bis Samstag mit Putzen beschäftigt sein."

„Wenigstens hast du Tabitha, die dir helfen kann."

„Tante Love gibt Tabitha überhaupt nichts zu tun, nicht einmal Kartoffeln schälen oder den Tisch decken. Und wenn ich etwas sage, zitiert Tante Love nur Bibelverse, die weder mit mir noch mit Tabitha irgendetwas zu tun haben, soweit ich das beurteilen kann, und dann sagt sie, ich solle mir nicht den Kopf darüber zerbrechen, was andere tun, sondern mich um das kümmern, was ich zu tun habe."

„Kein schlechter Rat", sagte Wes.

„Hey, auf wessen Seite stehst du eigentlich?", wollte Jocie wissen.

„Warte mal. Ich halte mich aus dieser Schlacht völlig raus. Ich stehe lieber am Rand und sehe mir von da aus das Feuerwerk an."

„Aber es ist ungerecht, Wes. Ich meine, ich bin ja froh, dass Tabitha zu Hause ist und so, aber es ist, als hätte sie ihren Körper hergeschickt, aber der Rest von ihr wäre in Kalifornien geblieben." Jocie griff nach einem Kugelschreiber und klickte die Mine rein und raus, während sie sprach.

Wes setzte sich auf den Hocker neben ihr und nahm ebenfalls einen Stift, um im Gleichtakt mit ihr zu klicken. „Wer hat gesagt, dass es in der Welt gerecht zugeht?"

„Ich weiß, niemand. Aber trotzdem", beharrte Jocie stur. Und dann fragte sie: „Ich meine, warum ist sie nach Hause gekommen, wenn sie gar nicht wollte?"

„Damit ein Gebet erhört wird?"

Jocie ließ den Stift auf den Tisch fallen. „Aber sie wusste gar nicht, dass ich gebetet habe. Als ich ihr von dem Schwestergebet erzählt habe, fand sie es lustig."

„Tja, was sagt dein Dad immer? Die Wege des Herrn sind unergründlich."

„Hm, stimmt."

„Denk mal darüber nach. Du wirst mit Leigh Jacobson einen Kuchen backen. Wer hätte das vor zwei Wochen gedacht?"

Es kam ihr merkwürdig vor, am Freitagnachmittag mit dem Fahrrad zum Haus von Leigh Jacobson zu radeln. Jocie hatte kaum etwas anderes getan, als zu putzen, seit sie Tante Love erzählt hatte, dass Leigh und Zella am Samstag zum Kuchenessen kommen würden. Sie hatte jedes Fenster im Haus putzen müssen, während Tante Love die Gardinen wusch. Dann mussten die Böden gefegt und gewischt und gebohnert werden, und der Kühlschrank musste abgetaut und ausgewischt werden. Zum Glück hatten sie nur drei Tage, sonst hätte Tante Love sie noch das Haus von innen und außen streichen lassen. Ihr Vater hatte jedenfalls die Verandatür streichen müssen.

Tabitha hatte ihnen bei der Arbeit zugesehen. Aber als Tante Loves Gesicht an einem heißen Nachmittag ganz rot gewesen war, hatte sie tatsächlich die Gardinen für sie gebügelt. Niemand hatte Tabitha erzählt, warum sie das Haus auf den Kopf stellten. Sie dachte, sie hätten einfach das Bedürfnis, einen Frühjahrsputz zu veranstalten, obwohl es mitten im Sommer war. Jocie hatte ihren Vater davon überzeugt, dass sie Tabitha überraschen sollten, denn sie hatte nicht erwähnt, dass sie bald Geburtstag hatte. Vielleicht dachte sie, sie hätten vergessen, wann sie Geburtstag hatte. Aber das war nicht der eigentliche Grund, warum Jocie ihr nichts von der Party erzählen wollte. Wenn niemand sie fragte, konnte sie auch nicht Nein sagen.

Jocie redete sich ein, dass Tabitha sich bestimmt über eine Geburtstagsfeier freuen würde. Es kamen ja nur Zella und Wes, und die gehörten praktisch zur Familie. Und Leigh natürlich, die zur Familie gehören wollte. Dies war ein guter Test, um zu sehen, ob Jocie sich für diese Idee stark machen oder dagegen ankämpfen sollte.

Jocie hatte einige Vierteldollarmünzen aus ihrem Sparschwein geschüttelt und war zum Laden in der Stadt gefahren, um Nagellack und eine Bürste und einen Kamm für Tabitha zu kaufen. Sie hatte auch überlegt, ob sie ihr eine neue Bluse oder Shorts kaufen sollte. Soweit Jocie es beurteilen konnte, hatte Tabitha, abgesehen von ihrem Badeanzug, nur zwei Kleidungsstücke, die sie tragen konnte, und die waren ein bisschen eng. Tante Loves Kochkünste waren nicht fantastisch, aber offenbar waren sie besser als das, was Tabitha in Kalifornien bekommen hatte. Aber Jocie hatte nicht genug Geld für etwas aus dem Bekleidungsgeschäft gehabt und außerdem musste sie sparen, nur für den Fall, dass sie einen Not-BH kaufen musste, bevor die Schule wieder anfing.

Bei dem Gedanken, dass sie Mrs Headley in dem Laden bitten müsste, ihr einen Büstenhalter zu zeigen, schnitt Jocie eine Grimasse. Mrs Headley bewahrte alle Unterwäsche in weißen Kartons auf Regalen hinter der Ladentheke auf und zog sie einen nach dem anderen heraus, um die Kleidungsstücke auf den Verkaufstresen zu legen. Mrs Headley oder Miss Paulie fragten einen nach der Größe und wenn man die nicht wusste, musterten sie einen und gaben einem die richtige Größe. Jocie befürchtete, sie könnten nichts an Unterwäsche haben, was der Größe ihrer Oberweite entsprach. Sie würden sie wahrscheinlich nur auslachen.

Aber darüber brauchte sie sich im Augenblick keine Gedanken zu machen. Vielleicht würde Tabitha bald aus ihrem Zombie-Zustand aufwachen und anbieten, mit ihr nach Grundy zu fahren, um für die Schule einzukaufen. Selbst wenn ihre Schwester keinen BH trug, wusste sie bestimmt darüber Bescheid. Immerhin wurde sie am Samstag zwanzig.

Leigh wohnte in einer Wohnung im Obergeschoss eines alten Hauses in der Water Street. Als Jocie die Treppe hinaufstieg, machte Leigh die Tür bereits auf, bevor Jocie klopfen konnte. Mrs Simpson, der das Haus gehörte, wohnte im Erdgeschoss und beklagte sich über jedes Geräusch. Leigh lief praktisch auf Zehenspitzen, als sie Jocie in die Küche führte und zu dem Tisch ging, auf dem zwei Limonadengläser mit Eiswürfeln neben einem Teller mit Schokokeksen sprudelten.

Jocies Blick wanderte durch die Küche und musterte die hellgrünen Kacheln der Arbeitsplatte, die gelbe Spüle und den weißen Herd und Kühlschrank, die in der Nachmittagssonne, die durch das Fenster über der Spüle fiel, leuchteten. Es gab keine Gardinen, die dem Sonnenschein oder der schwachen Brise den Weg durch das offene Fenster versperrt hätten. Auf der Fensterbank blühte ein Veilchen mit rosa Rand. Ein hölzernes Schneidebrett mit einer großen Sonnenblume darauf hing an der Wand neben dem Herd. Magnete in Obstform waren über die Kühlschranktür verteilt. Unter dem Apfel sah sie das Bild des neuen Interimpastors von Mt. Pleasant und seiner Familie.

Jocie ließ den Blick jedoch nicht darauf ruhen, sondern blickte durch die Tür ins Wohnzimmer, wo sie eine Musikanlage entdeckte. Um irgendetwas zu sagen, fragte sie: „Und was ist, wenn Sie tanzen wollen, Ms Jacobson?“

Leigh lächelte. „Du brauchst nicht so förmlich zu sein. Ich heiße Leigh. Wenn ich tanzen will, lege ich einen Walzer auf und tanze ganz gediegen mit meinem Besen.“ Leighs Lächeln wurde breiter. „Oder ich klettere auf die Couch und tanze Twist. Bis jetzt bin ich noch nicht runtergefallen und durch die Decke gekracht.“

Jocie lachte.

„Du glaubst, ich mache Witze?“ Leigh ging in ihr Wohnzimmer, zog eine 45er-Schallplatte aus einem Drahtständer und legte sie auf. Chubby Checkers Stimme, die alle aufforderte, den Twist zu tanzen, ertönte durch die Lautsprecher. Leigh warf die Kissen vom Sofa und machte es vor. Alles an ihr hüpfte und wackelte, während sie sich von der Musik mitreißen ließ. Jocie sprang auf eines der Sofakissen auf dem Boden und machte mit.

Als das Lied zu Ende war, stieg Leigh von der Couch und fächelte sich mit der Hand Luft zu. „Siehst du, so ist es nicht so laut. Natürlich beschwert Mrs Simpson sich immer noch über die Musik, aber es gibt Dinge, die muss man einfach trotzdem tun.“ Sie stellte einen Ventilator an und stapelte dann mehrere Platten auf dem Plattenspieler. „Elvis ist die allerbeste Musik zum Kuchenbacken. Sie sollten sein Bild auf die Backmischungen drucken, anstatt das von einer Hausfrau.“

Die Klänge von „Love Me Tender“ folgten ihnen in die Küche, wo Leigh ihre Limonade in sich hineinschüttete, bevor sie eine Karteikarte aus einem Rezeptkasten nahm und sie Jocie reichte. „Das ist das Rezept meiner Mutter. Sie ist eine tolle Köchin. Auch ein

Grund, warum ich zu schwer bin. Der andere ist, dass ich selbst gerne koche und dass es niemanden gibt, der mit mir isst, und es ist eine Sünde, Essen zu verschwenden. Völlerei ist natürlich auch eine Sünde."

„Du betreibst bestimmt keine Völlerei", sagte Jocie höflich und blickte auf die Karte. „Ich habe kein Mehl oder so mitgebracht, aber ich könnte mit dem Fahrrad zum Markt an der Model Street fahren."

„Das ist nicht nötig", sagte Leigh und holte die Butter aus dem Kühlschrank. „Ich habe alles, was wir brauchen. Sogar Geburtstagskerzen."

„Tabitha findet vielleicht, dass sie zu alt ist, um Kerzen auszupusten", gab Jocie zu bedenken.

„Niemand ist je zu alt, um sich etwas zum Geburtstag zu wünschen." Leigh hielt ihr einen Löffel hin. „Willst du die Butter cremig rühren?"

„Hauptsache, es verdirbt den Kuchen nicht, wenn ich es falsch mache."

„Du kannst es gar nicht falsch machen. Du zermatschst sie einfach total."

Jocie nahm den Löffel und stürzte sich auf das Stück Butter, das Leigh in die Rührschüssel auf der Arbeitsplatte getan hatte. Nebenan fiel eine neue Platte herunter und Elvis sang aus Leibeskräften „Hound Dog". Jocie rührte immer weiter und dachte darüber nach, ob ihr Vater Elvis hören würde. Er mochte Tennesse Ernie Ford. Wenn er Choräle sang. Vielleicht hatte ihr Vater recht. Vielleicht war Leigh zu jung für ihn.

Jocie warf Leigh, die neben ihr stand und ihr beim Rühren der Butter zusah, einen verstohlenen Blick zu. Wie alt Leigh wohl tatsächlich war? Es war schwer zu sagen. Sie sah viel älter aus als Tabitha, aber nicht annähernd so alt wie Zella. Offensichtlich ging sie schon einige Zeit nicht mehr zur Schule. Sie arbeitete beim Gericht, solange Jocie sich erinnern konnte.

Natürlich hatte Jocie sich bis vor ein, zwei Jahren nicht im Geringsten darum gekümmert, wer wo arbeitete. Wenn sie mit ihrem Vater ins Gerichtsgebäude ging, interessierte sie sich mehr dafür, wie ihre Schritte im Eingangsbereich hallten und wie schnell sie die geschwungene Treppe hinaufrennen konnte. Sie mochte es, wenn ihre Stimme an den Marmorwänden widerhallte, bevor sie in das Büro der Verwaltung schlüpfte, um sich dort zwischen den Urkundenbüchern zu verstecken. Schließlich wollte sie verhindern, dass der Hilfssheriff sie fand, der jedes Mal auf den Flur hinausging, um zu sehen, wer dort einen solchen Lärm machte.

Das erste Mal hatte sie Leigh gesehen, als sie zehn Jahre alt gewesen war und Leigh ihr eine Fünfcentmünze gegeben hatte, damit sie sich an dem Automaten des Lion's Club ein Kaugummi ziehen konnte. Jocie konnte immer Kaugummi bekommen, wenn sie mit traurigem Blick neben dem Automaten im Gerichtshaus stand. Aber an Leigh erinnerte sie sich, weil Leigh selbst auch eine Münze eingeworfen hatte und beide mit gekreuzten Fingern gehofft hatten, dass ein blaues Kaugummi herauskam. Es war eine dieser Gelegenheiten gewesen, bei denen Jocie das Gefühl hatte, ein Wunder verschwendet zu haben, weil sie die Finger kreuzen und sich etwas Wichtiges hätte wünschen können, so wie Frieden auf der Welt oder einen Brief von ihrer Mutter anstelle eines blauen Kaugummis.

Sie sagte: „Erinnerst du dich noch daran, als wir die blauen Kaugummis aus dem Automaten gezogen haben?"

„Natürlich", sagte Leigh, während sie Zucker abwog und zu der cremigen Butter in die Schüssel tat. „Ich glaube, ich habe seitdem kein einziges blaues Kaugummi mehr aus dem Automaten bekommen."

„Wusstest du damals, wer ich war?"

„Natürlich wusste ich das. Du warst das laute Gör, dem Deputy Karsner immer mit Gefängnis drohte, falls er dich erwischen sollte."

Jocie grinste. „Daddy hat immer gedroht, er würde mich verraten."

„Der Sheriff hat gesagt, er würde Fahndungsposter aufhängen", sagte Leigh.

„Ich war doch bestimmt nicht das einzige Kind, das mit den Füßen aufgestampft ist und sich über das Echo im Flur gefreut hat."

„Das nicht. Aber du warst am häufigsten da und dein Daddy hat nie gesagt, dass du leise sein sollst." Leigh zerbrach zwei Eier über einer Schüssel und schlug sie ein paar Sekunden lang, bevor sie sic in Jocies Rührschüssel gab. „Es hat mir nie etwas ausgemacht. Ich trage immer noch meine lautesten Schuhe, um die Stille dort zu durchbrechen. Wenn niemand da ist, fühlt es sich im Eingangsbereich an wie in einem Grab."

„Bist du hier in Hollyhill aufgewachsen? Ich meine, wahrscheinlich schon. Jeder, der hier bei Gericht arbeitet, stammt doch von hier."

„Oh nein, ich nicht." Leigh rührte eine Paste aus Kakao und heißem Wasser an, die sie dann zu dem Teig gab. „Das musst du jetzt schnell einrühren."

Jocie rührte schnell. Sie leckte ein bisschen von der Schokoladenpaste von ihrem Finger und verzog das Gesicht. Es schmeckte bitter.

„Es sieht aus, als würde es gut schmecken, nicht wahr?", sagte Leigh und reichte Jocie ihr Limonadenglas. „Du musst bis zum Schluss warten, um die Schüssel auszulecken. In der Kakaopaste ist kein Zucker."

„Wie hast du dann die Stelle bei Gericht bekommen, wenn du keine Eingeborene bist? Zella behauptet, das geht nicht."

„Meine Mutter ist hier aufgewachsen und meine Tante arbeitet für den Richter. Genau genommen ist der Richter um vier Ecken mit mir verwandt. Ich bin jedenfalls in Grundy aufgewachsen, aber ich bin immer gerne nach Hollyhill gekommen, um meine Großmutter zu besuchen. Sie ist letztes Jahr gestorben." Leigh hatte feuchte Augen.

„Meine Großmutter ist gestorben, als ich neun war."

„Ja, ich hatte Glück, weil ich meine so lange hatte, aber ich vermisse sie trotzdem", sagte Leigh, während sie das Mehl siebte und abwog. Sie fügte Mehl und Milch zu der Teigmasse hinzu. „Jetzt müssen wir den Teig dreihundertmal schlagen."

Jocie zählte mit, während sie den Kochlöffel durch den Teig und gegen die Schüsselwand schlug. Als sie bei sechzig angekommen war, wurde sie langsamer. Leigh nahm ihr Schüssel und Löffel ab und schlug den Teig mit gleichmäßigen, lockeren Bewegungen, während sie leise mitzählte.

„Wenn du es machst, sieht es einfach aus", sagte Jocie.

„Das macht die viele Übung. Jedes Mal, wenn wir in der Kirche gemeinsam essen, gehen die Leute auf die Barrikaden, wenn ich nicht meinen Schokokuchen mitbringe." Sie hielt den Löffel hoch und ließ den Teig in die Schüssel zurücktropfen. „Hier, du kannst die letzten fünfzig Schläge übernehmen, während ich die Backformen einfette und mit Mehl ausstreue.“

Die Musik im Nebenzimmer war verstummt und Leigh ging hinüber, um den Stapel Schallplatten hochzuheben und umzudrehen, damit sie die anderen Seiten hören konnten. Als sie in die Küche zurückkam, sang sie mit Elvis und fing an, die Backformen einzufetten.

„Dad sagt, er sei zu alt für dich“, sagte Jocie, während sie sich durch die letzten fünf Schläge quälte.

16

Leighs Gesicht wurde ganz rot.

Jocie blickte auf. „Oh. Das hätte ich wohl nicht sagen sollen."

„Wahrscheinlich nicht." Leigh fächelte sich mit einem Geschirrhandtuch, das mit Sonnenblumen bedruckt war, Luft zu. „Aber ich werde total schnell rot. Ein typisches Problem, wenn man hellhäutig ist."

„Ich auch. Letztes Mal, als ich rot angelaufen bin, habe ich den Mund aufgemacht und die Hitze ausgepustet, von meinem Gesicht weg." Jocie riss den Mund auf und machte es vor. „Es hat sogar geholfen."

Leigh hörte auf zu fächeln und versuchte es. Die Röte in ihren Wangen ließ nach. „Ich glaube, es hat geholfen. Woher hast du diesen Trick?"

„Das ist eine Abwandlung von einer jupiterianischen Technik."

„Ah, Wes. Zella beklagt sich ja ständig über ihn, aber ich glaube, er ist nett." Leigh verteilte den Teig gleichmäßig auf die runden Kuchenformen und stellte beide vorsichtig in den Ofen. „Jetzt backen wir sie ungefähr dreißig Minuten lang."

Sie schloss die Ofentür und sah Jocie an. „Da du nun schon davon angefangen hast, können wir auch genauso gut darüber reden. Meine Mama hat immer gesagt, es ist keine Schande, verlegen zu sein, wenn man nicht versucht, sich vor dem zu verstecken, was einen verlegen gemacht hat. Du meinst also, eher geht ein Kamel durch ein Nadelöhr, als dass ich eine Chance bei deinem Vater habe?"

Jetzt röteten sich Jocies Wangen. „Das habe ich nicht gesagt."

„Das kannst du aber ruhig, wenn du der Ansicht bist", sagte Leigh. „Komm mit. Wir setzen uns an den Tisch und dann erzählst du mir, was du denkst. Und nur damit du es weißt: Ich bin ein Mensch, der lieber geradeheraus die Wahrheit hört, als dass jemand mich anschwindelt, um meine Gefühle nicht zu verletzen."

Leigh zog einen Stuhl für Jocie vom Tisch ab, dann nahm sie ihr gegenüber Platz und wartete.

„Das würde ich nicht tun. Ich sage fast immer die Wahrheit", sagte Jocie, während sie sich setzte.

„Gut, das ist doch schon mal was." Leigh trommelte mit den Fingern auf dem Tisch und starrte auf die Wand über Jocies Kopf, bevor sie sagte: „Dein Dad hatte doch bestimmt schon die eine oder andere Freundin, seit deine Mutter weg ist. Das ist schließlich eine Ewigkeit her. Es war, bevor ich nach Hollyhill kam."

„Wenn, dann hat er es vor mir geheim gehalten."

„Wirklich? Es gab keine andere Frau, die hinter ihm her war?"

„Hm, ich weiß nicht." Jocie zog das Geschirrtuch mit den Sonnenblumen näher und fuhr mit dem Finger an den Blütenblättern entlang. „Ich wusste ja auch nicht, dass du Interesse hast, bis Wes es mir gesagt hat."

Leigh lachte. „Ich war wohl zu offensichtlich, aber ich dachte, wenn ich deinen Dad dazu bringe, dass er mich bemerkt, kommt er vielleicht auf die Idee, dass eine Verabredung Spaß machen könnte."

„Ich glaube nicht, dass Dad oft darüber nachdenkt, was Spaß macht."

„Man denkt nicht darüber nach. Man macht einfach, was Spaß macht."

„Kann sein", sagte Jocie.

Leigh brach ein Stück von einem Keks ab, steckte es sich aber nicht in den Mund. „Wenn er nicht darüber nachdenkt, was Spaß macht, was macht er dann?"

„Arbeiten. Beten. Predigen. Kranke besuchen."

„Aber er tut doch bestimmt Dinge auch einfach nur, weil er sie gerne mag." Sie pickte ein Schokostückchen aus dem Keks und aß es. „Liest er?"

„Meistens in der Bibel oder andere Zeitungen oder Zeitschriften. Für den *Banner* oder für die Gemeinde."

„Geht er gerne spazieren?"

„Ja. Früh morgens, wenn er wegen irgendwas betet."

„Dann will er dabei wahrscheinlich keine Gesellschaft haben. Fernsehen?"

„Wir haben einen Fernseher, aber der Empfang ist nicht besonders. Dad sagt, wir brauchen eine richtige Antenne anstatt der Hasenohren auf dem Apparat."

„Okay." Leigh betrachtete den Keks und brach noch ein Stückchen Schokolade heraus. „Baseball?"

„Er fotografiert die Kinder, wenn sie spielen. Das macht schon irgendwie Spaß."

„Ich könnte kleinen Kindern beim Baseballspielen zusehen", sagte Leigh. „Aber er wäre dann auf dem Spielfeld zum Fotografieren und ich würde am Rand stehen und aussehen wie eine Mutter, die vergessen hat, ihr Kind mitzubringen. Keine tolle Verabredung. Noch irgendetwas, das er zum Vergnügen macht?"

Jocie dachte darüber nach. „Beim Gemeindeausflug spielt er Hufeisenwerfen mit den Männern und sie reden übers Angeln."

„Ich bin eine Niete im Hufeisenwerfen und ich hasse angeln. Eklige, schleimige Fische." Leigh schüttelte sich.

„Ja, wenn ich mitgehen muss, mache ich nie einen Köder an meinen Haken."

„Aber das ist das Problem. Ich versuche, mir einen Köder zu überlegen, und weiß nicht, was funktionieren könnte. Musik?"

„Nicht Elvis. Wir haben ihn einmal in der Show von Ed Sullivan gesehen und Dad fand ihn nur lustig. Allerdings war das Bild ein ziemliches Schneegestöber."

„Wenigstens fand er etwas lustig."

„Dad findet viele Dinge lustig", sagte Jocie. „Wahrscheinlich würde er das hier auch lustig finden."

„Das hier?"

„Dass wir über ihn reden. Er lacht viel. Er sagt, Gott will, dass wir glücklich sind."

„Und ist er glücklich?"

„Ich glaube schon. Ich weiß nicht. Er hat im Moment viel um die Ohren mit der neuen Gemeinde und der Zeitung und Tabitha, die wieder da ist, und Tante Love, die immer verrückter wird, und damit, auf mich aufzupassen, damit ich keinen Ärger kriege."

„Kriegst du oft Ärger?" Leigh löste das letzte Schokostückchen aus dem Keks und steckte es sich in den Mund, bevor sie die Krümel von sich schob.

„Ich versuche, es zu vermeiden, aber ich habe diese dumme Angewohnheit, zu viel zu reden. Wahrscheinlich rede ich gerade auch wieder zu viel."

„Ich tue das auf jeden Fall. Aber dein Dad ist wirklich nett und so viel älter als ich ist er auch wieder nicht. Ich bin zweiunddreißig, und er ist was? Vierzig?“

„Vierundvierzig.“ Jocie nahm sich ebenfalls einen Keks und biss ein Stück ab. Sie hatte seit dem letzten Gemeindepicknick nicht mehr so etwas Köstliches gegessen. Vielleicht hatte Wes doch recht und es war bei einer Stiefmutter wichtig, ob sie kochen konnte.

„Trotzdem, das ist doch gar nicht so viel älter. Und ich muss auch nicht Elvis hören.“ Leigh fasste ihre schulterlangen Haare zusammen und drehte sie im Nacken zu einem Dutt. „Ich könnte anfangen, meine Haare so zu tragen, und mir eine Brille zuzulegen. Ich brauche sowieso bald eine, weil ich immer die Augen zusammenkneifen muss, wenn ich das Kleingedruckte lesen will.“

Jocie lachte. „Ich glaube nicht, dass es helfen würde, so wie Zella oder Tante Love auszusehen.“

„Na, dann.“ Leigh ließ die Haare wieder auf ihre Schultern fallen. Die Eieruhr läutete und Leigh zeigte Jocie, wie man mit einem Zahnstocher in die Mitte des Kuchens stach, um zu sehen, ob er gar war. Als der Zahnstocher sauber herauskam, beförderte Leigh die Teigplatten auf ein Kuchengitter. „Er muss ein paar Minuten abkühlen. Dann fangen wir mit der Glasur an.“

„Können wir noch ein bisschen Musik hören, während wir warten?“, fragte Jocie.

„Klar.“

Jocie wählte einige Lieder aus, die sie noch nie gehört hatte, und legte sie auf den Plattenteller. „Irgendwie drehen sich alle Lieder um jemanden, der jemand anderen liebt oder auch nicht. Selbst in den Kirchenliedern geht es darum, dass wir Gott oder andere Menschen lieben sollen oder dass Gott uns liebt.“

„Liebe ist das, worum die Welt sich dreht.“ Leigh setzte sich vor dem Ventilator auf ein Kissen auf dem Boden. „Was ist mit dir? Hast du schon mal einen Freund gehabt?“

Jocie schnitt eine Grimasse, als sie sich neben Leigh auf den Boden fallen ließ. Sie lehnte sich an die Couch und sagte: „Ich mag Jungs nicht.“

„Das habe ich früher auch gesagt. Die ganze Zeit in der Highschool dachte ich, ich wäre zu fett, als dass einer von den Jungs mich mögen könnte. Nicht, dass du dieses Problem jemals haben wirst. Fett zu sein, meine ich. Also habe ich einfach beschlossen, sie nicht zu mögen. Die einzige Verabredung, die ich hatte, war die mit meinem Cousin Kenny zum Abschlussball, und das lag nur daran, dass meine Mutter fast gestorben wäre, als ich sagte, ich würde nicht hingehen. Sie wollte mich in einem Ballkleid sehen. Und sie hat mich überredet, Kenny zu fragen, ob er mit mir hingeht. Er ist ein Jahr älter als ich und war nicht in meiner Highschool, also dachte ich, es könnte funktionieren. Aber man kann nicht wirklich mit dem eigenen Cousin ausgehen. Es war schrecklich."

„Warum?"

„Wir haben die ganze Zeit nur herumgesessen und Bowle getrunken, während die anderen Pärchen alle eng getanzt haben. Um zehn Uhr war ich zu Hause."

„Aber seit damals hast du doch bestimmt einen Freund gehabt."

„Nein. Die Hälfte meiner Klassenkameraden hat noch in dem Sommer geheiratet, in dem wir den Schulabschluss gemacht haben, und die anderen sind woandershin gezogen, auf der Suche nach neuen Gesichtern. Ich habe mir überlegt, aufs College zu gehen, aber wir hatten eigentlich nicht das nötige Geld dafür, und außerdem war ich zu feige. Also habe ich einen Job als Sekretärin bei einer Speditionsfirma in Grundy angenommen. Einige der Lastwagenfahrer waren nett, aber alle waren verheiratet. Nach zwei Jahren bin ich hierhergekommen, um etwas anderes zu sehen, aber hier ist es genauso schlimm wie damals in Grundy. Vielleicht sogar noch schlimmer. Alle guten Männer sind verheiratet. Außer deinem Dad natürlich. Aber dass er alleinstehend ist, nützt mir nicht viel, wenn er kein Interesse hat."

„Vielleicht entwickelt er ja noch Interesse. Wes sagt, das sollte er. Er sollte jemanden finden."

„Wes hat mich zu einer Fahrt auf seinem Motorrad eingeladen. Vielleicht hätte ich ihm schöne Augen machen sollen."

„Er würde es wahrscheinlich bemerken", sagte Jocie lachend. „Und Motorrad zu fahren macht Spaß."

„Wirklich? Ich glaube, ich hätte schreckliche Angst."

„Was machst du zum Spaß?", fragte Jocie. „Außer kochen?"

„Lesen. Ich habe so ziemlich alles gelesen, was Wes der Bücherei gespendet hat. Der Mann hat einen merkwürdigen Geschmack. Und ich mag tanzen und Musik hören."

„In manchen Kirchen glauben die Leute, tanzen wäre eine Sünde."

„Und dein Dad? Glaubt er das auch?"

„Wenn, dann hat er es mir nie gesagt."

„Das lässt hoffen."

Jocie fand nicht, dass irgendetwas von dem, was sie gesagt hatte, Anlass zur Hoffnung auf eine Romanze zwischen ihrem Vater und Leigh gab, aber das sagte sie nicht. Stattdessen wechselte sie das Thema. „Vielleicht sollten wir mit der Glasur anfangen. Ich muss zu Hause sein, bevor es dunkel ist."

Die Glasur war einfach zu machen, dazu wurden nur Butter, Puderzucker, Kakao und Milch vermischt und dann mit Muskelkraft geschlagen. Leigh fügte noch etwas mehr Kakao hinzu, und als sie die Masse auf den Kuchen schmierten, härtete sie zu einer schönen, dunkelbraun glänzenden Schicht aus. Dann stellte Leigh leuchtend gelben Zuckerguss her und zeigte Jocie, wie sie mit einer Dekotülle „Happy birthday, Tabitha" schreiben und die Torte mit einem gelben Rand verzieren konnte.

„Ich hoffe, sie schmeckt so gut, wie sie aussieht", sagte Jocie und leckte sich den gelben Zuckerguss von den Fingern.

„Das ist selten der Fall. Die Kuchen, die am besten schmecken, sind normalerweise die, die am schlimmsten aussehen. Einmal habe ich einen Kuchen mit Obstfüllung fallen lassen, als ich ihn aus dem Ofen geholt habe. Ich habe ihn einfach vom Boden aufgekratzt, auf Untertassen verteilt und Karamellsoße darübergeträufelt. Das war der beste Kuchen, den ich je gegessen habe."

„Du bist lustig, Leigh."

„Erzähl das deinem Dad und dass ich älter bin, als ich aussehe."

„Aber das bist du nicht."

„Ach, wie dumm. Und ich dachte, ich sehe aus wie sechzehn."

„In Dads Augen vielleicht."

„Siehst du, dann ist es ja nicht gelogen."

Es wurde bereits dunkel, während Jocie mit dem Fahrrad durch die Stadt radelte. Sie überlegte, ob sie beim *Banner* vorbeifahren und Wes bitten sollte, sie nach Hause zu bringen, aber dann beschloss sie, lieber etwas schneller zu fahren. Wenn sie sich beeilte, würde sie ein paar Minuten, bevor es ganz dunkel war, in die Auffahrt vor ihrem Haus einbiegen. Es war eine merkwürdige Sache mit der Nacht, dachte Jocie, als sie an Häusern vorbeifuhr, aus deren Fenstern Licht drang. Draußen war noch jede Menge Licht, aber von drinnen sah es aus, als wäre es schon ganz dunkel.

Wenn ihr Dad bemerkt hatte, dass sie noch nicht zu Hause war, machte er sich vielleicht Sorgen. Aber sie hatte ihm erzählt, wo sie sein würde. Vielleicht würde er Leigh anrufen, wenn er sich genügend sorgte, um sich zu erkundigen, ob sie noch dort war. Das würde Leigh womöglich gefallen und Jocie war ihr etwas schuldig, nachdem sie ihr mit dem Kuchen geholfen hatte. Jocie hörte auf, so schnell zu strampeln.

Nachdem sie die Stadt verlassen hatte, gehörte die Straße ihr. Sie glitt in die dunkler werdenden Schatten der Bäume hinein und wieder hinaus. Das Summen ihrer Reifen auf dem Asphalt vermischte sich mit dem Zirpen der Grillen. Vom Straßenrand streckten sich die Finger der Dunkelheit nach ihr aus und Jocie lief ein Schauer über den Rücken. Sie fing an, wieder schneller in die Pedale zu treten.

Als sie noch ein kleines Mädchen gewesen war, hatte sie geschrien, wenn sie die Augen aufgeschlagen und nichts außer Schwärze hatte sehen können, weil es eine mondlose oder bewölkte Nacht war. Dann war ihr Vater aus der Dunkelheit gekommen und hatte sich zu ihr gesetzt, aber er hatte nie das Licht angemacht. Er hatte gesagt, dass es Zeiten gegeben habe, in denen er selbst auch Angst vor der Dunkelheit gehabt hatte, und gerade dann habe er sich daran erinnert, dass Gott die Nacht ebenso geschaffen hat wie den Tag, und keine Dunkelheit sei so undurchdringlich, dass Jocie Gott nicht sehen könne, wenn sie es versuchte.

Nachdem ihr Vater wieder schlafen gegangen war, hatte Jocie wach gelegen und in die Dunkelheit gestarrt. Die dunkle Luft hatte sich zusammengezogen und Kreise vor ihren Augen gebildet. Sie hatte immer weiter gestarrt und versucht, in den Kreisen ein Gesicht zu sehen, aber es war ihr nie gelungen. Ihr Vater hatte immer gesagt, sie brauche auch gar kein sichtbares Gesicht zu sehen. Man könne Gottes Gegenwart einfach spüren, wie ein Gefühl, dass alles gut werden würde.

Und dann hatte Jocie die Schritte ihres Vaters im Flur gehört oder das Schnarchen aus seinem Zimmer, und war gleich darauf eingeschlafen.

Es war ganz dunkel, als Jocie in die Auffahrt zu ihrem Haus einbog. Das Licht auf der Veranda brannte, was ihr verriet, dass man sie vermisst hatte. Mit einem Willkommensgebell kam Zeb beim ersten Knirschen der Fahrradreifen im Kies auf sie zugerannt. Er lief neben dem Fahrrad her bis zur Garage, wo ihr Vater an den Kofferraum seines Wagens gelehnt stand.

„Ich wollte gerade nach dir suchen“, sagte er, aber er klang nicht sauer oder so.

„Tut mir leid, dass ich ein bisschen spät bin. Es dauerte länger, als ich dachte, einen Geburtstagskuchen zu backen. Du hast Tabitha doch nichts erzählt, oder?“

„Nein, sie hat keine Ahnung, was wir vorhaben. Ich glaube, sie hat vergessen, dass sie morgen Geburtstag hat.“

„Es ist doch in Ordnung, dass ich Leigh und Zella eingeladen habe, oder?“ Jocie lehnte ihr Fahrrad an die Garagenwand unter dem Dachvorsprung. Der Tau hatte sich bereits auf die Erde gesenkt und ihre Schuhspitzen waren nass. „Ich meine, ich konnte Leigh schließlich nicht sagen, sie soll den Kuchen herbringen und dann wieder gehen, nachdem sie mir dabei geholfen hat. Da musste ich sie doch einladen, ein Stück mitzuessen. Und Zella hat sich irgendwie selbst eingeladen.“

„Ich bin mir sicher, Tabitha wird sich freuen, Zella wiederzusehen und Leigh kennenzulernen.“ Ihr Vater schwieg einen Augenblick und fragte dann: „Was hältst du von Leigh?“

Jocie versuchte, seine Miene zu deuten, aber dafür war es zu dunkel. „Sie ist eine gute Köchin“, sagte sie und beschloss dann, dass sie Leigh mit dieser Beschreibung unrecht tat. Immerhin hatte sie auch alle Zutaten zur Verfügung gestellt, die nötig waren, um einen tollen Kuchen für Tabitha zu backen. Also fügte sie hinzu: „Eigentlich ist sie lustig.“ Das hatte Leigh ihr als Botschaft für ihren Vater aufgetragen.

„Lustig?"

„Ja. Und gar nicht so jung. Sie muss wahrscheinlich bald eine Brille haben." Jocie bückte sich, um Zebs Ohren zu kraulen. Die Zähne des Hundes leuchteten im Mondschein, als er sie angrinste. „Ich bin so froh, dass Gott mir einen Hund geschickt hat."

„Du bist diejenige, die lustig ist." Ihr Vater legte eine Hand auf ihre Schulter. „Komm mit. Sehen wir nach, ob Tante Love dir einen Teller Wirsingeintopf aufgehoben hat."

Jocie unterdrückte ein Stöhnen. „Weißt du, Dad, ich habe eigentlich gar keinen Hunger. Wahrscheinlich habe ich zu viel Schokoglasur gegessen."

„Vielleicht ist ja auch noch eine Ofenkartoffel übrig. Die verträgt sich bestimmt besser mit der Schokoglasur."

Zusammen stiegen sie die Stufen zur Veranda hinauf. „Ich hoffe, Tabitha mag Schokolade immer noch", sagte Jocie.

„Das tut sie ganz sicher", sagte ihr Vater, aber er klang nicht sehr überzeugt. Erst letzte Woche hatte er gesagt, Kalifornien verändere Menschen. Vielleicht schmeckte kalifornische Schokolade anders.

17

David war am nächsten Morgen früh auf. Er musste beten. In zwei Wochen fing die Bibelschule in Mt. Pleasant an und es fehlten immer noch zwei oder drei Helfer, selbst nachdem Ogden Martins Frau sich schließlich bereit erklärt hatte, bei dem Unterricht mitzumachen.

Die Martins hofften immer noch, dass David verschwinden würde. Er war keinen Zentimeter weitergekommen damit, Ogden Martin davon zu überzeugen, dass sie für den Herrn zusammenarbeiten konnten. Bei dem Ältestentreffen am Sonntag nach dem Gottesdienst hatte der Mann wie ein Stein dagesessen und nicht einmal Amen gesagt, als sie die Sitzung mit einem Gebet beendet hatten.

Natürlich hatte der Älteste auch einen wirklich schlechten Tag gehabt. Zwei aufmüpfige Wespen hatten den armen Mann gestochen, als er die Kollekte nach vorne gebracht hatte. Ogden hatte mit dem Kollektenteller nach den Wespen geschlagen, sodass Dollarnoten und Schecks in der Brise, die durch die geöffneten Fenster hereinwehte, durch die Luft gesegelt waren. Die Münzen waren auf den Holzfußboden gefallen und in die Ecken des Raumes gerollt. Zwei Jungen hatten unter den Bänken die Jagd aufgenommen und überall in der Kirche hatte es Gelächter gegeben, bis die einzige Person ohne ein Lächeln im Gesicht Ogden selbst gewesen war. Ogdens Ohren waren rot angelaufen, während er den Einleger aus Filz auf dem leeren Kollektenteller zurechtgerückt hatte.

Dann hatte Ogden mit aller Würde, die er hatte aufbringen können, einen Fünfdollarschein aus Mrs Ramseys Haaren gepflückt und den Teller denjenigen gereicht, die die anderen Schecks und Banknoten aufgefangen hatten. Dann hatte er warten müssen, bis die beiden Jungen mit den Münzen unter den Bänken hervorgekrochen kamen, bevor er den Teller wieder nach vorne hatte bringen können. Als er endlich Platz genommen hatte, war sein ganzer kahler Kopf knallrot gewesen.

Die ganze Predigt über hatte Ogden David düster angestarrt, als hätte dieser höchstpersönlich die Wespen geschickt, um ihn zu attackieren. Nach der Besprechung mit den Ältesten war David hinter Ogden hergelaufen und er hatte ihn eingeholt, bevor dieser bei seinem Wagen angekommen war. Aber Ogden gedachte weder den Wespen noch David zu vergeben. Er hatte David ohne Umschweife erklärt, es gebe Dinge, die kein bisschen lustig seien und als Prediger sei es Davids Aufgabe, dafür zu sorgen, dass Anstand und Pietät im Gottesdienstraum gewahrt wurden. Und was er im Übrigen wegen Sadie White unternommen habe?

„Ich bin mir nicht sicher, was du meinst, Ogden. Sadie freut sich darauf, die Verpflegung für die Sommerbibelschule zu organisieren. Sie hat mir letzte Woche erzählt, dass sie das schon seit vierzig Jahren macht und noch nie einem Kind begegnet ist, das sie nicht mag." David hatte standhaft gelächelt. Manchmal hätte er einige Leute gerne an den Schultern gepackt und so lange geschüttelt, bis ihnen bewusst wurde, was wirklich wichtig war.

Ogden hatte die Stirn gerunzelt. „Wer mag denn keine Kinder? Aber meine Frau sagt, Sadie sei inzwischen so senil, dass sie oft nicht mal mehr wisse, ob sie Zucker in die Limonade getan hat oder nicht. Hast du schon mal Traubenlimonade ohne Zucker getrunken, Prediger? Lela sagt, es ziehe einem den Mund zusammen."

„Du kannst Lela sagen, dass wir uns etwas überlegen werden, um das Zusammenziehen zu verhindern." Das hatte Ogdens Stirnfalten nur noch vertieft, also hatte David schnell weitergesprochen. „Und sag ihr, ich bin sehr dankbar, dass sie sich bereit erklärt hat, mit den kleineren Kindern zu arbeiten. Sie sind manchmal sehr lebhaft."

„Lela hat immer in der Sommerbibelschule unterrichtet, Prediger. Sie tut es nicht, weil du sie darum gebeten hast, sondern für den Herrn."

„Und der Herr wird es ihr lohnen", sagte David. Selbst das hatte Ogden anscheinend als Beleidigung aufgefasst, denn er war zu seinem Wagen geeilt, in dem seine Frau und seine Kinder warteten.

David war in genügend Gemeinden Pastor gewesen, um zu wissen, dass es Menschen gab, denen man es einfach nicht recht machen konnte, selbst wenn man sich auf den Kopf stellte. Vielleicht war das Problem, dass David nicht sehr gut darin war, Kopfstand zu machen, was Miss Sadie betraf. Tatsache war, dass David gar kein großes Problem darin erkennen konnte. Man probierte das Getränk und tat dann Zucker hinein, wenn Miss Sadie sich umdrehte. Wenn er es selbst tun musste, würde er es tun. Er würde jedenfalls nicht derjenige sein, der einer mehr als vierzig Jahre andauernden Liebe zu Kindern ein Ende machte.

David war nie gut darin gewesen, Leute zu ersetzen, wenn es um Aufgaben in der Gemeinde ging. Oder überhaupt. Zella war auch so ein Fall. Doch wahrscheinlich wäre es einfacher, sie hinter ihrem Schreibtisch wegzuholen als Miss Sadie aus der Gemeindeküche.

Adrienne war ein anderes Beispiel. Sie war seit Jahren fort und David hatte noch nicht einmal daran gedacht, sie zu ersetzen. Zumindest nicht, bevor Wes mit seinen Sticheleien in Bezug auf Leigh angefangen hatte.

David kletterte durch die Öffnung in der Mauer und ging zwischen den Apfelbäumen hindurch. Er nahm sich einen der Juniäpfel, die allmählich zu Boden fielen, und rieb ihn an seinem Hemd ab. Der Apfel war immer noch so sauer, dass Davids Zähne ganz stumpf wurden, aber er aß weiter, um die braunen Stellen herum, während er im Obstgarten seine üblichen Gebete sprach. Bei jedem Baum wiederholte er eine der Seligpreisungen und betete für jemanden auf seiner Fürbittenliste.

„‚Selig sind, die da geistlich arm sind; denn ihrer ist das Himmelreich.‘ Lieber Gott, bitte segne und bewahre Hazel Warren, wenn sie diese Woche zum Arzt geht. ‚Selig sind, die da Leid tragen; denn sie sollen getröstet werden.‘ Sei bei James Perry, während er weiter den Tod seiner Frau betrauert.“

Und so ging er an den Bäumen entlang und durch seine Gebete. Normalerweise war seine Familie nicht Thema zwischen den Bäumen, aber an diesem Morgen hielt David inne, als er bei der Seligpreisung derjenigen angekommen war, die reines Herzens sind, und betete für Jocies Party.

„Herr, eine Geburtstagsparty scheint vielleicht nicht so wichtig zu sein. Aber wir brauchen etwas Hilfe hier unten, und wir vertrauen darauf, dass du weißt, was für Hilfe das ist.“

Er ging zwischen den restlichen Bäumen hindurch, bevor er es sich gestattete, weiter an Geburtstage und Geburtstagskuchen zu denken und daran, wer den Kuchen heute bringen würde. Er hatte Leigh diese Woche bemerkt. Wirklich bemerkt. Er wusste nicht, warum sie ihm vorher nie aufgefallen war. Sie schien mindestens zwei- oder dreimal am Tag in sein Blickfeld zu geraten.

Leigh war jung, aber nicht so jung. Sie sah immer so aus, als hätte sie eine lustige Geschichte gehört, aber das Ende vergessen, sodass sie nicht wusste, ob sie lachen sollte oder nicht. Am liebsten hätte er ihr gesagt, dass sie lachen sollte – egal, wie die Geschichte weiterging, es war immer besser zu lachen.

Vor ein paar Tagen hatte er sie mit Zella lachen hören. Er wusste nicht, worüber sie gesprochen hatten, da er versucht hatte, ihre Unterhaltung nicht zu belauschen, aber Leighs Lachen war so hell und offen gewesen, dass es seine Laune gehoben hatte. Einen Moment lang hatte er überlegt, ob er zu den beiden Frauen hinübergehen und versuchen sollte, Leigh noch ein so fröhliches Lachen zu entlocken. Aber während er noch mit sich gerungen hatte, hatte er die Türklingel gehört und Leigh war gegangen.

Als er den Kopf zu seiner Bürotür herausgestreckt hatte, hatte Zella aufgeblickt und gesagt: „Zu spät. Die Geschichte deines Lebens. Immer eine Minute zu spät."

„Ich weiß nicht, wovon du redest", hatte David gesagt.

„Da hast du allerdings recht." Zella hatte verächtlich geschnaubt und sich wieder ihrer Schreibmaschine zugewandt, auf der sie umso heftiger herumhämmerte.

David hatte sich in sein Büro zurückgezogen in dem Wissen, dass sie recht hatte. Als Adrienne gegangen war, hatte er nie an eine andere Frau gedacht. Adrienne war seine Frau. Er hatte ein Trauversprechen gegeben. In guten wie in schlechten Tagen. In Krankheit und Gesundheit. Bis zum Tod.

Zuerst hatte er geglaubt, Adrienne würde zurückkommen. Wochen waren vergangen und dann Monate. Und irgendwann hatte er es gewusst, hatte aber nicht darüber nachdenken wollen. Selbst als die Scheidungspapiere mit der Post gekommen waren, selbst als er sie schließlich unterschrieben hatte, hatte er sich immer noch verheiratet gefühlt. Er hatte weiterhin das Gefühl gehabt, sein Eheversprechen halten zu müssen, auch wenn es jetzt leere, sinnlose Worte waren. Vielleicht lag es daran, dass er Angst davor hatte, dieses Versprechen hinter sich zu lassen und noch einmal von vorne anzufangen.

Deshalb stellte er sich jetzt dieser Angst. Der Angst, noch einmal verletzt zu werden. Der Angst, der Liebe einer Frau nicht würdig zu sein. Der Angst vor dem Scheitern. Wie konnte eine junge Frau wie Leigh einen Mann, dessen Haar langsam schütter wurde, attraktiv finden? Vielleicht war es nur ein ausgeklügelter jupiterianischer Scherz, den Wes sich erlaubte … Aber nein, Wes und Zella arbeiteten nie zusammen. Und selbst Jocie hatte gestern Abend Werbung für Leigh gemacht. Allerdings hatte sie auch den ganzen Abend „Hound Dog" vor sich hin gesummt. Sie sagte, Leigh habe alle Platten von Elvis Presley.

David brauchte nicht noch eine Tochter. Er wusste ja nicht einmal, was er mit den beiden machen sollte, die er schon hatte. Tabitha war ihm ein Rätsel, seit sie in dem Schaukelstuhl auf der Veranda aufgetaucht war. An dem Abend war sie froh gewesen, zu Hause zu sein, so hatte es zumindest gewirkt, aber seither schien sie fast Angst zu haben, ihn auch nur anzusehen. Unwillkürlich fragte er sich, was Adrienne ihr in all den Jahren, in denen sie fort gewesen war, erzählt hatte. Und es betraf nicht nur ihn. Mit Jocie sprach Tabitha auch kaum ein Wort. David hoffte nur, dass seine ältere Tochter heute bei der Party still und höflich bleiben und keine Geburtstagsszene machen würde, wie es Adriennes Art gewesen war. Adrienne hatte Geburtstage gehasst und sie hatte dafür gesorgt, dass man es bereute, wenn man diesen Tag auch nur erwähnte. Aber Tabitha konnte doch unmöglich etwas gegen ihren Geburtstag haben. Wollten Jugendliche nicht zwanzig werden?

David vergaß, darauf zu achten, wohin er trat, und landete mit dem Fuß in einem frischen Kuhfladen mitten auf Herman Crutchers Weide. Er wischte die Sohle und die Seiten seines Schuhs an einem dicken Grasbüschel ab. „Also gut, Herr", sagte er. „Du hast meine Aufmerksamkeit. Ich bete jetzt weiter und überlasse es dir, all die anderen Sachen zu regeln. Ich bin so durcheinander, dass ich nicht einmal weiß, was ich zuerst regeln muss."

Als David zwischen den Apfelbäumen zurück in Richtung Haus lief, sah er, dass jemand am Tor auf ihn wartete. Nicht Jocie. Jocie hätte an der Lücke in der Mauer gewartet, weil sie wusste, dass er diesen Weg nahm. Er sah Tabitha, die eine Hand auf das alte, unbenutzte Tor gelegt hatte, und es versetzte ihm einen Stich ins Herz. Sie war eine Fremde. Seine Tochter, aber trotzdem eine Fremde.

18

Tabitha rieb über die Rose auf ihrer Wange, während sie beobachtete, wie ihr Vater zwischen den Apfelbäumen auf sie zukam. In ihrer Erinnerung waren die Apfelbäume größer und nicht so knorrig.

So war es mit allem, seit sie hierher zurückgekommen war. Natürlich erinnerte sie sich an Dinge. Schließlich war sie dreizehn gewesen, als sie weggegangen waren, aber nichts war so groß oder hell oder gut, wie sie es in Erinnerung hatte. Sie hatte ihre Gedanken an zu Hause wie einen Schatz aufbewahrt, bis sie zu einer Art Märchen geworden waren, einem Hänsel-und-Gretel-Lebkuchenhaus ohne die Hexe.

Aber es gab keinen Lebkuchen. Es gab Kohl und angebrannte Bohnen und eine seltsame Tante, die nicht so verrückt war, dass sie nicht wüsste, warum Tabitha so oft das Frühstück ausfallen ließ, und eine kleine Schwester, die überhaupt nicht so war wie das kleine Mädchen, an das sie sich erinnerte, und einen Vater, den sie nicht mehr kannte, den sie vielleicht sogar nie gekannt hatte.

Eine Dreizehnjährige kann ihren Vater nicht kennen. Sie hatte jedenfalls nicht gewusst, wie sehr sie von ihm abhängig gewesen war, wie sehr sie ihn vermissen würde, bis sie mit DeeDee weggegangen war. Schon tausendmal hatte sie sich gewünscht, sie wäre damals nicht mitten in der Nacht aufgewacht und hätte ihre Mutter beim Packen ertappt.

DeeDee hatte nicht vorgehabt, sie mitzunehmen, sondern hatte ihr gesagt, sie solle wieder schlafen gehen und bis zum nächsten Morgen nichts sagen. Und das hätte sie auch tun sollen, aber stattdessen war sie in ihr Zimmer gegangen, hatte eine Handvoll Klamotten in eine Tasche gestopft und eine kurze Nachricht für ihren Vater geschrieben. Dann war sie zum Auto gelaufen, hatte sich hineingesetzt und gewartet, bis ihre Mutter mit ihrer eigenen Tasche auf Zehenspitzen aus dem Haus gekommen war. Tabithas Herz hatte bis zum Hals geschlagen. In der Ferne hatte ein Hund angefangen zu bellen und hinter dem Haus hatte Stumpy geantwortet. Ein paar Kilometer weiter war ein Zug vorbeigefahren und das Geräusch der Signalpfeife an der Kreuzung war wie ein Signal zum Aufbruch gewesen.

Ihre Mutter hatte ihr befohlen auszusteigen, aber Tabitha hatte sich an das Lenkrad geklammert und gedroht zu schreien, wenn ihre Mutter versuchte, sie hinauszustoßen. DeeDee hatte sie überrascht, indem sie in Gelächter ausgebrochen war. „Du machst einen Fehler, Mädchen. Einen Riesenfehler."

„Dann sollten wir vielleicht beide hierbleiben." Tabitha hatte das Lenkrad losgelassen.

„Für mich ist es kein Fehler. Der einzige Fehler, den ich begangen habe, war, nicht schon vor hundert Jahren zu gehen." Ihre Mutter hatte den Motor angelassen und Tabitha angesehen. „Das ist deine letzte Chance, ein normales Leben zu führen. Ich gehe nicht, weil ich etwas Normales suche."

Tabitha hatte zum Haus zurückgeblickt. Es hatten keine Lichter geleuchtet, alle schliefen. Sie schliefen nicht nur, sondern waren praktisch versteinert in ihrer Langeweile. In Hollyhill geschah nie etwas Neues und Tabitha war auf Veränderung aus.

„Also gut, Mädchen. Du hattest deine Chance. Aber nicht, dass du nach zehn Kilometern anfängst zu weinen und meinst, ich würde umdrehen. Ich fahre von hier weg und komme nicht mehr zurück. Nie mehr."

Tabitha hatte nichts gesagt und ihre Mutter hatte den Wagen langsam, ohne die Scheinwerfer einzuschalten, die Auffahrt hinunterrollen lassen. In den Jahren danach hatte Tabitha sich oft gefragt, wie ihr Leben verlaufen wäre, wenn sie die Tür geöffnet hätte und ausgestiegen wäre. Mit Sicherheit würde sie jetzt nicht in diesem Schlamassel stecken. Sie hätte nie Jerome in Kalifornien kennengelernt.

Eigentlich hätte sie es besser wissen müssen. DeeDee hatte ihr immer wieder gesagt, sie hätte es besser wissen müssen, aber Jerome hatte ihr das Gefühl gegeben, etwas Besonderes zu sein. Es war so lange her gewesen, dass sie dieses Gefühl gehabt hatte. Das Gefühl, geliebt zu werden. Aber natürlich hatte er sie nicht geliebt. Beim ersten Anzeichen eines Problems hatte er sie fallen lassen, sodass sie allein damit fertig werden musste. Ihre Mutter hatte sie gefragt, was sie von einem Musiker anderes erwartet habe, vor allem von einem Schlagzeuger. Und ganz unrecht hatte sie nicht: Tabitha hatte doch gesehen, was für Versager ihre Mutter angeschleppt hatte, und hätte es wirklich besser wissen müssen.

Jetzt war ihr Vater so nah herangekommen, dass sie sein Lächeln sehen konnte. Am liebsten wäre Tabitha ins Haus zurückgerannt und in den Wandschrank gekrochen, um einfach nur im Dunkeln zu sitzen. Sie würde dort nicht nachdenken. Sie würde nur atmen und die Punkte zählen, die durch die dunkle Luft schwebten. Ihr Magen hob sich und sie wollte sich den Finger in den Hals stecken, um sich zu übergeben und es hinter sich zu bringen.

Das sagte Tante Love immer wieder zu ihr. Dass sie es hinter sich bringen müsse. Sie hatte Tante Love angefleht, es ihrem Vater zu sagen, aber Tante Love sagte, das sei etwas, was sie selbst tun müsse. Dass Dinge sich nicht einfach in Luft auflösten, wenn man sie geheim hielt, vor allem Babys nicht. Dass der Bauch immer dicker und das Baby irgendwann herauskommen würde.

Manchmal klang Tante Love gar nicht wie eine alte Jungfer. Sie klang so, als wüsste sie, wovon sie sprach. Allerdings hatte sie Tabitha erzählt, dass die morgendliche Übelkeit vor ein oder zwei Wochen hätte aufhören sollen, und Tabitha musste sich noch immer wenigstens einmal am Morgen übergeben.

Tabitha schluckte die aufsteigende Übelkeit hinunter, so gut es ging, und setzte ein Lächeln auf, als ihr Vater näher kam. „Hi, Daddy."

„Alles Gute zum Geburtstag, Liebling. Ich bin ja so froh, dass ich es dir heute persönlich sagen kann."

„Geburtstag?" Tabitha hatte seit Wochen nicht in den Kalender geschaut, weil sie nicht daran denken wollte, wie die Tage verstrichen und das Baby in ihr wuchs und ihren Bauch nach außen drückte. „Ist heute mein Geburtstag?"

„Hast du das vergessen?"

„Ja. DeeDee hat nie viel Aufhebens um Geburtstage gemacht. Ich weiß nicht einmal, wann ihrer überhaupt ist. Sie wollte nicht Geburtstag haben."

„Aber du hast immer gerne Geburtstag gefeiert, als du hier warst."

„Nachdem wir weggegangen sind, war es anders. Wir haben andere Sachen gemacht."

„Hast du denn eine schöne Zeit gehabt, Tabitha? Ich habe es immer gehofft. Du hast so gerne gelacht, als du klein warst. Du fandest die albernsten Dinge lustig und hast gelacht, bis du auf dem Boden gelegen hast und Seitenstiche hattest."

„Das weiß ich noch", sagte Tabitha. „Ich habe dich immer gebeten, mich zu kitzeln, damit ich etwas zum Lachen hatte. Ich wünschte, ich könnte jetzt so lachen."

„Warum kannst du das denn nicht?", fragte ihr Vater.

„Es gibt nichts mehr, was so lustig ist."

„Da staune ich aber, dass du das sagst. Ich dachte, nach Kalifornien würde dir alles hier in Hollyhill komisch vorkommen."

„Ich war doch noch gar nicht in Hollyhill. Ich war nur hier bei dir und Jocie und Tante Love."

„Na, siehst du. Das müsste doch an Lachfutter für ein paar Tage reichen, vor allem, wenn man Jocies hässlichen Mischling und Tante Loves verrückte Katze noch dazunimmt."

Tabitha hatte nicht vorgehabt zu weinen. Sie hatte nicht geweint, als DeeDee ihr das Geld von Jerome gegeben hatte, damit sie das Baby wegmachen ließ. Sie hatte nicht geweint, als DeeDee zu ihr gesagt hatte, sie könne nicht Großmutter sein und Eddie würde nie mit einer Großmutter zusammenleben wollen.

Tabitha hatte verstanden. Vorher war es immer DeeDee gewesen, die der Männer, die sie nach Hause brachte, überdrüssig geworden war und sie hinausgeworfen hatte, aber seit DeeDee Eddie zum ersten Mal mit seiner Band hatte singen hören, hatte sie alles getan, um ihn glücklich zu machen. Obwohl er mehrere Jahre jünger war als sie. Obwohl er zu viel trank. Obwohl er kein Geheimnis daraus machte, dass er nur mit ihr zusammen war, bis sich etwas Besseres bot. Aber DeeDee wollte nicht einen einzigen Tag mit Eddie aufgeben, weder für Tabitha noch für deren Baby.

Tabitha wusste wirklich nicht, was sie von ihrer Mutter erwartet hatte. Jedenfalls keine Tränen, aber DeeDee hatte geweint, als sie Tabitha zum Bus gebracht hatte. Tabitha war zu überrascht gewesen, um selbst zu weinen. Sie hatte den ganzen Weg quer durchs Land in den schlecht gefederten Bussen nicht geweint. Sie hatte nur die Hände auf ihren Bauch gelegt und Angst gehabt, das Baby könnte herausgeschüttelt werden. Das hatte sie auch überrascht, wie sehr sie sich wünschte, dass dieses Baby gesund war, wo doch alles viel einfacher gewesen wäre, wenn die Schlaglöcher die Kleine losgerüttelt hätten. Sie wusste einfach, dass es ein Mädchen war.

Aber jetzt weinte sie. Tiefe, erschütternde Schluchzer, die sich über Wochen hinweg in ihrem Innern aufgestaut haben mussten. Ihr Vater zog sie an sich und ließ sie weinen, immer noch ohne eine Ahnung, welche Schwierigkeiten sie aus Kalifornien hierher gebracht hatten.

DeeDee hatte ihr gesagt, was sie erwartete. Nicht von ihrem Vater, sondern von den Leuten in Hollyhill. Vor allem von den Leuten in der Kirche. Sie sagte, sie würden hinter vorgehaltener Hand über sie reden, mit dem Finger auf sie zeigen, auf ihre Schande. Und es würde nur noch schlimmer werden, wenn das Baby erst einmal da war, vor allem, wenn es Jerome ähnelte.

Aber sie hatte auch gesagt, ihr Vater werde ihr helfen. Dass er einen guten Kern habe, den selbst DeeDee nicht hatte verderben können, obwohl sie alles versucht hatte.

Natürlich hatten sie nicht gedacht, dass ihr Vater immer noch Prediger sein könnte, geschweige denn eine eigene Gemeinde hatte. Deshalb hatte Tabitha es ihm nicht erzählt. Sie wollte seine Karriere in Mt. Pleasant nicht ruinieren, so wie ihre Mutter es damals in der New Liberty Church getan hatte.

Ihr Vater strich ihr übers Haar und sagte leise: „Lass es raus, Liebling. Es ist in Ordnung."

Sie riss sich von ihm los. „Nein, es ist nicht in Ordnung. Es kann nicht in Ordnung sein."

Er lächelte und zog sie wieder in seine Arme. „Wenn du mir erlaubst, dir zu helfen, können wir zusammen damit fertig werden, egal, was es ist." Er legte einen Finger unter ihr Kinn und hob ihr Gesicht zu ihm auf, bis er in ihre tränennassen Augen sehen konnte. „Das verspreche ich, und Daddys geben keine Versprechen, die sie nicht halten können."

„Das hast du immer gesagt, als ich klein war."

„Und habe ich dir jemals ein Versprechen gegeben, das ich nicht gehalten habe?"

„Ich kann mich nicht erinnern."

„Wenn es so wäre, könntest du dich daran erinnern. Und jetzt erzähl mir, was los ist."

Tabitha sah ihn an und plötzlich versiegten ihre Tränen. Ein Schweißtropfen rann über die Stirn ihres Vaters bis in seine dunklen Augenbrauen. Jerome hatte viel geschwitzt. Der Schweiß hatte sein Hemd durchtränkt, wenn er in Eddies Band Schlagzeug gespielt hatte. Sein Schweiß war auf sie getropft, wenn sie sich geliebt hatten. Als sie dieses Baby gemacht hatten. Ein Baby, das er hatte töten wollen, aber für das sie jede Schande und jeden Schmerz ertragen würde.

Tabitha legte eine Hand auf ihren Bauch und die andere auf den Arm ihres Vaters, so als könnte die Liebe, die sie für das eine Wesen empfand, zu dem anderen weiterströmen. „Ich bekomme ein Baby." Die Worte kamen ganz einfach heraus und das Merkwürdigste war, dass ihr nach Lächeln zumute war, als sie sie sagte.

19

David war überrascht, obwohl er es eigentlich nicht hätte sein dürfen. Er hatte gewusst, dass Tabitha in Schwierigkeiten war, und wenn ein Mädchen in ihrem Alter in Schwierigkeiten war, bedeutete das oft, dass ein Baby auftauchte, bevor ein Ehemann es tat.

Aber genau das war sein Problem. Er sah in ihr nicht ein Mädchen ihres Alters. Obwohl es weder logisch noch vernünftig war, war sie für ihn immer noch dreizehn und in seinen Augen viel zu jung und unschuldig, um mit einem Mann zusammen zu sein und die Folgen dieser Intimität in sich zu tragen. Sein Enkelkind.

Staunen darüber machte sich in ihm breit. Sein Blick wanderte zu ihrem leicht gerundeten Bauch und er lächelte. „Ich werde Großvater", sagte er wie zu sich selbst.

Tabitha nickte schüchtern, während ihre Lippen sein Lächeln zitternd erwiderten. „Ich weiß, dass es falsch ist, eine Sünde." Ihr Lächeln erstarb. „Aber bitte verlang nicht von mir, dass ich sie aufgebe. Das kann ich nicht. Ich liebe sie schon jetzt."

„Sie?"

„Das Baby ist ein Mädchen. Ich weiß es einfach, aber DeeDee sagte, es könne sein, dass du mich zwingst, die Kleine nach der Geburt zur Adoption freizugeben. Du kannst mich in so ein Heim für gefallene Mädchen schicken, aber ich werde nicht da hingehen. Vorher laufe ich weg."

„Ich werde dich nirgendwohin schicken, Tabitha." David streckte den Arm aus und zog sie wieder in seine Umarmung. „Du bist meine Tochter. Dein Kind ist mein Enkel. Das würde ich für nichts in der Welt aufgeben."

„Nicht einmal für Gott?"

„Gott wird es nicht von mir verlangen", sagte David. „Gott wird wollen, dass wir dieses Baby lieben und für die Kleine sorgen."

„Ich bin nicht verheiratet."

„Das dachte ich mir", sagte David. „Wolltest du es denn sein? Hast du den Vater des Kindes so sehr geliebt?"

„Ich dachte es. Ich dachte, er würde mich heiraten. DeeDee sagte, ich sei dumm, und damit hatte sie wohl recht. Sie hat auch gesagt, er sei ja nicht ganz verkehrt, immerhin habe er mir Geld gegeben, um das Problem zu ‚lösen', bevor er mich fallen ließ. DeeDee kannte den Namen von einem Typen, der so etwas macht. Sie sagte, sie würde mit mir hingehen und so." Jetzt hatte Tabitha beide Hände auf ihren Bauch gelegt. „Aber das konnte ich nicht."

„Gott sei Dank."

„DeeDee wollte es, weil sie fand, dass es der einfachste Weg aus dem Dilemma sei. Die beste Lösung. Als ich nicht auf sie hörte, hat sie den ganzen Gottesdiensten die Schuld gegeben, zu denen du mich mitgenommen hast, als ich hier in Hollyhill war. Die hätten meinen gesunden Menschenverstand ruiniert, sagte sie, aber sie hat nicht versucht, mich dazu zu zwingen. Sie sagte nur, ich könne nicht bei ihr bleiben, weil sie noch nicht bereit sei, Großmutter zu werden oder auch nur Großtante. Und Eddie würde kein Baby im Haus haben wollen. Er war sowieso schon schlecht gelaunt, weil Jerome die Band verlassen hatte. Er sagte, gute Schlagzeuger seien schwer zu finden. Ich sei alt genug, um zu wissen, wie man verhindert, schwanger zu werden. DeeDee hätte mich aufklären müssen."

David ballte die Fäuste und atmete langsam ein und aus. Die Bibelverse über das Hinhalten der anderen Wange kamen ihm in den Sinn, aber es war einfacher, die eigene Wange hinzuhalten als die der eigenen Tochter. Es gelang ihm nicht, bis zehn zu zählen. „Ein netter Kerl, was?"

„Ach, Eddie ist in Ordnung", sagte Tabitha. „Jedenfalls habe ich von dem Geld, das Jerome DeeDee gegeben hat, die Busfahrkarte hierher gekauft. Ich wusste nicht, was ich sonst tun sollte."

„Du hast genau das Richtige getan." David legte den Arm um sie und wandte sich dem Haus zu. „Tante Love weiß Bescheid, nicht wahr?" Es war eigentlich keine Frage.

„Vom ersten Tag an. Sie mag ein bisschen verrückt sein, was manche Dinge angeht, aber das wusste sie. Sie redet schon die ganze Zeit auf mich ein, dass ich es dir sagen soll."

„Und sie war nicht schockiert? Sie hat keine Bibelverse zitiert oder versucht, dich dazu zu bringen, dass du dich schuldig fühlst?"

„Nein. Sie hat nur gesagt, dass Menschen Fehler machen. Und

wenn man einen Fehler gemacht habe, müsse man sich überlegen, was man als Nächstes tun sollte, und versuchen, nicht einen noch größeren Fehler zu machen." Tabitha sah zu ihm auf. „Sie war nie verheiratet, oder?"

„Nein. Warum?"

„Sie scheint eine Menge darüber zu wissen, wie es mir mit dem Baby gehen sollte und so."

„Wirklich? Wahrscheinlich hat sie im Laufe der Jahre eine Menge werdende Mütter gesehen."

„Mutter!", sagte Tabitha. „Das Wort macht mir Angst."

„Du wirst dich bald daran gewöhnen. Was ist mit Jocie?"

„Sie hat keine Ahnung. Ich bin mir nicht mal sicher, ob sie überhaupt weiß, wie Babys entstehen." Tabitha warf ihm einen schrägen Blick zu. „Vielleicht solltest du mit ihr reden. Sie geht nächstes Jahr in die Highschool."

„Habe ich mit dir damals geredet?"

„Nein. Aber DeeDee hat es mir erklärt, als wir fort waren. Sie wollte auf Nummer sicher gehen, dass ich keinen der Männer, die sie mit nach Hause brachte, an mich heranließ. Sie sagte, es sei immer besser, die Fakten zu kennen, als sie hübsch zu verpacken."

David erstarrte innerlich. „Hat einer von ihnen dich belästigt?"

Tabitha sah ihn an. „Nein. Guck nicht so besorgt. DeeDee hat sie sofort rausgeschmissen, sobald sie sich für mich interessiert haben. Sie konnte es nicht ertragen, wenn ein Mann Augen für jemand anderen als für sie hatte. Wenigstens war das so, bis Eddie erschien. Ich meine, er hat kaum bemerkt, dass es mich gab, aber nach den Auftritten waren die Mädchen immer scharf auf ihn, und manchmal kam er tagelang nicht nach Hause. DeeDee passte das gar nicht, aber sie stellte ihm nie die Sachen vor die Tür. Sie tat einfach so, als wäre er gar nicht weg gewesen, wenn er wiederkam."

„Wie man in den Wald hineinruft ...", murmelte David.

„Was?", wollte Tabitha wissen.

„Ach, nichts", sagte David. Was Adrienne damals getan hatte und was er erduldet hatte, war jetzt nicht von Bedeutung. „Es war nicht wichtig."

„DeeDee hat für mich getan, was sie konnte. Sie hat nicht direkt gesagt, dass ich warten sollte, bis ich verheiratet bin, aber da, wo wir waren, macht sich auch niemand groß Gedanken über Ringe an den Fingern."

David biss sich auf die Lippe und sagte nichts.

„Aber sie hat gesagt, ich solle warten, bis ich bereit dazu sei, bevor ich mich einem Mann hingebe." Tabithas Wangen röteten sich ein wenig. „Ich habe gewartet, bis Jerome kam. Ich dachte, er wäre der Richtige."

„Bei manchen Dingen nützt es nichts, sich zu wünschen, man könnte sie ungeschehen machen", sagte David.

Tabitha sah ihn trotzig an. „Ich wünsche mir nicht, ich könnte es ungeschehen machen. Denn dann würde ich mir wünschen, das Baby wäre nicht da, und egal was passiert, das will ich mir nicht wünschen. Selbst wenn die Leute von Hollyhill mich an den Pranger stellen."

„So weit wird es wohl nicht kommen", sagte David mit einem schwachen Lächeln. „Oh, sie werden natürlich reden. In einer Stadt wie Hollyhill wird immer getratscht, aber nach einer Weile vergessen die Leute es wieder und reden über etwas anderes."

„Aber werden die Leute in deiner Gemeinde es vergessen?"

„Manche schon. Einige vielleicht nicht, aber das spielt keine Rolle. Ich mache ohnehin nur die Vertretung, bis sie einen neuen Pastor gefunden haben, und wenn sie ein bisschen intensiver suchen, dann ist es eben so." David lächelte noch immer. Er brauchte Tabitha seine Sorgen wegen der Gemeinde nicht zu zeigen. Außerdem glaubte er, dass die meisten Dinge aus gutem Grund geschahen. Vielleicht sollte er kein Prediger sein. Vielleicht wollte Gott, dass er ihm auf andere Weise diente. Durch das gedruckte Wort und nicht das gesprochene. Vielleicht hatte er ja Gottes Botschaft in dem U-Boot die ganze Zeit falsch verstanden, so wie Adrienne es immer gesagt hatte. Es war schon komisch, wenn er darüber nachdachte, dass Adrienne möglicherweise recht gehabt haben könnte und es gar keine echte Berufung war. Vielleicht war seine wahre Berufung eine Berufung, die er manchmal beinahe nicht wahrgenommen hatte: seine Familie. Dieses ungeborene Kind, das seine Tochter unter dem Herzen trug.

Als sie den Garten durchquerten, spähte Tante Love durch die Vorhänge am Küchenfenster, doch dann trat sie schnell in den

Schatten zurück. Zum ersten Mal, seit Tabitha ihm im Obstgarten entgegengekommen war, dachte David daran, wie spät es war. Es musste schon nach Mittag sein, nur noch wenige Stunden bis zu Jocies Party. Sie konnten das Ganze immer noch absagen, schließlich hatten sie nicht die ganze Stadt eingeladen. Aber Jocie hatte sich so viel Mühe gegeben, etwas für Tabitha zu tun. Sie hatten ja nicht wissen können, dass ausgerechnet heute Beichttag war. Tabitha hatte nicht einmal daran gedacht, dass sie heute Geburtstag hatte.

„Du weißt, dass es heute Nachmittag eine Party gibt, oder?", sagte David.

„Eine Party?" Tabitha sah ein wenig besorgt aus. „In der Kirche?"

„Nein, Dummerchen. Eine Geburtstagsparty."

Jetzt stand ihr die Panik ins Gesicht geschrieben. „Nicht für mich, oder?" Es war eher eine Bitte als eine Frage.

David nickte und ignorierte ihre ängstliche Reaktion. „Ich sollte es dir eigentlich nicht erzählen. Jocie wollte dich überraschen. Aber natürlich haben wir nicht damit gerechnet, dass du deinen Geburtstag total vergisst." Er legte einen Arm um sie.

„Ich kann nicht die ganzen Leute treffen. Noch nicht. Ich habe mein Büßergewand noch nicht genäht."

„Es ist nur eine kleine Party. Nur wir und Wes und Zella und eine Frau namens Leigh Jacobson, die Jocie beim Kuchenbacken geholfen hat. Jocie hat schon vor Wochen angefangen, diese Party zu planen, als du noch gar nicht hier warst."

„Woher wusste sie, dass ich komme?"

„Das wusste sie nicht. Auf diese Weise wollte sie zeigen, dass du zur Familie gehörst." Er drückte ihre Schultern. „Meinst du, du könntest Jocie zuliebe ein, zwei Stunden eine fröhliche Miene aufsetzen? Ihre Geburtstage sind immer eine große Sache und sie wollte für dich auch ein Fest veranstalten."

„Aber ich weigere mich, Kerzen auszupusten."

„Aber das mochtest du doch immer am liebsten. Du wolltest dir immer ein Dutzend Dinge wünschen."

„Ja, ich weiß." Tabitha lächelte. „Mein erster Wunsch war immer, dass ich es schaffe, alle Kerzen auszupusten, damit der Rest meiner Wünsche in Erfüllung gehen kann. Aber damals habe ich auch noch geglaubt, dass Wünsche wahr werden können."

„Nicht alle Wünsche gehen in Erfüllung, das steht fest. Aber einige tun es, und Gebete werden erhört. Sieh dich doch nur an: Hier bist du, die Antwort auf meinen Wunsch und meine Gebete und auch auf Jocies Gebete. Sie hat sich viel Mühe gegeben mit dieser Feier, weil sie dachte, es würde dich glücklich machen."

„Dafür waren also das ganze Fensterputzen und Bodenschrubben." Tabitha lachte beinahe. „Kein Wunder, dass sie mir böse Blicke zugeworfen hat, während sie alles gewienert hat."

„Sie weiß nicht, warum Tante Love sie die ganze Zeit schuften lässt und dich nicht", sagte David. „Sie und Tante Love finden nicht oft einen gemeinsamen Nenner."

„Vielleicht muss sie schwanger werden."

„Gott bewahre!", sagte David.

„Tut mir leid, Dad. Das war ein Witz."

„Nimm es mir nicht übel, wenn ich nicht lache", sagte David. „Ich kann kaum fassen, dass du alt genug bist, um Mutter zu werden. Ich will mir nicht einmal vorstellen, dass Jocie alt genug sein könnte."

„Sie ist dreizehn", erinnerte Tabitha ihn.

„Ich weiß. Das Gespräch. Ich werde es bald führen." Er sah sie an. „Dann versuchst du also bei der Party zu lächeln und glücklich auszusehen?"

„Ich muss es nicht heute allen sagen, oder?"

„Du musst es überhaupt nicht allen sagen. Sollen sie es doch selbst herausfinden."

„Und das werden sie sicher, so wie mein Bauch aussieht." Wieder legte Tabitha eine Hand auf ihren Bauch.

„Wie weit bist du?"

„Ich war in Kalifornien beim Arzt. Um sicher zu sein, weißt du. Da war ich im dritten Monat. Jetzt müsste ich im fünften Monat sein. Tante Love meint, nächsten Monat werde ich anfangen zu ‚blühen', wie sie es nennt."

„Wir machen nächste Woche einen Termin für dich bei einem Frauenarzt in Grundy. Du brauchst Vitamine und so was."

„Ist gut." Tabitha stellte sich auf die Zehenspitzen und hauchte einen Kuss auf Davids Wange. „Danke, Daddy. Und ich gebe mir heute Nachmittag Mühe. Ich puste sogar die Kerzen aus, wenn Jocie welche besorgt hat. Vielleicht wünsche ich mir etwas für sie. Sie glaubt wahrscheinlich noch an Wünsche. Als Jocie klein war, haben wir oft Wünschen gespielt."

„Wünschen? Daran erinnere ich mich gar nicht."

„Es war unser geheimes Spiel. Ich habe oft auf sie aufgepasst." Tabitha zögerte, bevor sie hinzufügte: „Weil DeeDee es nicht getan hat."

„Ich weiß."

„Ich hatte Angst, dass ihr irgendetwas zustoßen könnte, dass sie sich verläuft oder in einen Brunnen fällt." Tabitha schüttelte den Kopf. „Wir hatten gar keinen Brunnen, oder?"

„Nein, aber eine Zisterne. In die hätte sie fallen können."

„Na, egal. Jedenfalls habe ich jeden Morgen etwas gesagt wie: ‚Ich wünsche mir, dass du heute im Garten bleibst und spielst', und dann sagte sie, sie wünsche sich, der Mond würde eine Nacht lang rot werden, und dann sagte ich: ‚Ich wünsche mir, dass dein Schutzengel neben dir fliegt', und sie sagte, sie wünschte, Schutzengel würden glitzern, weil sie sie dann sehen und aufpassen könnte, dass sie nicht schneller läuft, als sie fliegen. Es war ein albernes Spiel, aber ich dachte, es beschützt sie."

„Du warst eine gute große Schwester. Sie hat dich vermisst, als du nicht mehr da warst."

„Aber danach hatte sie Oma Mae, die auf sie aufpassen konnte. Daran habe ich oft gedacht. Ich wusste ja, dass Oma Mae zu euch gezogen war, und ich habe mir so manches Mal gewünscht, ich wäre hier und nicht dort, wo ich war. Ich habe mir nie Sorgen um Jocie gemacht. Ich war mir sicher, du und Oma Mae und der verrückte alte Wes würdet auf sie aufpassen und dass ich nun diejenige war, die all die Schutzengel brauchte. Sieht so aus, als hätte ich sie schließlich doch abgehängt."

„Denen, die Gott lieben, werden alle Dinge zum Besten dienen."

„Das sagt Tante Love auch immer, aber manchmal sieht sie so aus, als würde sie es selbst nicht glauben."

„Meistens tut sie es aber."

„Und du? Glaubst du es?", fragte Tabitha mit einem merkwürdigen Ausdruck in den Augen, so als wäre seine Antwort besonders wichtig.

David bemühte sich, so ehrlich wie möglich zu antworten. „Ich glaube nicht, dass alles, was geschieht, gut ist, aber ich glaube, dass Gott selbst aus den schlimmsten Dingen etwas Gutes entstehen lassen kann."

„Selbst daraus, dass DeeDee weggegangen ist? Und daraus, dass ich ein Baby bekomme, das keinen Vater hat?"

„Es hat einen Großvater und einen himmlischen Vater und eine Mutter, die es liebt."

„Sie. Es wird ein Mädchen."

„Also gut, sie. Und es war schlimm, als deine Mutter uns verlassen und dich auch noch mitgenommen hat, aber Gott hat diese Tatsache dazu gebraucht, um mich stärker zu machen. Ich habe mehr gebetet und bin ihm noch nähergekommen, obwohl ich infolgedessen die Gemeinde verlor. Und ein neues Baby ist immer ein Geschenk." David lächelte. „Gott wird wollen, dass wir das feiern."

„Danke, Daddy, dass du dich nicht für mich schämst."

„Schämen? Niemals. Ich bin stolz darauf, dass du den Mut hattest, nach Hause zu kommen und dir von uns helfen zu lassen." Er umarmte sie noch einmal. Dann gingen sie zum Haus.

20

Da die Hitze mit der Morgensonne ins Wohnzimmer geklettert war und die Ventilatoren nur heiße Luft durcheinanderwirbelten, stellte Jocie den Klapptisch und die Stühle vor dem Haus unter der Eiche auf, wo sich eine schwache Brise regte. Sie wischte die Erde von ein paar hübschen Steinen aus Tante Loves Steingarten, um die gelbe Tischdecke damit zu beschweren, und versuchte nicht an die vielen Stunden zu denken, die sie damit zugebracht hatte, Böden zu schrubben und Wände abzubürsten, die jetzt niemand sehen würde. Vielleicht würde sie Leigh das Haus zeigen, damit sie durch die blitzblanken Fenster hinausschauen konnte.

Tante Love sagte, Hausarbeit sei nie vergeudete Zeit, denn früher oder später müsse sie ohnehin erledigt werden, aber Jocie war aufgefallen, je früher man putzte, desto eher musste man es wieder tun.

Ihr Vater hatte Tabitha von der Party erzählt. Als hätte er Angst, dass Tabitha nicht da sein könnte oder so. Dabei hatte sie keinen Fuß vor die Tür gesetzt, seit sie nach Hause gekommen war. Aber ihr Vater hatte gemeint, es sei nur fair, Tabitha die Chance zu geben, sich ein bisschen hübsch zu machen, da sie Leute treffen würde, die sie nicht gesehen hatte, seit sie mit DeeDee weggegangen war.

Jocie grinste. Es war komisch, wie viel leichter es ihr fiel, an ihre Mutter als DeeDee zu denken. Sie wünschte, Tabitha hätte ihr das schon vor langer Zeit geschrieben.

Zeb sah zu, wie sie alles vorbereitete, so als hoffte er, sie würde die ganzen Sachen für ihn aufstellen. Ab und zu fragte sie sich, ob Wes recht hatte und der Hund tatsächlich sein Kumpel Hermann oder Harlan vom Jupiter war. Zeb schien für einen gewöhnlichen Hund einfach zu viel zu wissen. Hunde sprangen gerne in Teiche oder wälzten sich in Kuhfladen oder kauten Knochen. Zeb mochte die Knochen, aber er ging selbst der kleinsten Pfütze aus dem Weg und schnupperte nicht mal an Kuhfladen. Und jedes Mal, wenn sie zur Tür hinausging, saß er da und wartete mit seinem albernen Hundegrinsen und wedelndem Schwanz auf sie. Sie machte sich keinerlei Sorgen mehr, dass er weglaufen könnte.

Die Gänseblümchen, die sie an diesem Morgen auf Mr Crutchers Wiese gepflückt hatte, sahen in der Mitte des gelb gedeckten Tisches perfekt aus. Der Wind wehte ein paar der gelbgrünen „Happy-birthday"-Servietten vom Tisch. Schnell sammelte Jocie sie wieder ein und benutzte die silberne Tortenschaufel, die sie für Tante Love hatte polieren müssen, als Gewicht, damit sie auf dem Tisch liegen blieben. Zwei kleine silberne Schalen, die Tante Loves Mutter gehört hatten, warteten auf die Minzbonbons, die Zella versprochen hatte mitzubringen.

Jocie setzte sich auf einen der Stühle, um zu warten, aber die Minuten zogen sich so langsam hin, als wäre es Heiligabend. Sie sah auf ihre Uhr. Immer noch fast eine Stunde, bis es so weit war. Ihr Vater saß in seinem Zimmer und arbeitete an seiner Predigt. Tabitha hatte sich ins Badezimmer begeben und Tante Love saß in ihrem Schaukelstuhl auf der Veranda und strickte etwas Rosafarbenes, von dem Jocie inbrünstig hoffte, dass es nicht für sie war. Sie hasste rosa.

Jocie stand auf und rückte die Silberschalen zurecht. Dann zählte sie die Geburtstagsteller. Sie wünschte, Leigh würde mit dem Kuchen kommen. Es sah einfach nicht nach Geburtstag aus, solange der Kuchen nicht da war. Und Geschenke. Sie hatte die Geschenke vergessen.

„Um Himmels willen, Kind, was ist denn jetzt schon wieder?", sagte Tante Love, als Jocie die Verandatreppe hinaufstürmte. „Wenn du die Tür ständig aufreißt, lässt du noch jede Fliege im Land herein."

„Ich habe Tabithas Geschenke vergessen." Jocie blieb im Türrahmen stehen. „Kann ich etwas holen, worauf man sie legen kann? Für den Fall, dass die anderen auch Geschenke mitbringen."

„Du kannst holen, was immer du willst. Nur lass die Tür nicht offen stehen."

„Oh, tut mir leid."

„Und knall die Tür nicht."

Jocie versuchte, die Tür festzuhalten, aber es war zu spät. Sie rief Tante Love noch ein „Tut mir leid" zu, was ihr ein Bibelzitat über Prüfungen und Geduld einbrachte. Das hörte Jocie oft.

Sie räumte die Bilder und die Lampe von dem länglichen Tisch im Wohnzimmer und trug ihn hinaus. Dann holte sie Tabithas Geschenk unter ihrer Liege in der Loggia hervor. Sie hatte vergessen, Geschenkpapier zu kaufen, also hatte sie weißes Butterbrotpapier mit Blumen und Regenbogen und Sternen bemalt und die Sachen darin eingewickelt. Bürste und Kamm und Nagellack ergaben zusammen kein großes Päckchen und es wirkte so allein auf dem Tisch ziemlich verloren. Jocie schob ihr Geschenk auf die Seite, um Platz für andere Mitbringsel zu machen. Wes würde bestimmt ein Buch mitbringen. Und sie konnte den Kuchen auf diesen Tisch stellen, falls Leigh irgendwann erscheinen sollte. Jocie sah auf ihre Uhr. Immer noch nicht so weit.

Tante Love kam von der Veranda, um Jocies Vorbereitungen zu begutachten. Jocie wartete darauf, dass sie sagte: „Leg die Steine zurück" oder: „Hol eine andere Tischdecke, die nicht so bunt ist", aber Tante Love überraschte sie, indem sie lächelte und sagte: „‚Wer seinen Bruder liebt, der bleibt im Licht', 1. Johannes 2,10. Ich glaube, das gilt auch für Schwestern." Sie hielt Jocie ein kleines, flaches Päckchen in weißem Seidenpapier hin. „Es ist nicht viel, aber du kannst es auf deinen Gabentisch legen."

„Mensch, danke, Tante Love." Jocie war glücklicher, als wenn sie selbst ein Geschenk bekommen hätte. „Was ist es?"

„Eine Brosche. Das längliche Gesicht einer Frau. Ich habe sie vor Jahren in einem schwachen Moment gekauft, hatte aber nie eine Gelegenheit, sie zu tragen. Vielleicht gefällt sie Tabitha ja."

„Bestimmt. Sie mag schräge Dinge." Jocie legte das Geschenk neben ihr eigenes und sprang freudig auf und ab, als sie das Motorrad hörte. „Ich glaube, ich höre Wes."

„Wer hört den nicht? Man sollte meinen, der Sheriff würde ihm einen Schalldämpfer für das Ding verordnen."

Wes bog mit seinem Motorrad in den Hof ein. „Sieht so aus, als käme ich gerade rechtzeitig zur Party." Er reichte Jocie ein Buch, das in eine alte Zeitung gewickelt war. „Gedichte. Ich dachte, ein Blumenkind aus Kalifornien liest bestimmt gerne Gedichte."

„Sie wird sich riesig freuen."

„Vielleicht halb so doll wie du", sagte er. „Guten Tag, Lovella. Hast du es dir inzwischen anders überlegt mit der Fahrt auf meiner Maschine?"

Tante Love lächelte doch tatsächlich. Jocie traute ihren Augen kaum. „Noch nicht, Wesley“, sagte sie. „Aber wer weiß? Vielleicht überrasche ich dich irgendwann einmal.“

„Es wäre für mich keine Überraschung. Aber eine Ehre“, sagte Wes. Zeb schnupperte an seinen Stiefeln. „Sieht aus, als wäre der alte Harlan immer noch hier. Ich wette, er hätte nie gedacht, dass er die Antwort auf ein Hundegebet sein würde.“

„Er heißt nicht Harlan. Das ist Zebedäus. Und es gefällt ihm hier. Er würde nicht zum Jupiter zurückkehren, selbst wenn dein altes Raumschiff hier vor dem Haus landen würde“, sagte Jocie. „Oh, seht mal, da kommt Leigh. Ich muss euch unbedingt den Kuchen zeigen.“

Jocie starrte auf den Chevy Jahrgang 1959, der die Auffahrt hinaufkroch, so als könnte sie ihn mit ihren Blicken beschleunigen. Sie konnte es kaum erwarten, den Kuchen neben die Geschenke zu stellen.

Als Zella auf der Beifahrerseite aus Leighs Wagen stieg, sagte Wes: „Hallo, Zella. Warum hast du mir nicht gesagt, dass du eine Mitfahrgelegenheit brauchst?“

Zella würdigte ihn keines Blickes, sondern reichte Jocie die Tüte mit den pastellfarbenen Minzbonbons und zwei weitere Geschenke, die tatsächlich in Geschenkpapier eingewickelt waren. Leigh trug den Kuchen in einer offenen Schachtel, damit der Zuckerguß nicht zerdrückt wurde. Jocie hob ihn vorsichtig heraus und stellte ihn auf den Tisch neben die Geschenke.

Leigh gab ihr die Schachtel mit den Kerzen. „Eine für jedes Jahr? Oder willst du sie in der Form einer 20 aufstecken? Du hast doch gesagt, dass Tabitha zwanzig wird, nicht wahr?“

„Eine für jedes Jahr.“ Jocie steckte die Kerzen zwischen die gelben Rosen. „Der Kuchen sieht fantastisch aus. Sogar noch besser als gestern.“

„Ich habe noch ein paar Verzierungen hinzugefügt, als du weg warst. Das sind aber viele Kerzen. Ich hoffe, sie hat genug Luft, um sie auszupusten“, sagte Leigh. „Übrigens, wo steckt denn das Geburtstagskind? Und wo ist dein Vater?“, fügte sie beinahe beiläufig hinzu, obwohl ihr Gesicht ganz rot wurde.

„Dad arbeitet wahrscheinlich an seiner Predigt. Wenn er über der Bibel hängt, vergisst er immer die Zeit. Und Tabitha macht sich fertig. Vielleicht sehe ich besser mal nach den beiden", sagte Jocie. „Willst du mit reinkommen und dir das Haus ansehen?"

„Ach nein, ich bleibe bei den anderen hier draußen. Ich will mich nicht aufdrängen."

Jocie beharrte nicht darauf. Vielleicht konnte Leigh die geputzten Fenster auch von draußen würdigen.

Tabitha pustete über ihre frisch lackierten Fingernägel, während sie im Schneidersitz auf dem Bett saß, umgeben von einem See aus blauer und roter Seide in Form eines langen, weiten Rocks. Das weiße Hemd, das sie in der Taille lose zusammengebunden hatte, sah aus, als könnte es ihrem Vater gehören. Sie schob sich die noch feuchten Haare hinter die Ohren und versuchte zu lächeln, als Jocie den Kopf durch die Tür streckte. „Warten schon alle auf mich?"

„Alle außer Dad. Aber ihn hole ich auch gleich." Jocie starrte Tabitha an. „Du siehst ganz kalifornisch aus. Ich meine, gut. Du bist wirklich schön."

Tabitha warf einen Blick in den Spiegel über der Kommode und sah dann gleich wieder fort. „Ich hatte die Wahl zwischen diesem Outfit und meinen Shorts mit dem schulterfreien Top, aber ich wollte Zella nicht schockieren."

„Zella ist von allem schockiert", sagte Jocie. „Man hat echt den Eindruck, dass sie nie fernsieht oder Zeitung liest."

„Vielleicht ist sie einfach gerne schockiert", sagte ihr Vater von der Tür aus. „Aber ich glaube nicht, dass ihr beide irgendjemanden schockieren könnt, außer durch eure Schönheit."

„Tabitha vielleicht", sagte Jocie. „Der Einzige, der mich hübsch findet, ist Wes, und das auch nur, weil er vom Jupiter kommt und es nicht besser weiß."

„Jupiter?" Tabitha runzelte die Stirn.

Ihr Vater legte den Arm um Tabitha und sagte: „Frag nicht."

„Du erinnerst dich nicht mehr daran, dass Wes vom Jupiter ist?", fragte Jocie.

„Jupiter, Indiana?"

Jocie lachte. „Gibt es ein Jupiter in Indiana? Vielleicht hat Wes die ganze Zeit davon gesprochen." Dann lief sie ihnen voran die Treppe hinunter. „Geht ihr beide schon mal raus. Ich muss die Limonade und den Eistee aus dem Kühlschrank holen. Aber ihr dürft euch den Kuchen erst ansehen, wenn ich draußen bin."

„Bist du dir sicher, dass es nicht *ihr* Geburtstag ist?", fragte Tabitha, als Jocie die Treppe hinuntergeeilt war.

„Geben ist seliger als Nehmen", erwiderte ihr Vater.

„Und macht offensichtlich mehr Spaß", sagte Tabitha. „Kann ich nicht so tun, als wäre ich krank, und Jocie bringt mir einfach ein Stück Kuchen?"

Ihr Vater lachte und drückte ihre Schultern, während er sie die Treppe hinuntergeleitete. „So schlimm wird es schon nicht. Es ist doch nur Zella – du erinnerst dich an Zella, oder?"

„Ist sie immer noch so schrullig wie damals?"

„Noch schrulliger. Und Wes."

„Ich dachte immer, er sei vom Mars."

„Fast. Und Leigh Jacobson, die, wie ich höre, beim Kuchenbacken geholfen hat."

„Wer ist das denn? Muss ich sie kennen?"

„Nein. Sie ist eine Freundin von Zella."

Jocie kam mit zwei Krügen aus der Küche. „Aber sie möchte gerne Dads Freundin sein. Sehr gerne sogar."

Tabitha warf einen sehnsüchtigen Blick zurück auf die Treppe. „DeeDee hatte recht, was Geburtstage betrifft. Das Ganze ist mir zu verrückt."

21

Als sie den Kuchen mit den Kerzen sah, fühlte Tabitha sich wieder wie das Kind, das immer zum Ende der Auffahrt gelaufen war, um auf Oma Mae zu warten, die den Geburtstagskuchen brachte und in weißes Seidenpapier eingewickelte Geschenke. Oma Mae hatte immer ein neues Kleid für sie genäht und ihr außerdem ein Buch oder ein Puzzle geschenkt und eine Tüte mit Schokoerdnusspralinen, die einen Kern aus Sahne hatten. Tabitha wünschte, ihr Vater hätte an die Erdnusspralinen gedacht, auch wenn Schokolade die morgendliche Übelkeit auslöste.

Aber es gab keine Erdnusspralinen. Sie bekam eine Bürste und einen Kamm und leuchtend roten Nagellack von Jocie, mit Veilchen bedrucktes Briefpapier von Zella, die immer wieder verstohlen die Rose auf Tabithas Wange betrachtete, ein Buch mit Gedichten von Wes, der genauso aussah wie immer, eine Karte mit einem Zehndollarschein von ihrem Vater und Haarbänder von Leigh, die entweder zu viel Sonne abbekommen hatte oder permanent verlegen war.

Die größte Überraschung war Tante Loves Geschenk gewesen, eine Brosche aus Draht, der zum Profil einer Frau mit einem breitkrempigen Hut gebogen war. Tabitha hätte sie in Kalifornien tragen können. Wenn sie sich vorher Gedanken gemacht hätte, was sie nicht hatte, hätte sie erwartet, dass Tante Love ihr eine Bibel schenkte. Tante Love hatte ihr aus der Bibel vorgelesen. Ein paar Psalmen. Einige der alten Sonntagsschulgeschichten. Keine von den „Du-sollst-nicht"-Passagen.

Sie hatten Tabithas Stuhl in die Mitte gestellt, sodass alle sie angucken konnten. Tabitha legte ihren Rock in Falten, um irgendetwas mit ihren Händen zu machen und sie nicht auf ihren Bauch zu legen. Sie nippte an der süßen Limonade und sagte sich immer wieder: *Mir wird erst schlecht, wenn alle gegangen sind. Mir wird erst schlecht, wenn alle gegangen sind.* Doch dann sagte sie einen anderen Gedanken im Stillen vor sich hin, um sich davon abzulenken, dass sie womöglich hinters Haus laufen und den Schokoladenkuchen von sich geben würde, den sie essen musste, falls sie jemals alle Kerzen angezündet bekämen. *Ich werde erst laut lachen, wenn alle gegangen sind. Ich werde erst laut lachen, wenn alle gegangen sind.*

DeeDee hätte gelacht. Lauthals, wann immer sie wollte. Aber sie war nicht DeeDee. Deshalb war sie hier, mit dem Geheimnis, das in ihrem Bauch heranwuchs. Einem Geheimnis, das sie verraten hatte, oder jedenfalls teilweise verraten hatte. Sie hoffte, ja, betete sogar vor dem Schlafengehen, dass Hollyhill den Rest des Geheimnisses nie erfahren musste. Immerhin konnte es ja auch sein, dass das Baby so aussah wie sie und nicht wie Jerome.

Geheimnisse. Jeder Mensch hatte Geheimnisse, die er für sich behielt. DeeDee sagte das. Und um es zu beweisen, hatte sie Tabitha einige davon erzählt. Einige, von denen Tabitha sich wünschte, DeeDee hätte sie weiter für sich behalten. Tabithas Blick wanderte zu Jocie hinüber. Sie hatte einen Riesenspaß.

Es fiel Tabitha immer noch schwer, diese Jocie mit dem kleinen Mädchen in Verbindung zu bringen, das ihr mit einem Buch unter dem Arm hinterhergelaufen war, nur für den Fall, dass Tabitha beschloss, ihr etwas vorzulesen. Jocie hatte nie geweint, selbst wenn sie hingefallen und sich die Knie aufgeschürft hatte, und wenn sie sich längere Zeit nicht blicken ließ, hatte Tabitha sie in der Regel unter der Veranda gefunden, wo sie mit Stumpy ein Nickerchen machte. So war sie damals gewesen. Ein Schatten von einem Mädchen mit großen Augen.

Jetzt war sie ganz anders. Sie hatte immer noch die großen Augen, mit denen sie die Welt betrachtete, aber sie war alles andere als ein Schatten. Stattdessen versprühte sie vor lauter Energie förmlich Funken. Sie erinnerte Tabitha an ein Mädchen, das sie in Chicago gekannt hatte, oder vielleicht war es auch in Kansas City gewesen. Tabitha konnte die Orte nicht auseinanderhalten, aber es musste Kansas City gewesen sein, denn es war Sommer gewesen und heiß. Courtney hatte ihre Haare aus der Stirn nach hinten gekämmt und mit einem einfachen Gummiband zusammengebunden. Wohin sie auch ging, hatte sie einen Notizblock und einen Bleistift bei sich gehabt, und es war ihr kein bisschen peinlich gewesen, wenn ihre Tennisschuhe ein Loch an der Spitze hatten. Einmal hatte sie im Schneidersitz auf dem Boden gesessen und Ameisen gezählt, die in ihren Ameisenhügel marschierten, und manchmal hatte sie eine

Gummischlange auf den Gehweg gelegt, um zu sehen, wie viele Passanten aufschrien. Tabitha hatte immer mindestens einmal gekreischt, obwohl sie wusste, dass das dämliche Ding aus Gummi war. Tabitha war oft zu Courtney gegangen, nur um zu sehen, auf welche verrückte Idee sie als Nächstes kommen würde. Das Verrückte daran war, dass Courtney gar nicht wusste, dass sie so verrückt war.

Nicht, dass Jocie verrückt gewesen wäre. Aber sie sprang von einer Idee zur nächsten wie jemand, der auf dem Jahrmarkt Autoscooter fuhr. War sie auf eines der Geheimnisse gestoßen? Tabitha hätte wahrscheinlich nie ein Geheimnis entdeckt, wenn sie bei ihrem Vater in Hollyhill geblieben wäre. Auf manche Dinge kam man besser nicht, wenn man ein Kind war, oder noch besser überhaupt nicht. Tabithas Hände wanderten zu ihrem Bauch und berührten ihn kurz. Sie würde auch Geheimnisse vor ihrem Baby haben, das stand fest. Kein Kind sollte jemals erfahren, dass sein Vater es aus dem Leben kratzen wollte, bevor es die Chance hatte, geboren zu werden.

Tabithas Blick wanderte zu ihrem Vater, der sich hinter den Kuchen gestellt hatte, um ihn gegen den Wind abzuschirmen, damit die Kerzen nicht wieder ausgingen. Das Gesicht von Leigh war so rot, dass sie aussah, als könnte sie sich einfach vorbeugen und alle Kerzen ohne ein Streichholz anzünden. Tabitha konnte sich nicht erinnern, wann sie das letzte Mal so rot geworden war. Vielleicht, bevor sie Hollyhill verlassen hatte. Vielleicht nie.

Es war schwierig, Geheimnisse für sich zu behalten, wenn einen das eigene Gesicht so verriet. Ihr Vater war nicht rot im Gesicht. Er sah ruhig und gelassen aus. Das war eins von den Dingen gewesen, die DeeDee wahnsinnig gemacht hatten – dass er so ruhig bleiben konnte. Sie sagte immer, er sei nach dem Krieg gar nicht aus dem U-Boot herausgekommen und all das Wasser befinde sich immer noch zwischen ihm und der Welt. Tabitha erinnerte sich an die Auseinandersetzungen ihrer Eltern – DeeDee, die schrie oder lachte, je nachdem, in welcher Stimmung sie war, und ihr Vater, der sie ansah, ohne die geringste Ahnung zu haben, was er tun sollte, damit sie aufhörte. Damals hatte er wie ein Mann ausgesehen, der keine Geheimnisse hatte, aber jetzt war Tabitha sich da nicht mehr so sicher.

Vielleicht kannte er die Geheimnisse, verbarg sie aber in seinem Innern, damit niemand erfuhr, dass er sie kannte. Immerhin wusste er von ihrem Geheimnis, aber seinem Gesicht war überhaupt nicht anzumerken, dass heute etwas anders war als gestern oder vorgestern. Und vielleicht hatte er sogar Geheimnisse, von denen sie alle nichts wussten.

DeeDee hatte immer gesagt, keine Frau, die bei Verstand sei, könne mit einem Mann zusammenleben, der so von Grund auf gut sei, dass nur ein Krieg ihn wütend machen könne. Nachdem sie Hollyhill verlassen hatte, hatte sie sich darüber keine Sorgen mehr zu machen brauchen. Einige der Männer, die sie mitgebracht hatte, waren ganz nett gewesen. Zum Beispiel Bobby, der Tabitha beigebracht hatte, verschiedene Patiencen zu legen, und Rick, der ihr geholfen hatte, Tulpen im Blumenkasten auf der Fensterbank zu pflanzen. Das war in dem Jahr gewesen, in dem sie den Brief bekommen hatten, in dem stand, dass Oma Mae gestorben war. Tabitha hatte jedes Mal geweint, wenn eine Tulpe geblüht hatte, bis DeeDee das ganze Ding irgendwann in den Müllcontainer geworfen hatte.

Tabitha war in den Container geklettert, aber die Tulpenzwiebeln waren alle aus der Erde gefallen und die Stängel abgebrochen. Rick hatte DeeDee angebrüllt, als er das mit den Tulpen erfahren hatte und DeeDee hatte daraufhin seine Sachen aus der Wohnung geworfen. Tabitha hatte Rick mehr vermisst als die meisten anderen Männer, die ihre Mutter mit nach Hause gebracht hatte, aber sie war es gewohnt, dass sie kamen und gingen. Eddie war der Einzige, den ihre Mutter hatte bleiben lassen, ganz egal, was er tat.

Endlich waren die meisten Kerzen angezündet und alle brüllten, Tabitha solle sich etwas wünschen. Sie kam sich vor, als wäre sie wieder zwölf Jahre alt, und das war kein schlechtes Gefühl. Natürlich hatte sie nur einen Wunsch, aber sie hatte beinahe Angst, ihn zu denken, weil sie befürchtete, es könne ein Fluch daraus werden, wenn sie nicht alle Kerzen auf einmal ausblies.

Der Kuchen stand in Flammen und Tabitha holte so tief Luft, dass ihr ganz schwindelig wurde. *Bitte mach, dass mein Baby aussieht wie ich*, flüsterte sie in Gedanken und pustete, während sie den Kopf hin und her drehte, um die meisten Kerzen zu erwischen. Alle Kerzen verloschen und die anderen klatschten, sogar Tante Love, die bestimmt glaubte, dass Wünsche beim Kerzenauspusten gegen die biblische Lehre verstießen. „Lieber Gebete als Wünsche", hatte sie erst letzte Woche zu Tabitha gesagt. Aber ein Wunsch war manchmal wie ein Gebet und vielleicht flogen ja Geburtstagsengel um den Kuchen herum. Oma Mae hatte immer von Geburtstagsengeln gesprochen. Einer von ihnen konnte ihren Wunsch in den Himmel tragen und in ein Gebet verwandeln.

22

Das Problem mit einer Wochenzeitung war, dass die aufregenden Dinge immer an dem Tag zu passieren schienen, an dem die Zeitung gedruckt wurde, und wenn die neue Ausgabe erschien, waren die Nachrichten ein alter Hut. Natürlich fiel auch der vierte Juli auf einen Dienstag, an dem die Zeitung gedruckt werden musste, damit sie am Mittwoch verteilt werden konnte. Am Montag rief Jocies Vater sie alle rund um Zellas Schreibtisch zusammen, um zu sehen, ob es möglich war, den Drucktermin nach hinten zu verschieben. Wes schlug vor, sie könnten die Innenseiten fertig machen und heute schon drucken. Titel- und Rückseite mit Berichten und Bildern von der Parade könnten sie dann am Dienstag drucken, nachdem die Feierlichkeiten vorbei waren.

Zella, die ihre Nägel feilte, blickte auf. „Ich bleibe nicht bis Mitternacht hier."

Sie und die Frauengruppe ihrer Gemeinde hatten zwei Wochen lang jeden Abend damit verbracht, rotes, weißes und blaues Seidenpapier in ein flaggenförmiges Gestell aus Hühnerdraht zu stopfen, das Chester Hagan auf seinem Farmwagen gebaut hatte. Zella sagte, es habe sogar eine Welle in der Mitte, aber Draht sei tödlich für Fingernägel. Innerhalb einer Woche hatte sie zwei Nagelfeilen abgenutzt.

„Ich könnte eine gute Aufnahme von dem Wagen der Baptistengemeinde machen", sagte Jocies Vater.

Zella inspizierte ihre Fingernägel und sah ihn nicht an. „Titelseite, obere Hälfte."

„Mit Kindern aus der Gemeinde darauf?", fragte Jocies Vater.

„Zehn kann ich organisieren."

„Abgemacht. Titelseite, obere Hälfte."

Sie überließen Zella ihrer Nagelfeile und gingen in die Druckerei zurück, um die Innenseiten und Anzeigen zu setzen, bevor Jocies Vater zu dem Interview mit Myron Haskins aufbrach, einem Veteran aus dem Ersten Weltkrieg, der immer mehr als bereit war, über jede Schlacht in allen Einzelheiten zu berichten – und über all das, was zwischen den Schlachten geschehen war. Ihr Vater fragte Jocie, ob sie mitfahren wolle, aber sie hatte Mr Haskins schon erlebt, wenn er erzählte. Ohne Punkt und Komma. Also sagte sie ihrem Vater, sie würde lieber auf die kompakte Fassung im *Banner* warten.

Außerdem wollte sie hören, was Wes über die Party zu sagen hatte. Und über Tabitha. Und über Leigh und ihren Vater. Ihr Vater hatte sogar neben Leigh gesessen und ihr erzählt, worüber er am nächsten Tag predigen würde. Normalerweise erzählte ihr Vater nie jemandem vorher, worum es in seinen Predigten ging. Er sagte immer, er könne sich schließlich nicht sicher sein, ob Gott das Thema nicht noch in letzter Minute änderte. Noch erstaunlicher war jedoch gewesen, dass Leigh beinahe aufgehört hatte, rot zu werden, während sie darüber sprachen, dass Petrus aus dem Boot gestiegen und über das Wasser auf Jesus zugegangen war. Niemand hatte Elvis erwähnt.

Jocie sagte zu Wes, dass sie versucht habe, daran zu denken, wie der Geburtstagskuchen praktisch auf der Zunge schmolz, und sich keine Gedanken über Stiefmütter zu machen, die Twist tanzten und jedes Wort von „Love Me Tender" auswendig kannten.

Wes lachte. „Lass das mal nicht deine Sorge sein, Jo. Dein Daddy ist derjenige, der sich darüber Gedanken machen muss."

Wes und Jocie hatten sich gerade an die Arbeit begeben, als Zella mit zwei Briefen in der Hand in der Druckerei erschien.

Wes sagte: „Ich glaube, wir haben einen Brief vom Präsidenten bekommen, sonst würde Zella nicht hier hereinkommen."

„Das habe ich gehört", sagte Zella. „Aber ich bin noch auf zwei Briefe gestoßen, die diese Woche gut passen würden."

„Fröhliche Briefe?", fragte Jocie.

„Einer ja. Von dem kleinen Donnie Mason."

„Er wohnt im Haus neben dir, oder?", sagte Jocie.

„Das bedeutet nicht, dass er keinen Brief an die Zeitung schreiben kann. Er hat aufgeschrieben, was für ihn die besten Dinge am vierten Juli sind."

„Wie süß!", sagte Jocie.

„Sei nicht so frech." Zella nahm den Brief und fing an zu lesen. „Rot-weiß-blaue Muffins. Feuerwerk. Lautes Knallen. Die Flagge. Zuckerwatte."

„Zuckerwatte? Was hat die mit dem vierten Juli zu tun?"

„Ich weiß es nicht. Offensichtlich irgendwas." Zella knallte den Brief auf den Schreibtisch und betrachtete den anderen in ihrer Hand. „Dieser ist von Betty Marshall, die sich über das Bild von den Zwillingskälbern von vor ein paar Wochen beschwert. Sie sagt, daran sehe man, in was für einem Kuhdorf wir lebten."

„Kuh- und Kälberdorf." Wes nahm Zella den Brief ab und überflog ihn. „Nicht schlecht. Aber sie erwähnt die Ziegen nicht. Ich glaube, Wilbur French hat ein paar gefleckte Ziegen. Er will anfangen, Ziegenkäse herzustellen und zu verkaufen. Eine neue Geschäftsidee. Süße Ziegen. Das klingt mir doch sehr nach einer Titelstory."

Zella verdrehte die Augen. „Und erlöse uns ..."

„Von den Ziegen? Von den vierbeinigen oder von allen?", sagte Wes.

Jocie presste die Lippen aufeinander, um nicht zu kichern. Sie erwartete, dass Zella zu ihrem Schreibtisch zurückstapfen würde, aber stattdessen sagte sie: „Haha! Sehr witzig." Dann sah sie Jocie an. „Deine Party war sehr schön, Jocelyn. Danke für die Einladung. Ich bin mir sicher, Tabitha hat sie auch genossen, auch wenn es vielleicht etwas zahm war nach dem, was sie in Kalifornien erlebt hat."

„Ja, danke, dass du gekommen bist. Und für die Bonbons", sagte Jocie.

„Gern geschehen." Zella ging zwei Schritte in Richtung Büro, dann blieb sie stehen. „Tabitha ist nicht mehr das süße kleine Mädchen, das von hier weggegangen ist, nicht wahr? Aber wahrscheinlich war das zu erwarten. Weiß der Himmel, was das arme Kind mit dieser Mutter durchgemacht hat."

„Ich finde, sie ist in Ordnung", sagte Jocie.

„Natürlich. Ich meine nicht, dass sie nicht in Ordnung ist. Sie hat sich nur verändert, weißt du", sagte Zella. „Und diese Rose! Die ist doch nur aufgemalt, oder? Ich meine, das ist doch sicherlich keine Tätowierung, oder?"

„Was hast du gegen Tätowierungen?", sagte Wes. „Ich hätte mir selbst fast eine zugelegt."

„Von dir erwarten wir ja auch nichts anderes, Wesley", sagte Zella. „Aber ganz gewiss nicht von einem jungen Mädchen wie Tabitha. Was denken denn die Leute von Mt. Pleasant darüber?"

„Das weiß ich nicht", sagte Jocie. „Sie war noch nicht mit uns in der Kirche."

„Sie war nicht in der Kirche?" Zella sah aus, als würde sie jeden Augenblick in Ohnmacht fallen.

„Noch nicht. Die Reise hierher hat sie ziemlich erschöpft und Dad gibt ihr Zeit, damit sie sich ausruhen kann."

„Oder vielmehr Zeit, damit die Tätowierung verschwindet!", sagte Zella.

„Tätowierungen verschwinden doch nicht, oder?", fragte Jocie Wes.

„Nee, nicht mal auf dem Jupiter", bestätigte Wes.

„Ach, ihr beiden. Ich weiß nicht, warum ich mich überhaupt mit euch unterhalte."

„Weil du uns so gern hast?", sagte Wes.

„Hmpf." Zella ging zur Tür, blieb dann aber erneut stehen. „Leigh hat vorhin schon angerufen. Sie sagte, David habe sie angerufen, um ihr dafür zu danken, dass sie dir beim Kuchenbacken geholfen hat, Jocelyn. Das ist doch sicher ein sehr gutes Zeichen, oder?"

„Ich hoffe, es ist ein Zeichen dafür, dass sie uns bald wieder einen Kuchen backt", sagte Jocie. „Wir haben den Rest aufgegessen, als wir gestern Abend vom Gottesdienst nach Hause kamen. Selbst Tante Love sagte, es sei der beste Schokoladenkuchen gewesen, den sie je gegessen habe."

„Du solltest Tante Love dazu bringen, dass sie Leigh irgendwann zum Abendessen einlädt."

„Ich dachte, du wolltest, dass Dad Leigh irgendwohin einlädt."

„Na, auf David können wir uns nicht verlassen. Wenn wir es ihm überlassen, wird er es nie bei einem Mädchen zu etwas bringen", sagte Zella. „Und dies könnte seine einzige Gelegenheit sein, ein wirklich nettes Mädchen zu bekommen."

„Das auch noch kochen kann", warf Wes ein.

„Und Twist tanzt", sagte Jocie. „Und Elvis-Songs mitsingt."

„Jung zu sein, ist kein Fehler", sagte Zella.

„Da erzählst du mir sonst aber immer was anderes", gab Jocie zurück.

„Jung und nett ist etwas anderes als jung und frech, Jocelyn Brooke", sagte Zella und ging in ihr Büro zurück. Die Tür zur Druckerei knallte hinter ihr ins Schloss.

„Oh, oh. Jetzt erzählt sie es Dad und ich muss mir den ‚Du-sollst-Respekt-vor-Älteren-haben'-Vortrag anhören", sagte Jocie. „Und dabei habe ich mich wirklich bemüht, keinen Ärger zu bekommen."

„Nein, diese Woche verpetzt Zella dich nicht. Sie will, dass du ihr bei ihren Verkupplungsversuchen für Leigh hilfst."

„Ich mag Leigh. Sie hat so mit mir gesprochen, wie du es tust, und nicht so, als wäre ich ein dummes Kind, das keine Ahnung von irgendwas hat. Aber ich kann mir einfach nicht vorstellen, dass Dad sich Elvis anhört oder Twist tanzt."

„Manchmal können die Leute einen überraschen. Sogar Väter." Wes legte eine Hand auf Jocies Schulter. „Aber wir haben getan, was wir können. Wir haben deinen Vater darauf aufmerksam gemacht, dass Leigh eine Frau ist und erkannt hat, dass er ein Mann ist. Jetzt muss er seinen Teil machen, egal, ob das bedeutet, dass er Elvis hört oder die ganze Sache ignoriert und Leigh einem anderen Mann überlässt."

„Leigh sagt, es gebe keine anderen alleinstehenden Männer in Hollyhill, abgesehen von dir, und sie hat zu viel Angst vor deinem Motorrad, um dir schöne Augen zu machen."

„Außerdem könnte ich ihr Vater sein. Vielleicht sogar ihr Großvater."

„So alt bist du doch gar nicht. Natürlich könnte es auch sein, dass sie einfach nicht in Zellas Territorium eindringen will."

Wes lachte. „Der ist wirklich gut. Ich hätte mehr Chancen bei deiner Tante Love als bei der alten Zella da draußen. Sie hat eindeutig eine Aversion gegen alles Jupiterianische."

Der nächste Tag begann sonnig und warm. Als sich die Parade gegen Mittag auf dem Parkplatz der Highschool zu formieren begann, stieg die Hitze von den Gehwegen auf und die Leute drängten sich in dem bisschen Schatten unter den Markisen der Geschäfte. Sie versuchten, die Hitze mit den „Abschied-in-Würde"- Fächern des Bestattungsinstituts zu vertreiben, die Junior und Rita Hazelton im

Auftrag ihres Vaters verteilten. Hazelton's war das einzige Bestattungsinstitut in Hollyhill, aber Gordon Hazelton wollte nicht, dass die Leute dachten, er hielte es für eine Selbstverständlichkeit, dass sie für die Beerdigung zu ihm kamen, wenn ihre Angehörigen starben.

Niemand konnte sich daran erinnern, dass es schon mal eine Parade zum Unabhängigkeitstag in Hollyhill gegeben hatte, und viele Bewohner waren gekommen, um zu sehen, was es zu sehen gab. Die Läden an der Hauptstraße hatten alle „Sonderangebot"-Schilder in den Schaufenstern, um die Besucher hineinzulocken. In den älteren Geschäften wirbelten Ventilatoren die heiße Luft durcheinander, während die neueren Läden ihre Klimaanlagen höher gestellt hatten, weil ständig die Türen aufgingen und Kunden hereinströmten, die allerdings weniger auf der Suche nach Abkühlung waren als nach Schnäppchen.

Das Büro des *Banner* hatte keine Klimaanlage, aber die Ventilatoren liefen auf Hochtouren. Tante Love und Tabitha waren gekommen, um sich die Parade vom großen Fenster im Büro aus anzuschauen. Zella war zur Highschool gegangen, mit zusätzlichem Seidenpapier bewaffnet, falls sich ein Loch in dem Kunstwerk der Baptistengemeinde auftun sollte. Jocie legte einen Film in ihre Kamera ein und steckte einen weiteren in ihre Tasche, dann zog sie los, um ein paar verkaufsfördernde Fotos für die Zeitung zu schießen. Ihr Vater hatte gesagt, sie solle sich auf die Kinder konzentrieren, die der Parade zuschauten, oder auf die Kinder auf den Wagen. Er würde die Wagen selbst und die Politiker fotografieren.

Wes ging die Straße hinauf zur Post, um dort am Stand der Pfadfinderinnen Limonade für Tante Love und Tabitha zu kaufen. Vor den Banken verkauften Schüler der Highschool und die Pfingstgemeinde Kuchen. Der Guss auf den Cupcakes schmolz in der Hitze, aber es schien niemanden zu stören. Die Leute leckten sich die Finger und warteten darauf, dass die Blaskapelle der Highschool die Parade einläutete.

Jocie machte ein paar Bilder von Kindern, die am Rand des Gehweges saßen und in Richtung Schule blickten. Dann fotografierte sie den kleinen Jamie Ray Jones oben auf den Schultern seines Vaters. Sie fand, dass sie besonderes Glück hatte, als sie Myron Haskins entdeckte, der auf der Bank vor dem Gerichtsgebäude saß, beide Hände vor ihm auf seinen Gehstock gelegt wie auf ein Rednerpult. Sie machte drei Fotos aus verschiedenen Blickwinkeln und ging sogar das Risiko ein, Mr Haskins zu fragen, was er von der Parade hielt. Von der Blaskapelle waren noch immer lediglich einzelne Töne und Trommelschläge zu hören, was bedeuten musste, dass die Reihen sich noch nicht formiert hatten.

Er sah sie mit gerunzelter Stirn an. „Es ist eine gute Sache, wenn ihr jungen Leute dadurch versteht, dass die Freiheit etwas ist, für das es sich zu kämpfen lohnt, und lernt, dass für sie gekämpft wurde, dass Männer gestorben sind, damit wir diese Straße hinuntermarschieren können."

„Ja, Sir", sagte Jocie und entfernte sich einen Schritt.

„Ein Mann sollte stolz darauf sein, seinem Land dienen zu dürfen, und nicht versuchen, sich davor zu drücken, so wie die Jungen es heute tun." Er streckte die Hand aus und boxte Jocie in den Arm. „Als ich jung war, haben wir ein Einberufungsbüro geleitet."

„Ja, Sir", wiederholte Jocie. „Ich bin mir sicher, der Bürgermeister wird Ihre Verdienste würdigen, wenn er nachher seine Rede hält." Jocies Blick wanderte zu dem noch leeren Wagen vor dem Gerichtsgebäude, auf dem die Würdenträger sich nach der Parade versammeln würden. „Und alle in Hollyhill wissen, was Sie für Ihr Land getan haben."

Mr Haskins hob seinen Stock und stieß damit in Jocies Richtung. Sie begab sich außer Reichweite. „Niemand kann wissen, was wir getan haben, abgesehen von denen, die dabei waren. Man kann über den Krieg nichts wissen, es sei denn, man ist Soldat."

„Ja, Sir", sagte Jocie ein letztes Mal und schlüpfte hinter das Bürgerkriegsdenkmal neben Mr Haskins, sodass er sie nicht mehr sehen konnte. Dann überquerte sie die Straße und ging zurück zur Schule, um zu sehen, ob die Parade angefangen hatte. Immer mehr Menschen versammelten sich und ein paar Kinder von der Schule riefen Jocie zu, sie solle ein Foto von ihnen machen. Sie tat so, als würde sie auf den Auslöser drücken, während sie posierten. Sie mochte keine gestellten Bilder. Lieber erwischte sie die Leute, ohne dass sie es merkten. So wie Jimmy Sanders, der im Schneidersitz auf dem metallenen Vordach über dem Eingang zur Eisenwarenhandlung seines Vaters saß. Er musste aus dem Fenster geklettert und über das Dach gerutscht sein.

Das gleichmäßige Ratatatam der Trommeln kündigte an, dass die Parade endlich den Highschool-Parkplatz verlassen hatte und auf dem Weg in die Innenstadt war. Die Leute traten aus dem Schatten der Häuser und näher an den Straßenrand, wobei sie ihre Kinder in die erste Reihe schoben. Jocie drängte sich durch die Menge, um sich vor dem Betonmülleimer beim Kramladen in Position zu bringen.

Zwei Pfadfinder trugen die amerikanische Flagge und die des Bundesstaates Kentucky vor dem ersten Wagen her, in dem sich der Bürgermeister befand. Er hatte sich selbst zum Zeremonienmeister der Parade ernannt, da die ganze Angelegenheit seine Idee gewesen war und niemand eine berühmte Persönlichkeit aufgetan hatte. Zuerst hatten sie überlegt, Stu Williams zu fragen, der vor zwanzig Jahren in der Basketballmannschaft der Universität von Kentucky gespielt hatte, aber er war vor einigen Jahren nach South Carolina gezogen und seit seinem College-Abschluss höchstens zweimal in Hollyhill gewesen. Während Jocie beobachtete, wie der Bürgermeister vorbeifuhr, dachte sie, sie hätten den alten Mr Haskins fragen sollen.

Auf den nächsten Wagen folgten die Mitglieder des Stadtrats und der Bezirksrichter. Jocie machte sich nicht die Mühe, auch nur das Scharfstellen zu üben. Sie würde ihren Film nicht für Gähnbilder verschwenden. Jetzt erschien die Kapelle und Jocie gelang es, William Pickens abzulichten, während er seine Trommelstöcke durch die Luft wirbeln ließ. Dann machte sie noch ein Foto von Judy Lester mit ihrer Trompete. Judy, die schon ein Jahr in der Highschool hinter sich hatte, fuhr morgens im gleichen Bus wie Jocie und hatte ihr versprochen, ihr im Herbst an der neuen Schule alles zu zeigen.

Die Enkelin des Bürgermeisters und Abschlussballkönigin der Hollyhill High, Judith Palmor, saß auf der Lehne der Rückbank eines rot-weißen Corvette-Cabrios und lächelte und winkte. Sie trug ein blaues Sommerkleid und hielt eine kleine amerikanische Flagge in der Hand. Alle paar Meter warf sie Pfefferminzbonbons auf die Straße und die Kinder stürzten sich darauf. Jocie schoss ein Foto von der winkenden Judith, dann schnappte sie sich ein Pfefferminzbonbon, um zu sehen, ob der Name des Bürgermeisters auf dem Bonbonpapier stand, aber es hatte keinen Aufdruck.

Danach kam Zellas Wagen. Die Flagge aus Papier war gar nicht schlecht. Wenigstens konnte man sehen, dass es eine Flagge sein sollte. Die Kinder auf dem Wagen hatten sich die Hände aufs Herz gelegt und wiederholten immer wieder den Fahneneid. Als Nächstes kam der Jugendklub in Grün und Weiß gekleidet, mit vierblättrigen Kleeblättern aus Papier. Jocie lief neben dem Wagen her, um ein Foto von Heather Byrds Border Collie zu machen, der vorne im Wagen saß. Jocie wünschte, ihr Vater würde ihr erlauben, Zeb in die Redaktion mitzubringen. Die Jungs von der Landjugend ließen die Beine über den Rand des Wagens baumeln und winkten, als sie vorbeifuhren. Sie hatten sich nicht die Mühe gemacht, ihren Wagen zu schmücken, aber sie trugen trotz der Hitze ihre blauen Jacken mit dem Logo der Landjugend. Die Pfadfinder und die Basketballmannschaften der Juniorenliga liefen in ihren Uniformen hinter den Wagen her. Jocie knipste und spulte so schnell sie konnte, um möglichst viele Bilder zu machen.

Fünf oder sechs Kinder folgten auf ihren Fahrrädern, die mit roten Kreppbändern, Flaggen und Aufklebern geschmückt waren. Bennie Drury entdeckte Jocie mit ihrer Kamera und fuhr nur auf dem Hinterrad, aber sie zuckte mit den Schultern und tat so, als hätte sie den ganzen Film schon aufgebraucht. Sie wollte nicht, dass Bennie auf die Idee kam, sie könnte ihn mögen.

Ponys und Pferde mit winzigen amerikanischen Flaggen im Zaumzeug und an den Sattelknäufen kamen nebeneinander hinter den Fahrrädern die Straße hinaufgetrottet. Jocie entdeckte den fünfjährigen Marvin Sims, der mit einem übergroßen Cowboyhut auf dem Kopf auf einem riesigen Hengst saß. Jocie hockte sich hin, damit das Pferd noch größer und Marvin noch kleiner wirkte.

Den Abschluss der Parade bildete der neue Feuerwehrwagen der Stadt. Brandmeister Baxter Hill hatte das Blaulicht eingeschaltet und ließ alle paar Minuten die Sirene ertönen. Zwei Mitglieder der freiwilligen Feuerwehr standen auf dem Trittbrett des Wagens und warfen wie Judith Palmor mit Süßigkeiten. Den Rest ihres Films benutzte Jocie dafür, Kinder zu fotografieren, die sich auf die Bonbons stürzten. Sie konnte hören, dass die Kapelle vor dem Gerichtsgebäude die Nationalhymne anstimmte, aber sie lief zum Zeitungsgebäude zurück, um Wes ihren Film zu geben. Ihr Vater hatte gesagt, er würde sich um die Politiker kümmern.

Jocie hatte völlig vergessen, dass Tante Love und Tabitha im Büro waren, bis sie hineinstürmte und die Glocke über der Tür bimmelte. „Wo brennt's denn?", fragte Tabitha.

„Es brennt nicht. Aber die Zeitung muss gedruckt werden." Jocie blieb auf halbem Weg in die Druckerei stehen und sah Tabitha an, die allein auf einem von drei Stühlen saß, die am Fenster standen. „Wo ist Tante Love?"

„Sie und Leigh sind rausgegangen, um sich die Reden anzuhören. Ich habe gesagt, ich würde lieber hierbleiben und ein Nickerchen machen."

„Leigh war hier?"

„Ja. Dad hat sie auf der Straße gesehen und gesagt, sie solle doch raufkommen und von hier aus zusehen."

„Oh", sagte Jocie.

„Genau", sagte Tabitha. „Ich glaube, Dad ist endlich über DeeDee hinweg."

„Leigh ist ja auch nett."

„Nett." Tabitha schnitt eine verächtliche Grimasse. „Das ist das Schlimmste, was man über eine Frau sagen kann. Hübsch ist besser. Oder lustig. Am besten sexy. Das fällt Männern auf."

„Ich glaube, Dad hat nichts gegen nett."

„Nein, alle Männer mögen sexy. Selbst die alten Kerle in der Bibel. Erinnerst du dich an König David und Bathseba? Das ist eine ziemlich heiße Geschichte."

„Ich dachte, du hättest alles vergessen, was du über die Bibel wusstest", sagte Jocie.

„Tante Love hat mir ein paar Geschichten daraus vorgelesen, um meinem Gedächtnis auf die Sprünge zu helfen."

„Jedenfalls, wenn es stimmt, dass alle Männer auf sexy stehen, dann müssen wir uns wohl keine Gedanken darüber machen, dass Leigh unsere Stiefmutter werden könnte."

Tabitha lächelte. „Nicht unbedingt. Nur weil wir Leigh nicht sexy finden, heißt es nicht, dass Dad es nicht tut. Außerdem wäre es vielleicht gut, wenn er verheiratet wäre." Tabithas Lächeln verschwand. „Es wäre gut, wenn ich verheiratet wäre."

„Das könntest du bestimmt sein, wenn du wolltest. Du bist hübsch und du siehst sexy aus."

„Oh ja. Zweifellos. Das ist mein Problem. Ich habe mehr Sex-Appeal, als gut für mich ist." Tabitha sah Jocie in die Augen. „Wahrscheinlich kann ich es dir genauso gut jetzt erzählen, da du zu unschuldig bist, um es selbst zu merken. Ich bekomme ein Baby."

23

„Du bekommst ein Baby?“, wiederholte Jocie. „Das erklärt es also.“

„Erklärt was?“, fragte Tabitha.

„Dass du bei Tante Loves Kochkünsten dick wirst.“

Tabitha legte eine Hand auf ihren Bauch und brach in hilfloses Gelächter aus.

Jocie sah sie an, als hätte sie den Verstand verloren. „So witzig war das nun auch wieder nicht.“

Schließlich wischte Tabitha sich über die Augen und sagte: „Ihr seid wirklich zum Totlachen. Ich mache mir tierische Sorgen, dass sich alle wegen mir schämen werden, und Daddy sagt nur: ‚Wow, ich werde Großvater‘, und du siehst aus, als wärest du nur erleichtert, weil du dich nicht geirrt hast, was Tante Loves Kochkünste angeht. Vielleicht muss ich ja doch nicht an den Pranger.“

„Ich nehme an, es wäre besser, wenn du verheiratet wärst, oder?“

„Oh ja. Selbst DeeDee würde dem zustimmen. Wenigstens glaube ich das.“

„Und Tante Love.“ Jocie riss die Augen auf. „Weiß sie es?“

„Sie wusste es vom ersten Tag an. Sobald sie gesehen hat, wie ich meinen Toast wieder ausgespuckt habe, hat sie gewusst, was los ist.“

„Und sie ist nicht ausgeflippt oder hat angefangen, Bibelverse zu zitieren mit ‚Du sollst nicht‘ und so?“

„Nein. Ich verstehe gar nicht, warum du dich immer über Tante Love beschwerst. Sie war total lieb zu mir.“

„Und wahrscheinlich schnurrt Isebel – ich meine, Sugar –, wenn du ihr den Bauch kraulst, richtig?“

„Ja, aber was hat das damit zu tun?“

„Nichts. Ich wundere mich nur.“

Tabitha stand auf und trat zu Jocie. „Vielleicht bist du einfach zu wild für Tante Love. Sie weiß nicht, was sie mit dir anfangen soll. Ich bin älter und ruhiger geworden, und ich glaube, sie freut sich tatsächlich auf das Baby. Als wäre es das Enkelkind, das sie nie hatte. Sie muss oft einsam gewesen sein. Tante Love hat mir erzählt, dass ihr Verlobter im Ersten Weltkrieg in Frankreich umgekommen ist.

Und danach wollte sie nicht mehr heiraten. Außerdem musste sie ihren Vater pflegen."

„Ich dachte, es wäre ihr Bruder gewesen, der im Krieg gestorben ist."

„Der Bruder ist krank geworden und auf einem Schiff gestorben, als er unterwegs nach Übersee war."

„Oh. Wieso erzählt sie dir das und ich weiß von all dem nichts?"

„Wahrscheinlich hast du nie lange genug still gesessen, dass sie dir etwas erzählen konnte."

„Sie findet genügend Gelegenheiten, mich mit Bibelversen zu bombardieren", sagte Jocie.

„Das ist etwas anderes. Damit versucht sie nur, dir zu helfen."

„Die prügelt sie in mich rein." Jocie hielt ihre Kamera hoch. „Wir haben noch ein bisschen Zeit, bis das Baby kommt, oder? Ich meine, ich muss diesen Film zum Entwickeln zu Wes bringen, damit wir die Zeitung drucken können."

„Ein paar Monate", sagte Tabitha lächelnd. „Bis dahin gibt es noch jede Menge Ausgaben vom *Banner*. Und Zeit zum Reden."

Jocie machte ein paar Schritte in Richtung Druckerei, drehte sich dann aber noch einmal um. „Ist es ein Geheimnis? Ich meine, ich soll es niemandem erzählen, oder?"

„Es ist in Ordnung, wenn du es Wes gegenüber erwähnst, wenn du das meinst. Er weiß es wahrscheinlich sowieso schon. Ihm entgeht nicht viel. Du hast kein Babygebet gebetet, oder?"

„Nein. Nur ein Schwestergebet, aber jetzt fange ich wohl besser mit einem Babygebet an. Was soll ich denn beten?"

Tabitha legte die Hände auf ihren Bauch. „Dass sie gesund und glücklich ist und so aussieht wie ich."

„Warum? War ihr Vater hässlich oder so was?"

„Nein, er sah gut aus, aber er wollte sie nicht. Und ich will sie, also ist es doch nur gerecht, wenn sie mir ähnelt, meinst du nicht?"

„Kann sein. Ich bin jedenfalls froh, dass du dein Baby haben willst, Tabitha."

„Warum?"

„Weil alle Babys von ihren Müttern gewollt sein sollten."

„Du denkst an DeeDee, nicht wahr?"

„Vielleicht." Jocie zuckte mit den Schultern. „Es kommt mir nur seltsam vor, dass sie dich mitgenommen hat, und von mir hat sie sich nicht mal verabschiedet."

„DeeDee ist nicht gut im Abschiednehmen. Und sie wollte mich eigentlich gar nicht mitnehmen. Ich bin aufgewacht und habe gesehen, wie sie gepackt hat. Sie hat gesagt, ich solle wieder schlafen gehen, aber ich habe mich ins Auto gesetzt."

„Aber sie hat dich mitfahren lassen. Mich hätte sie aus dem Auto geschubst."

„Du wärst gar nicht erst in den Wagen gestiegen, Jocie. Du hättest Dad nie verlassen." Tabitha streckte den Arm aus und zog Jocie an sich. „Außerdem warst du diejenige, die Glück hatte."

„Ich weiß." Jocie löste sich aus Tabithas Umarmung und sagte: „Jetzt muss ich aber wirklich den Film entwickeln lassen, sonst kriegen wir die Zeitung nie gedruckt."

„Klar, geh ruhig. Ich bleibe hier sitzen und gucke, ob Dad und diese Leigh Händchen haltend zurückkommen."

„Sind sie sich schon so nahegekommen?"

Tabitha grinste. „Vorhin waren sie es noch nicht, aber vielleicht jetzt."

Jocie blieb an der Tür zur Druckerei stehen. „Weißt du, du hättest uns einfach erzählen können, dass du verheiratet bist. Und dass dein Mann bei irgendeinem Unfall umgekommen ist. Wir hätten nie die Wahrheit erfahren."

„Das hat DeeDee auch gesagt. Sie meinte, ich solle mir auf dem Weg quer durchs Land eine Geschichte ausdenken. Sie hätte keine Minute dazu gebraucht. Ihrer Meinung nach ersparen Lügen allen Beteiligten eine Menge Ärger. Aber ich habe wohl zu viel von Dad geerbt. Ich meine, ich war nicht mehr in der Kirche, seit wir von hier weggegangen sind, aber das ist doch eine der Regeln, oder? Du sollst nicht lügen."

„Du sollst nicht falsch Zeugnis reden." Jocie schnitt eine Grimasse. „Oh nein, ich klinge schon wie Tante Love."

„Ich weiß zwar nicht genau, warum Gott sich für irgendetwas interessieren sollte, was ich möchte, aber ich möchte, dass er mein Baby segnet, und wie könnte ich darum bitten, wenn ich alle anlüge? Ergibt das einen Sinn?"

„Gott interessiert sich dafür, Tabitha. Sag Tante Love, sie soll dir ein paar Verse übers Beten aufsagen. Sie hat ein paar ziemlich gute auf Lager. ‚Bittet und euch wird gegeben' und so. Ich denke mehr darüber nach, seit Zeb und du aufgetaucht seid."

Wieder lachte Tabitha. „Ich weiß nicht, ob ich sauer oder froh sein soll, weil ich mit einem Hund in einen Topf geworfen werde."

„Einem Hund vom Jupiter."

Tabitha verdrehte die Augen. „Und ich dachte, in Kalifornien wären sie verrückt mit all dem Gerede davon, dass Liebe alles überwindet."

„Gottes Liebe kann das wirklich. Frag Dad."

„Wenn du mir noch mehr Dinge sagst, die ich fragen soll, muss ich anfangen, mir Notizen zu machen."

Jocie verschwand durch die Tür zur Druckerei und Tabitha setzte sich wieder auf ihren Stuhl am Fenster. Sie starrte auf die Straße hinaus. Die Hauptstraße war noch immer für den Verkehr gesperrt und der Klang der Reden drang vom Gerichtsgebäude herauf. Natürlich hätte sie hinausgehen können, aber dann hätten die Leute sie vermutlich angestarrt, als hätte sie zwei Köpfe, und ihr gesagt, wie wunderbar es sei, dass sie wieder zu Hause war, während sie sich insgeheim fragten, warum sie zurückgekommen war. Niemand kam von Kalifornien zurück nach Hollyhill.

Selbst durch das Fenster hatte sie schon viele neugierige Blicke auf sich gezogen, und zwei Mädchen, die sagten, sie seien mit ihr zusammen zur Schule gegangen, waren hereingekommen, um Hallo zu sagen. Ansonsten hatten sie nicht gewusst, was sie sagen sollten, und nach einem verlegenen „Schön, dass du wieder da bist" und „Ich freue mich auch, wieder hier zu sein" waren sie froh gewesen, dass sie wieder zu der Parade zurückgehen konnten.

Tabitha hatte sie nicht erkannt. Selbst nachdem sie ihre Namen gesagt hatten, hatte sie sich nur sehr vage erinnern können. Sie war zu lange fort gewesen, war in zu viele Schulen gegangen mit zu vielen verschiedenen Kindern. Aber diese Mädchen hatten erwartet, dass sie sie erkannte, als wäre sie genauso zeitlos versteinert wie Hollyhill.

Sie war quer durch das Land gereist wie durch einen Zeittunnel und es war, als wäre sie nur eine oder zwei Wochen, nachdem sie Hollyhill verlassen hatte, wieder zurückgekehrt. Die Fassaden der Geschäfte brauchten immer noch dringend einen Anstrich. Im Gehweg waren immer noch dieselben Risse, über die sie als Kind gehüpft war. Selbst einige der Bewohner schienen wie eingefroren zu sein. Zella mit ihren dichten, absolut windbeständigen Locken und Wes mit der Druckerschwärze unter den Fingernägeln. Bürgermeister Palmor mit ein paar Pfunden mehr um die Leibesmitte, aber mit dem gleichen Wahlkampfhändedruck.

Natürlich war sie selbst nicht mehr dieselbe. Und Jocie auch nicht. Tabitha konnte Jocie und Wes in der Druckerei reden hören und sie überlegte, ob sie nach hinten gehen und sich zu ihnen gesellen sollte, aber der beißende chemische Geruch der Tinte war vielleicht nicht gut für das Baby. Tabitha legte die Hände um ihren Bauch und wiegte sich vor und zurück. Sie würde eine gute Mutter sein, eine liebevolle Mutter, eine Mutter, die Mutter sein wollte. Eine Mutter, die Geheimnisse für sich behielt, die sie nicht erzählen musste. Sie würde ganz anders sein als DeeDee.

Als jemand ans Fenster klopfte, wäre Tabitha beinahe von ihrem Stuhl gefallen. Ein Mann drückte sich die Nase an der Fensterscheibe platt und spähte hinein. Als Tabitha zusammenzuckte, öffnete er seinen Mund, in dem keine Zähne zu sehen waren, und lachte, ohne ein Geräusch zu machen. Falten zogen sich wie Furchen durch die wettergegerbte Haut mit den grauen Bartstoppeln, aber seine braunen Augen waren erstaunlich leuchtend. Sein grünes Hemd hing ihm lose um die Schultern. Er trat vom Fenster zurück und zog die Gitarre, die er auf dem Rücken trug, nach vorne, um ein paarmal über die Saiten zu streichen. Dann zeigte er auf die Tür, so als wäre er ein Kind, das sie fragte, ob sie zum Spielen rauskommen wolle.

Er war älter und grauer, aber wie alles andere in Hollyhill so wie immer. In Tabithas Erinnerung tauchte ein Name auf: Sallie. Als sie klein gewesen war, hatte sie Angst vor ihm gehabt und war doch zugleich neugierig gewesen. Sie hatte sich immer ganz nah an das Bein ihres Vaters gedrückt, wenn er stehen geblieben war, um Sallie zuzuhören, wenn er auf der Straße Gitarre spielte. Wenn sie dann weitergingen, hatte sie ihrem Vater Fragen gestellt. „Wo sind denn seine Zähne, Daddy? Warum lagen Vierteldollarmünzen in seinem Hut? Heißt er wirklich Sallie? Ist das nicht ein komischer Name für einen Mann? Was stinkt bei ihm so?"

Als sie älter geworden war, war sie immer auf die andere Straßenseite gegangen, wenn sie Sallie mit seiner Gitarre und seinem Hut vor ihm auf dem Boden gesehen hatte. Er hatte immer lauter gesungen, wenn er sie sah, und wenn sie Münzen in der Tasche gehabt hatte, hatten sie sich mit einem Mal ganz schwer angefühlt. Aber sie hatte nie die Straße überquert, um Geld in seinen Hut zu werfen.

Jetzt kramte sie in ihrer Tasche, aber sie hatte kein Geld dabei. Nicht einmal einen Vierteldollar. Aber Sallie grinste sie immer noch an und zeigte auf die Tür, also stand sie auf und öffnete. Er wartete nicht darauf, dass sie hinaustrat. Er kam herein und fing ohne eine Begrüßung an zu singen: „Tabitha seh'n, Tabitha schön. Tabitha groß, Tabitha Ros'." Dann streckte er die Hand aus, um sie in die Nase zu kneifen. Hastig zog sie den Kopf zurück. Doch er lachte nur und begann *„The Yellow Rose of Texas"* zu singen, eines seiner Lieblingslieder von früher. Seine Stimme war ein bisschen zittrig, aber das ließ die Ballade noch gefühlvoller klingen.

„Ich habe kein Geld, Sallie", sagte Tabitha, als er zwischen den Strophen eine Pause machte. Es erschien ihr nur fair, ihn zu warnen, dass er umsonst sang.

Doch Sallies Grinsen wurde nur noch breiter und er sang weiter. Irgendwann kam Jocie aus der Druckerei und rettete sie. „Dachte ich mir doch, dass ich Sallie hier draußen gehört habe. Singst du für deine Zeitung?" Sie reichte ihm einen *Banner* von letzter Woche. „Die neue Ausgabe ist noch nicht so weit. Wir sind wegen der Parade spät dran. Wenn du morgen früh wiederkommst, ist die Zeitung für diese Woche fertig."

Sallie nahm die alte Zeitung entgegen. „Alte Nachrichten sind immer noch gute Nachrichten", sang er.

Jocie blickte zu Tabitha hinüber. „Sallie will auf dem Laufenden sein, wenn er auf den Straßen von Hollyhill die Nachrichten singt." Dann wanderte ihr Blick wieder zu dem alten Mann zurück. „Sallie kennt die Geheimnisse von allen Leuten, nicht wahr, Sallie?"

Der alte Mann strich über die Saiten seiner Gitarre und summte ein paar Sekunden, bevor er sang: „Sallie weiß, aber Sallie sagt nichts, nicht in Hollyhill."

„Oh, Sallie könnte so manches Lied singen, wenn er wollte", sang Jocie.

Tabitha lächelte weiter, aber sie wünschte, sie wäre auf der anderen Straßenseite. Der alte Mann starrte sie an. Er grinste immer noch dieses dämliche zahnlose Grinsen, aber es war, als würde er die Gedanken aus ihrem Kopf ziehen, ohne dass sie es ihm erlaubte. Und der Gestank wurde immer stärker. Genau, wie sie es in Erinnerung hatte. Sie legte eine Hand über ihre Nase.

Sallie lachte wieder, bevor er sich die Zeitung unter den Arm klemmte, seine Gitarre auf den Rücken schob und zur Tür ging, während er sang: „Rock-a-bye, Baby."

Das Baby in ihrem Bauch trat sie und Tabitha wurde ganz mulmig. „Woher weiß er das?"

„Wahrscheinlich hat er draußen irgendwo ein Baby gesehen, da ist ihm das Lied eingefallen. Man weiß nie, was Sallie als Nächstes singen wird. Aber es ist schon komisch, oder? Ich sage, er kennt alle möglichen Geheimnisse, und dann singt er so etwas."

„Kennt er wirklich Geheimnisse? Ich erinnere mich an ihn, aber ich wusste nicht mehr, dass er Wahrsager ist."

„Das ist er auch nicht. Ich ziehe ihn nur damit auf, dass er Geheimnisse kennt, weil er immer draußen auf der Straße steht und die Leute beobachtet und belauscht, wenn er die Gelegenheit hat. Und dann denkt er sich Lieder aus über das, was er gehört hat."

„Meinst du, er dichtet auch ein Lied über mich?" Tabitha wurde unter ihrer Sonnenbräune noch blasser.

„Keins, das die Leute zuordnen könnten. Wahrscheinlich singt er irgend so etwas, wie dass die gelbe Rose von Texas ein Baby bekommt, oder vielleicht singt er Rock-a-bye, Baby." Jocie runzelte die Stirn, als sie Tabitha ansah. „Du siehst irgendwie komisch aus. Vielleicht setzt du dich besser hin."

„Mir geht es gut", sagte Tabitha, aber sie ließ sich von Jocie zu ihrem Stuhl führen. „Tante Love sagt, wenn man schwanger ist, wird einem manchmal schwindelig."

Wieder runzelte Jocie die Stirn. „Woher weiß sie das denn?"

„Ich weiß es nicht. Vielleicht hat sie ein Buch darüber gelesen."

„Kann sein. Aber wegen Sallie musst du dir wirklich keine Sorgen machen. Er ist harmlos. Er könnte keiner Fliege etwas zuleide tun. Letztes Jahr bin ich eine Weile mit ihm herumgezogen, um einen Artikel über ihn zu schreiben. Dad hat ihn nicht abgedruckt, weil er meinte, es könnte die Abonnenten aufregen, wenn er Sallie auf der Titelseite abbildet. Aber er hat sein Bild im Innenteil gebracht und dazu den Text von einem seiner Lieder, den ich aufgeschrieben hatte. Er war gut."

„Worum ging es denn dabei?"

„Das weiß ich nicht mehr. Etwas über den Regen, der seinen Blues wegwäscht oder Hollyhill wegwäscht oder so. Wir könnten in den alten Ausgaben nachsehen."

„So sehr interessiert es mich nun auch wieder nicht."

„Gibt es denn in Kalifornien keine Typen wie Sallie?"

„Doch, noch viel schlimmere, aber man kennt sie nicht. Man geht einfach an ihnen vorbei wie an einem Mülleimer."

„Das klingt aber gemein. Du hast doch gesagt, dass in Kalifornien alle so viel Wert auf die Liebe legen."

„Manche Leute, die ich kenne, haben viel davon geredet, aber davon zu reden, ist einfach. Menschen wirklich zu lieben, ist schwieriger."

„Ach, es ist gar nicht so schwierig, Sallie zu lieben, so wie die Bibel es will. Ihn zu umarmen – das wäre schwieriger. Viel schwieriger." Jocie nahm eine Zeitung und schwenkte sie durch die Luft. „Wenn Zella hier ist, holt sie schon ihr Duftspray heraus, bevor der arme Sallie überhaupt durch die Tür kommt."

Nachdem Jocie wieder in der Druckerei verschwunden war, schob Tabitha ihren Stuhl vom Fenster weg. Sie wollte nicht, dass noch jemand sie sah. Sie wollte sich so lange wie möglich verstecken.

24

Nach der Parade bot Leigh an, Tante Love und Tabitha nach Hause zu fahren, damit David anfangen konnte, die Titelstory zu schreiben. Sie sollte Zitate aus den Reden und eine Zusammenfassung des Tages enthalten. Zella ging nach Hause, um etwas zu essen und ihre Katze zu füttern, versprach aber, rechtzeitig wieder da zu sein, um die Zeitungen zu falten, wenn sie fertig gedruckt waren. Wes und Jocie arbeiteten konzentriert daran, die Texte und Bilder vorzubereiten und die Seiten zu gestalten. Wes entwickelte den Film und sie wählten drei Fotos für die Titelseite aus und vier weitere für die Rückseite. Natürlich musste der Wagen der Baptistengemeinde auf der oberen Hälfte der Titelseite erscheinen. Das hatte David versprochen.

Jocie plädierte ansonsten für Heather Byrds Border Collie, aber das Foto wurde auf eine andere Ausgabe verschoben. Unten auf die Titelseite kam Marvin Sims auf seinem Pferd. David sagte zu Jocie, er werde das Bild vielleicht im September für den Fotowettbewerb einreichen. Als sie mit der Auswahl fertig waren, war ungefähr ein Drittel der Familien aus Hollyhill in irgendeiner Weise auf einem der Bilder vertreten, was dem Verkauf bestimmt nicht schaden würde.

Sie wollten gerade mit dem Druck der Titelseite beginnen, als jemand schüchtern an die Tür zur Druckerei klopfte und Leigh mit einem Tablett hereinkam, auf dem sich Sandwiches mit Hühnchenfleisch, Kartoffelchips und ein Teller mit Brownies befanden. „Ich dachte, ihr habt vielleicht Hunger“, sagte sie, während sie nach einem Platz suchte, auf dem sie das Tablett abstellen konnte.

„Essen ist immer willkommen“, sagte Wes und schob ein paar Stapel Papier zur Seite, um auf einem der Tische ein bisschen Platz zu machen. „Stimmt's, Boss?“

„Immer“, sagte David und lächelte Leigh an. Ihre Wangen röteten sich leicht, aber sie wurde nicht puterrot. Stattdessen spürte David, wie in seinen eigenen Wangen Wärme aufstieg, als sie seinen Blick mit einem scheuen Lächeln erwiderte. Aber vielleicht lag das nur daran, dass er den ganzen Nachmittag in der Sonne verbracht und dem Bürgermeister und dem Richter bei ihren Reden zugehört hatte. Trotzdem freute er sich, Leigh zu sehen, darüber, dass sie sich bei ihnen wohlzufühlen schien, und darüber, dass Jocie mit ihr lachte. Und er war ein wenig überrascht über das Kribbeln in seinem Bauch, das überhaupt nichts mit Hunger zu tun hatte. Bevor David nach einem der belegten Brote griff, rieb er sich die verschwitzten Hände an der Hose ab.

„Betest du oder können wir einfach anfangen?", fragte Jocie.

„Wir beten. Es war ein guter Tag. Wir sollten Gott dafür danken und für das Essen." David hob den Blick zur Decke. „Wir danken dir, Herr, für all das Gute dieses Tages; für die Parade und dass alle bewahrt wurden. Danke für unsere Freiheit und für die Männer und Frauen, die in Kriegen gekämpft haben, um diese Freiheit zu verteidigen. Sei mit unseren Politikern, wenn sie unsere Stadt führen. Und danke für dieses Essen und für die, die es zubereitet hat. Amen."

„Und danke, dass ich mir die Reden nicht anhören musste. Amen", sagte Jocie, bevor sie ein paar Kartoffelchips in ihr Sandwich stopfte. „Mhm. Tante Love findet, man sollte kein Geld für Kartoffelchips verschwenden, aber ich finde, es geht nichts über ein Sandwich mit Knusperwirkung."

„Ich finde jede Art von Sandwich toll", sagte Wes. „Danke, Miss Leigh. Der Boss hier denkt nie ans Essen, also hätten wir alt ausgesehen mit unseren knurrenden Mägen, wenn Sie nicht erschienen wären."

„Sagen Sie nicht Miss zu mir, Wes. Das klingt, als wäre ich eine alte Sonntagsschultante."

„Aber Sie sind doch Sonntagsschullehrerin, oder?", sagte Wes zwischen zwei Bissen.

„Das stimmt, aber ich bin nicht *Ihre* Sonntagsschullehrerin."

„Wenn Sie solche Brownies mitbringen würden, könnte ich es glatt versuchen", sagte Wes. „Probier mal einen davon, Boss. Da wackeln einem die Ohren."

Leigh lachte und es fühlte sich für David ganz natürlich an mitzulachen, während er die Hand nach einem Brownie ausstreckte. Jocie grinste ihm zu, aber sie kaute weiter und sagte nichts.

David fragte Leigh: „Wollen Sie hierbleiben und zusehen, wie wir die Zeitung drucken?"

Ihre Augen leuchteten auf. „Das würde ich sehr gerne. Vielleicht kann ich ja auch ein bisschen helfen, wenn mir jemand sagt, was ich tun muss."

Sie hatte hübsche Augen. Hellblau und klar wie ein Sommerhimmel, der von der Sonne nur so leuchtet. Komisch, dass er das vorher noch nie bemerkt hatte. David rief sich ins Gedächtnis, wie jung sie war, und dabei wurde ihm bewusst, dass er gar nicht wusste, wie jung sie war. Er könnte Zella fragen, aber Alter war bei ihr ein sensibles Thema. Außerdem, selbst wenn er ihr Alter kannte, würde das nichts an der Tatsache ändern, dass sie zu jung für ihn war. Er konnte sich den Tratsch in der Stadt vorstellen, wenn er sie zu einem Rendezvous einlud. Und wie in aller Welt sollte er das überhaupt anstellen? Er war viel zu alt für schweißnasse Hände und verlegene Einladungen. Dass er sich immer wieder die Handflächen an den Hosenbeinen trocken wischen musste, lag allein an der Hitze in der Druckerei. Es war heiß. Im Juli war es immer heiß in der Druckerei.

Was taten die Leute bei Verabredungen heutzutage überhaupt? David hatte sich nicht mehr mit einer Frau verabredet, seit er sich freiwillig bei der Marine gemeldet hatte. Die Mädchen, die er in verschiedenen Häfen kennengelernt hatte, bevor er verheiratet gewesen war, zählten wohl kaum als Verabredungen. Jedenfalls nicht als solche, bei denen man ein paar Tage im Voraus anrief und Blumen oder Pralinen mitbrachte. Selbst mit Adrienne war er nie ausgegangen. Sie hatten sich an einem Tag kennengelernt und am nächsten geheiratet. Nicht gerade die beste Methode, eine Ehefrau auszusuchen, aber er war derjenige gewesen, der ausgesucht worden war, nicht derjenige, der aussuchte. Adrienne hatte gedacht, er wäre ihre Fahrkarte aus Hollyhill. Na ja, vielleicht hätte sie ihn tatsächlich dazu gebracht, die Stadt nach dem Krieg zu verlassen, wenn er nicht Gottes Hand auf seiner Schulter gespürt hätte. Das hatte alles verändert. Alles außer Adrienne.

Er hatte also nie wirklich eine Frau gehabt – eine Gehilfin, eine Partnerin. David dachte an Harry und Floradell Sanders, die drüben auf der anderen Straßenseite jeden Tag in ihrem Eisenwarenladen zusammenarbeiteten, oder an Matt und Dorothy McDermott aus der Gemeinde. Zwei, die eins wurden. Er hatte es schon Dutzende Male bei Trauungen gesagt. Einander versprochen hatten Adrienne und er sich das auch, aber es war nie geschehen.

Seit Adrienne gegangen war, hatte er sich lieber allein durchgeschlagen, als noch ein Scheitern zu riskieren. Einmal war schlimm genug, aber immerhin waren viele Paare durch den Krieg in die Ehe getrieben worden. Ein zweites Mal bewiese einen ernsthaften Mangel an Urteilsvermögen. Und genau das wäre es, wenn er Leigh fragte, ob sie mit ihm ausgehen wollte: ein ernsthafter Mangel an Urteilsvermögen. Ein Mann mittleren Alters, der sich einbildete, er könne einer jungen Frau wie Leigh etwas bieten. Sie brauchte jemanden, der ihr Kinder schenkte und keine Enkel. Vielleicht sollte er ihr das sagen. Er wusste, wie man Menschen Rat gab. Schließlich war er Seelsorger.

Er würde ihr erzählen, dass er geschieden war und zwei Kinder und eine ältere Tante hatte, für die er die Verantwortung trug. Natürlich wusste Leigh das schon. Er könnte ihr außerdem erzählen, dass ein Prediger in zwanzig Richtungen gleichzeitig gezerrt wurde und oft kaum Energie für seine eigene Familie hatte. Natürlich konnte es sein, dass er nicht mehr lange eine Gemeinde hatte. Das würde Leigh bestimmt zum Nachdenken bringen. Es stimmte ihn selbst nachdenklich, auch wenn er einen inneren Frieden verspürte.

Aber vielleicht war es das Beste, wenn er gar nichts unternahm. Ohne Ermutigung würde Leigh bald die Lust an dem Gedanken verlieren, mit ihm auszugehen, und dann würde sie anfangen, das Netz nach besseren Fischen auszuwerfen. Plötzlich hoffte er, dass ihr Netz viele große Löcher hatte.

Leigh musste seine Gedanken gelesen haben, denn sie brachte den Teller mit dem letzten Brownie zu ihm. „Wenn Sie ihn nicht essen, muss ich es tun, und das war es dann mit meiner Diät", sagte sie lächelnd. Er nahm den Brownie und ihr Gesicht färbte sich ein wenig dunkler. „Oh, und übrigens, nur für den Fall, dass Jocie es Ihnen nicht gesagt hat und Sie sich fragen: Ich bin zweiunddreißig. Viel älter als Tabitha, wenn Ihnen das wichtig ist. Mir ist es gleichgültig."

Sie zögerte einen Augenblick. David hatte das Gefühl, dass er etwas sagen sollte, aber er wusste nicht, was. Etwas wie: „Sie sind älter, als Sie aussehen“ oder „Dann sind Sie immer noch einige Jahre jünger als ich“ oder „Sie jagen mir eine Heidenangst ein“. Seine Handflächen wurden wieder feucht und unter dem Hemd lief ihm der Schweiß über die Rippen. Schließlich sagte er: „Ich bin vierundvierzig, fast fünfundvierzig.“ Er kam sich vor wie ein Teenager. Zum Glück hatte Wes die Druckmaschine angeworfen, sodass er und Jocie nicht hören konnten, was sie sagten.

„Ich weiß. Hören Sie, wenn es Ihnen lieber ist, dass ich verschwinde, dann sagen Sie es einfach. Aber ich bin gar nicht auf einen Heiratsantrag aus. Ach, du liebe Zeit, das hätte ich nicht sagen sollen.“ Die Röte in Leighs Gesicht wurde noch eine Spur intensiver, aber sie ließ das Tablett nicht fallen und ergriff auch nicht die Flucht. „Ich dachte nur, es wäre nett, etwas zusammen zu unternehmen. Es muss nichts Großartiges sein. Der Nachmittag heute hat Spaß gemacht, und wenn es Spaß macht, dem Bürgermeister zuzuhören, muss das noch irgendeinen anderen Grund haben als nur die Reden.“ Sie atmete hörbar aus und die Röte in ihren Wangen verblasste. „Jedenfalls mache ich jeden Morgen im Park einen Spaziergang, bevor ich zur Arbeit gehe. Vielleicht können Sie ja irgendwann einmal mitkommen und mir moralische Unterstützung geben, obwohl Sie ja nun beileibe nicht abnehmen müssen.“

„Aber ich gehe oft morgens spazieren. Dabei bete ich.“

„Wir könnten auch zusammen beten.“ Ihre eigene Kühnheit ließ Leigh den Blick senken. „Ich meine, wenn Sie mögen. Vielleicht wollen Sie Ihre Gebete lieber mit Gott allein teilen.“

David erlöste sie und sich aus ihrer Verlegenheit. Er rieb sich die Hände an der Druckerschürze trocken und lächelte. „Zwei Gebete sind bestimmt besser als eins. Ich würde gerne mal mit Ihnen einen Morgenspaziergang machen.“

„Wirklich? Und das sagen Sie nicht nur, weil ich Ihnen die Pistole auf die Brust gesetzt habe?“

„Wirklich. Wie wäre es mit morgen?“ David konnte nicht fassen, dass er tatsächlich einen konkreten Termin genannt hatte, aber er war froh darüber. Leighs Gesicht leuchtete auf wie eine Blume, die sich der Sonne öffnet. Ihre Augen waren wirklich außergewöhnlich. Bestimmt hatte sie schon tausendmal gehört, wie hübsch sie sein könnte, wenn sie abnehmen würde. Aber eigentlich taten die

Extrapfunde ihrer Schönheit gar keinen Abbruch. David hätte ihr das gerne gesagt, aber er hatte sowieso schon zu viel gesagt. Viel zu viel. Er fühlte sich, als wäre er in einen vom Regen angeschwollenen Fluss gestiegen und hätte den Boden unter den Füßen verloren, sodass er nun flussabwärts mitgerissen wurde, ohne anhalten zu können. Er sollte sich an einem Ast der Vernunft festhalten, aber stattdessen ließ er sich vom Wasser davontragen. Und was ihm am meisten Angst machte, war die Tatsache, dass er anfing, das Ganze zu genießen.

David musste sich die Hände noch einmal trocken wischen, bevor er die Zeitungen aus der Druckerpresse nahm und zu dem großen flachen Tisch trug, auf dem die Seiten in die richtige Reihenfolge gebracht wurden. Leigh sah ihm eine Minute lang zu, dann half sie ihm, die Zeitungen zusammenzulegen. Wenige Minuten später kam Zella herein und sie war so erfreut, Leigh dort Schulter an Schulter mit David zu sehen, dass sie zwei Schmierflecke aus Druckerschwärze auf ihrer Nase verteilte. Jocie musste so lachen, dass sie sich hinsetzen musste, und Wes grinste David immer wieder zu, während er die Zeitungen aus der Maschine zog.

25

Als Jocie am nächsten Morgen aufstand, war ihr Vater bereits gegangen. Er hatte zu Tante Love gesagt, er werde im Restaurant frühstücken und in Erfahrung bringen, was es in der Stadt so Neues gab.

„Ich wette, er trifft sich zum Frühstücken mit Leigh“, sagte Jocie, während sie versuchte, die Klumpen aus ihrem Porridge zu rühren. Porridge zum Frühstück war beinahe so schlimm wie Kohl, aber wenigstens bedeutete Porridge, dass sie auch Toast bekam, und Miss Pansy aus der Gemeinde hatte ihnen am Sonntag zwei Gläser Erdbeermarmelade geschenkt. Das entschädigte für zwei oder drei Kohlköpfe und einen Eimer voll Zucchini.

Tante Love blickte nachdenklich drein. „Er wirkte heute Morgen ein wenig geknickt. Ich dachte, er mache sich Sorgen wegen Tabitha.“

„Du meinst, weil sie ein Baby bekommt?“

„Sie hat es dir also erzählt. Gut.“

Jocie strich noch etwas Erdbeermarmelade auf ihren Toast und musterte Tante Love, die in ihrem Porridge rührte, als äße sie es genauso ungern wie Jocie. Tabitha war noch nicht aufgestanden. „Meinst du, dass die Leute reden werden?“

„Natürlich werden die Leute reden. Die Leute reden immer. Vor allem über Prediger und ihre Familien. Als wären sie nicht Menschen wie alle anderen auch.“

„Ich dachte, es würde dir etwas ausmachen. Ich meine, man soll doch erst heiraten und dann Kinder kriegen, oder?“

„So ist es am besten.“ Tante Love legte ihren Löffel beiseite und starrte in ihren Haferbrei, als hätte sie den Appetit verloren. „Aber die Dinge ereignen sich nicht immer so, wie es am besten ist, und wenn etwas geschieht, können wir nicht einfach die Zeit zurückdrehen und es so ändern, wie es am besten wäre.“ Sie blickte zu Jocie auf. „Aber ich glaube, dass jedes Kind, das Gott schickt, ein Geschenk ist, und auch wenn die Dinge nicht so sind, wie sie sein sollten, kann Gott es so wenden, dass aus etwas, das nicht so gut ist, etwas Gutes wird.“

„Steht das in der Bibel?"

„Ganz oft in ganz vielen Geschichten. Weißt du noch, wie der Engel Gabriel zu Maria sagte: ‚Bei Gott ist nichts unmöglich'?"

„Ja, und was hat Dad noch mal über die Stelle gesagt, in der Jesus erklärt, ein Kamel könne durch ein Nadelöhr passen?" Jocie runzelte die Stirn. „Das kann ich mir einfach nicht vorstellen, egal, wie sehr ich es versuche. Ich kriege ja kaum einen Faden eingefädelt."

„‚Bei Gott sind alle Dinge möglich', Matthäus 19,26. Aber das ist das Entscheidende, mein Kind. Bei Gott. Nur bei Gott. Wir müssen ihm vertrauen."

„Glaubst du, die Leute von Mt. Pleasant schmeißen Dad raus, wenn sie es erfahren?"

„Wer weiß das schon?" Tante Love stand auf und leerte ihr Porridge in Isebels Fressnapf. Jocie fragte sich, ob sie damit durchkommen würde, wenn sie ihres Zeb gäbe. Wahrscheinlich nicht, nachdem sie vier Löffel Zucker hineingetan hatte, was Tante Love beobachtet hatte. „Aber wenn sie es tun, ist es zu ihrem eigenen Schaden." Tante Love richtete sich auf und sah aus dem Fenster. Plötzlich lächelte sie. „Dieses junge Ding hat es also geschafft, dass er sie bemerkt. Wie heißt sie noch mal?"

„Leigh. Leigh Jacobson."

„Ich kann mich gar nicht an irgendwelche Jacobsons erinnern."

„Sie stammt aus Grundy, aber sie ist die Nichte oder Cousine oder so vom Richter." Jocie aß ein paar Löffel Porridge, nur um es hinter sich zu bringen.

„Ach, ich wette, dann ist sie Polly Wilsons Enkelin. Ich bin früher zusammen mit Polly in die Kirche gegangen. Eine feine Frau. Sie ist vor etwa einem Jahr gestorben. Krebs, wenn ich mich entsinne. Alle sterben an Krebs."

Jocie würgte noch einen Bissen Porridge hinunter und fragte sich, ob Tante Love es merken würde, wenn sie noch mehr Zucker hineintat. Vielleicht hatte sie die ersten vier Löffel ja schon vergessen, aber bei Tante Love wusste man nie. Manche Dinge vergaß sie sofort und andere wusste sie noch. Zum Beispiel, woran Leighs Großmutter gestorben war. Alte Leute versuchten immer herauszufinden, woran jemand gestorben war oder wie viele Geschwister derjenige hatte und woran sie gestorben waren. Daraus bestand die

Hälfte der Unterhaltungen, die Jocie an den Sonntagnachmittagen über sich ergehen lassen musste, während ihr Vater Besuche machte.

„Dieses Mädchen – was hast du gesagt, wie sie heißt?"

„Leigh. Leigh Jacobson. Soll ich dir ihren Namen aufschreiben?"

„Das wäre hilfreich. Früher hatte ich nie Schwierigkeiten, mir Namen zu merken. Jahrelang habe ich in Mastersons Kaufhaus gearbeitet und jeden, der hereinkam, mit Namen ansprechen können, aber in letzter Zeit scheinen mir die Namen immer öfter zu entfallen. Mir ist schleierhaft, was mit mir los ist. Ich vergesse alles."

„Du hast dich daran erinnert, dass du mit Polly Wilson in die Kirche gegangen bist", sagte Jocie, während sie ihren Teller zur Spüle trug. Unterwegs leerte sie den Rest ihres Haferbreis schnell in Zebs Napf. Dann suchte sie einen Zettel, um Leighs Namen aufzuschreiben.

„Oh ja, an die Dinge, die vor Jahren geschehen sind, kann ich mich gut erinnern. Das, was letzte Woche war, vergesse ich. Ich weiß nicht einmal mehr, worüber dein Vater am letzten Sonntag gepredigt hat."

Jocie hielt in ihrer Tätigkeit inne, um nachzudenken. „Ich auch nicht."

„Wahrscheinlich hast du nicht richtig aufgepasst."

„Ich habe aufgepasst! Ich höre immer zu, wenn Dad predigt. Ich meine, es ist etwas aus dem Korintherbrief gewesen … wobei, vielleicht war das auch in der Woche davor. Diese Woche ging es um Freiheit. Wegen des Unabhängigkeitstages, weißt du. Aber am besten fragst du Dad selbst. Er wird es noch wissen." Jocie schrieb Leighs Namen in Blockbuchstaben auf den Zettel und reichte ihn Tante Love, bevor sie womöglich Zebs Futternapf entdeckte.

„Leigh Jacobson." Tante Love starrte auf das Blatt Papier. „Dies könnte eine Gebetserhörung sein."

„Was?" Jocie blieb auf dem Weg nach draußen, wo sie Zeb füttern wollte, stehen und sah Tante Love an. „Hast du etwa ein Freundingebet für Dad gesprochen?"

Tante Love lächelte doch tatsächlich. „Ich bete jeden Tag für deinen Vater. Ich bete, dass Gott ihn segnen und leiten möge. Wenn Gott beschlossen hat, ihn mit einer guten Frau zu segnen, wie käme ich dann dazu, ihn zu kritisieren? Außerdem war dein Vater zu lange allein."

„Er ist nicht allein. Er hat uns."

„Aber er braucht eine Gefährtin. Eine Helferin. Die braucht jeder Mann."

„Und was ist mit Frauen? Ich kenne viele Frauen, die nicht verheiratet sind. Zella. Dich. Hast du schon mal für einen Mann für dich selbst gebetet?" Zu spät fiel Jocie ein, dass Tabitha ihr erzählt hatte, Tante Loves Verlobter sei im Krieg umgekommen, aber sie konnte die Worte nicht mehr zurücknehmen.

Tante Love setzte sich wieder an den Tisch und legte ihre beiden Hände um ihre Teetasse. Sie trank aber nicht, sondern starrte nur in die rötlich braune Flüssigkeit. „Das habe ich und Gott hat mein Gebet erhört. Aber der Herr gibt und der Herr nimmt."

„Es tut mir leid. Tabitha hat mir erzählt, dass der Mann, den du heiraten wolltest, im Ersten Weltkrieg gefallen ist."

„Das ist er, aber jahrelang wusste ich das gar nicht. Ich wusste nur, dass er nicht zu mir zurückgekommen war."

„Wie hast du es erfahren?"

„Als mein Vater starb, fand ich in seiner Bibel einen Brief von einem Kameraden von Gil. Sie hatten einen Pakt geschlossen, der Verlobten des jeweils anderen zu schreiben, wenn einem von ihnen im Krieg etwas zustoßen sollte. Der Freund hieß Albert Wiseman. Er stammte aus Missouri. Er schrieb, Gil sei während der Maas-Argonnen-Offensive getötet worden. Ich wusste nicht einmal, wo die stattfand, aber ich bin in die Bücherei gegangen und habe herausgefunden, dass die Maas ein Fluss in Frankreich ist."

„Warum hat dein Vater dir den Brief nicht gegeben, als er ihn bekam?"

„Er hat mich keinen von Gils Briefen lesen lassen. Einmal fand ich einen in der Post, den er wohl übersehen hatte, doch er riss ihn mir aus der Hand und warf ihn in den Herd. Ich versuchte ihn herauszuholen, aber die Flammen waren schneller." Tante Love rieb über eine Narbe an ihrem Arm. „Vater war nicht mit Gilbert einverstanden."

„Wie furchtbar, dass er das getan hat!"

„Ja." Tante Love trank einen Schluck von ihrem Tee. „Ja, das war es."

Jocie war sich unsicher, was sie tun sollte. Sie konnte Tante Love nicht umarmen. Sie umarmte Tante Love nie. Tante Love könnte einen Herzinfarkt bekommen, wenn Jocie es jetzt täte. Also legte sie nur eine Hand auf die Schulter der alten Frau und sagte: „Es tut mir schrecklich leid."

Tante Love legte ihre Hand auf Jocies. Ihre Haut fühlte sich trocken und kratzig an, wie Eichenblätter im Herbst. „Ihr solltet Gott jeden Tag dafür danken, dass ihr einen so lieben und guten Vater habt. Ihr beide, Tabitha und du."

„Das tue ich", sagte Jocie.

Tante Love schob Jocies Hand fort und griff erneut nach ihrer Tasse. „Und jetzt mach deine Hausarbeit."

Als Jocie an der Tür angekommen war, sah sie noch einmal zu Tante Love zurück. Sie sich jung und verliebt vorzustellen, war beinahe so unmöglich, wie sich das Kamel vorzustellen, das durch ein Nadelöhr passt. Aber nur weil Jocie es sich nicht vorstellen konnte, bedeutete es nicht, dass es nicht die Wahrheit war. Oder dass die Erinnerung daran Tante Love nicht immer noch traurig machte. Jocie wollte so gerne etwas sagen, damit Tante Love sich besser fühlte, aber sie wusste nicht, was. Immerhin konnte sie schlecht sagen, dass Tante Love es vergessen würde, so wie sie andere Dinge vergaß, und sie dann nicht mehr traurig sein würde. Sie hatte es in all den Jahren nicht vergessen. Höchstwahrscheinlich war diese Erinnerung fest in ihrem Gedächtnis verankert, zusammen mit all den Bibelversen. Ein Bibelvers könnte vielleicht helfen, aber Jocie fiel nur einer aus den Seligpreisungen ein. Sie beschloss, es wenigstens zu versuchen. „‚Selig sind, die Leid tragen, denn sie sollen getröstet werden.'"

Tante Love drehte sich zu ihr um. „‚Ein Jegliches hat seine Zeit. Klagen hat seine Zeit, tanzen hat seine Zeit.' Jetzt ist für dich die Zeit zu tanzen, Jocelyn."

„Ich kann nicht tanzen."

„Du tanzt jeden Tag zur Melodie des Lebens."

Zeb, der ungeduldig auf sein Fressen wartete, sprang an der Fliegengittertür hoch, und Jocie eilte hinaus, bevor er die Tür aus den Angeln drücken konnte. Sie wusste sowieso nicht, was Tante Love ihr mit diesem Bibelvers sagen wollte. Eigentlich hatte sie immer gedacht, Tante Love gehöre zu den Leuten, die nicht viel vom Tanzen hielten.

Zeb schlang sein Futter hinunter und leckte jede kleinste Haferflocke mit Genuss auf. Wie üblich setzte er sich, wenn er sich sicher war, dass auch der letzte Rest verzehrt war, und legte die Pfoten zusammen, als wollte er ein Hundetischgebet sprechen. Jocie hatte den Versuch, es ihm andersherum beizubringen, inzwischen aufgegeben. Sie vermutete, dass er dort, wo er herkam, erst hatte essen müssen, weil er sonst nichts abbekommen hätte, und sich deshalb angewöhnt hatte, Gott nach dem Essen zu danken.

Als Jocie den Kopf wieder durch die Tür aus Fliegengitterdraht streckte, saß Tante Love immer noch mit ihrer Teetasse am Tisch. „Ich gehe spazieren. Spülen und fegen mache ich, wenn ich wieder da bin, in Ordnung?"

„Ist gut, aber vergiss nicht, dass wir noch die dicken Bohnen ausschoten müssen, die Janie Brown deinem Vater gegeben hat."

Jocie stöhnte. „Warum sind eigentlich alle Gemüse grün?"

„Rote Bete und Karotten sind nicht grün."

Jocie holte ihr Fahrrad. Zwar hatte sie zu Tante Love gesagt, dass sie einen Spaziergang machen wollte, aber Tante Love würde sich nicht mehr daran erinnern, was sie vor zehn Minuten gesagt hatte, also spielte es keine Rolle. Jocie hoffte inständig, dass Tante Love auch die Bohnen vergessen oder schon im Topf haben würde, bis sie nach Hause kam. Erbsen auszuschoten machte Jocie nichts aus. Die Schoten öffneten sich leicht und die dicken Erbsen kamen ganz leicht heraus. Aber mit dem Zeug, das sich in den Schoten von dicken Bohnen befand, hätte man Flugzeuge zusammenkleben können.

Seit sie Zeb gefunden hatte, war sie nicht mehr in dem alten Wald ihres Großvaters gewesen. Aber heute schien die Sonne und der Wind blies ihr ins Gesicht. Es war ein perfekter Tag, um auf Entdeckungstour zu gehen. Zeb war jetzt ihr Hund. Er würde nicht verschwinden. Nicht einmal, wenn das Raumschiff vom Jupiter kam, um ihn zu holen.

Jocie versteckte ihr Fahrrad im Gebüsch und folgte Zeb in den Schatten der Bäume. Sofort war die Luft kühler und der Lärm der Autos auf der Straße wurde leiser. Die Schatten gingen ineinander über und Jocie hatte das Gefühl, von Tieraugen beobachtet zu werden, während Zeb und sie einem schwer zu erkennenden Pfad folgten. Zeb rannte vor ihr hin und her und beschnüffelte Steine und Baumstämme. Ein paarmal blieb er stehen, starrte angestrengt in die Schatten und bellte sein Donnerbellen.

„Wenn du so einen Lärm machst, bekommen wir nicht mal ein Eichhörnchen zu Gesicht", sagte Jocie zu ihm, aber das machte ihr nichts aus. Es war gut, im Wald Gesellschaft zu haben. Als sie einen Brombeerstrauch entdeckte, teilten sie sich ein paar reife Beeren. In diesem Moment musste ein Kaninchen aus dem Unterholz gelugt und Zeb die Zunge rausgestreckt haben, denn plötzlich lief der Hund los und jagte durch den Wald. Jocie brüllte, er solle zurückkommen, aber Zeb wurde nicht einmal langsamer.

Hastig schob Jocie sich durch die Büsche und versuchte, Zeb nicht aus den Augen zu verlieren. Doch schon nach wenigen Minuten war er ihr davongelaufen. Jocie blieb stehen, um zu verschnaufen und den Weg zu suchen, aber sie sah nichts als Büsche und Bäume. Das Schlimmste jedoch war, dass sie Zeb nicht mehr hören konnte. Sie pfiff und rief: „Zeb, hierher, Junge." Über ihr beschwerte sich eine Krähe, als hätte Jocie ihren Morgenschlaf gestört. Als Jocie erneut pfiff, flatterte der Vogel durch die Bäume davon.

Dann war alles ruhig. Unheimlich ruhig. Nichts sah vertraut aus. „Sei nicht albern", schalt Jocie sich selbst. „Alle Bäume sehen sich ähnlich." Sie suchte die Baumstämme nach Moos ab, um herauszufinden, wo Norden war, allerdings wusste sie nicht, ob sie nach Norden, Süden, Osten oder Westen gehen musste, um zu ihrem Fahrrad zu gelangen. Sie achtete nie auf die Himmelsrichtungen. Zwar wusste sie, dass Grundy im Norden lag und West Liberty im Süden, aber das nutzte ihr hier draußen im Wald nicht viel. Außerdem konnte sie nicht ohne Zeb nach Hause gehen.

Sie hatte sich nicht verirrt. Zeb war derjenige, der verloren gegangen war. Jocie fing an, in Richtung Süden zu gehen, wenn das mit dem Moos an den Bäumen tatsächlich stimmte. Vorsichtig schob sie sich unter Ästen und Dornengestrüpp hindurch. Alle paar Schritte pfiff sie, bis ihre Lippen ganz trocken waren. Dann hörte sie endlich ein Bellen in der Ferne und rannte zwischen den Bäumen hindurch auf das Geräusch zu.

Schließlich kam sie an einen Forstpfad. Da Jocie ihn noch nie zuvor entdeckt hatte, fragte sie sich, ob sie überhaupt noch auf dem

Grundstück ihres Großvaters war. Sie ging den Weg hinunter, aber Zeb bellte irgendwo links von ihr. Also duckte sie sich unter einigen Zedern hindurch und folgte dem Geräusch. Die Zedern waren so dicht, dass Jocie fast darunterkriechen musste. Unter ihren Füßen war der Boden weich von Zedernnadeln, sodass sie kaum ein Geräusch machte, während sie auf Zeb zulief. Das Gebell des Hundes wurde lauter. Wahrscheinlich hatte er etwas auf einen Baum gejagt. Jocie hoffte, dass es eine Katze oder vielleicht eine Beutelratte war, aber nichts zu Großes.

Jetzt standen die Zedern nicht mehr ganz so dicht. Jocie konnte sich aufrichten und sich zwischen ihnen hindurchschlängeln. Dann kam sie an eine kleine Lichtung. Zebs Bellen klang jetzt noch lauter, aber sie konnte ihn nirgendwo entdecken. Am Rand der Lichtung stand das Gerippe einer alten Scheune mit verbogenen Wellblechplatten als Dach und verwitterten Brettern an den Seiten. Hinter der Scheune blühte lila Phlox um die Überreste eines Schornsteins herum. Ein ansehnlicher Ahorn wuchs an dem Platz, an dem früher ein Haus gestanden haben musste, und Efeu kletterte an den Schornsteinresten hinauf. Ein verrosteter alter Eimer ohne Boden lag im Gras neben einer alten Zisterne.

Jocie blickte durch das rostende Gitter der Zisterne, das mit einem großen Stein beschwert war, und sah Wasser schimmern. Auf der anderen Seite der Zisterne ragten die stacheligen Stiele einer Yuccapalme aus einem Steinkreis. Noch mehr Steine, überwiegend Drusen, lagen überall wild verstreut im Gras. Es sah aus, als wäre Tante Loves Steingarten außer Kontrolle geraten. Jocie hob ein glitzerndes Stück einer Druse auf und steckte es in ihre Tasche, um es Tante Love für ihren Steingarten mitzubringen.

Dann kletterte sie einen Hang hinunter auf einen Bachlauf zu. Zeb bellte immer noch, aber er war nirgends zu sehen. Als sie erneut pfiff, streckte Zeb den Kopf hinter einem Felsen am Bach hervor. Jocie hob noch ein paar Steine auf, nur für den Fall, dass Zeb etwas Wildes und Gemeines auf einen Baum gejagt hatte.

Hinter den großen Gesteinsbrocken verbarg sich eine kleine Höhle und was auch immer Zeb gejagt hatte, war offensichtlich längst auf einem anderen Weg verschwunden, denn als Jocie hineinblickte, konnte sie keine leuchtenden Tieraugen sehen und auch sonst nichts. Selbst Zeb hatte das Interesse verloren und aufgehört zu bellen, jetzt wo sie hier war.

„Keine Raumschiffe, was?" Jocie setzte sich auf den größten Felsbrocken und ihr Blick wanderte zurück zu der Stelle auf der Lichtung, an der einst das Haus gestanden hatte. „Ich frage mich, ob die Leute, die hier gewohnt haben, jemals in der Höhle waren."

Zeb schien dies als Erlaubnis zu interpretieren, denn er lief schurstracks in die Höhle. Jocie kroch auf allen vieren einen Teil des Weges hinter ihm her. Um sie herum und durch einen Spalt oben im Fels drang Licht herein. Die Höhle war größer, als Jocie erwartet hatte. Hier war jede Menge Platz für Schlangen und Spinnen. Es spielte keine Rolle, dass Zeb in jede Ecke schnupperte. Die Schlangen könnten sich auf den Felsen über ihr verstecken. Ein kalter Schauer lief Jocie über den Rücken.

Schnell zog sie den Kopf aus der Höhle, aber dann siegte doch die Neugier. Vorsichtig schob sie den Kopf wieder in das Loch und wartete, bis ihre Augen sich an das Dämmerlicht gewöhnt hatten. Zeb sah zu ihr herüber, dann machte er sich wieder daran, einen kleinen Steinhaufen im hinteren Teil der Höhle umzugraben. Er zog etwas heraus und trug es zu ihr. Jocie zog den Kopf aus dem Höhleneingang, damit Zeb seinen Fund ans Tageslicht bringen konnte.

Als Zeb ihn vor ihr auf den Boden fallen ließ, schrie sie auf. Es war ein Schädel. Jocie schlug sich die Hand vor den Mund und beugte sich vor, um ihn näher zu betrachten. Ein sehr kleiner menschlicher Schädel.

26

Jocie wich zurück. Sie wollte den Hang hinauf und durch den Wald zurück zur Straße laufen, bis zu der Stelle, an der sie ihr Fahrrad versteckt hatte. Aber stattdessen blieb sie wie angewurzelt stehen, schloss die Augen und flüsterte ein Gebet. „Hilf mir, Herr. Ich weiß nicht, was ich tun soll." Sie hielt die Augen noch eine Minute geschlossen, nur für den Fall, dass der Herr eine Antwort in ihren Kopf setzen wollte, aber nichts geschah. Sie wusste immer noch nicht, was sie tun sollte.

Ein paar Dinge wusste sie natürlich. Sie wusste, dass sie Zeb den Schädel nicht überlassen durfte, doch er schien auch gar kein rechtes Interesse mehr daran zu haben, jetzt wo er ihn ihr gezeigt hatte. Er saß mit leicht geneigtem Kopf da und wartete darauf, dass sie etwas tat. Ein Schauer lief Jocie über den Rücken, als sie sich vorstellte, wie der winzige Geist eines Babys neben Zeb stand und sie ebenfalls wartend beobachtete.

Sie konnte den Schädel nicht einfach dort auf dem Boden liegen lassen, und sie glaubte nicht, dass sie ihn mit nach Hause nehmen sollte. Fragend sah sie zu Zeb hinüber. „Du hast wahrscheinlich keine Lust, das wieder dorthin zurückzubringen, wo du es gefunden hast, oder?" Zeb hechelte nur.

„Das dachte ich mir. Dann muss ich es wohl tun, Schlangen hin oder her." Jocie hob den Schädel auf. Er war so klein, dass er in ihre Handfläche passte. „Armes kleines Baby. Ich frage mich, was mit dir passiert ist. Warum bist du ganz alleine hier in der Höhle begraben worden? Jedenfalls gehe ich davon aus, dass du alleine bist." Plötzlich tauchten noch mehr Geister um sie herum auf.

Vorsichtig trug Jocie den Schädel zum Höhleneingang. Sie legte ihn so weit in die Höhle hinein, wie sie konnte, und kroch dann hinterher. Zeb schnupperte an ihren Füßen, bevor sie sie in die Höhle zog, und wäre ihr gefolgt, aber sie sagte ihm, er solle draußen bleiben. Für heute hatte er eindeutig genug ausgegraben.

Hinter ihr raschelte etwas. Jocie erstarrte auf allen vieren und stellte sich vor, wie die Schlangen sich auf sie zu wanden. Langsam wandte sie den Kopf um und betrachtete jeden Zentimeter des Bodens um sie herum, aber da war nichts. Zumindest konnte sie nichts sehen. Als sie den winzigen Schädel in die Hand nahm, lief es ihr wieder eiskalt den Rücken hinunter. Dann kroch sie zu dem Steinhaufen im hinteren Teil der Höhle.

„Tut mir leid, dass Zeb dein Grab ausgebuddelt hat." Jocies Stimme hallte in der Höhle wider. „Er ist nur ein Hund, jedenfalls glaube ich das. Aber wir wollten wirklich nichts Böses tun." Jocie legte den Schädel ab und fing an, die Steine, die Zeb aufgewühlt hatte, wieder aufzuschichten. Währenddessen betete sie das Vaterunser. Sie sprach schnell, aber sie ließ kein Wort aus, bevor sie Amen sagte und wieder aus der Höhle kroch.

Zeb leckte ihr das Gesicht, sobald sie es in die Sonne hinausstreckte. Jocie schob sich aus der Höhle und umarmte ihn. „Und was machen wir jetzt?", fragte sie den Hund, der weiter ihr Gesicht ableckte. „Ich würde sagen, wir erzählen es jemandem. Du kennst nicht zufällig den Weg nach Hause, oder?"

Zeb bellte und lief einmal um sie herum. Dann blieb er stehen und wartete. „Das soll wohl bedeuten, dass du genauso wenig wie ich weißt, wo wir sind. Du könntest wenigstens ein bisschen besorgt aussehen." Jocie blickte zum Himmel hinauf. Inzwischen musste schon Mittag sein. Durstig fuhr sie sich mit der Zunge über die Lippen und sah sehnsüchtig zum Bach hinüber, aber ihr Vater sagte, wenn man aus einem Bach trank, konnte es sein, dass einem übel wurde. Jocie dachte an das Wasser in der alten Zisterne, doch dann fielen ihr wieder die Schlangen ein. Zeb watete in den Bachlauf und legte sich mit dem ganzen Körper ins Wasser, während er trank.

„Du hast recht. Es macht wirklich keinen Sinn, dass wir beide Durst haben", sagte Jocie. „Oder willst du mir damit sagen, dass wir dem Bach folgen sollen? Aufwärts oder abwärts?"

Zeb kletterte aus dem Wasser und schüttelte sich so kräftig, dass Jocie eine Dusche abbekam, bevor er flussabwärts davontrottete.

„Diese Richtung ist genauso gut wie die andere." Jocie folgte ihm. Sie waren kaum fünfzehn Schritte weit gegangen, als die Bäume sie wieder verschluckten und sie die Lichtung hinter sich ließen. Auf den Steinen in dem flachen Gewässer ließ es sich leicht gehen. Zeb sprang aus dem Bach, um Heuschrecken zu jagen, aber er kam sofort zurück, als Jocie pfiff.

Irgendwann kamen sie an einen alten Drahtzaun. Der Bach lief darunter hindurch, doch Jocie beschloss, ihn links liegen zu lassen und lieber dem Zaun zu folgen. Die Bäume wurden spärlicher und dann kamen sie zu einer Weide voller Kühe, die kurz aufhörten zu grasen, um sie zu begutachten. Jocie kletterte über den Zaun und überquerte die Weide. Auf einer Weide konnte sich niemand verirren. Nachdem sie an den Kühen vorbei und die Böschung hinaufgeklettert waren, sahen sie endlich die Straße. Eine halbe Stunde später waren sie wieder an der Stelle, an der Jocie das Fahrrad zurückgelassen hatte. Während sie einen letzten Blick auf den Wald warf, fragte sie sich, ob sie die Höhle wohl wiederfinden würde.

Die Mittagssonne brannte unbarmherzig auf sie nieder, als Zeb und sie sich auf den Heimweg machten. Schweiß lief in die Kratzer, die Jocie sich zugezogen hatte, als sie hinter Zeb hergelaufen war. Das brannte ziemlich. Trotzdem strampelte Jocie so schnell sie konnte. Sie überlegte, ob sie direkt zur Zeitung fahren sollte, um ihrem Vater von dem Schädel zu erzählen, aber ihr Durst war zu groß. Und Tante Love erinnerte sich vielleicht daran, dass sie schon vor Stunden hätte zu Hause sein sollen.

Als Jocie durch die Küchentür stürmte, blickte Tante Love von dem Topf mit dicken Bohnen hoch, der auf ihrem Schoß ruhte. „Um Himmels willen, Kind, du siehst aus, als wärst du durch eine Dornenhecke gekrochen!“

Jocie wischte sich mit einem Hemdszipfel den Schweiß von der Stirn und ging geradewegs zu dem Wasserkrug im Kühlschrank. Sie stürzte ein ganzes Glas voll hinunter, bevor sie antwortete: „Ich muss Dad in der Redaktion anrufen.“

„Dein Vater ist nicht in der Redaktion“, sagte Tante Love. „Er ist mit Tabitha nach Grundy gefahren. Ich weiß nicht, wann er zurückkommt.“

„Grundy?“ Jocie sank auf einen der Küchenstühle. Isebel schnupperte an Jocies Füßen und zischte.

„Er ist mit ihr zum Arzt gefahren.“ Tante Love spaltete eine Bohnenschote mit dem Küchenmesser und drückte die Kerne in den Topf. „Was gibt es denn so Wichtiges? Hast du dich irgendwie verletzt?" Sie wirkte halb besorgt, halb verärgert. „Du musst wirklich lernen, vorsichtiger zu sein. Dein Arm blutet ja."

„Ich bin nicht verletzt, Tante Love." Jocie rieb über das getrocknete Blut an ihrem Arm. „Aber ich habe etwas gefunden."

„Zecken und Flöhe, so wie du aussiehst." Kopfschüttelnd nahm Tante Love die nächste Schote in die Hand und spaltete sie. „Du musst deinen Kopf nach Zecken absuchen. Es ist besser, wenn man sie findet, bevor sie sich festbeißen."

Geistesabwesend fuhr sich Jocie mit den Fingern durch die Haare. Sie machte sich keine Sorgen wegen irgendwelcher Zecken. Dann goss sie sich noch ein Glas Wasser ein. Sie konnte nicht warten, bis ihr Vater aus Grundy zurückkam. Sie musste es jemandem erzählen. Vielleicht wusste Tante Love, was sie tun sollte.

„Ich war drüben in Großvaters Wald, wo ich manchmal herumlaufe, und Zeb ist abgehauen. Da habe ich mir Sorgen gemacht, dass er sich verläuft."

„Er hätte den Weg nach Hause garantiert rechtzeitig zum Abendessen gefunden."

„Ja, vielleicht, aber dort habe ich ihn damals gefunden, oder besser, er hat mich gefunden. Jedenfalls wollte ich ihn nicht verlieren, also bin ich hinter ihm hergelaufen."

„Du kannst ausschoten, während du redest." Tante Love schob Jocie über den Tisch eine Handvoll Bohnen zu. „Dein Mischling ist also weggelaufen und du bist ihm gefolgt. Und dann hast du dich verirrt, vermute ich."

„Ich weiß nicht, ob ich mich tatsächlich verirrt hatte, aber ich wusste nicht genau, wo ich war." Jocie brach eine Bohnenschote auf. „Jedenfalls bin ich auf diese Lichtung gestoßen, auf der es eine alten Holzscheune gibt und einen Schornstein, wo früher mal ein Haus stand." Jocie zog den Stein aus ihrer Tasche und legte ihn vor Tante Love auf den Tisch. „Da war sogar ein Steingarten, so wie deiner."

Tante Love ließ die Hände in dem Topf mit dicken Bohnen ruhen und betrachtete den Stein. „Du hast also einen Steingarten gefunden. Waren da auch Rosenbüsche? Früher gab es dort welche. In Rot und Rosa und gelb und Weiß."

„Du kennst den Ort?"

„In der Tat."

„Dann kannst du mir ja vielleicht etwas über das Baby erzählen."

„Baby?" Tante Loves Stimme klang merkwürdig. „Du hast ein Baby gefunden?"

„Sozusagen. Zeb hat es gefunden. Das Grab eines Babys."

Tante Loves Gesicht wurde kalkweiß und sie fasste sich an die Brust. Fauchend sprang Isebel auf ihren Schoß. Der Topf mit den Bohnen fiel zu Boden und die Bohnen sprangen durch die ganze Küche.

„‚Sieh an meinen Jammer und mein Elend und vergib mir alle meine Sünden!'", flüsterte Tante Love.

27

Tante Love fasste sich immer an die Brust und zitierte Bibelverse, aber Jocie hatte noch nie gesehen, dass sie dabei leichenblass geworden war. Besorgt nahm sie den nassen Spüllappen aus dem Waschbecken und betupfte damit Tante Loves Stirn. „Ist alles in Ordnung, Tante Love?" Isebel knurrte und schlug nach Jocies Arm, aber Jocie ignorierte die Katze. „Soll ich einen Krankenwagen rufen?"

„Nein! Keinen Krankenwagen!" Tante Love packte Jocies Handgelenk mit mehr Kraft, als Jocie ihr zugetraut hätte. „Bring mich hin!"

„Wohin? Ins Krankenhaus? Aber Dad hat den Wagen."

„Nein." Tante Loves Hand schloss sich fester um Jocies Handgelenk. „Zu dem Ort, an dem du das … wo dein Hund das Grab gefunden hat."

Jocie starrte Tante Love an. „Es ist ein ganzes Stück in den Wald hinein, Tante Love. Du könntest nie so weit laufen, selbst wenn ich es wiederfinden würde. Ehrlich gesagt bin ich mir nicht ganz sicher, ob ich dorthin zurückfinde."

„Ich finde dorthin. Komm mit." Tante Love stieß Jocies Hand fort und stand auf, wobei sie Isebel auf den Boden schubste. Ohne zu bemerken, dass sie dabei auf die Bohnen trat, ging sie geradewegs zur Tür.

Jocie folgte ihr. „Das ist viel zu weit, Tante Love. Du würdest es nie bis dorthin schaffen."

Tante Love starrte durch die Hintertür, als versuchte sie in der Ferne den Ort auszumachen, von dem Jocie ihr erzählt hatte. Schließlich legte sie die Stirn an den Türrahmen. „Du hast recht. Es ist zu weit."

Erleichtert seufzte Jocie auf. Sie musterte Tante Love besorgt, aber die Farbe war in ihr Gesicht zurückgekehrt und sie schien nicht mehr kurz vor einer Ohnmacht zu stehen. Nach einer Weile fischte Jocie den Bohnentopf unter dem Tisch hervor und fing an, die dicken Bohnen aufzusammeln. Isebel saß unter Tante Loves Stuhl und sah sie mit großen runden Augen an.

Nach einem kurzen Moment wandte Tante Love sich von der Tür ab und sagte: „Vergiss die Bohnen und ruf Wesley an."

Jocie stand auf. „Was soll ich ihm sagen? Dass er Dr. Markum holen soll?"

„Ich brauche keinen Arzt, Kind. Tu einfach, was ich sage, und ruf Wesley in der Druckerei an. Sag ihm, er soll sofort mit seiner Maschine herkommen."

Als Wes eine halbe Stunde später mit dröhnendem Motor eintraf, hatte Jocie alle Bohnen aufgehoben. Isebel schmollte unter Tante Loves Bett und Tante Love hatte sich ihre Gartenschuhe angezogen und wartete in ihrem Schaukelstuhl auf der Veranda. Anfangs hatte Jocie ihr vorsichtig ein paar Fragen gestellt, aber Tante Love hatte nur den Kopf geschüttelt. „Später, Kind. Ich kann jetzt nicht reden."

Also hatten sie schweigend gewartet. Zum ersten Mal in ihrem Leben hatte Jocie sich gewünscht, dass Tante Love Bibelverse zitieren oder sonst irgendetwas sagen würde. Alles wäre besser gewesen als dieses Schweigen, das lauter war als das Singen der Vögel oder die Geräusche von Mr Crutcher, der zwei Felder weiter Heu machte.

Wes fuhr mit seinem Motorrad bis vor die Veranda. Noch bevor er zum Stehen kam, war Tante Love bereits die Stufen hinuntergestiegen. „Was ist los, Mädels?", fragte er, einen Fuß auf den Boden gesetzt.

Tante Love gab Jocie keine Gelegenheit, etwas zu sagen. „Kannst du mit diesem Ding einen Forstweg entlangfahren?"

Wes runzelte ein wenig die Stirn. „Ich denke schon, wenn er nicht zu uneben ist. Warum?"

„Dann nehme ich jetzt das Angebot an, mit dir eine Spritztour zu machen. Hilf mir beim Aufsteigen, damit wir fahren können. Das Mädchen kann uns mit dem Fahrrad folgen." Tante Love raffte ihre Röcke und musterte das Motorrad skeptisch.

Wes sah zu überrascht aus, um etwas zu sagen, also erklärte Jocie: „Du kannst nicht mit dem Motorrad fahren, Tante Love."

„Ich kann und ich werde. Helft ihr beiden mir jetzt oder muss ich allein auf dieses Ding klettern?"

Wes bockte die Maschine auf, stieg ab und nahm Tante Loves Arm. „Erzählt mir jemand, wohin wir fahren?"

„Jocelyn hat das Grab eines Babys gefunden. Ich möchte dorthin." Tante Love starrte Wes ins Gesicht. „Es ist eine lange Geschichte, aber die erzähle ich euch später. Hilfst du mir jetzt auf dieses Ungeheuer oder nicht?"

Ungläubig sah Wes Tante Love an. „So habe ich dich noch nie erlebt, Lovella."

„Nein, das hast du nicht. Aber ich brauche jetzt deine Hilfe, Wesley. Es ist ein langer Weg und ich glaube, Jocelyn hat recht, wenn sie sagt, ich würde ihn nicht schaffen. Aber wenn du dich weigerst, mir zu helfen, gehe ich zu Fuß."

Wes sah Jocie an, die mit den Schultern zuckte und die Hände hob. „Frag mich nicht. Ich habe ihr erzählt, dass ich das Grab gefunden habe. Daraufhin ist sie durchgedreht und jetzt stehen wir hier."

Wes betrachtete Tante Loves Kleid. „Du musst deinen Rock zusammenraffen."

Tante Love hob ihren Rock höher. Wes hielt das Motorrad fest und Tante Love stützte sich auf Jocies Schulter, um nicht das Gleichgewicht zu verlieren, während sie ein Bein über den Sitz schwang. Sie klemmte sich ihren Rock unter die Oberschenkel und schien sich überhaupt keine Gedanken darüber zu machen, dass ihre weißen Knie in der Sonne leuchteten.

„Du musst die Arme um meine Taille legen", sagte Wes, während er vor ihr Platz nahm. Tante Love hielt sich an ihm fest, als wäre es das Normalste der Welt. Sie sagte: „Ich pikse dich in die Seite, wenn du abbiegen musst."

Jocie strampelte sich ab, um mit den beiden mitzuhalten, aber sie verschwanden immer wieder hinter Kurven. Zeb war auch schneller als sie. Er lief vor, als wollte er das Motorrad im Blick behalten, und rannte dann zu Jocie zurück, um sich zu vergewissern, dass sie ihm noch folgte. An der Abbiegung in den Feldweg warteten Wes und Tante Love auf Jocie. Zwei Bretter in dem schiefen Holztor waren zerbrochen und es hing nur noch an der oberen Angel fest. Jocie stieß das Tor so weit auf, dass Wes hindurchkam, und ließ das Tor dann wieder zufallen. Die Spurrillen des Weges waren so tief, dass sie ihr Fahrrad zurückließ und zu Fuß weiterging. Vor ihr suchte Wes vorsichtig einen möglichst ebenen Weg, aber trotzdem war es ein holpriges Unterfangen. Tante Loves dunkelvioletter Rock rutschte unter ihrem Bein hervor und blieb an einem Ast hängen.

Love nahm eine Hand von Wesleys Taille und stopfte den Rock wieder unter ihren Oberschenkel. Der zerrissene Stoff war ihr ebenso gleichgültig wie ihre weißen Knie, die in der Sonne leuchteten, oder die Schlaglöcher, die sie durchschüttelten. Sie war diesen Weg nicht mehr gegangen, seit sie in die Stadt gezogen war, nachdem ihr Vater endlich gestorben war, aber der holprige Untergrund war ihr vertraut. Ihr Vater hatte nie etwas unternommen, um den Weg zu ebnen, sondern war mit ihrem alten Wagen so gut es ging um die Steine und Schlaglöcher herumgefahren. Ihr Vater hatte sich nie Gedanken darüber gemacht, wie er irgendetwas für irgendjemanden ebnen könnte.

Love verdrängte den Gedanken an ihren Vater. Sie erlaubte sich nicht, über ihn nachzudenken. Das hatte sie seit Jahren nicht getan, selbst als er noch lebte. Sie hatte ihn versorgt. Sie hatte seine Mahlzeiten gekocht, ihn mit einem Löffel gefüttert und ihn in den letzten Jahren gewaschen, aber sie hatte nicht über ihn nachgedacht. Er war eine Aufgabe gewesen, seine Pflege eine Pflicht, die getan werden musste. Alle hatten sie für eine hingebungsvolle Tochter gehalten. Sie wussten nichts von der Dose mit Rattengift oben im Schrank über dem Herd oder von den Malen, in denen sie die offene Dose in der Hand gehalten hatte, während sie morgens das Rührei für ihren Vater zubereitet hatte. Sie hatte nie etwas aus der Dose geschüttet, aber sie hätte es gerne getan. Und das war eine Sünde. Das hatte der Herr selbst in der Bergpredigt gesagt. Wenn es den Wunsch im Herzen gab, war die Sünde schon begangen.

Sie hatte Gott um Vergebung gebeten, aber in der Bibel stand auch, dass der Herr vergab, wenn man selbst vergab, und sie konnte ihrem Vater nicht vergeben. Nachdem ihre Mutter gestorben war, hätte sie gehen sollen. Sie hätte ihre Schuhe schnüren, sich ein Bündel Kleider über den Rücken werfen und gehen sollen. Aber sie hatte gedacht, Gil könnte immer noch zurückkommen. Als das erste lange Jahr nach dem Krieg verstrichen war, ohne dass sie etwas von ihm gehört hatte, war ihr im Grunde klar gewesen, dass er nicht kommen würde. Aber sie hatte den Brief nicht gesehen, in dem stand, dass er tot war. Wenn sie ihn gesehen hätte, wäre ihr Leben vielleicht anders verlaufen. Aber sie war dort geblieben und hatte auf das gewartet, was nie geschehen würde, nie geschehen konnte.

Gil war der Knecht ihres Vaters gewesen. Er hatte ihn angeheuert, als ihr jüngerer Bruder Homer zur Armee gegangen war. Der arme Homer war auf dem Schiff nach Frankreich gestorben, bevor er auch nur den ersten Schuss gehört hatte. An irgendeiner Krankheit. Er war auf See bestattet worden. Als sie den Brief gelesen hatten, war ihnen klar gewesen, dass es stimmte, aber gleichzeitig war es so, als bezögen sich die Worte nicht auf Homer, weil sie keinen Beweis, keinen Leichnam hatten, den sie beweinen konnten. Die Worte konnten nicht ihren Homer meinen. Noch Monate, nachdem sie die Nachricht erhalten hatten, hatten sie halb damit gerechnet, dass er mit seinem Rucksack die Straße heraufkommen würde. Ein Mensch konnte nicht so einfach verschwinden.

Das gleiche Gefühl hatte sie auch bei Gil gehabt. Eines Tages war er da gewesen, hatte sie beim Haus abgefangen und sie angefleht, mit ihm durchzubrennen. Und das hatte sie getan. Ihr Fehler war gewesen, dass sie zurückgekommen war. Zunächst war es ihr nicht wie ein Fehler erschienen. Nur wie eine Wartezeit, bis der Krieg vorüber war.

Der Weg wurde etwas ebener, als sie die Lichtung erreichten und die Überreste der Scheune vor sich sahen. Sie sah seltsam aus, ohne das Wohnhaus dahinter, aber Maes Mann hatte die Farm nicht verkaufen oder das Haus vermieten wollen. Also hatte er Junior Perkins erlaubt, es auszuschlachten. Junior hatte einen Teil des Bauholzes benutzt, um eine Garage hinter seinem eigenen Haus zu errichten. Den Rest hatte er verkauft. Ein Stück hier, ein anderes dort. Der Kaminsims aus dem Wohnzimmer war in einem Haus in Grundy und die Türen befanden sich in Davis Norvilles Haus in der Bush Avenue. Wilbur Smith hatte das Blechdach zu einem Hühnerstall verarbeitet. Die Leute waren in den Laden gekommen und hatten ihr erzählt, was mit jedem Teil geschah, während sie die Beträge für ihren Einkauf in die Kasse eintippte. Sie hatten gedacht, es interessiere sie.

Der Schornstein sah einsam aus an der Stelle, an der früher das Haus gestanden hatte. Niemand hatte sich die Mühe machen wollen, die Steine wegzutragen. Steine waren in Holly County nicht gerade Mangelware. Wesley brachte das Motorrad neben den verlassenen Stufen zum Stehen und hielt es fest, während Jocelyn ihr beim Absteigen half. Das Kind warf ihr immer wieder verstohlene Blicke zu, als erwartete es, dass ihre Schädeldecke aufklappen und ihr Gehirn sich in alle Winde zerstreuen würde. Besänftigend tätschelte Love Jocelyns Wange, nachdem sie von dem Ungetüm geklettert war. Ihr ganzer Allerwertester war taub, aber das Motorrad hatte sie hergebracht.

„Wo ist es?", fragte Love.

„Unten am Bach. Da ist eine Höhle", sagte Jocelyn.

Wesley nahm Loves Arm. „Das ist also dein Elternhaus. Es ist bestimmt traurig zu sehen, dass es nicht mehr da ist, zumindest nicht mehr so, wie du es in Erinnerung hast."

„Das ist kein bisschen traurig. Ich habe versucht, es niederzubrennen, als ich ging, aber Maes John kam vorbei, bevor das Feuer richtig entfacht war. Es hat die Wohnzimmerwand angesengt, hat man mir erzählt. Sie meinten, ich hätte versehentlich ein Stück Kohle auf einige Blätter Papier fallen lassen, und ich sagte, so könnte es gewesen sein. So war es nicht, aber es könnte so gewesen sein. Ich hätte die Kohle näher an den Vorhängen auf das Papier fallen lassen sollen."

Jocelyn riss die Augen auf. „Warum wolltest du denn dein eigenes Haus abbrennen, Tante Love?"

„Wahrscheinlich hätte ich dir das nicht erzählen sollen, aber ich hatte nie ein schlechtes Gewissen deswegen. Ich wollte diesem Teil meines Lebens ein Ende setzen, mein Kind, und ein Feuer schien mir eine gute Methode zu sein, einen Schlussstrich zu ziehen."

„Das kann ich nachvollziehen", sagte Wesley. „Ich habe auch so manche Brücke hinter mir abgebrannt."

Love blickte Wesley an und nickte. Sie hatte immer gewusst, dass er vor etwas auf der Flucht war. Deshalb erfand er all die verrückten Geschichten über den Jupiter – damit er nie die Wahrheit erzählen musste. So wie sie nie die Wahrheit gesagt hatte, nachdem sie diesen Ort verlassen hatte. Sie hatte nicht direkt gelogen oder Geschichten erfunden, aber die Wahrheit hatte sie nie erzählt. Niemandem. Vielleicht, weil sie nicht die ganze Wahrheit gekannt hatte. Bis jetzt.

Love stützte sich auf Wesley, während sie an ihrem Steingarten vorbei zum Bachlauf hinuntergingen. Manchmal dachte sie, dass der Steingarten der einzige Grund war, warum sie vor dem Tod ihres Vaters nicht wahnsinnig geworden war. Dort stand, immer noch in der Mitte des Gartens, die Vogeltränke, die sie aus Kieseln und glitzernden Gesteinsscherben und einem alten Sack Zement, den sie in der Scheune gefunden hatte, gebaut hatte, nachdem ihr Vater das Haus nicht mehr hatte verlassen können. Aber die Rosen ihrer Mutter waren nicht mehr da. Love erinnerte sich daran, wie sie im Garten gestanden und versucht hatte, an nichts zu denken außer an den süßen Duft dieser Rosen. Wenn sie die Augen schloss, konnte sie sie beinahe immer noch riechen. Beinahe.

Hier hatte sie stets das Grab vermutet. Sie hatte immer gehofft, dass es ein Grab gab, aber sie hatte es nie gefunden. Die Höhle war ihr nie in den Sinn gekommen, obwohl Homer sich dort versteckt hatte, als er ein Kind gewesen war und seinen Haushaltspflichten hatte entkommen wollen. Er war der Kleine gewesen und oft hatte sie seine Arbeiten zusätzlich zu ihren eigenen erledigt, damit er keinen Ärger mit ihrem Vater bekam. Homer war der einzige Mensch auf der Welt gewesen, abgesehen von Gil und ihrer Mutter, bei dem sie das Gefühl gehabt hatte, dass er sie liebte. Ihr Bruder hatte ein Lächeln, das selbst durch das winzigste Fenster Sonnenschein in die Seele bringen konnte. Es war ein schrecklicher Gedanke gewesen, dass sowohl Homer als auch Gil im Krieg gestorben sein könnten. Deshalb war sie geblieben und hatte so lange darauf gewartet, dass Gil kam und sie holte. Sie hatte nicht glauben können, dass Gott beide so kurz nacheinander zu sich holen würde. Aber Gott hatte natürlich nie versprochen, dass es keine Schwierigkeiten geben würde. Es hatte Jahre gedauert, bis sie das verstanden hatte, und noch mehr Jahre, bis sie es hatte annehmen können.

Aber das mit der Höhle ergab einen Sinn. Sie hätte darauf kommen sollen. Es war Januar gewesen. Der kälteste Januar seit ungefähr zehn Jahren. An einigen Tagen war das Thermometer auf der hinteren Veranda gar nicht aus dem zweistelligen Minusbereich geklettert. Ihr Vater hätte in dem gefrorenen Erdboden kein Loch graben können.

Das Baby wäre im letzten Januar sechsundvierzig Jahre alt geworden. Love erinnerte sich immer an den Geburtstag des Jungen. Es war merkwürdig, sich vorzustellen, dass er älter wäre als David. Dass das Baby ein Junge war, hatte sie gewusst. So viel hatte ihre Mutter gesehen, bevor ihr Vater ihn ihr weggenommen hatte.

28

Wesley kroch durch das Loch, auf das Jocelyn zeigte. Der Hund versuchte, ihm zu folgen, aber das Mädchen hielt ihn am Hals fest und zog ihn von der Höhlenöffnung zurück.

Nachdem Wesleys Füße in der dunklen Höhle verschwunden waren, dachte Love, sie sollte beten oder wenigstens einige Bibelverse flüstern, aber ihr fiel nichts ein. Stattdessen hallte durch die Jahre der Schrei eines neugeborenen Babys wider. Sie wollte sich die Ohren zuhalten, aber das hätte natürlich nichts genützt. Das hatte es nie.

„Bist du in Ordnung, Tante Love?", fragte Jocelyn. „Vielleicht solltest du dich irgendwo hinsetzen."

Sie fühlte sich wirklich etwas schwach. Ihr Herz hämmerte wie verrückt in ihrer Brust. Also sank sie auf einen Felsbrocken. Die Wärme des Steins überraschte sie. Sie hatte den strahlenden Sonnenschein kaum bemerkt. Zu tief hatte sie in den Schatten der Vergangenheit gestanden.

Love versuchte zu hören, wie Wesley sich in der Höhle bewegte, aber sie konnte nur das Hecheln des Hundes neben ihr hören und eine Krähe, die irgendwo hinter der Scheune in den Bäumen krächzte. Das Mädchen starrte sie noch immer an, als befürchtete es, sie könnte jeden Augenblick vornüberkippen. Das war das Problem, wenn man alt wurde. Die Leute glaubten, man würde vor ihren Augen sterben. Es hatte Zeiten gegeben, in denen Love sich gewünscht hatte, es wäre so einfach und sie bräuchte nur hier unten die Augen zu schließen, um sie im Himmel wieder aufzuschlagen, aber ein Mensch konnte sich den Zeitpunkt nicht aussuchen. „‚Ein Jegliches hat seine Zeit, und alles Vorhaben unter dem Himmel hat seine Stunde: geboren werden hat seine Zeit, sterben hat seine Zeit.'"

Love war nicht bewusst gewesen, dass sie die Verse laut ausgesprochen hatte, bis das Mädchen sagte: „Das steht in Prediger, oder? Die Stelle, die anfängt mit: ‚Alles ist eitel.' Was bedeutet das, Tante Love?"

Dies war nicht der richtige Zeitpunkt für Bibelunterricht. Ihr

Herz und ihr Geist befanden sich bei Wesley in jener Höhle. Aber das Mädchen sah sie an, als erwarte es eine Antwort, also sagte Love: „Dass unser Leben nicht so wichtig ist, wenn man das große Ganze betrachtet. Wir werden geboren. Wir sterben."

„Aber was ist mit all den Jahren dazwischen?"

„Das ist die Zeit, in der wir säen und ernten, weinen und lachen, tanzen und klagen. ‚Denn wenn ein Mensch viele Jahre lebt, so sei er fröhlich in ihnen allen und denke an die finstern Tage, dass es viele sein werden', Prediger 11,8." Love hatte vor Jahren schon einen Großteil des Buches Prediger auswendig gelernt.

„Warum denkt man nicht an die Tage der Freude, um die finsteren zu vergessen?", fragte Jocelyn.

„Ich weiß es nicht, Kind. Vielleicht, weil die dunklen Tage uns näher zu Gott führen." Love starrte auf die Höhle und wünschte, sie hätte zu dem Mädchen gesagt, es solle seinen Vater fragen. David könnte es erklären, ohne die Freude zu verlieren.

„Bist du deshalb so nah bei Gott, Tante Love? Weil du viele dunkle Tage erlebt hast?", fragte Jocelyn leise.

„Die Bibel zu kennen und den Herrn zu kennen, ist nicht dasselbe", sagte Love. „Ich kenne die Bibel, weil ich dort nach Antworten gesucht habe."

„In Bezug auf Gott?"

Love senkte den Blick. Es überraschte sie immer noch, die Hände ihrer Mutter in ihrem Schoß zu sehen. Schmaler, aber mit den gleichen Leberflecken, die sie von ihrer Mutter kannte. Die Hände ihrer Mutter, die einen winzigen hellgelben Pullover gestrickt hatten. „In Bezug auf Gott und andere Dinge", sagte sie nach einer Weile.

„Hast du die Antworten gefunden, die du gesucht hast?"

„Manchmal gibt es keine Antworten."

Das Mädchen runzelte die Stirn. „Aber Dad sagt, man kann die Antwort immer in der Bibel finden."

Love hatte auch immer klare und eindeutige Antworten haben wollen und gedacht, sie würde nur nicht fleißig genug suchen, nicht inbrünstig genug beten. „Manchmal ist die Antwort, dass es keine Antwort gibt." Sie blickte von ihren Händen auf und zu dem Loch im Felsen, in dem Wesley vor Stunden, wie es ihr vorkam, verschwunden war. „Glaubst du, er steckt fest?"

„Die Höhle ist größer, als man denkt. Drinnen kann man fast stehen. Warst du denn noch nie da drin, als du noch ein Kind warst?“

Love hätte beinahe gelächelt, als sie sah, wie viel Mühe es Jocelyn bereitete, sie sich als Kind vorzustellen. „Nein. Ich hatte nie etwas für Höhlen übrig. Homer – das war mein Bruder – ist immer gerne in Erdlöcher gekrochen, aber ich sehe die Spinnen und Schlangen lieber, bevor sie mir in den Nacken fallen.“

Das Mädchen sah sie mit großen Augen an. „So ging es mir auch, als ich da reingekrabbelt bin. Spinnen sind unheimlich.“ Sie schüttelte sich und der Hund leckte ihr Gesicht.

„Trotzdem gehören Spinnen zu den erstaunlichsten Geschöpfen Gottes.“ Love konnte nicht fassen, dass sie über Spinnen redete. Sollte sie nicht schreien? Oder weinen? Oder wenigstens beten? Aber was sollte sie jetzt noch beten?

Endlich streckte Wesley den Kopf aus der Höhle und kam herausgekrochen. Love wusste nicht, warum ihr Herz schneller schlug. Schließlich wusste sie, was sich in der Höhle befand. Das Mädchen hatte es ihr bereits erzählt. Trotzdem schien sie eine Bestätigung zu brauchen.

Wesleys Miene war ernst. Das wusste sie zu schätzen. Mitfühlend legte er eine Hand auf ihre Schulter und sah ihr in die Augen. „Es ist so, wie Jo es gesagt hat. Dort drinnen gibt es ein Grab. Unter einem Steinhaufen liegt das Skelett eines Babys. Die große Überschwemmung letztes Frühjahr muss einige der Steine weggeschwemmt haben, sodass der Hund es gefunden hat.“

„Ich verstehe.“ Loves Blick wanderte von Wes zum Himmel hinauf. Er war blau, ganz blau ohne Wolken. Die Art Blau, die ihr als Kind die Gewissheit gegeben hatte, dass Gott in seinem Himmel und alles in Ordnung war. Aber jetzt hätten dort Wolken sein müssen. Love konnte Jocelyns Blick spüren, aber das Mädchen sagte nichts. Das kam bei Jocelyn nicht oft vor.

Nach einer Weile fragte Wesley. „Und was machen wir jetzt, Lovella?“

„Ich weiß es nicht“, sagte Love.

„Willst du uns davon erzählen?“

„Ich weiß nicht, ob ich das kann. Darüber habe ich noch nie

gesprochen." Love sah Wesley an. „Ich war nicht verheiratet, müsst ihr wissen."

Wesley wischte sich mit einem zerknitterten Tuch den Schweiß von der Stirn, bevor er sich neben Jocelyn setzte und sich an einen Fels lehnte, als hätte er den ganzen Tag Zeit, ihr zuzuhören. Aber was konnte sie erzählen? Vor allem vor dem Kind, das sie anstarrte, als wäre ihr plötzlich ein zweiter Kopf gewachsen. Vielleicht war ja genau das der Fall. Vielleicht war es ihr zweiter Kopf, der mit einem Mal anfing, über etwas zu reden, das sie noch nie ausgesprochen hatte.

„Wir wollten heiraten", sagte sie leise. „An dem Wochenende, bevor Gil nach Übersee musste, um im Krieg zu kämpfen, sind wir nur aus diesem Grund durchgebrannt. Das war der Erste Weltkrieg. Aber als wir an dem Tag nach Louisville kamen, war es spät und das Gericht hatte bereits geschlossen, und wir wussten nicht, wo wir einen Richter oder einen Prediger finden konnten. Also hatten wir unsere Hochzeitsnacht vorher."

Selbst jetzt, so viele Jahre später, verursachte das reine Glück, neben Gil zu liegen und zu wissen, dass er sie liebte und sie seine Frau sein würde, ein warmes Gefühl an Stellen, von denen ihr Vater gesagt hätte, sie wären so sündig, dass man sie nicht einmal zur Kenntnis nehmen sollte. „Wir wollten am nächsten Morgen früh aufstehen und einen Prediger finden, bevor Gil seinen Zug nehmen musste."

„Was ist passiert?", fragte Jocelyn.

„Wir sind nicht rechtzeitig aufgewacht." Loves Herz war beinahe stehen geblieben, als sie die Augen aufgeschlagen hatte und das Sonnenlicht durch das kleine Fenster in dem Hotel schien, in dem sie die Nacht verbracht hatten. Sie hatte ganze zwei Minuten lang auf Gils Uhr gestarrt, bis sie hatte glauben können, wie die Zeiger standen. Nachdem sie ihn wachgerüttelt hatte, hatten sie keine Zeit mehr für irgendetwas anderes gehabt, als durch die Straßen zu rennen, um Gil zu seiner Einheit zu bringen. Der Zug fuhr ab und Gil musste ihn erreichen. Es war Krieg und wenn er den Zug nicht erwischt hätte, wäre er ein Deserteur gewesen. Es war schon komisch, wie ein paar Stunden Schlaf ein ganzes Leben verändern konnten.

„Er versprach zurückzukommen. Und ich dachte, das würde er.

Ich war kein Kind mehr. Ich war über zwanzig, aber ich wusste nichts über den Krieg. Und die Jungen waren sich alle so sicher, dass sie hinüberfahren, die Sache erledigen und wiederkommen würden."

„Ich erinnere mich", sagte Wesley. „Überall hingen Aufforderungen, sich freiwillig zum Militär zu melden. Ich habe gelogen und versucht, mich zu verpflichten, aber ich war ein Dreikäsehoch und sah nicht einmal aus wie dreizehn. Sie haben mich ausgelacht und nach Hause geschickt."

„Dann hast du Glück gehabt", sagte Love. Sie hatte noch auf die Schienen gestarrt, als der Zug schon lange nicht mehr zu sehen gewesen war. Irgendwann hatte jemand gefragt, ob sie Hilfe brauche, und natürlich hatte sie die gebraucht. Aber sie hatte Nein gesagt und war zum Hotel zurückgegangen. Sie hatte sich Sorgen wegen der Hotelrechnung gemacht. Sie hatte sich Sorgen darüber gemacht, was sie ihrem Vater sagen sollte, wenn sie nach Hause kam. Sie hatte sich Sorgen darüber gemacht, wie sie die Zeit ertragen sollte, bis der Krieg vorbei war. Aber sie hatte sich nicht ein einziges Mal gesorgt, dass Gil nicht heimkommen könnte. „Ich dachte, Gil würde auch zu den Glücklichen gehören. Er war so stark. Er konnte alles und nichts machte ihm Angst. Nicht einmal mein Vater."

Mit dem Geld, das Gil ihr gegeben hatte, hatte sie das Hotel bezahlt. Dann war sie zum Haus ihrer Tante gelaufen, der verwitweten Schwester ihres Vaters. In dem Brief, den sie zu Hause auf dem Küchentisch hatte liegen lassen, hatte sie geschrieben, dass sie zu Tante Betty gehen würde. Es war ihr egal gewesen, ob ihr Vater ihr glaubte oder nicht. Jedenfalls war es ihr egal gewesen, als sie gegangen war. Aber nachdem Gil fort war, hatte sie keinen Mut mehr gehabt. Tante Betty hatte sie eine Nacht bleiben lassen, aber sie hatte Loves Vater genauso wenig die Stirn bieten können, wie Love selbst es konnte.

Außerdem hatte Love an ihre Mutter denken müssen. Sie war nicht gesund. Eigentlich war sie seit Homers Geburt nichts mehr gesund gewesen. Love hatte den Verdacht, dass sie nicht gesund sein wollte, aber das änderte nichts an der Tatsache, dass sie nicht mehr in der Lage war, selbst für sich zu sorgen, geschweige denn, sich um den Haushalt zu kümmern. Sie war eine dicke Frau und an manchem Abend machte sie sich nicht die Mühe, sich aus ihrem Lieblingssessel aufzuraffen und zu Bett zu gehen, sodass sie einfach schlief, wo sie war. Love stand oft mitten in der Nacht auf und deckte sie mit einer Wolldecke zu.

Ihre Mutter war nicht gesund, aber sie war auch nicht müßig. Ihre Hände waren immer in Bewegung – sie nähte Patchworkdecken, flocht Teppiche aus Stoffresten oder klöppelte die feine Spitze, die Love an die Nachbarinnen verkaufte. Seit Love zwölf war, hatte sie sich um den Haushalt gekümmert. Die Arbeit hatte ihr nichts ausgemacht. Sie hatten alle arbeiten müssen, um mit ihrem steinigen Farmland den Lebensunterhalt der Familie sichern zu können. Ihr Vater war ihnen mit gutem Beispiel vorangegangen. Er hatte sich gerade einmal so lange hingesetzt, dass er seine Mahlzeit essen konnte, und sich mit demselben zielstrebigen Ehrgeiz auf seinen Teller gestürzt, mit dem er pflügte und pflanzte.

Loves Mutter hatte ihn angewidert. Und deshalb hatte Love nach Hause gehen müssen. Sie hätte es nicht tun sollen. Mae hätte sich um ihre Mutter kümmern können, hätte dafür sorgen können, dass sie zu essen und saubere Kleidung hatte. Aber Mae hätte nicht dort sein können, um den Zorn ihres Vaters abzufangen. Sie hatte zu diesem Zeitpunkt bereits eine eigene Familie gehabt. Schon drei Jungen und ein Mädchen. David war noch nicht geboren. Er war ein später Segen gewesen. Und was für ein Segen – obwohl Love sich damals kaum hatte überwinden können, ihn oder irgendein anderes Baby auch nur anzusehen.

Also war sie nach Hause gefahren – was sich als Fehler erwies. Ihr Vater hatte ihr mit solcher Gewalt eine Ohrfeige verpasst, dass sie hingefallen war. Danach hatte er so getan, als gäbe es sie gar nicht, außer als Mittel zur Erledigung der vielfältigen Hausarbeiten. Natürlich hatte er damals noch nichts von dem Baby gewusst. Und sie auch nicht.

Love sah Wesley und das Mädchen an. Wesley hatte die Augen halb geschlossen und ließ ihr Zeit zum Nachdenken. Jocelyn versuchte, ebenso geduldig zu sein, aber sie rutschte ungeduldig hin und her. Dieses Kind saß nie lange still. Das entsprach einfach nicht ihrem Wesen. Love war früher auch so gewesen, so als könnte sie nur durch ihre Geschäftigkeit verhindern, dass sie am Ende genauso kraftlos wurde wie ihre Mutter. Damals hatte Love noch nichts von den vielen Dingen gewusst, die einem Körper die Energie rauben konnten.

Nachdenklich starrte Love auf den Eingang zur Höhle. Die Wahrheit war beinahe ein halbes Jahrhundert alt. Sie war sich nicht sicher, ob sie erzählt werden sollte. Sie war sich nicht einmal sicher, ob sie die Wahrheit überhaupt kannte. Schließlich holte sie tief Luft und fing an zu sprechen: „Mein Vater hatte eine wichtige Stellung in der Gemeinde. Wenn der Prediger nicht kommen konnte, verließen die Leute sich darauf, dass mein Vater den Gottesdienst leitete. Er hatte eine tiefe Stimme und kannte die Bibel und sprach mit Gewissheit. Wenn er betete, konnte man sich leicht vorstellen, dass Gott den Kopf hinunterbeugte, um zuzuhören.

Ich war das zweitjüngste Kind. Homer war zwei Jahre jünger als ich. Mutters Gesundheit war angeschlagen, seit ich mich erinnern konnte. Mae heiratete, als ich zwölf war, und danach übernahm ich die Verantwortung für den Haushalt und den Gemüsegarten. Die Arbeit machte mir nichts aus. Wir arbeiteten alle. Selbst Mutter half, so gut sie konnte, mit Kartoffelschälen und solchen Dingen und mit ihren Handarbeiten. Vater sagte, untätige Hände seien eine Einladung für den Teufel, einen in Schwierigkeiten zu bringen.

Vater dachte nie daran, dass ein Krieg ihm Homer nehmen oder dass ich heiraten könnte. Er wollte uns zwei jüngste Kinder zu Hause behalten, damit wir ihm halfen, die Farm zu bestellen. Ich war ein unscheinbares Kind und außerdem schüchtern, also machte er sich keine Sorgen, dass ein Verehrer auf unserer Türschwelle erscheinen könnte. Und er wusste, dass Homer die Farm liebte. Es hat mir immer leidgetan, dass Homer nicht auf seinem Land begraben werden konnte. Er war überhaupt nicht wie Vater. Alles faszinierte ihn. Ein Stein, der in der Sonne glänzte. Ein hübsches Blatt. Einmal hatte er einen Igel als Haustier. Und Vater ließ es eine Weile zu. Das habe ich nie verstanden. Vater hatte uns nie erlaubt, andere Tiere zu haben als drei oder vier Stallkatzen. Wenn zu viele Kätzchen geboren wurden, schleuderte er sie am Schwanz gegen einen Baumstamm. Es gehörte zu meinen Aufgaben, die Leichen zu entsorgen. Einmal erwischte er mich dabei, wie ich angesichts eines toten Kätzchens weinte, und er sagte zu mir, es gebe nicht genug Milch für die Katzen und für uns. Als ich vorschlug, dass sie meine Milch haben könnten, ohrfeigte er mich, weil ich frech war."

Wieder blickte Love zum Himmel hinauf. Er war noch immer blau. Noch immer war keine einzige Wolke zu sehen. Wesleys Augen waren freundlich und mitfühlend, aber das Mädchen sah etwas blass aus. Sie hätte das mit den Kätzchen nicht erzählen sollen. Love wünschte, sie selbst könnte das Katzenhirn an dem Baumstamm vergessen. Aber nachdem das Baby geboren war, waren die Kätzchen lange das Einzige gewesen, woran sie hatte denken können.

„Ihr fragt euch bestimmt, was zu viele Kätzchen mit dem Grab eines Babys zu tun haben."

„Erzähl die Geschichte so, wie du sie erzählen willst, Lovella. Inzwischen sitzen wir im Schatten und wir haben es überhaupt nicht eilig", sagte Wesley.

29

Am liebsten hätte Love die Hand ausgestreckt und Wesley berührt. Sie wollte ihm für seine Freundlichkeit danken. Als ihr Vater im Sterben gelegen hatte, hatte sie versucht, sich an irgendeine Freundlichkeit zu erinnern, die er ihr hatte zuteilwerden lassen. Nur eine einzige Sache. Sie hatte in den langen Tagen darüber nachgedacht, in denen ihr Vater sich an sein Leben geklammert und einen keuchenden Atemzug nach dem anderen getan hatte. In Gedanken war sie in die Vergangenheit zurückgereist und hatte jede noch so winzige Erinnerung durchforstet, und doch hatte sie sich an keinen Augenblick der Güte erinnern können. Nicht einmal, als ihre Mutter gestorben war. Das war nur ein paar Monate nach dem Baby gewesen.

Love hatte gehofft, dass sie sich irrte. Sie hatte auf eine verschüttete Erinnerung daran stoßen wollen, wie er ihr beigebracht hatte, einen Wurm am Angelhaken zu befestigen, oder wie er gelächelt oder mit der Hand über ihre Haare gefahren war, als sie noch klein gewesen war. Und vielleicht hatte er das getan. Vielleicht war die Erinnerung nur von dem Elend der Jahre dazwischen verdrängt worden.

Zu Maes Kindern war ihr Vater freundlich gewesen. Im Alter hatte er im Sommer auf der Veranda gesessen, nach den Fliegen geschlagen und darauf gewartet, dass einer seiner Enkel zu Besuch kam. Er hatten ihnen Pfefferminzbonbons gegeben und Love aufgetragen, Plätzchen zu backen. Und sie hatte den Geist ihres eigenen Kindes im Schatten von Maes Kindern gesehen.

Love sprach weiter. Die Worte kämpften sich an die Oberfläche ihrer Gedanken wie die dicken aufplatzenden Blasen beim Kochen von Apfelsirup. Sie hatte immer Brandwunden gehabt, wenn sie Apfelsirup gekocht hatte. „Ich trug weite Kleider und klagte nie über Übelkeit, also wusste keiner, dass ich schwanger war. Nicht einmal Mae. Nur meine Mutter wusste Bescheid. Sie tat manchmal so, als würde sie Dinge nicht bemerken, damit sie sich nicht einmischen musste, aber sie hatte einen scharfen Blick und sie fing an, dem Baby einen Pullover zu stricken, als ich im siebten Monat war. Wir sprachen nicht darüber, aber sie erlaubte mir, den Kopf auf ihren Schoß zu legen, und strich mir über die Haare, wenn ich mich am elendsten fühlte. Ich weiß nicht, wie wir uns die Sache vorstellten. Vielleicht hofften wir, der Krieg würde enden und Gil würde nach Hause kommen, bevor das Baby kam, und mich heiraten. Ich glaube nicht, dass wir wirklich darüber nachgedacht haben. Wir ließen es einfach geschehen, weil wir nicht wussten, was wir sonst tun sollten."

Love hatte das Baby von dem Augenblick an geliebt, in dem ihr bewusst geworden war, dass es in ihr heranwuchs. Sie hatte an Gil geschrieben und ihm davon erzählt, aber sie erfuhr nie, ob er die Nachricht bekommen hatte. Ihr Vater gab ihr Gils Briefe nicht. Er verbrannte sie ungeöffnet im Ofen. Selbst jetzt konnte sie noch Briefe mit ihrem Namen auf dem Umschlag vor sich sehen, wie sie im Feuer schwarz wurden. Love hatte sich immer gefragt, warum ihr Vater den einen, den sie nach seinem Tod in seiner Bibel gefunden hatte und in dem stand, dass Gil im Krieg gefallen war, nicht auch verbrannt hatte. Vielleicht war das die eine Freundlichkeit, die er ihr erwiesen hatte: den Brief nicht zu verbrennen, sodass sie erfuhr, dass Gil nicht einfach sein Versprechen gebrochen hatte und nicht zurückgekommen war, um sie zu heiraten. Auch wenn es zu spät war, um den Lauf ihres Lebens zu verändern.

„Das Baby war kräftig und gesund. Es hat mich im Bauch getreten und geboxt, sodass ich manchmal dachte, es würde durch die Bauchdecke herauskommen. Ich hatte Mae und anderen in der Nachbarschaft bei der Niederkunft geholfen, also wusste ich, was auf mich zukam. Jedenfalls dachte ich das." Konnte irgendeine Frau jemals wissen, wie es war, wenn ein Baby sich seinen Weg in die Freiheit erkämpfte, bis sie es selbst erlebte?

„Ich hatte eine schwierige Geburt. Wir hatten meinem Vater immer noch nicht erzählt, was mit mir los war. Mutter sagte nur, es seien Frauenprobleme, was eindeutig keine Lüge war. Bevor die Wehen zu schlimm wurden, schmiedeten wir eine Art Plan. Mutter würde mir helfen, das Kind zur Welt zu bringen. Wir würden es verstecken wie Mose in der Bibel, bis ich wieder zu Kräften gekommen war, und dann würde ich zu der Schwester meiner Mutter fahren, die in einem anderen Bundesstaat lebte. Mutter hatte von dem Verkauf ihrer Spitzen etwas Geld gespart. Wir würden ihr sagen, mein Mann sei im Krieg. Das kam der Wahrheit sehr nahe. Ich wollte sogar Gils Namen annehmen. Das hätte Gil auch gewollt. Als ich mir Sorgen machte, wie Gil mich finden sollte, sagte Mutter, sie werde ihm sagen, wo ich war."

Es war ein so guter Plan gewesen. Zum ersten Mal seit Wochen hatte Love so etwas wie Hoffnung verspürt. Sie hatte schon den Boden unter ihren Füßen fühlen können, wenn sie die Farm verließ, und eine Weile war der Schmerz besser zu ertragen gewesen. Aber die Stunden hatten sich hingezogen. Der Schmerz war stärker geworden. Das Baby war nicht herausgekommen. Love blickte wieder auf ihre Hände und fragte sich, ob sie den Mut haben würde, den Rest der Geschichte zu erzählen. Vielleicht sollte sie es besser lassen und nichts mehr sagen. Sie hatte sich immer gewünscht, sie könnte bis zu diesem Zeitpunkt denken und sich an den Rest nicht erinnern. Aber natürlich ging das nicht.

Nach ein paar Minuten streckte Jocelyn die Hand aus und berührte Tante Loves Hand auf ihrem Schoß. „Was ist dann passiert, Tante Love? Was ist schiefgegangen?"

Love blickte zu dem Mädchen auf und versuchte, sich ihre Gefühle nicht anmerken zu lassen. „Ich habe geschrien. Weiß der Himmel, ich habe versucht, es nicht zu tun. Als die Wehen anfingen, war mein Vater draußen beim Holzhacken. Es war schrecklich kalt, aber Vater ließ sich nie von den Elementen besiegen. Aber abends, nachdem er sich um die Tiere gekümmert hatte, kam er ins Haus. Ich hatte den ganzen Tag in den Wehen gelegen, aber ohne Erfolg. Die Schmerzen zerrissen jeden Zentimeter meines Körpers, es war wie ein Angriff von wilden Tieren. Mutter rollte einen Lappen zusammen, auf den ich beißen sollte, aber bei Schmerzen gibt es einen Punkt, an dem man die Kontrolle verliert. Ich schrie. Wir hatten die Tür mit einem Stuhl verbarrikadiert, aber das war nicht genug, um meinen Vater aufzuhalten." Ihr Vater hatte den Stuhl durch das Zimmer geschleudert, die Bettdecke fortgerissen und sie verflucht. „Ich dachte, er würde mich töten, aber das war mir gleichgültig. Ich wollte nur, dass die Schmerzen aufhörten. Mutter packte ihn an den Armen und flehte ihn an, einen Arzt zu holen oder wenigstens Mae, aber er weigerte sich. Er würde nicht zulassen, dass ich ihm in der Nachbarschaft Schande bereitete."

Love holte Luft und blickte zum Himmel hinauf. Immer noch blau, aber irgendwie anders, als würde das Blau gegen Abend schwächer. „Der Schmerz war unerträglich. Ich verlor immer wieder das Bewusstsein. Keine Ahnung, wie lange es dauerte, bis das arme kleine Ding endlich herauskam. Ich hörte Mutter sagen, es sei ein Junge, aber mein Vater nahm ihn meiner Mutter weg. Er erlaubte mir nicht, das Baby zu sehen. Er sagte, es sei tot."

Sie hatte wieder geschrien und versucht aufzustehen, um ihrem Vater zu folgen, der mit dem Kind zur Tür gegangen war. Nachdem ihre Mutter die Nabelschnur durchtrennt hatte, hatte sie das Baby in ein Handtuch gewickelt, und so hatte Love nur das Handtuch in den Händen ihres Vaters sehen können. Sie war nicht in der Lage gewesen aufzustehen. Ihre Beine und Arme hatten ihr einfach nicht gehorchen wollen. Es war, als wäre die Luft um ihr Bett ein zäher Brei. Sie hatte den Kopf gehoben. Die Hände und das Kleid ihrer Mutter waren voller Blut gewesen und Tränen waren über ihre Wangen geströmt, als sie Loves Schultern sanft auf die Matratze gedrückt hatte. Love hatte versucht, sich zu wehren, aber dann hatte das Bett angefangen, sich zu drehen. Sie hatte das Gefühl gehabt, in ein tiefes, dunkles Loch zu fallen. Und dann hatte sie das Baby weinen hören. Sie hatte versucht, aus dem Loch herauszuklettern, aber die Wände hatten vor Blut geglänzt und sie war immer tiefer hineingerutscht.

Love versuchte, den Gedanken an den Schrei des Babys zu verdrängen. Das war alles so lange her. Sie sah Wesley und Jocelyn an. Tränen rannen über die Wangen des Mädchens, ohne dass es ihm bewusst zu sein schien. Love hätte nicht so viel erzählen sollen. Aber es war zu spät, um die Worte zurückzunehmen, und jetzt verspürte sie den Drang, ihre Geschichte zu Ende zu erzählen. „Mutter dachte, ich würde sterben. Ich weiß nicht, warum ich nicht gestorben bin. Ich wollte sterben. Mutter und Mae pflegten mich. Ich weiß nicht, ob Mutter ihr von dem Baby erzählt hat oder nicht. Ich glaube nicht, denn sonst hätte Mae doch sicherlich etwas gesagt. Vater sagte allen, ich hätte Rheuma. Jede Gemeinde im Bezirk betete für mich. Ich verlor immer wieder das Bewusstsein. Ich hatte Visionen vom Krieg. Ich träumte von Gil. Das Baby verfolgte mich. Und ich konnte nicht sterben. Ich entschied, dass es meine Strafe sein musste weiterzuleben. Ich hatte gesündigt und die Sünde bringt ihren Sold mit sich. Im Frühling stand ich endlich wieder aus dem Bett auf und ging in den Sonnenschein hinaus. Aber es dauerte lange, bis ich die Wärme der Sonne wieder spürte."

Sie war kaum mehr als ein Schatten ihrer selbst gewesen – ein Geist, der nach dem Geist seines Babys suchte. Sie hatte ihren Vater angefleht, ihr zu sagen, was er mit dem Baby gemacht hatte, aber er hatte ihr verboten, das Kind jemals wieder zu erwähnen. Also hatte sie jeden Zentimeter der Farm nach einem Hinweis auf ein Grab abgesucht. „Damals habe ich meinen Steingarten angelegt. Das war etwas, das mich daran hinderte, den Verstand zu verlieren, bis Gil mich holen kam. Ich dachte immer noch, er würde kommen. Der Krieg endete und die Soldatenjungen kamen heim. Aber er kam nicht. Und im Juni starb meine Mutter. Ich kam ins Haus, nachdem ich Steine für meinen Garten gesucht hatte, und fand sie tot in ihrem Sessel. Und noch immer konnte ich nicht gehen. Nicht nur, weil Gil kommen könnte, um mich zu suchen, sondern auch, weil das Baby dort auf der Farm war." Sie blickte zu Wesley hinüber. „Du verstehst, warum ich bleiben musste."

Wesley nickte. „Das Leben kann uns manchmal wirklich ein Übermaß an Kummer bescheren."

Love sah den Schmerz in Wesleys Augen. „Ich hätte dich nicht mit meiner Geschichte belasten sollen, wo du doch eigene schmerzliche Erinnerungen hast."

„Manchmal geschieht Heilung, indem wir darüber reden", sagte Wesley.

„Es gibt Dinge, die nie heilen. Ich glaube, das weißt du auch." Love blickte von Wesley zu dem Mädchen und berührte Jocelyns Wange. „Jeder hat Kummer, mein Kind, und Geheimnisse, die besser verborgen bleiben. Aber geteilter Schmerz wird leichter. Danke für deine Tränen."

„Es tut mir wirklich leid, Tante Love, dass ich so oft gemein zu dir war."

Love lächelte schwach. „Es hat Zeiten gegeben, in denen du meine Geduld wirklich strapaziert hast, Jocelyn, aber es verging kein

Tag, an dem ich Gott nicht für die Freundlichkeit deines Vaters gedankt habe und dafür, dass ich zu eurer Familie gehören darf."

„Weiß er von dem Baby?", fragte Jocelyn.

„Nein. Ich dachte, das sei nichts, womit ich einen jungen Prediger belasten sollte. Schon gar nicht einen, der selbst genug Lasten zu tragen hat."

„Du meinst, dass meine Mutter ihn verlassen hat?", hakte Jocelyn nach.

„Sie war eine Last, bevor sie ging."

„Ich erinnere mich kaum an sie", gestand Jocelyn.

„Vielleicht ist das gut so." Love kramte ein Taschentuch aus ihrer Tasche und reichte es dem Mädchen. „Für mich wäre es besser gewesen, wenn ein halbes Land zwischen meinem Vater und mir gelegen hätte. Vielleicht hätte ich dann aufhören können, ihn zu hassen. Aber so war mein Hass wie ein Gift, das alles um mich herum verdarb."

„Wie hast du ihn überwunden?", fragte das Mädchen.

„Es gibt Dinge, die sind zu schlimm, als dass man sie überwinden könnte, aber als mir schließlich klar wurde, dass ich nicht einfach dasitzen und sterben konnte, musste ich einen Weg finden, um weiterzuleben." Love blickte zu der Stelle hinüber, an der früher das Haus gestanden hatte. „Da waren meine Steine. Und ich hatte die Bibel. Psalmen wie ‚Stärke deinen Knecht mit deiner Kraft'. Gott hat mir aufgeholfen und mich durch die schwärzesten Tage getragen. Und die Sonne geht jeden Tag aufs Neue auf. Apfelbäume blühen. Bohnensaat geht auf. Und Steine zeigen sich nach einem Frühlingsregen an der Erdoberfläche."

„Und du hast weiter für deinen Vater gekocht und geputzt?", fragte Wesley.

„Das habe ich. Ich sah kaum eine andere Möglichkeit, bis er starb. Dann versuchte ich, wie gesagt, das Haus abzubrennen und neu anzufangen. Wahrscheinlich ist es gut, dass der kleine John vorbeikam und das Feuer löschte. Nichts von dem, was ich getan hatte, war jemals von Erfolg gekrönt gewesen. Warum hätte mir diese Sache gelingen sollen?" Love stützte sich auf den Felsen und erhob sich. Ihre Gelenke protestierten und sie fragte sich, wie sie jemals auf Wesleys Ungeheuermaschine nach Hause zurückfahren sollte. Wieder so eine Gelegenheit, bei der es einfacher wäre, sich hinzusetzen und zu sterben. Wenn der Herr es nur zulassen würde. Noch einmal blickte Love zu der Höhle hinüber.

Wes und das Mädchen standen ebenfalls auf. Sie warteten darauf, dass sie den ersten Schritt tat, um nach Hause zurückzukehren, aber das konnte sie nicht. „Ich wollte immer, dass er eine richtige Beerdigung bekommt. Meint ihr, wir könnten das für ihn tun?"

„Ich wüsste nicht, was dagegenspricht, wenn wir eine Schaufel finden", sagte Wesley.

„Und dass David etwas an seinem Grab sagt. Er müsste inzwischen zu Hause sein. Jocelyn kann ihn holen, während wir das Grab ausheben. Früher waren in der Scheune Schaufeln." Sie blickte wieder zum Himmel hinauf. „Wir haben noch ein paar Stunden bis zum Einbruch der Dunkelheit."

„Was soll ich Dad sagen, Tante Love?", fragte das Mädchen mit gerunzelter Stirn.

„Dass du und dein Hund die Überreste eines Babys gefunden habt, das jetzt ein ordentliches Begräbnis braucht", sagte Love.

„Aber vielleicht findet er, dass wir den Sheriff rufen sollten."

„Ich wollte selbst einmal den Sheriff holen, aber ich wusste nicht, was es hätte nützen sollen. Ich hatte keinen Beweis für ein Verbrechen. Ich wusste ja nicht einmal, wo die Leiche des Babys lag. Es war eine schwere Geburt gewesen. Vielleicht war das arme Kind dabei ja wirklich gestorben, wie mein Vater es gesagt hat."

„Du glaubst, dein Vater …" Jocelyn sah sie mit weit aufgerissenen Augen an und brachte den Satz nicht zu Ende.

„Ich glaube, mein Vater hätte tun können, was ich befürchtete." Love war der Ansicht, dass sie nicht noch mehr sagen sollte, doch sie schien nicht mehr aufhören zu können. „Aber was auch immer geschehen ist – mein Vater ist längst jenseits aller irdischen Strafen und ich weiß nicht, was es irgendjemandem nützen könnte, wenn wir jetzt etwas sagen. Aber wenn du deinem Vater sagst, was ich dir gesagt habe, und er dann meint, er müsste es dem Sheriff sagen, dann ist das eben so. Mir ist es inzwischen gleichgültig, was die Leute von mir denken."

„Dein Dad wird wissen, was das Beste ist, Jo", sagte Wes. „Geh und hol ihn her, während Lovella und ich nach einer Schaufel suchen."

„Wir bringen eine mit, nur für den Fall, dass ihr keine findet."

„Ja", sagte Love, „und bring die Holzkiste mit, die unter meinem Bett steht. Ich habe Maes Mann vor Jahren gebeten, sie für mich anzufertigen. Er hat nie erfahren, wozu ich sie brauchte, aber sie wartet schon die ganze Zeit."

30

Als sie sich um das Loch versammelten, das ihr Vater zusammen mit Wes zu Ende ausgehoben hatte, war die Sonne bereits untergegangen. Sie hatten überlegt, bis zum nächsten Tag zu warten, aber Tante Love war dagegen gewesen. Sie hatte gesagt, wenn es zu dunkel werde, könnten sie den Wagen näher fahren und das Grab mit den Scheinwerfern beleuchten. Aber noch war es hell genug, um etwas zu sehen, auch wenn die schwere Luft des Abends sich allmählich auf sie legte.

Jocies Vater stand mit der aufgeschlagenen Bibel in der Hand am Kopf des kleinen Grabes, während die hölzerne Kiste neben dem kleinen Erdhaufen wartete. Wes war noch einmal mit einer Taschenlampe in die Höhle gekrochen und hatte die Knochen des Babys auf einer Decke in die Kiste gelegt. An die Taschenlampe und die Decke aus Jocies Babytagen hatte ihr Vater gedacht.

So wie Wes gesagt hatte, hatte er gewusst, was zu tun war. Während er die Kiste gesucht und seine Bibel geholt hatte, hatte er Tabitha und Jocie gebeten, jede verfügbare blühende Rose abzuschneiden und mitzunehmen. Über den Sheriff hatte er kein Wort verloren. An der Abbiegung hatte er das Tor weit aufgeschoben, sodass er mit dem Wagen hatte hindurchfahren können. Die Spurrillen des Weges hatte er zwischen die Räder seines Autos genommen und war konzentriert über den Feldweg gefahren. Als ein Stein knirschend den Unterboden des Fahrzeugs berührt hatte, war er ganz langsam geworden, aber er hatte nicht angehalten. Tabitha hatte die Hände auf ihren Bauch gelegt, als müsste sie ihr Baby bei dem Gerüttel festhalten.

Als Wes Tante Love die Kiste mit den sterblichen Überresten des Babys überreicht hatte, hatte sie sie auf ihren Schoß gestellt und Tränen waren über ihre Wangen gelaufen. Und als sie die Worte des dreiundzwanzigsten Psalms geflüstert hatte, hatte die Welt um sie herum den Atem angehalten. Kein Vogel hatte gesungen. Kein Hund hatte in der Ferne gebellt. Kein Flugzeug war über sie hinweggeflogen. Selbst das Laub der Bäume hatte nicht im Wind geraschelt und der Bach hatte auf seinem Weg flussabwärts nur ganz leise gerauscht. Es hätte Jocie nicht gewundert, wenn anschließend ein Engelchor in himmlischen Gesang ausgebrochen wäre, aber stattdessen war die Stille ihnen vom Bach hinauf zu Tante Loves Steingarten gefolgt, wo das winzige Grab wartete.

In die Stille hinein las ihr Vater einige Bibelverse, bevor er mit ihnen betete. Tante Love hatte aufgehört zu weinen und nachdem sie die Kiste in das Grab gelegt hatten, ließ sie die erste Handvoll Erde darauffallen. Als sie vom Grab zurücktrat, legte Tabitha einen Arm um ihre Taille und Jocie nahm Tante Loves Hand. Sie dachte, sie hätte sie vielleicht umarmen sollen, aber Tante Love war niemand, der sich leicht umarmen ließ. Selbst ihre Hand zu halten, kam Jocie seltsam vor. Notwendig, aber seltsam.

Als sie das Loch wieder mit Erde gefüllt hatten und Wes sie vorsichtig festgetreten hatte, legten Tabitha und Jocie die Rosen auf das Grab. Tante Love zeigte auf einen Stein, der zu einem Rechteck behauen war. Als Jocies Vater und Wes ihn hochhoben, nahm Tante Love ihren Rocksaum und rieb den Stein sauber, bis der Name Stephen erschien.

Wes stellte den Stein am Ende des kleinen Grabes auf und dann senkten sie wieder die Köpfe, während David ein letztes Gebet sprach. „Wir danken dir, Herr, dass du uns die Gelegenheit gegeben hast, die Überreste dieses kleinen Kindes zur Ruhe zu betten. Wir wissen, dass dieses Kind seit vielen Jahren bei dir im Himmel ist, und wir loben dich und danken dir für diese Gewissheit. Und jetzt bitten wir dich um Trost für das Herz dieser Mutter. Ehre ihre Trauer und schenke ihr Frieden. Amen.“

Als ihr Vater Tante Love mit sanfter Hand vom Grab wegführte, versprach er ihr: „Ich komme noch mal her und lasse den Stein richtig ein.“

Bis sie beim Auto ankamen, war es dunkel. Fast schien es, als habe die Nacht mit dem Hereinbrechen der Dunkelheit gezielt gewartet, bis sie fertig waren. Langsam kehrten die nächtlichen Geräusche zurück. Frösche, Nachtschwalben und Grillen stimmten ihre Konzerte an. Wes startete das Motorrad und der Lärm des Motors klang störend, beinahe gotteslästerlich. Gleichzeitig wünschte sich Jocie, sie könnte mit ihm zusammen durch die samtene Dunkelheit fahren, anstatt im Wagen zu sitzen. Aber sie traute sich nicht zu fragen, sondern nahm neben Tabitha auf dem Rücksitz Platz, die beide Hände fest um ihren runden Bauch legte, noch bevor das Fahrzeug sich in Bewegung setzte.

Während ihr Vater den Wagen langsam zur Straße zurücksteuerte, sprach keiner. Im Dunkeln war es schwieriger, den besten Weg zu erkennen, und jedes Mal, wenn der Unterboden des Wagens auf einen Stein aufsetzte, hielten sie die Luft an. Jocie überlegte, ob sie für die Ölwanne oder den Auspuff beten sollte, aber sie wusste nicht, ob das richtig war. Als sie schließlich wieder auf der Straße waren, wollte sie ihren Vater fragen, ob er gebetet hatte. Aber die Stille im Auto ließ die Worte in ihrem Hals stecken bleiben.

Sie waren beinahe zu Hause angekommen, bevor Tabitha das Schweigen brach. „Mir hat schon immer der Name Stephanie gefallen. Stephanie Grace. So nenne ich mein kleines Mädchen, wenn es geboren ist."

Tante Love sagte nichts, aber nach einer Weile zog sie die Ecke ihres Kragens hoch, um sich die Augen zu tupfen.

Zu Hause wusch Tante Love sich an der Spüle die Hände und dankte der Familie so förmlich, als wären sie gerade von einem Bestattungsunternehmen zurückgekommen. Dann nahm sie Isebel und ging in ihr Zimmer. Jocie starrte auf die geschlossene Tür zu Tante Loves Schlafzimmer und blickte anschließend zu ihrem Vater.

„Meinst du nicht, du solltest mit ihr reden? Oder mit ihr beten oder so?", fragte sie.

„Ich glaube, sie möchte allein sein", sagte ihr Vater.

„Aber ich habe dir nicht die ganze Geschichte erzählt", gestand Jocie.

„Sie wird sie mir erzählen, wenn sie möchte", antwortete ihr Vater.

„Aber es war schlimmer als das, was ich dir vorhin erzählt habe."

Ihr Vater legte einen Arm um Jocie. „Dann gibt ihr die Tatsache, dass sie es dir und Wes erzählt hat, vielleicht den Frieden, den sie braucht."

„Ich glaube nicht, dass ich schlafen kann", sagte Jocie.

Tabitha kam näher, nahm eine von Jocies Händen und legte sie auf ihren Bauch. „Fühlst du, wie sie sich bewegt?"

Jocie fühlte gar nichts. „Vielleicht", sagte sie. Offensichtlich wollte Tabitha, dass sie etwas fühlte.

„Wenn sie größer ist, kannst du ihre Bewegungen auf jeden Fall spüren. Der Arzt sagt, sie müsste um den ersten Oktober herum geboren werden. Er sagt, in einem Monat bekomme ich einen richtig dicken Bauch."

„Dann können alle Leute sehen, dass du schwanger bist", sagte Jocie.

„Macht dir das etwas aus?", fragte Tabitha.

„Nein, dir denn?"

Tabitha lächelte. „Überhaupt nicht. Ich dachte, das würde es, aber jetzt will ich einfach nur noch, dass es ihr gut geht und ich sie im Arm halten und sie wachsen sehen kann. Mir ist es nicht einmal mehr wichtig, wem sie ähnlich sieht."

„Du sagst immer ‚sie'. Woher weißt du denn, dass das Baby ein Mädchen wird?", fragte Jocie.

„Ich weiß es einfach." Tabitha grinste Jocie an. „So wie ich wusste, dass du ein Mädchen sein würdest, bevor du geboren warst."

Ihr Vater runzelte die Stirn. „Du kannst dich an Jocies Geburt erinnern?"

„Natürlich, Dad. Ich war beinahe sieben. Ich hatte ein schlechtes Gewissen, weil ich mich gefreut habe. Schließlich war DeeDee total wütend, weil sie ein Baby bekam. Das weißt du doch noch, oder, Dad? Sie ist wochenlang nicht aus ihrem Zimmer gekommen. Vielleicht sogar monatelang." Tabitha sah Jocie an. „Es hatte nichts mit dir zu tun, Jocie. Als ich unterwegs war, hasste sie es auch, schwanger zu sein. Bevor wir beide geboren wurden, hat sie niemanden außer Oma Mae zu sich gelassen. DeeDee kann es nicht ertragen, nicht dünn zu sein. Sie hat mir gesagt, ich würde es auch hassen, aber bis jetzt macht es mir noch nichts aus, nur, dass ich größere Kleidung brauche."

„Mrs McDermott aus der Gemeinde hat vielleicht ein paar Umstandssachen. Ihr Baby ist noch ziemlich klein. Allerdings ist sie nicht besonders schlank, aber ich wette, sie kennt jemanden in deiner Größe, von dem du dir etwas leihen könntest", sagte Jocie.

„Aus der Gemeinde? Was würde diese Mrs McDermott wohl sagen?" Jetzt sah Tabitha doch ein wenig besorgt aus.

„Sie ist viel zu nett, um irgendetwas Gemeines zu sagen, nicht wahr, Daddy? Ich habe noch nie gehört, dass sie sich wegen irgendetwas angestellt hat."

„Sie ist eine gute Frau", bestätigte ihr Vater.

„Ich habe überlegt, diese Woche mit in die Kirche zu gehen", sagte Tabitha. „Tante Love versucht schon die ganze Zeit, mich dazu zu bewegen, und vielleicht fühlt sie sich besser, wenn ich mitgehe. Meinst du, das würde dir das Leben schwer machen, Daddy?"

„Es gibt nichts, womit Gott nicht fertig würde, Liebling", sagte ihr Vater.

Tabitha lachte. „Wir machen ihm ganz schön viel Arbeit, nicht wahr?"

„Vielleicht sollten wir Leigh fragen, ob sie auch mitkommt, dann wissen die Leute nicht, worüber sie zuerst tratschen sollen." Jocie blickte zu ihrem Vater auf. „Ich könnte sie anrufen und für dich fragen, wenn du willst."

„Das wird nicht nötig sein", sagte ihr Vater, ohne Jocies Blick direkt zu erwidern.

Jocie grinste. „Du hast sie schon gefragt. Mensch, so langsam wird das hier zu verrückt. Du hättest sehen sollen, wie Tante Love auf Wes' Motorrad gestiegen ist. Ich wünschte, ich hätte die Kamera dabeigehabt."

„Menschen können uns überraschen", sagte ihr Vater.

Jocies Grinsen erlosch. „Ich wollte mich nicht über sie lustig machen."

„Ich weiß", sagte ihr Vater. Er legte eine Hand auf Tabithas und die andere auf Jocies Schulter und zog sie in einen Kreis. „Kommt. Wir beten für Tante Love und für uns selbst."

„Lieber Gott, vergib uns die Sünden, die wir heute begangen haben, und hilf uns, voller Vergebung für andere zu sein. Sei mit deiner liebevollen Güte heute Abend vor allem bei Tante Love und hilf ihr, mit der Vergangenheit Frieden zu schließen. Gib Tabitha Mut und Kraft und Liebe. Segne Jocie und hilf ihr, das Richtige zu tun. Und gebrauche mich für deinen Dienst, Herr, und zeig mir, wie ich anderen auf ihrem Glaubensweg helfen kann. Danke für alles Gute, was du uns an diesem Tag geschenkt hast, und für die Prüfungen, die uns deinem Willen näher bringen. Amen."

Als Jocie später auf ihrer Liege in der Loggia lag, taten ihr sämtliche Knochen weh. Sie war unglaublich müde, konnte aber trotzdem nicht einschlafen. Zu viele Gedanken überschlugen sich in ihrem Kopf. Sie ließ eine Hand über den Rand der Liege hängen, damit sie Zebs Kopf berühren konnte, und starrte aus dem Fenster zu den Sternen hinauf. Plötzlich fiel einer der Sterne mit einem Lichtschweif in die Nacht. Immer wenn sie eine Sternschnuppe sah, fühlte sie sich geehrt, so als inszeniere Gott eigens für sie ein Schauspiel. „Das Werk deiner Hände", flüsterte sie. Tante Love sagte immer etwas in der Art, wenn sie nachts draußen waren. Psalm irgendwas.

Ob Tante Love morgen früh aufstehen und die Brötchen anbrennen lassen und Bibelverse zitieren würde, so wie sie es jeden Morgen getan hatte? Was sollte Jocie sagen, wenn sie es tat? Oder wenn nicht? Sie überlegte, ob sie aufstehen und ihren Vater fragen sollte, aber er würde auch anders sein als sonst. Schließlich hatte er Leigh zum Gottesdienst eingeladen. Vielleicht würde er als Nächstes heiraten. Und Tabitha wollte in die Kirche gehen – mit dickem Bauch und tätowierter Rose. Der Sonntag würde interessant werden.

Immerhin würden sie nicht mehr gegen Säcke mit Kohl und Zucchini anessen müssen, wenn die Gemeinde von Mt. Pleasant ihrem Vater kündigte, wobei Jocie sich fast schon an den Geschmack von Zucchinibrot gewöhnt hatte.

Und dann müsste sie auch nicht mehr nett zu Ronnie Martin sein. Es war ihr ohnehin mit jeder Woche schwerer gefallen.

Paulette Riley hatte ihr letzte Woche gesagt, sie solle Ronnie einfach eins auf die Nase geben und es hinter sich bringen. Sie und Paulette hatten beide während der Sommerbibelschule auf die kleinen Kinder aufgepasst und Jocie hatte herausgefunden, dass Paulette sich genauso viele Gedanken über die Highschool machte wie sie selbst.

Natürlich war die Highschool im Vergleich zu allem anderen, was geschehen war, keine so große Sache. Tausende Menschen fingen jedes Jahr mit der weiterführenden Schule an. Und Paulette sagte zu Recht, dass es nur selten tödlich ausging. Allerdings hatte Paulette eine Mutter, die wusste, was für Unterwäsche diesem Ereignis angemessen war.

Jocie schob diese Sorge beiseite. Es dauerte noch mehr als einen Monat, bis die Schule anfing, und BHs schienen ihr an diesem Abend einfach nicht sehr wichtig zu sein. Nicht, wenn Tante Loves Worte noch in ihrem Kopf nachhallten. Über ihren Vater und das Baby. Und dass sie versucht hatte, das Haus anzuzünden. Jocie würde nie wieder einen Witz darüber machen, dass Tante Love das Haus abbrennen könnte, wenn sie den Frühstücksspeck vergaß.

Jocie verlagerte ihre Position auf dem Feldbett, um bequemer zu liegen. Sie schloss die Augen und versuchte, an nichts zu denken, aber verrückte Gedanken schossen ihr durch den Kopf. Ihre Mutter hatte das Schwangersein gehasst. Aber warum hatte ihr Vater die Stirn gerunzelt, als Tabitha davon gesprochen hatte? Vielleicht würde Tabitha ihr mehr erzählen, wenn sie nachfragte. Vielleicht könnte sie gleich jetzt zu ihr gehen und sich danach erkundigen. Sie wachrütteln und fragen: „Erzähl mir von meiner Geburt. Waren alle glücklich?“ Wenn in der Gemeinde ein neues Baby geboren wurde, schienen immer alle froh zu sein. Hatte ihr Vater gelacht?

Und wer hatte ihren Namen ausgesucht – Jocelyn Ruth? Jocelyn war kein biblischer Name. Er klang so, aber vor Jahren hatte eine Sonntagsschullehrerin einmal in dem großen Buch nachgesehen, in dem jedes Wort steht, das in der Bibel vorkommt. Sie hatte Jocie gezeigt, dass zwischen Job und Jochebed nichts stand.

Jocie war damals froh gewesen, dass sie nicht Jochebed hieß. Aber gleichzeitig hatte sie gedacht, dass ihr Vater bestimmt einen biblischen Namen gewählt hätte, also musste ihre Mutter sie so genannt haben. Aus irgendeinem Grund traute Jocie sich nicht, ihren Vater danach zu fragen. So wie sie sich nie getraut hatte, ihm viele Fragen über ihre Mutter zu stellen. Er sah immer so traurig aus, wenn von ihrer Mutter die Rede war. Nicht nur seinetwegen, sondern auch ihretwegen. Aber jetzt würde sich das vielleicht ändern, wenn er anfing, Leigh zu bemerken.

Anders würden die Dinge auf jeden Fall sein. Aber anders gut oder anders schlecht? Jocie hörte, wie die Uhr im Haus zwölf schlug.

Jetzt war es schon morgen. Vielleicht würde Gott ihre Gedanken beruhigen, wenn sie ein Gebet sprach, und sie könnte einschlafen.

Lieber Gott, ich bete kein Stiefmutter-Gebet. Das überlasse ich Daddy. Aber ich danke dir dafür, dass Daddy mein Vater ist. Hilf mir, eine Tochter zu sein, auf die er stolz sein kann. Segne Tante Love und vergib mir, dass ich so oft gemein zu ihr war. Und danke, dass ich die Sternschnuppe sehen durfte. Hilf mir jetzt bitte, damit aufzuhören, mir so viele Gedanken zu machen, damit ich einschlafen kann. Amen.

Sie öffnete die Augen und blickte wieder zu den Sternen hinauf. In der linken oberen Ecke des Fensterrahmens fing sie an zu zählen. Bevor sie die Fünfzig erreicht hatte, war sie eingeschlafen. Sie träumte von Babys.

31

Jocie wusste nicht, wer am Sonntagvormittag nervöser war – Tabitha oder Leigh. Oder vielleicht sogar Jocie selbst, weil sie wegen beiden aufgeregt war. Selbst ihr Vater wirkte ein wenig abgelenkt, als sie vor der Kirche ankamen und Leighs Auto auf der anderen Straßenseite sahen. Er brachte den Wagen nur eine Haaresbreite vor der Betonmauer am Rand des Parkplatzes zum Stehen und murmelte etwas davon, dass er die Bremsen nachsehen lassen sollte. Dann fuhr er sich mit den Fingern durchs Haar und richtete seine Krawatte, bevor er ausstieg.

Leigh saß in ihrem Wagen auf dem Parkplatz auf der anderen Straßenseite, als hätte sie noch nicht den Mut aufgebracht auszusteigen und sich zu den plaudernden Leuten vor der Kirche zu gesellen. Einige von ihnen warfen ihr neugierige Blicke zu, aber sie warteten höflich darauf, dass Leigh ausstieg, bevor sie sie in Mt. Pleasant willkommen hießen.

Jocies Vater half Tante Love aus dem Wagen und drückte kurz Tabithas Schulter. Nachdem er ein letztes Mal seinen Schlips geglättet hatte, klemmte er sich seine Bibel unter den Arm und marschierte direkt zu Leighs Wagen. Als sie ihn kommen sah, stieg Leigh aus. Sie wollte auf ihn zugehen, aber ihr weiter gelber Rock hatte sich in der Wagentür verfangen und beinahe wäre sie gefallen. David streckte eine Hand aus, um sie zu stützen. Einen Augenblick wirkte Leigh peinlich berührt, doch dann lachte sie. Jocies Vater lachte auch, während er die Wagentür öffnete, um ihren Rock zu befreien.

Jocie war sich immer noch nicht ganz sicher, was sie von der Stiefmutteridee hielt, aber der Miene ihres Vaters zufolge wurde er sich mit jeder Minute sicherer. Jocie blickte sich nach Paulettes Auto um, sah es aber nicht. Ausgerechnet an diesem Sonntag war sie nicht da.

Schweigen senkte sich über den Vorhof der Kirche, als die Leute zwischen dem Prediger und seiner Familie hin und her blickten. Tabitha drückte sich an Tante Love und flüsterte: „Kann ich vielleicht einfach im Auto bleiben? Sie sehen aus, als wollten sie mich bei lebendigem Leibe auffressen."

„Du schaffst das, Liebes. Ich bin bei dir und dein Vater ist auch nicht weit entfernt.“ Tante Love nahm Tabithas Arm und schob sie sanft in Richtung Treppe.

„Ich war nicht mehr in der Kirche, seit ich so alt war wie Jocie. Noch nicht einmal zu Ostern. Ich weiß bestimmt nicht mehr, was ich tun muss.“

„So sehr hat der Gottesdienst sich in der Zwischenzeit nicht verändert“, versicherte Tante Love ihr.

„Ja, es ist ganz einfach“, sagte Jocie. „Du musst nur lächeln und nicken, wenn die Leute mit dir reden. Wenn jemand betet, senkst du den Kopf, und wenn jemand den Bibeltext vorliest, redest du nicht. Und wenn alle singen, singst du auch.“

„Singen?“, krächzte Tabitha. „Ich kann nicht singen.“

„Die anderen auch nicht. Das wirst du gleich hören. Es ist also alles bestens“, sagte Jocie. Als Leigh und ihr Vater näher kamen, fügte sie mit einem Grinsen hinzu: „Außer Leigh. Sie kann singen. Vielleicht kann sie ja ein Solo für dich singen, Dad.“

Leighs Hand fuhr an ihren Hals und Panik flackerte in ihren Augen auf, aber dann lachte sie wieder. „Willst du mich in Schwierigkeiten bringen, Jocie? Weißt du was? Wir machen ein Duett daraus. Wir beide. Und du darfst dir das Lied aussuchen.“

„Wie wäre es mit ‚Hound Dog‘“, schlug Jocie vor.

Leigh presste die Lippen aufeinander, um nicht zu grinsen, und Jocies Vater warf ihr einen strengen Blick zu. „Kein ‚Hound Dog‘, auch nicht *vor* der Kirche.“

„Dann hören sie vielleicht auf, Tabitha und Leigh anzustarren, und starren mich stattdessen an. Ich bin es gewöhnt, deshalb würde es mir nichts ausmachen. Aber wenn du nicht willst, dass ich singe, könnte ich auch ein Rad schlagen oder so etwas.“

„Benimm dich einfach, in Ordnung?“, sagte ihr Vater.

Jocie seufzte, während sie die Betontreppe hinaufstieg. „Ich wollte nur helfen.“

„Wenn du helfen willst, sei nett zu jemandem“, schlug ihr Vater vor. „Ronnie Martin zum Beispiel.“

Bevor sie sich zu weit entfernen konnte, packte Leigh Jocie am Arm und flüsterte ihr zu: „Du kannst zu mir nett sein. Ich bin so nervös, dass ich vielleicht diejenige bin, die mit dem Radschlagen anfängt.“

Mrs McDermott kam mit dem kleinen Murray im Arm auf sie zu und das Baby streckte die Ärmchen nach Jocie aus. „Hier, Jocie. Er jammert schon nach dir."

Jocie nahm das Baby und drehte es ein wenig im Kreis, während ihr Vater sagte: „Guten Morgen, Dorothy. Du kennst ja sicher meine Bekannte Leigh." Als Mrs McDermott lächelte und nickte, fuhr er fort: „Leigh kennt wahrscheinlich jeden, wo sie doch beim Gericht arbeitet. Und das ist meine Tochter Tabitha."

„Schön, euch heute hier zu haben. Euch beide", sagte Mrs McDermott. Sie warf Leigh einen wissenden Blick zu und sah dann Tabitha an. „Du liebe Güte, du siehst aus wie deine Mutter, als sie in deinem Alter war. Ich bin früher mit deiner Mutter im selben Schulbus gefahren. Sie war schon in der Highschool, als ich in die Schule kam, aber ich weiß noch, wie hübsch sie war. Und du bist genauso hübsch."

„Danke", murmelte Tabitha.

„Bestimmt ist hier vieles anders als in Kalifornien", sagte Mrs McDermott. „Aber ich bin mir sicher, die Predigten deines Vaters werden dir gefallen. Wir lieben Bruder David hier in Mt. Pleasant, und seine ganze Familie natürlich auch."

Sie wartete ab, ob Tabitha etwas erwidern wollte, aber Tabitha lächelte nur. Dabei sah sie aus, als müsste sie sich jeden Augenblick übergeben. Sie trat einen Schritt näher zu Tante Love.

Mrs McDermott hatte Mitleid mit ihr und wandte sich an Tante Love. „Und wie geht es Ihnen heute Morgen, Miss Love?"

Tante Love sah genauso aus wie an jedem anderen Sonntag. Ihr schwarzes Kleid war ordentlich geplättet und hier und da hingen ein paar weiße Katzenhaare daran. Ihr graues Haar war wie immer im Nacken zu einem festen Knoten gebunden. Nichts hatte sich verändert. Abgesehen von dem roten Hut, der auf ihrem Kopf saß. Jocie hatte nicht einmal gewusst, dass Tante Love einen roten Hut besaß. Vielleicht hatte sie vergessen, welche Farben wie aussahen. Oder vielleicht schlug sie auf ihre eigene Weise Rad.

Tante Love lächelte Mrs McDermott an und sagte: „Es geht mir gut, Dorothy. Und Ihnen?"

„Gut. Abgesehen davon, dass ich keine grünen Bohnen mehr sehen kann. Ich habe die ganze Woche gepflückt und eingekocht. Ich bringe euch heute Abend welche rüber."

„Das wäre nett“, sagte Tante Love und Jocie unterdrückte ein Stöhnen. Wenigstens war es kein Kohl.

Mrs McDermott betrachtete Tante Loves Hut. „Ist das ein neuer Hut, Miss Love? Ich glaube, den habe ich Sie noch nie tragen sehen.“

„Ich habe ihn für eine besondere Gelegenheit aufgehoben“, sagte Tante Love.

„Und was für eine Gelegenheit ist das? Geburtstag haben Sie nicht, der ist doch im Dezember, nicht wahr?“, sagte Mrs McDermott.

„Manche besonderen Tage haben keinen Namen“, sagte Tante Love. „Der Herr sagt nur, dass wir uns freuen sollen, und warum sollten wir das nicht mit einem roten Hut auf dem Kopf tun, wenn uns danach ist?“

Jocie musterte Tante Love über Murrays Kopf hinweg. Vielleicht war sie voreilig gewesen mit ihrer Einschätzung, dass Tante Love genauso war wie an jedem anderen Sonntag. Mrs McDermott lächelte weiter und sagte: „Es ist jedenfalls ein sehr hübscher roter Hut.“

Mehrere andere Frauen stießen zu ihnen, um Tabitha und Leigh zu begrüßen. Tabitha lächelte tapfer weiter, aber sie wirkte nervös. Jocie fragte sie, ob sie Murray halten wolle, aber das schien ihr noch mehr Angst zu machen. Durch die offene Eingangstür drangen die Klänge von Jessica Sandersons erstem Choral.

„Es ist Zeit für den Bibelunterricht“, sagte Mrs McDermott und streckte die Arme nach Murray aus.

Widerstrebend gab Jocie ihn her. Sie wäre lieber mit dem Baby draußen geblieben, als zu versuchen, nett zu Ronnie Martin zu sein. Manche Dinge waren einfach zu schwer, um sie jede Woche zu tun.

Sie warf ihrem Vater einen mitfühlenden Blick zu, als Ogden Martin ihn abpasste, bevor sie die Tür erreicht hatten. „Bruder David, ich würde gerne mit dir reden.“

„Natürlich, Ogden. Aber der Bibelunterricht fängt gleich an.“

„Davon können wir ruhig einen Teil verpassen. Es dauert nur eine Minute.“ Ogden schien Tabitha oder Leigh nicht einmal zu bemerken, als er David beiseitezog.

Jocie ließ sich zurückfallen, um ein bisschen zu lauschen und sich zu vergewissern, dass Mr Martins Verärgerung nichts mit ihr zu tun hatte. Der Mann war aufgebracht wegen einer Sache, die Mrs Martin während der Sommerbibelschule erlebt hatte. Jocie holte Leigh in dem Moment wieder ein, in dem sie mit Tabitha und Tante Love die Kirche betrat.

„Glaubst du, das zählt als Verabredung?", flüsterte Leigh, während sie hineingingen.

„Ich weiß es nicht. Dazu muss es vielleicht der Abendgottesdienst sein."

„Ich könnte heute Abend wiederkommen und wir könnten das Duett üben. Vielleicht wird mit deinem Dad ja sogar ein Trio daraus."

„Wenn, dann müssen wir uns andere Lieder überlegen. ‚Hound Dog' geht dann definitiv nicht."

„Ich hatte auch nicht den Eindruck, dass es zu den Lieblingsliedern deines Vaters gehört, aber Elvis ist nicht der Einzige, der Platten aufnimmt. Ich überlege, mir Tennessee Ernie Fords ‚Sixteen Tons' zuzulegen. Das bedeutet doch, dass wir Fortschritte machen, oder?"

„Er weiß jetzt, dass du ein Mädchen bist", sagte Jocie.

Leigh errötete. „Jetzt muss ich ihn nur noch dazu bringen, dass er eine Frau in mir sieht."

Tabitha kam zurück, um Leigh zu holen. „Tante Love sagt, ich kann nicht mit in ihre Bibelklasse gehen. Ich muss zu den jüngeren Frauen. Bleibst du bei mir? Diese Leute jagen mir eine Heidenangst ein."

„Sie sehen irgendwie aus, als wüssten sie nicht, auf wen von uns beiden sie sich zuerst stürzen sollen", sagte Leigh.

„Aber wenigstens bist du nicht schwanger."

„Schwanger? Auf keinen Fall. Das wäre eine Jungfrauengeburt." Leighs Augen weiteten sich. „Aber du?"

„Keine Jungfrauengeburt", sagte Tabitha.

„Oh." Leighs Wangen wurden leuchtend rot. „Das tut mir leid. Ich meine, es tut mir nicht leid, dass du ein Kind erwartest. Das ist toll, oder nicht? Ich bin nur … Ich weiß einfach nicht, was ich sagen soll." Leigh fächelte sich mit der Hand Luft zu.

„Du meine Güte, werd mir jetzt bloß nicht ohnmächtig. Ich hätte es dir nicht hier in der Kirche erzählen sollen. Wer weiß, wie viele

Leute uns belauscht haben, aber ich dachte, du hättest es schon bemerkt, so rund, wie mein Bauch ist.“ Tabitha blickte sich um. Die meisten anderen Leute waren bereits zu ihren Bibelklassen gegangen.

Leigh warf einen Blick auf Tabithas Taille. „Ich habe wohl nicht so genau hingesehen. Wie weit bist du?“

„Geburtstermin ist der erste Oktober.“

„Dafür bist du nicht sehr dick.“

„Weil ich mich monatelang übergeben habe“, sagte Tabitha.

„Ich würde wahrscheinlich ohne Ende essen und am Ende wie eine Kuh aussehen“, meinte Leigh.

„Ich fühle mich schon jetzt wie eine Kuh“, sagte Tabitha.

Die Frauen der Seniorengruppe, die im Chorbereich vorne im Kirchsaal saß, blickten neugierig zu Jocie, Tabitha und Leigh herüber. Die Einzige, die sie überhaupt nicht beachtete, war Tante Love, die normalerweise nicht erlaubt hätte, dass Jocie auch nur eine Sekunde des Bibelunterrichts verpasste. Durch die Tür konnte Jocie sehen, wie Ogden Martin ihrem Vater noch immer das Ohr abkaute. Ihr Vater sah nicht glücklich aus. Wenn die beiden ihre Unterredung beendeten und ihr Vater hereinkam und sie schwatzend im Vorraum antraf, würde das seine Laune vielleicht noch verschlimmern. Und wahrscheinlich würde er Jocie die Schuld geben, weil er sich kaum über Tabitha aufregen konnte, die schließlich das erste Mal mit in den Gottesdienst kam, oder über Leigh, die er zum ersten Mal eingeladen hatte.

„Hört zu, wir gehen besser in den Bibelunterricht, bevor Miss McMurtry einen Suchtrupp nach mir losschickt. Außerdem wollen wir Dad nicht das Leben schwer machen. Sonst vergisst er vielleicht noch seine Predigt und es ist schon so alles verrückt genug, ohne dass das passiert.“ Es war ein komisches Gefühl, die Vernünftige zu sein. „Kommt, ich zeige euch euren Raum.“

Draußen versuchte David mit aller Macht, sich zu beherrschen, während er sich Ogden Martins Klagen anhörte. Der Mann hatte nicht die geringste Absicht, jemals zufrieden zu sein. Irgendetwas würde immer dagegensprechen. David fragte sich, ob er schon immer so gewesen war oder ob es nur daran lag, dass er mit David als Pastor unzufrieden war. David wollte Ogdens Litanei von Problemen bei der Sommerbibelschule schon unterbrechen und den Mann geradeheraus fragen, was er für ein Problem mit ihm hatte, aber er wollte ihm nicht zuhören, bis der Bibelunterricht vorbei war.

Stattdessen wollte er drinnen sein und Tabitha und Leigh, vor allem aber Tabitha, helfen, damit sie sich nicht so auf dem Präsentierteller fühlten. Leigh wurde vielleicht rot, aber sie würde einfach darüber lachen. Das war eine von Leighs Eigenschaften, die er besonders gerne mochte – dass sie immer einen Grund zum Lachen fand. Sie hatte gesagt, das läge daran, dass die Leute rundliche Leute für fröhlich hielten, aber David kannte jede Menge Menschen, die rundlich und miesepetrig waren. Außerdem war Leigh gar nicht so rundlich. Sie hatte nicht die Miss-Amerika-Figur, die Adrienne gehabt hatte, aber das Wichtigste war, wie ihr Herz aussah.

Allerdings war sie noch so jung. Mit Sicherheit würde die Hälfte der Gemeinde während der heutigen Predigt den Altersunterschied zwischen ihnen ausrechnen. Wahrscheinlich hätte er sie nicht einladen sollen, aber er hatte ja nicht wissen können, dass dies der Sonntag sein würde, an dem Tabitha beschloss, zum ersten Mal mit in die Kirche zu kommen. Oder dass sie ein Baby in Tante Loves Vergangenheit entdecken würden und sie in ihrem Kleiderschrank einen roten Hut. David hoffte, der rote Hut war ein Zeichen dafür, dass sie etwas von ihrer früheren Traurigkeit aufgab.

Er hatte seine Tante gefragt, ob sie mit ihm darüber reden wollte, aber sie hatte gesagt, sie habe schon mit Wes und Jocie geredet, und jetzt, nachdem sie die Geschichte erzählt habe, brauche sie Zeit, um für sich einiges zu sortieren, bevor sie wieder darüber sprach. Dann hatte sie gesagt: „Das Mädchen kann es dir erzählen. Manche Dinge, die ich ihr erzählt habe, wären wahrscheinlich besser ungesagt geblieben, weil doch niemand von meinem Baby wusste. Aber ich habe nie deswegen gelogen. Ich habe es nur nicht erzählt. Trotzdem, Jocelyn ist noch so jung. Ich hätte sie mit meinem Kummer nicht belasten sollen."

„Schlimme Dinge geschehen nun einmal, Tante Love. Das weiß

sie. Sie hat es schon erfahren, als sie noch klein war und Adrienne wegging."

„Ich weiß, David, aber du bist stark und gut. Ich habe ihr von einer anderen Art Vater erzählt. Sprich mit ihr darüber, damit meine Not nicht ihre Lebensfreude trübt."

„Ich dachte immer, du wolltest, dass sie gelegentlich ein bisschen weniger fröhlich ist."

„Weniger ausgelassen vielleicht. Manchmal etwas respektvoller. Aber nie weniger fröhlich. Ich habe sogar beschlossen, damit anzufangen, um Freude in meinem eigenen Herzen zu beten. Und ich wäre dir dankbar, wenn du auch dafür beten könntest."

Vielleicht sollte er um mehr Freude für Ogden Martin bitten oder um mehr Geduld für sich selbst.

„Hörst du mir zu, Bruder David?", sagte Ogden.

„Natürlich höre ich zu, Bruder Ogden, und es tut mir leid, dass du nicht glücklich damit bist, wie die Sommerbibelschule gelaufen ist. Ich hatte aber doch den Eindruck, dass die Kinder es genossen und ein paar wertvolle Dinge gelernt haben, viele auch von Mrs Martin. Sie hat den kleineren Kindern sehr erfolgreich die biblischen Bücher beigebracht. Natürlich hat es ein paar Schwierigkeiten gegeben, aber ein paar Schwierigkeiten gibt es doch immer, nicht wahr?"

David versuchte so auszusehen, als würden ihm die Probleme, von denen Ogden sprach, etwas bedeuten. Miss Sadie hatte wieder den Zucker vergessen, eine der Gruppen hatte mehr Geld für Bastelmaterialien ausgegeben als die anderen und jemand hatte gedroht, den jüngsten Martin, Paul, ins Weltall zu schicken, wenn er sich nicht benahm. Sein Vater behauptete, der Junge fürchte sich seitdem geradezu davor, vor dem Gottesdienst aus dem Auto zu steigen.

David hatte sich innerlich gewunden, bis Ogden die Schuld einer der jüngeren Sonntagsschullehrerinnen gab. Wenigstens war es nicht Jocie gewesen. Er schämte sich ein bisschen dafür, dass er gedacht hatte, sie könnte es gewesen sein. Jocie war immer eine mustergültige Helferin bei der Sommerbibelschule gewesen und hatte auf die Krabbelgruppe aufgepasst. Es war ihr sogar gelungen, nett zu Ronnie Martin zu sein, obwohl der alles tat, um sie zu provozieren.

Natürlich hätte David sich bei Ogden darüber beschweren können, aber David hatte größere Probleme, als sich über zwei Kinder Gedanken zu machen, die irgendwie einen Weg finden mussten, ein paar Stunden in der Woche miteinander auszukommen. Zum Beispiel, ob er wieder bei null würde anfangen müssen bei dem Versuch, eine Gemeinde zu finden, irgendeine Gemeinde, die ihn predigen ließ, wenn er den Ältesten von Mt. Pleasant erst einmal von Tabitha erzählt hatte. Er beschloss, dass er es genauso gut hinter sich bringen konnte. Die Hälfte der Frauen würde ihren Zustand heute Vormittag sowieso bemerken.

Als er zu Ogden sagte, er wolle ein außerordentliches Treffen der Ältesten nach dem Abendgottesdienst einberufen, lächelte der Mann zum ersten Mal an diesem Morgen. David wusste nicht, ob es daran lag, dass Ogden glaubte, David nähme seine Beschwerden so ernst, oder ob der Mann hoffte, David rufe die Besprechung ein, um zu kündigen.

Während er Ogden in die Kirche folgte, blickte David auf seine Uhr. Noch eine halbe Stunde bis zum Gottesdienst. Er hatte Zeit, sich ein stilles Fleckchen zu suchen, seinen Bibeltext noch einmal durchzulesen, zu beten und sich darauf vorzubereiten, wie er der Gemeinde von Mt. Pleasant Gottes Botschaft überbringen wollte. Seiner Gemeinde. Wenigstens noch einen Sonntag.

Der Herr hatte ihn zu dem Text in der Bergpredigt geführt, der von Vergebung handelte. Jetzt fragte er sich, ob er nach einer neuen Bibelstelle suchen sollte. Ogden Martin würde mit Sicherheit davon ausgehen, dass Davids Worte auf ihn gemünzt waren. Aber andererseits brauchte jeder Vergebung. „Vergib uns unsere Schuld, wie auch wir vergeben unseren Schuldigern." Er hatte nicht vorgehabt, diese Zeile aus dem Vaterunser zu gebrauchen, aber jetzt erschien es ihm richtig. Vielleicht würde er die Gemeinde aufstehen und das Gebet gemeinsam sprechen lassen. Vorher musste er, David, aber selbst um Vergebung bitten für seine Ungeduld mit Ogden.

32

David blickte von der Kanzel auf seine Gemeinde hinunter. Die Bänke waren voller als an dem ersten Sonntag, an dem er in Mt. Pleasant gepredigt hatte. Das konnte daran liegen, dass Sommer war und das erste Heu bereits geschnitten und die Saat ausgebracht war. Oder es konnte seine Arbeit sein, die sich auszahlte. Die meisten Gesichter, die ihn ansahen, als er den Mitarbeitern der Sommerbibelschule noch einmal dankte und die Ankündigungen machte, lächelten.

Ogden Martin lächelte natürlich nicht. Zusammen mit drei anderen Ältesten saß er in der zweiten Reihe auf der linken Seite und wartete darauf, die Kollekte einzusammeln. Selbst die Spenden waren in den letzten paar Wochen großzügiger ausgefallen. Sie hatten damit die Kosten für die Sommerbibelschule decken können und sogar noch etwas Geld als Rücklage übrig behalten. Matt McDermott und Jim Sanderson, die neben Ogden saßen, blickten ein wenig besorgt drein, als David das außerordentliche Treffen der Ältesten ankündigte. David war froh, dass sie an diesem Sonntag nicht bei Matt McDermott zum Essen eingeladen waren. Die Versuchung, ihn vor der Besprechung um Rat zu fragen, wäre zu groß gewesen.

Davids Blick wanderte zu seinen Frauen, die zwei Reihen hinter den Ältesten saßen. Seine Frauen. Zählte er Leigh schon zu seinen Frauen? Zumindest trieb ihm der Gedanke keinen Schweiß mehr auf die Stirn. Gerade als er sich ziemlich sicher gewesen war, dass er die Gabe des Alleinseins hatte, von der Paulus in der Bibel sprach, hatte Gott ihm Leigh über den Weg geschickt. Er mochte sie wirklich und hatte sogar einige Minuten überlegt, ob er wohl verlernt hatte, eine Frau zu küssen. Wenn er daran dachte, fühlte er sich so ungelenk wie ein Sechzehnjähriger. Doch jetzt war wirklich nicht der beste Augenblick, um daran zu denken. Während das Kollektenlied in die letzte Strophe ging, kamen die Ältesten nach vorne, um die Kollektenteller zu holen. Und er dachte daran, eine Frau zu küssen, die zwölf Jahre jünger war als er. Wenigstens war sie nicht jung genug, um seine Tochter sein zu können. Nicht ganz.

Nachdem Ogden Martin das Kollektengebet gesprochen hatte, setzte David sich auf den Stuhl hinter der Kanzel und wartete, während die Männer die Teller durch die Reihen gaben und Jessica ein Lied spielte. Wenigstens flogen diesmal keine Wespen in der Kirche herum, die von der Botschaft hätten ablenken können. An diesem Tag war es allerdings auch nicht die Gemeinde, die abgelenkt war, sondern der Prediger.

Und vielleicht seine Familie. Tabitha, die neben Tante Love saß, sah immer noch verängstigt aus. Sie hatte das Gesangbuch aufgeschlagen auf dem Schoß liegen, als wollte sie die Beweise kaschieren. Als er sie am Anfang des Gottesdienstes von der Kanzel aus vorgestellt hatte, hatte er den Eindruck gehabt, dass sie am liebsten unter die Kirchenbank gekrochen wäre, aber er hatte das tun müssen. Die Leute erwarteten es. Adrienne hatte ihn immer gefragt, ob er denn alles tun müsse, was die Leute von ihm erwarteten. Sie hatte gesagt, es sei das Unerwartete, das Menschen wachrüttele. Mit unerwarteten Dingen war sie gut gewesen. Und noch besser mit untragbaren Dingen. Dem Himmel sei Dank, dass Tabitha nicht wie Adrienne war, auch wenn sie so aussah wie ihre Mutter. Die Art und Weise, wie sie ihr ungeborenes Baby liebte, war Beweis genug.

Tante Love streckte die Hand aus und tätschelte Tabithas Arm. Kein Wunder, dass Tante Love so lieb zu Tabitha gewesen war. Sie hatte fast genau das Gleiche durchgemacht. So viel zum Thema Unerwartetes. Er hatte in seiner Familie nie auch nur eine vage Andeutung dieser Geschichte gehört. Seine Mutter hatte es offensichtlich nicht gewusst. Oder sie hatte das Geheimnis einfach für sich behalten. Es gab in der Familie noch andere Geheimnisse, die fast genauso gut gehütet wurden. Geheimnisse, die so geheim waren, dass David sich manchmal fragte, ob sie wahr waren oder ob Adrienne sie ihm nur als grausamen Scherz eingeflüstert hatte.

Davids Blick ging zu Jocie, die sich am Mittelgang postiert hatte. Niemand würde an ihr vorbeikommen, um den anderen wehzutun. Zwei der Ältesten kamen mit Tellern voller Geld den Gang herauf. Eigentlich hätte er die Augen schließen und für seine Predigt beten sollen, aber stattdessen ließ er den Blick auf Jocie ruhen und dankte Gott dafür, dass er sie ihm geschenkt hatte.

Sie bemerkte, dass er sie ansah, und zog eine alberne Grimasse. David grinste zurück und spürte, wie Liebe ihn durchströmte. Er wünschte, er könnte sie irgendwie vor den Verletzungen der Welt beschützen. Gestern Morgen hatten sie auf der Steinmauer am Ende des Grundstücks über Tante Love gesprochen. Tränen waren über Jocies Wangen gelaufen, als sie gesagt hatte: „Aber wie konnte ihr Vater ihr das antun?"

„Ich weiß es nicht", hatte David so ehrlich geantwortet, wie er konnte. „Es muss für sie alle eine schlimme Zeit gewesen sein."

„Er war mein Urgroßvater. Ich habe ihn nicht kennengelernt, oder?"

„Nein, er ist gestorben, bevor du geboren wurdest."

„Erinnerst du dich an ihn? War er zu dir gemein?"

„Er war schon ziemlich alt und nicht sehr gesund, aber meine Schwestern und Brüder haben gute Erinnerungen an ihn. Sie sagten, er habe ihnen immer Geschichten von der Farm und aus seiner Jugend erzählt."

„Ich wette, er hat ihnen keine Geschichten über Tante Love erzählt."

„Nein, da hast du wohl recht", hatte David gesagt. „Aber niemand ist nur gut oder nur schlecht. Daran solltest du immer denken."

„Aber glaubst du, dass er das Baby getötet hat?"

Jocie wollte hören, dass er Nein sagte, dass niemand so grausam sein konnte, aber David hatte sie nie angelogen. Er konnte ihr nur die Wahrheit sagen. „Ich weiß es nicht. Du hast gesagt, selbst Tante Love weiß es nicht." Tröstend hatte er Jocie an sich gezogen und ihr einen Kuss auf die Haare gedrückt. „Was auch immer geschehen ist, es ist sehr lange her. Das war noch, bevor ich geboren wurde. Wenn wir uns darüber Gedanken machen, ändert das nichts an den Ereignissen."

„Ich weiß, Daddy, aber ich muss immer weinen, wenn ich daran denke."

„Es ist traurig, und ich weiß, dass Tante Love dein Mitgefühl zu schätzen weiß."

Jocie war mit den Händen über ihre Wangen gefahren, um sich die Tränen abzuwischen. „Kann ich mitkommen, wenn du den Stein auf dem Grab richtest? Vielleicht kann ich dir dabei helfen."

„Natürlich. Das machen wir nächste Woche, wenn die Zeitung ausgeliefert ist."

Jocie hatte den Kopf gesenkt und die nächsten Worte auf den Boden gerichtet. „Weißt du, ich war nie sehr glücklich darüber, dass Tante Love nach Oma Maes Tod bei uns eingezogen ist. Ich habe mir immer gewünscht, dass sie uns leid werden und wieder ausziehen würde. Das war nicht sehr nett von mir."

David hatte ihr Kinn angehoben, bis sie ihm in die Augen sah. „Aber sie ist nicht ausgezogen und jetzt ist dir klar geworden, dass sie uns braucht."

„Sie hat mir gesagt, dass sie jeden Tag für dich betet und dass ich dankbar sein soll für einen so guten Vater", hatte Jocie gesagt. „Und das bin ich auch."

Die Ältesten hatten die Kollektenteller vorne auf den Tisch gestellt und gingen zu ihren Familien zurück. Jessica beendete den Choral und nahm ebenfalls in ihrer Bank Platz. David sammelte seine Gedanken und schob sie beiseite, damit die Bibel in den Vordergrund treten konnte. Vergebung. Vielleicht war es an der Zeit, dass er Adrienne vergab. Für alles. Vielleicht hatte Gott ihm deshalb diese Bibelstelle aufs Herz gelegt. Nicht für die Gemeinde von Mt. Pleasant. Nicht für Tante Love. Nicht für Ogden Martin. Sondern für ihn.

Diesmal gingen sie zum Essen zu den Sandersons. Jessica Sanderson kochte immer doppelt so viel, wie gebraucht wurde, wenn sie den Prediger einlud, oder vielleicht tat sie das auch jeden Sonntag, mutmaßte David. Sie hatte mehrere erwachsene Kinder und wusste nie, wann diese sich entschlossen, sonntags zum Essen zu erscheinen. Jessica bestand darauf, dass Leigh mitkam. Zwei Personen mehr als erwartet waren für sie überhaupt kein Problem.

Leighs Wangen blieben während des ganzen Essens rosig, aber sie war ein vollkommener Gast. Als Jessica als letzten Gang ihren frisch gebackenen Apfelkuchen servierte, wanderte ihr Blick bedeutungsschwanger zwischen David und Leigh hin und her.

Nachdem Leigh ihrer Gastgeberin mit dem Geschirr geholfen

hatte, bedankte sie sich überschwänglich bei Jessica für die köstliche Mahlzeit und sagte, sie wolle jetzt besser nach Hause gehen. David hatte Mitleid mit Tabitha und ließ sie mit Leigh heimfahren. Vielleicht war es ohnehin besser, wenn sie nach der Besprechung mit den Ältesten an diesem Abend nicht in der Kirche war.

Nach dem Abendgottesdienst gingen David und die Ältesten in den Raum, in dem die Männer normalerweise ihren Bibelunterricht abhielten. Er wartete, bis die fünf anwesenden Ältesten sich auf den metallenen Klappstühlen niedergelassen hatten. Ogden Martin, Matt McDermott, Jim Sanderson, Harvey McMurtry und Joe Bottoms. Zwei waren nicht da. Whit Jackson besuchte seinen neugeborenen Enkel in Tennessee und Dale Whitehead hatte angerufen, um zu sagen, dass eine seiner Kühe Probleme beim Kalben hatte und er den Tierarzt rufen musste.

Wenn man die Gruppe in Lager hätte aufteilen wollen, hätten Ogden und Joe auf der einen Seite gestanden und Jim und Matt auf der anderen. Harvey befand sich irgendwo dazwischen. So war es meistens, obwohl David glaubte, dass Joe für ihn als Interimspastor gestimmt hatte. Daran musste er jetzt denken: dass die Anstellung in Mt. Pleasant ohnehin nur eine befristete Sache war. Wenn die Ältesten beschlossen, ihn rauszuschmeißen, dann würde der Herr ihm einen neuen Weg zeigen, wie er ihm dienen konnte.

David hatte nicht vorgehabt, um den heißen Brei herumzureden – er wollte die Neuigkeit nur loswerden und gehen, aber Matt, der den Vorsitz unter den Ältesten hatte, kam ihm zuvor, indem er sagte, er habe eine Anmerkung zu machen. Ogden rutschte neben Matt auf seinem Stuhl herum und sah ungefähr so glücklich aus wie jemand, dem es die Ernte verhagelt hatte.

Matt ignorierte ihn und fuhr fort: „Du bist jetzt seit ungefähr sechs Wochen bei uns, Bruder David, und die Leute reagieren positiv auf deine Predigten und deine Leitung. Du hast treu die Kranken besucht und jeden, der Hilfe brauchte, und das wissen wir bei einem Prediger zu schätzen. Du weißt, dass wir sonst immer Studenten vom Seminar in Louisville haben, aber diese Jungs können sich unmöglich während der Woche um jemanden kümmern. Unsere Mitglieder müssten den Tag, an dem sie sterben, genau planen, damit die Beerdigung am Wochenende stattfinden kann. Ich meine, wir wissen, dass diese jungen Männer zu ihrem Unterricht müssen und es ein weiter Weg ist und die Spritpreise hoch sind, aber es wäre gut, wenn wir zur Abwechslung einen Mann als Pastor hätten, der hier in der Gegend wohnt."

„Ich dachte immer, es wäre Teil unseres Auftrags als Gemeinde, den jungen Leuten die Chance zu geben, Erfahrung zu sammeln", sagte Ogden.

Matt ließ sich dadurch nicht aus dem Takt bringen. „Und das war auch so. Aber es gibt Stimmen in der Gemeinde, die glauben, dass Gott unsere Gemeinde in eine andere Richtung lenken möchte, und wir haben das Gefühl, dass du der Mann bist, der uns in diese Richtung führen kann, Bruder David. Wir bitten dich, dir zu überlegen, ob du die Gemeinde ganz übernehmen kannst."

Jim ergriff das Wort. „Ganz für uns jedenfalls. Wir erwarten nicht, dass du die Produktion des *Banner* einstellst, Bruder David. Wir glauben, es ist ein Vorteil für unsere Gemeinde, dass du in der Stadt so bekannt bist."

David hob die Hand, um ihn zu unterbrechen. Manchmal hatte Gott schon einen merkwürdigen Sinn für Humor. Hier stand er und bekam das Angebot, das er sich seit Jahren wünschte, eine Gemeinde mit vielen guten Menschen, denen er dienen konnte, und er musste ihnen als Antwort ein Dilemma geben, anstatt des einfachen Ja, das er so gerne gesagt hätte. Wenigstens musste er ihnen nicht erzählen, dass sein Großvater möglicherweise ein Mörder gewesen war. „Es gibt nichts, was ich lieber täte, Brüder, aber zuerst müssen wir über den Grund sprechen, warum ich dieses Treffen einberufen habe."

Matt ließ ihn nicht ausreden. „Wir sind bereit, dein Gehalt auf sechzig Dollar die Woche anzuheben."

„Lass mich bitte etwas sagen, Matt. Ich weiß das, was du gesagt hast, sehr zu schätzen, aber was ich zu berichten habe, ist eher persönlicher Natur." Er sah die Männer der Reihe nach an. Ogden erwiderte seinen Blick nicht, sondern starrte stattdessen aus dem Fenster. Es wurde allmählich dunkel. David dachte an all die Familien vor der Kirche, die auf ihre Ehemänner und Väter warteten und bestimmt langsam ungeduldig wurden. „Ihr habt heute meine Tochter Tabitha kennengelernt. Die meisten von euch wissen, dass sie seit ihrem dreizehnten Lebensjahr bei ihrer Mutter gelebt hat. Es gab Zeiten in den vergangenen sieben Jahren, in denen ich dachte, ich würde sie nie wiedersehen. Aber Gott hat meine Gebete erhört und sie zu mir zurückgebracht."

„Der Herr sei gelobt", sagte Jim.

„Ja", sagte David. „Wie ihr wisst, kam sie an dem Sonntag nach Hause, an dem ihr mich zum Interimspastor gewählt habt. Ich hatte an dem Abend also sehr viel Anlass zur Freude. Aber mir war klar, dass es einen Grund für ihre Rückkehr aus Kalifornien gab. Wie sich herausstellte, kam sie her, weil sie ein Baby erwartet und nicht wusste, an wen sie sich sonst wenden sollte."

Außer Matt wirkten alle überrascht. Dorothy musste Tabithas Zustand an diesem Morgen bemerkt haben.

Ogden lächelte wieder ein wenig. „Ich nehme an, eine Eheschließung hatte damit nichts zu tun."

„Das stimmt. Sie wollte heiraten. Der Vater des Babys wollte nicht", sagte David.

„Weißt du, wer der Vater ist?", fragte Ogden, der mit jedem Augenblick zufriedener aussah.

„Ich kenne seinen Namen, wenn du das meinst. Aber das ist jetzt eigentlich nicht wichtig. Er spielt keine Rolle mehr in ihrem Leben", sagte David.

„Will sie das Baby zur Adoption freigeben?", fragte Joe. „Ich kenne ein Ehepaar, das seit mehr als einem Jahr auf der Warteliste steht."

„Sie will das Baby behalten", sagte David.

„Aber es wäre doch für das Kind besser, wenn es eine Mutter und einen Vater hätte", sagte Joe.

„Es wird mich als Großvater haben", sagte David. „Und irgendwann wird Tabitha den richtigen Mann finden, den sie heiratet und der dem Kind ein Vater sein wird."

„Mir scheint, du hast immer irgendwelche familiären Probleme, oder, Pastor?", sagte Ogden.

„Ich betrachte dieses Baby nicht als ein Problem, sondern als ein Geschenk, Bruder Ogden." David sah dem Mann einen Moment lang direkt in die Augen, bevor sein Blick zu Matt weiterwanderte. „Aber mir ist bewusst, dass nicht jeder das so empfindet."

„Kündigst du?", fragte Ogden.

„Nein. Wenn ihr wollt, dass ich kündige, müsst ihr mich darum bitten." David erhob sich. „Und jetzt bin ich mir sicher, dass ihr freier sprechen könnt, wenn ich nicht dabei bin, deshalb gehe ich nach Hause. Wir sehen uns am Mittwochabend zur Gebetsversammlung."

Kurz bevor David die Tür erreicht hatte, erhob sich Harvey McMurtry mühsam von seinem Stuhl. „Pastor, sollten wir nicht gemeinsam beten, bevor du gehst?" Harvey war Ende siebzig und gehörte zur Gemeinde Mt. Pleasant, seit er drei Wochen alt gewesen war.

„Natürlich, Harvey." David kam zurück und kniete im Kreis der Männer nieder. „Guter Gott, wir danken dir für diesen Tag, den wir in deinem Haus verbringen durften. Und wir danken dir für jeden Mann hier und für Gottes Familie, der sie mit so viel Hingabe dienen. Hilf uns, immer deinen Willen zu suchen, oh Herr, und dir die Führung unseres Lebens in deinem Dienst zu überlassen. Vergib uns unsere Fehler, und danke für die vielen Gaben, die du jeden Tag über uns ausgießt. Tröste jene in unserer Gemeinde, die trauern, heile die Kranken und führe die Verlorenen zurück. In deinem heiligen Namen bitten wir dich. Amen."

Als er hinauskam, saß Tante Love schon im Auto. Jocie drückte das Baby der McDermotts noch einmal an sich, bevor sie den Kleinen seiner Mutter zurückgab und zu David hinüberging. Auf dem Weg zu seinem Wagen versprach er den Familien, die noch auf dem Kirchhof standen und sich unterhielten, dass die anderen Männer auch bald kommen würden.

Jocie wartete, bis sie eingestiegen waren, bevor sie sagte: „Du hast ihnen das mit Tabitha gesagt?"

„Das habe ich."

„Gut", sagte Tante Love.

„Und haben sie dich gefeuert?", fragte Jocie.

„Bis jetzt noch nicht."

„Aber werden sie es tun?", fragte Jocie.

„Das werden wir sehen, aber was auch immer geschieht – Gott

wird für uns sorgen. Und für Tabitha." David setzte rückwärts auf die Straße und lenkte den Wagen in Richtung zu Hause.

„Dorothy McDermott hat uns zwei Säcke mit Bohnen und einen Eimer Tomaten mitgebracht", sagte Tante Love. „Denk daran, ihr dafür zu danken, David."

„Das mache ich am Mittwoch. Die McDermotts sind gute Leute."

Tante Love lächelte. „Sie wusste nicht so recht, was sie von meinem roten Hut halten sollte."

„Damit hast du uns wohl alle überrascht", sagte David.

Sie fuhren eine Weile schweigend weiter, bis Tante Love sagte: „Dieses Mädchen, deren Namen ich mir nie merken kann, aber das dich mag ... es scheint nett zu sein."

„Leigh", sagte David. „Ja, das ist sie."

„Vielleicht macht sie ja noch einen Schokoladenkuchen für uns", warf Jocie vom Rücksitz aus ein. „Paulette hat mir letzte Woche erzählt, dass ihre Mutter immer sagt, der Weg zum Herzen eines Mannes führe durch den Magen. Vielleicht sollte ich das Leigh sagen. Oder noch besser, vielleicht können wir sie einladen, damit sie uns hilft, die Bohnen zu verarbeiten."

David warf Jocie im Rückspiegel einen Blick zu. „Vielleicht ist es besser, wenn du das mit dem Einladen mir überlässt."

Jocie grinste. „Ach, du liebe Güte. Mein Daddy ist verliebt."

„Das vielleicht nicht, aber ich sage nicht, dass es nicht passieren könnte. Der Sommer war bislang ziemlich aufregend. Wer weiß, was als Nächstes passiert?"

„Hoffentlich etwas Gutes", sagte Jocie.

„‚Wahrheit wird sprossen aus der Erde, Gerechtigkeit herniederschauen vom Himmel. Auch wird der Herr das Gute geben', Psalm 85, glaube ich", sagte Tante Love. „Ich bin dankbar für die Wahrheit, die diese Woche aus der Erde gesprossen ist, und ich bin dankbar für meine Familie."

„Und wir sind dankbar dafür, dass es dich gibt", sagte David.

Wieder herrschte einen Augenblick lang Schweigen, während sie weiterfuhren. Dann sagte Jocie: „Ich mag deinen roten Hut, Tante Love."

„Das ist lieb von dir, Kind. Ich überlege, ob ich mir eine Blume an den Hut stecken soll, den ich nächste Woche tragen will, oder vielleicht eine Feder."

David lächelte auf die Straße hinaus und dankte Gott stillschweigend für den Segen dieser Woche. Selbst für das, was sich zunächst nicht wie ein Segen angefühlt hatte. Er hatte sogar vor, während seiner Gebetszeiten in der kommenden Woche daran zu arbeiten, Adrienne zu vergeben. Immerhin hatte er von einigen der Fehler, die sie begangen hatte, profitiert. David warf noch einen Blick in den Rückspiegel. Jocie war eingenickt. Wieder verspürte er diesen starken Drang, sie zu beschützen, ja, selbst dafür zu sorgen, dass ihre Träume gut und glücklich waren.

Aber dann erinnerte er sich an die Tränen, die über ihre Wangen geströmt waren, als sie ihm von Tante Love und ihrem Baby erzählt hatte. Es würde noch andere Zeiten geben, in denen das Leben sie zu Boden stieß. Das konnte er nicht verhindern. Nicht jedes Mal. Er konnte nur versuchen, da zu sein und ihr aufzuhelfen und sie wieder zum Lächeln zu bringen.

33

Am Montagmorgen musste Jocie Tante Love mit den grünen Bohnen helfen. Sie hätte lieber Wes mit der Zeitung geholfen, aber ihr Vater hatte gesagt, sie könnten Tante Love schließlich nicht mit zwei Säcken Bohnen und einem Hochdruckeinmachgerät allein lassen. Erst letzten Sommer hatte die alte Mrs Cranfield bei Benson Creek ein solches Gerät mit Bohnen auf dem Herd stehen lassen und war auf die Veranda gegangen, um nach ihren Blumen zu sehen. Die Bohnen waren ihr erst wieder eingefallen, als der Deckel abgesprungen und dutzende Gläser mit eingemachten Bohnen durch die Luft geflogen waren. Sogar auf dem Dachfirst hatte ihr Enkel noch eines gefunden. David hatte damals für den *Banner* ein Foto von dem unbeschädigten Glas Bohnen gemacht.

Sie konnten sich also unmöglich auf Tante Loves Gedächtnis verlassen, wenn es um Einmachgeräte ging. Als Jocie eingewandt hatte, dass Tabitha doch bislang noch keinerlei Gedächtnislücken an den Tag gelegt habe, hatte ihr Vater entgegnet, Tabitha habe höchstwahrscheinlich nicht die geringste Ahnung vom Bohneneinkochen.

Also hatte Jocie geseufzt und sich in ihr Schicksal gefügt. Wenigstens musste sie nicht unzählige Kohlköpfe raspeln, um sie in Fässern einzulegen, bis sie zu Sauerkraut vergoren waren. Sie wusste immer noch nicht, wie jemand dieses Zeug essen konnte.

Bohnen zu entgraten war eigentlich nicht so schlimm, abgesehen davon, dass es eine Ewigkeit dauerte. Sogar Tabitha half. Sie sagte, es erinnere sie daran, wie sie vor Jahren Oma Mae geholfen habe. Zeb lag neben Jocies Stuhl, bereit aufzuspringen, sobald sie eine Bohne fallen ließ.

„Ich glaube nicht, dass ich vorher schon einmal einen Hund gesehen habe, der grüne Bohnen frisst", sagte Tante Love.

„Wes würde sagen, das liegt daran, dass er vom Jupiter stammt." Jocie ließ absichtlich noch eine Bohne fallen.

„Wes kommt nicht vom Jupiter", sagte Tabitha. „Er stammt aus Illinois."

„Woher weißt du das?", fragte Jocie.

„DeeDee hat es mir erzählt. Sie sagte, Wes sei ein richtiger Herumtreiber, und als er nach Hollyhill kam, habe sie versucht, ihn dazu zu bringen, dass er ihr von den Orten erzählt, die er bereist hat.“

„Und was hat er ihr erzählt?“ Vorsichtig zog Jocie die Fäden von der langen Bohne in ihrer Hand. Aus irgendeinem Grund beunruhigte es sie, dass Wes ihrer Mutter Dinge erzählt haben könnte, die er Jocie nie erzählt hatte.

„Nicht viel. Er sagte, er rede nicht über die Vergangenheit. DeeDee sagte, es habe Augenblicke gegeben, in denen sie sich fragte, ob Zella recht hatte und er wirklich vor dem Gesetz auf der Flucht war.“

„In den letzten Jahren ist er nicht sehr weit geflohen“, sagte Tante Love.

„Das ist ja auch nicht meine Meinung“, sagte Tabitha. „Jedenfalls hat DeeDee gesagt, sie hätte nur aus ihm herausbekommen, dass er früher in Illinois gelebt hat. Zumindest glaube ich, dass es Illinois war. Vielleicht war es auch Ohio. Irgendwo im Norden jedenfalls. Ich bin mir nicht mehr ganz sicher.“

Jocie brach die Bohnen durch, die sie in der Hand hielt, und warf sie in den großen Topf, der in der Mitte zwischen ihren Stühlen stand. Sie übte ein paarmal in Gedanken, was sie sagen wollte, bevor sie es laut aussprach. „Habt ihr viel über Hollyhill gesprochen?“

„Ein bisschen. Nachdem wir weggegangen waren, sagte DeeDee, sie wolle nie wieder an Hollyhill denken, aber dann beschloss sie, dass ein paar Geschichten einfach zu gut waren, um sie nicht zu erzählen.“

Wieder übte Jocie, aber ihre Stimme klang ein wenig angespannt, als sie fragte: „Hat sie auch manchmal von mir gesprochen?“

Tabitha nahm eine Bohne von dem Stapel auf dem Zeitungspapier auf ihrem Schoß und betrachtete sie, als hätte sie noch nie im Leben eine grüne Bohne gesehen. Dann antwortete sie: „Ich habe von dir gesprochen. Ich habe dich vermisst, Jocie.“

„Aber was war mit Mutt… mit DeeDee?“

Tabitha ließ die Bohne wieder auf den Haufen fallen und sah Jocie an. „Willst du die Wahrheit wissen?“

Jocie zögerte nicht. „Natürlich.“

„Also gut. DeeDee hat nicht über dich gesprochen. Ich habe manchmal versucht, sie dazu zu bringen, dass sie dir schreibt, wenn wir einen Brief von dir bekommen hatten, aber sie tat immer so, als höre sie mich gar nicht. Oder sie sagte, ich solle dir selbst schreiben, wenn ich wollte. Sie sagte, sie habe keinen Anspruch auf dich, weil sie dich Daddy überlassen habe, als du geboren wurdest. Sie sagte, Daddy wollte dich, also sollte Daddy dich haben." Tabitha hatte Tränen in den Augen. „Es tut mir leid, Jocie. Ich weiß, das klingt schrecklich, aber in Wirklichkeit war DeeDee nie eine Mutter für dich, auch bevor wir weggegangen sind. Daran kannst du dich doch sicher erinnern, oder?"

„Wie meinst du das?", fragte Jocie. „Sie war doch meine Mutter, oder?"

„Sie hat dich zur Welt gebracht, wenn du das meinst, aber ich habe nie gesehen, dass sie dich auf dem Arm gehalten oder dich gefüttert oder gewickelt hat. Das hat alles Daddy gemacht. Wenn Oma Mae nicht auf dich aufpassen konnte, hat Daddy dich mit in die Redaktion oder in die Kirche genommen oder zu Besuchen, wohin er auch ging."

Tante Love war die Einzige, die noch Bohnen putzte. „Das stimmt", sagte sie. „Ich weiß noch, dass alle in der Stadt davon sprachen, was für ein guter Vater er sei. Und das war er. Niemand hat über deine Mutter gesprochen. Jedenfalls nicht darüber, dass sie eine gute Mutter gewesen sei."

„Aber wie konnte sie das tun?", fragte Jocie. Zeb erhob sich und legte seine Schnauze auf ihr Knie.

„Ich weiß es nicht." Tabitha legte eine Hand auf ihren Bauch. „Ich kann es nicht verstehen. Ich weiß jetzt schon, dass ich alles tun würde, um meine kleine Stephanie Grace zu beschützen."

Tante Love ließ die abgeschnittenen Bohnenenden in einen der leeren Eimer fallen. „So hat der gute Gott es auch für eine Mutter vorgesehen. Wir haben es in uns, unsere Babys zu lieben und zu beschützen, aber offenbar war Adrienne keine geborene Mutter." Tante Love streckte die Arme aus, legte eine Hand auf die von Jocie und wartete, bis Jocie sie ansah. „Aber der Herr hat dir einen Vater geschenkt, der bereit war, auch deine Mutter zu sein. Und das hat er gut gemacht. Dafür kannst du sehr dankbar sein."

„Ich weiß", sagte Jocie. „Dad ist der Beste."

„Und Gott ist gnädig." Tante Love lehnte sich zurück und nahm sich eine neue Ladung Bohnen.

Jocie konzentrierte sich darauf, die Enden von den Bohnen in ihrer Hand abzuschneiden. Sie wollte nicht undankbar erscheinen, wo sie doch einen so guten Vater hatte. Sie dankte Gott wirklich jeden Tag für ihren Vater. Na ja, jedes Mal, wenn sie betete, was beinahe jeden Tag war. Trotzdem war sie neugierig, was die Frau betraf, die sie geboren hatte. Nach einer Weile sagte sie: „Aber auch wenn ich nichts ändern wollte, bin ich trotzdem neugierig, was DeeDee angeht. Ich kann mich kaum noch an sie erinnern, außer daran, wie ihr Parfüm gerochen hat." Jocie sah Tabitha an. „Ich meine, vielleicht will dein Baby irgendwann auch etwas über seinen Vater wissen. Wie er ausgesehen hat oder was er gemacht hat."

Tabithas Miene verfinsterte sich. „Oder warum er nicht bei mir geblieben ist? Ich weiß nicht, was ich dann sagen werde. Viel kann ich nicht über ihn sagen. Er heißt Jerome. Er hat in der Band von DeeDees Freund Schlagzeug gespielt. Ich habe mich gleich in ihn verliebt, als ich ihn das erste Mal sah. Ich dachte, er würde mich auch lieben, aber wenn, dann hat er mich nicht genug geliebt. Er wollte kein Vater sein."

„Liebst du ihn immer noch?", fragte Jocie.

„Nein. Ich glaube, das letzte bisschen Liebe, das noch übrig war, nachdem er mich verlassen hatte, ist irgendwo in Arkansas vergangen. Sagen wir so: Ich hätte ihn nicht gewarnt, wenn er mitten auf der Straße gestanden und den Bus nicht gesehen hätte. Ich dachte, wir würden Arkansas nie hinter uns lassen. Lauter kleine Straßen, die sich durch die Hügel schlängeln. Alle fünf Minuten war mir speiübel, aber Busfahrer halten deswegen nicht an. Und die Toiletten in diesen Bussen wären selbst für Ungeziefer zu eklig."

„Solange du ihn nicht auf die Straße und vor den Bus gestoßen hast", sagte Tante Love.

„Das hätte ich nicht getan. Wenigstens glaube ich das. Aber es macht mir nichts aus, wenn ich ihn niemals wiedersehe."

„Aber gibt es an ihm nichts Gutes, das du dem Baby erzählen kannst, wenn es älter ist?", fragte Jocie.

„Bestimmt gibt es das." Tabitha zerbrach eine Handvoll Bohnen, während sie nachdachte. „Er war ein guter Schlagzeuger. Wirklich gut. Er konnte bei jedem Lied den Takt halten. Er hatte dunkelbraune Augen. Er hat über die albernsten Witze gelacht. Es war ein gutes Lachen, das andere zum Lächeln brachte, wenn sie es hörten. Meinst du solche Dinge?“

„Kann sein. Ich denke nur, dass deine Mutter und dein Vater richtige Menschen für dich sein sollten. Und man sollte meinen, DeeDee wäre für mich ein echter Mensch. Sie war schließlich hier, bis ich fünf war, aber ich kann mich nicht an viel erinnern. Wenn das Bild im Wohnzimmer nicht wäre, wüsste ich wahrscheinlich nicht einmal mehr, wie sie aussah.“

„Sie sieht heute ungefähr genauso aus wie damals. Älter, und sie hat ein paar blonde Strähnchen in den Haaren, um das Grau zu vertuschen, aber das ist alles. Aber du kannst mich fragen, was du willst. Wenn ich eine Antwort habe, gebe ich sie dir.“

Wieder konzentrierte Jocie sich auf die Bohnen auf ihrem Schoß. Merkwürdig, dass ihr nichts einfiel, was sie hätte fragen können. Jetzt, wo sie wusste, dass ihre Mutter sie vom Tag ihrer Geburt an im Stich gelassen hatte und nicht erst, als sie fünf Jahre alt gewesen war, erschien es ihr mit einem Mal nicht mehr wichtig, ob sie Rot oder Blau lieber mochte oder was ihre Lieblingsblume war. Jocie stopfte ihre Mutter zurück in den Wandschrank ihrer Erinnerungen, als wäre sie ein altes Spiel, das zu spielen Jocie keine Lust mehr hatte. „Danke, Tabitha. Wenn mir etwas einfällt, frage ich dich.“

Eine Zeit lang waren nur das Knacken der Bohnen und das Knarren von Tante Loves Schaukelstuhl zu hören. Dann sprang Zeb von der Veranda, um ein Eichhörnchen zu jagen, und die Spottdrossel ließ sich auf dem Strommast vor dem Haus nieder und spulte ihr Repertoire ab. Tante Love fragte Jocie, ob sie sich erinnern konnte, worüber David am Tag zuvor gepredigt hatte, und ob sie die Gläser für die Bohnen schon gespült hatten.

Es war beinahe sechs Uhr, als sie die letzten Gläser mit Bohnen vom Herd nahmen. Sie hatten den Bohnen einen ganzen Tag geopfert. Einundzwanzig Gläser standen auf der Küchenzeile aufgereiht. Morgen würde Jocie sie in den Keller hinuntertragen müssen, wo sie für den Winter gelagert wurden. Sie ging nicht gerne in den dunklen, feuchten Keller. Dort unten gab es kein Licht und wenn die Batterien in der Taschenlampe leer waren, was meistens der Fall war, dann musste sie eine Kerze tragen, die flackerte und bei jeder Stufe zu verlöschen drohte, während sie unheimliche Schatten an die Wand warf.

Ihr Vater hatte mal gesagt, es sei charakterbildend, Dinge zu tun, die man nicht gern tat, aber Jocie freute sich trotzdem nicht auf die fünf oder sechs charakterbildenden Gänge in den Keller am nächsten Tag. Vielleicht könnte sie Tabitha überreden, die Kerze zu halten, oder Zeb, mit ihr in den Keller zu kommen und eventuelle Spinnen, die zwischen den Gläsern mit eingelegtem Gemüse und Äpfeln vom letzten Jahr hausten, zu verscheuchen.

Am nächsten Morgen sagte Tante Love, sie könne keine Brötchen backen, bis die Gläser mit Bohnen aus dem Weg seien. Jocie schlug Toast vor, aber Tante Love zitierte nur einen Bibelvers, dass man nicht aufschieben solle, was heute getan werden müsse. Jedenfalls klang es wie ein Bibelvers. Die Taschenlampe schwächelte, als Jocie sie einschaltete und mit ihr und der ersten Ladung Bohnen die Steintreppe hinunterging, aber das war immer noch besser als eine Kerze.

Sie hatte niemanden, der ihr half. Nicht einmal Zeb, denn der war gerade zum Jagen in Mr Crutchers Heufeld. Tabitha schlief noch und Tante Love konnte Jocie nicht fragen, da sie die Treppe hinunterfallen und sich eine Hüfte oder etwas anderes brechen könnte. Alte Damen brachen sich immer die Hüfte. Und ihr Vater war irgendwo und betete.

Er hatte wieder einen Anruf von Matt McDermott bekommen, wegen der Gemeinde. Sie wollten ihn nicht feuern, sondern sie wollten ihn immer noch als ihren Pastor. Abgesehen von Ogden Martin natürlich, der ihn von Anfang an nicht gewollt hatte. Ein bisschen hatte Jocie gehofft, ihr Vater würde zu der Erkenntnis kommen, dass Gott ihn nicht dazu berief, in Mt. Pleasant zu bleiben. Zwar würde sie Paulette vermissen, aber sie war es leid, nett zu Ronnie Martin zu sein.

Die Temperatur sank mit jedem Schritt in den Keller um mehrere

Grad. Jocie sagte laut: „Und ob ich schon wanderte im finstern Tal." Doch dann dachte sie daran, wie Tante Love diese Verse gesprochen hatte, als sie die Knochen ihres toten Babys auf dem Schoß gehalten hatte, und sie fand, dass ein Gang in den Keller nicht derselben Bibelworte würdig war, also fing sie lieber an zu singen: „Jesus liebt mich ganz gewiss, denn die Bibel sagt mir dies." Sie änderte den Text ein wenig. „Alle Spinnen hält er fern, denn er hat die Kinder gern."

Jocie stieß die Kellertür mit dem Fuß auf, so weit sie konnte, um etwas zusätzliches Licht hineinzulassen, während sie die Gläser auf das Regal stellte, auf dem immer die grünen Bohnen standen. Tomaten und Äpfel links, Birnen und Sauerkraut und eingelegte Gurken rechts, und grüne Bohnen in der Mitte. Sie machte sich nicht die Mühe zu zählen, wie viele Gläser noch vom letzten Jahr übrig waren, bevor sie aus dem dunklen Keller rannte. Isebel erschien oben an der Treppe. Der Schwanz der Katze zuckte hin und her. „Spring ruhig, Katze, dann sperr ich dich den ganzen Tag in den Keller."

Die Katze miaute, als wüsste sie, dass Jocie nur bluffte.

Bei ihrem letzten Gang gab die Taschenlampe den Geist auf. Die Spinnen, die über der Tür warteten, um sich auf ihren Kopf fallen zu lassen, wurden größer. Schlangen lugten hinter jedem Einmachglas hervor. Die Schatten wurden dunkler und schienen näher zu kommen. Aber sie war schon im Keller. Sie konnte die Gläser nicht einfach fallen lassen und fliehen. Sie musste durch die feuchte Luft gehen und die Gläser eins nach dem anderen auf dem Steinboden absetzen. Jocie stimmte ein anderes Lied an und sang: „Gedenke mein, oh Herr."

Nachdem das letzte Glas den Boden berührt hatte, dauerte es keine zwei Sekunden und sie war wieder aus dem Keller aufgetaucht. Sie stolperte über Isebel, die ihr auf der obersten Stufe aufgelauert hatte, und stieß mit ihrem Vater zusammen.

„Holla", sagte er und hielt sie an den Schultern fest. „Wo brennt's denn?"

„Kein Feuer." Jocie blickte über ihre Schulter zu der Treppe, die in den Keller führte. „Nur Spinnen und Schlangen und der Himmel weiß, was noch alles." Jocie fuhr sich mit den Händen durchs Haar, um irgendwelche Spinnen herauszuschütteln, die sich möglicherweise auf dem Weg aus dem Keller dort eingenistet hatten.

Ihr Vater lachte. „In diesem Keller gibt es nichts, was dir etwas tun könnte."

„Das sagst du."

„Habe ich dich jemals angelogen?"

„Aber du weißt nicht, was ich mir alles ausmalen kann", sagte Jocie, während ihr Herzschlag sich wieder beruhigte. „Und Isebel war auf der Treppe. Sie kann mir etwas tun."

Ihr Vater umarmte sie. „Wenn ich dich vor allen Isebels dieser Welt beschützen könnte, würde ich es tun, aber ..."

„Ja, ich weiß. Ich muss meinen Charakter formen und niemand kann seinen Charakter formen, wenn immer alles einfach ist. Aber wenn ich es mir aussuchen dürfte, würde ich meinen Charakter lieber bei Tageslicht formen anstatt in unheimlichen alten Kellern."

„Weißt du was? Wenn wir nächstes Mal etwas hinunterbringen müssen, darfst du warten, bis ich dir helfen kann. Wir üben Mathe, während wir die Gläser tragen. Dann hast du keine Zeit, dir etwas einzubilden."

„Iiih! Mathe! Spinnen und Schlangen sind vielleicht doch besser."

„Nächstes Jahr fängst du mit Algebra an. Ich kann kaum glauben, dass mein kleines Mädchen schon in die Highschool kommt."

Das war die perfekte Vorlage. „Stimmt, Dad. Ich brauche auch noch ein paar neue Klamotten, bevor die Schule anfängt. Meinst du, Tabitha könnte mit mir einkaufen gehen, wenn du das nächste Mal nach Grundy fährst? Nur ein paar Sachen. Du weißt schon, Dinge, die ich im Laden hier in der Stadt nicht kriege."

„Das ist eine gute Idee. Vielleicht hat Leigh ja Lust mitzugehen. Sie kommt doch aus Grundy, also weiß sie bestimmt, welche Geschäfte die besten sind."

„Ja, das wäre toll." Jocie war es eigentlich egal, wer mitkam, solange sie nicht die sauer dreinblickenden Damen des Bekleidungsgeschäfts von Hollyhill bitten musste, ihr die Schachtel mit den Büstenhaltern zu zeigen. Trotzdem konnte sie sich nicht beherrschen und fragte: „Gehört sie jetzt zur Familie?"

„Sagen wir mal, im Moment ist sie eine Freundin der Familie", sagte ihr Vater. „Du magst sie doch, oder?"

„Sie macht super Brownies."

„Das stimmt. Und sie ist auch sonst nett. Sie hat die Dinge am Sonntag in der Kirche ziemlich gut weggesteckt."

„Was für Dinge?"

„Na ja, dass die Leute sie angestarrrt und zwei und zwei zusammengezählt und fünf herausbekommen haben. Diese Sachen." Ihr Vater zog seine nassen Schuhe aus und stellte sie neben die Küchentür. „Hast du eigentlich die Geschichte über die Sommerprojekte des Jugendklubs fertig, die heute in die Zeitung soll?"

„Halte ich nicht immer meine Abgabetermine ein?"

„Das tust du. Immer. Ich weiß nicht, was ich ohne dich tun würde."

Jocie umarmte ihn. „Danke, dass du mich wolltest, Daddy."

„Woher kommt das denn jetzt?", fragte ihr Vater.

„Tabitha hat mir erzählt, dass meine Mutter – DeeDee – mich nicht wollte. Dass sie mich dir in die Hand gedrückt und nie etwas für mich getan hat."

„Das hätte sie dir nicht sagen sollen."

„Ich habe sie gebeten, mir die Wahrheit zu sagen. Das ist doch die Wahrheit, oder?"

„Na ja, es stimmt. Deine Mutter war nicht glücklich, als sie herausfand, dass du unterwegs warst. Ich wollte noch mehr Kinder, aber sie nicht. Trotzdem gibt es Dinge, die besser unausgesprochen bleiben."

„Aber ist es nicht besser, die Wahrheit zu kennen? Ich meine, meine Mutter wollte mich nicht. Schlicht und einfach."

„Nichts ist so einfach." Ihr Vater runzelte die Stirn und fragte: „Was hat Tabitha dir sonst noch erzählt?"

„Nichts." Jocie musterte das Gesicht ihres Vaters. „Gibt es noch mehr, was ich wissen sollte?" Ihr Vater wandte sich ab und griff nach seinen Schuhen für die Stadt. „Ich bin mir sicher, es gibt eine Menge Dinge, die keiner von uns beiden von deiner Mutter weiß. Dinge, die wir vielleicht besser nicht wissen. Übrigens, ich rieche etwas Angebranntes. Ich glaube, wir retten besser das Frühstück."

34

Die Zeitung war bereits am Mittag für den Druck bereit. Seit der letzten Ausgabe war nichts Berichtenswertes geschehen. Andererseits war, wie Wes gerne betonte, in Hollyhill noch nie etwas Berichtenswertes geschehen, seit er in die Stadt gekommen war, abgesehen von dem Tornado 1959.

In dieser Woche war das Wetter ruhig gewesen, deshalb war das Aufregendste im *Banner* die Tatsache, dass der alte Mr Petrey vor Haskells Drugstore auf den Bürgersteig gefahren war. Niemand war verletzt worden, aber die Parkuhr war in die Knie gegangen. Als Jocies Vater die Straße hinaufgelaufen war, um ein Foto zu machen, hatte Mr Petrey sich über die zusammengefaltete Parkuhr gebeugt und versucht, seine fünf Cent in den Schlitz zu schieben, bevor er in die Drogerie ging, um seine Medikamente zu holen. Wes hatte vorgeschlagen, dieses Bild zu bringen, aber Zella hatte sie alle daran erinnert, dass Mr Petrey zehn Kinder und neunundzwanzig Enkel und wer weiß wie viele Urenkel hatte, und die meisten von ihnen hatten den *Banner* abonniert. Also hatten sie nur ein Bild abgedruckt, auf dem der Sheriff und Mr Petrey den Schaden begutachteten.

Jocie hatte bei ihrer Story über den Jugendklub endlich ihr Foto von Heather Byrds Collie verwenden können. Der Bürgermeister und der Stadtrat hatten sich über die Weihnachtsdekoration in den Straßen gestritten. Bürgermeister Palmor hatte die Mitglieder des Stadtrates beschuldigt, keinen Gemeinsinn zu haben, weil sie sich weigerten, für eine neue Beleuchtung zu stimmen, und die Stadtratsmitglieder warfen dem Bürgermeister vor, mit dem Geld der Steuerzahler verantwortungslos umzugehen. Der Einzelhandelsverband warb für „Gehwegtage“. Ihr Vater hatte einen ganzen Film dafür verwendet, Kinder beim Softball im Park zu fotografieren. Sie hatten Hochzeitsanzeigen, Fotos von neugeborenen Babys, Ankündigungen für Sommerevangelisationen vorbereitet. Normale, langweilige Dinge.

„Diese Ausgabe wird bestimmt die Druckmaschine einschläfern, so öde ist sie", sagte Wes, als er die erste Seite für den Druck vorbereitete. Sie hatten höchstens zehn Exemplare gedruckt, als Wes die Maschine anhielt. „Ich höre etwas und es ist kein Schnarchen."

„Ich habe nichts gehört", sagte Jocie.

„Das liegt daran, dass du keine Jupiterianerohren hast", sagte Wes.

„Die hast du auch nicht. Tabitha sagt, du kämest aus Illinois oder Ohio."

„Die Leute hören sich nur die halbe Geschichte an und glauben, sie hätten die Weisheit mit Löffeln gefressen. Tatsache ist, dass Illinois und Ohio Regionen im westlichen Teil des Jupiters sind. Wahrscheinlich habe ich mich deshalb für die Raumfahrt gemeldet, weil ich in einem Randgebiet aufgewachsen bin. Und dann bin ich hier auf die Erde gekommen und ihr habt die Hälfte unserer Namen abgekupfert. Obwohl, wer weiß? Könnte ja auch sein, dass ein paar von meinen Leuten hier gestrandet sind und Siedlungen gegründet haben."

Jocie lachte. „Du wirst mir nie die Wahrheit erzählen, oder?"

„Ich sage immer die Wahrheit und die Wahrheit im Moment ist, dass wir den Kerl hier ölen müssen, bevor irgendein wichtiges Teil kaputtgeht und die Leute ohne die ganzen aufregenden Nachrichten aus Hollyhill dastehen." Wes griff nach seiner Ölkanne. „Ohoh. Das reicht nicht. Kannst du eben die Straße rauflaufen und im Eisenwarenladen welches holen? Keine Ahnung, wann dein Dad vom Gericht zurück ist, jetzt, wo er weiß, dass dort ein gewisser Jemand arbeitet, der über seine Witze lacht."

„Ja, es wird ernst."

„Wohl wahr, es ist ernst. Wenn wir diese Maschine nicht bald in Bewegung setzen, sitzen wir bis morgen früh hier, und ich bin mitten in dem neuesten Rex-Stout-Krimi und habe noch nicht rausgefunden, wer es war."

„Ich meinte nicht die Druckmaschine. Ich meinte Leigh und Dad. Er hat sie am Sonntagmorgen in die Kirche eingeladen."

„Was du nicht sagst. Denkst du, er wollte sie vergraulen?", fragte Wes.

„Die Leute haben sie nicht so doll angestarrt. Sie haben alle Tabitha angestarrt."

„Sie ist auch mitgegangen?"

„Ja. Ich glaube, wegen Tante Love. Damit sie sich besser fühlt, weißt du. Sie dachte, Tante Love wäre traurig, weil wir das Baby gefunden haben."

„Und ist sie das nicht?" Wes tat etwas Öl auf eines der Zahnräder.

„Sie hat am Sonntag einen roten Hut zur Kirche getragen."

Wes wandte sich um. „Einen roten Hut? Deine Tante Love?"

„Sie ist anders. Ich meine, sie denkt immer noch nicht daran, die Brötchen aus dem Ofen zu nehmen, aber es sieht so aus, als hätte sie sich an etwas Wichtigeres erinnert."

„Und an was?"

„Ich weiß nicht. Vielleicht, dass in der Bibel steht, es gibt Zeiten zum Lachen und Zeiten zum Weinen."

„Hat deine Tante Love dir das gesagt?"

„Früher mal. Es steht im Buch Prediger. Tante Love kennt praktisch das ganze Buch auswendig. Aber weißt du, jetzt, wo ich darüber nachdenke, fällt mir auf, dass sie mich diese Woche gar nicht so mit Bibelversen bombardiert hat wie sonst. Sie will immer über Tabithas Baby reden. Und sie schert sich keinen Deut darum, was die Leute in der Gemeinde oder irgendwo sonst in Hollyhill denken. Es ist, als hätte sie vergessen, wer sie früher war."

„Oder vielleicht wusstest du nie, wer sie früher war, Jo." Wieder warf ihr Wes über seine Schulter hinweg einen Blick zu. „Sie hat viele Jahre gelebt, bevor du Amerika überhaupt entdeckt hast. Es gibt eine Menge Dinge, die du nie über sie wissen wirst."

„Oder über dich", sagte Jocie.

„Aber wir reden nicht von mir. Wir reden von deiner Tante Love."

„Aber du hast auch schon lange gelebt, bevor du nach Hollyhill gekommen bist."

„Überwiegend war ich in Raumschiffen unterwegs. Und in Raumschiffen passiert nicht viel. Es ist, als wenn man im Urlaub ist und sich die Landschaft ansieht und sagt: ‚Mensch, sieh dir das an', aber man macht eigentlich nichts. Man guckt nur. Natürlich nur, bis man aus dem Raumschiff fällt."

„Aber du hattest deine Jahre auf dem Jupiter."

„Für Erdenmenschen sind die kein bisschen interessant. So ähnlich wie die Nachrichten hier." Wes machte eine wegwerfende Handbewegung in Richtung Druckmaschine. „Nur jemand aus

Hollyhill würde jemals in Betracht ziehen, mehr als zwei Zeilen von diesen öden Nachrichten zu lesen. Ich weiß nicht einmal, warum sie es tun, aber sie erwarten, dass die Zeitung am Mittwoch in ihrem Briefkasten liegt. Also dürfen wir sie nicht enttäuschen. Jetzt lauf und hol mir das Öl und vielleicht eine Schmierpistole, wenn du schon mal dabei bist. Mein Krimi wartet auf mich."

Als er das Öl hatte, zauberte Wes wie üblich und schon bald schnurrte die Druckerpresse und spuckte die Seiten des *Banner* aus. Jocie dachte sich nichts dabei, als Leigh nach der Arbeit vorbeikam, um beim Falten der Zeitungen zu helfen. Es war, als gehörte sie jetzt zum Team. Und vielleicht zur Familie. Ihr Dad sagte, sie würden am nächsten Tag nach dem Mittagessen alle zusammen nach Grundy fahren. Tabitha musste einige Blutuntersuchungen beim Arzt vornehmen lassen und Leigh war mehr als bereit, Jocie beim Einkaufen für die Schule zu helfen. Und zum Abschluss könnten sie vielleicht alle gemeinsam essen gehen. Selbst Tante Love überlegte, ob sie mitfahren sollte.

Zella bekam mit, wie sie darüber sprachen, und sagte: „Du liebe Güte, David, warum fragst du mich und Wesley nicht auch noch, ob wir mitkommen wollen?"

„Das würde ich ja, Zella, aber ich glaube, wir haben keinen Platz mehr im Auto", sagte er. „Weißt du was? Du kannst mit Wes auf dem Motorrad hinterherfahren."

Zella verdrehte die Augen. „Ich weiß nicht, was Leigh in dir sieht."

„Ich auch nicht", gab er zu.

„Ist schon in Ordnung, Zella", sagte Leigh. „Ich gehe gerne einkaufen."

„Ihr könntet David genauso gut zu Hause lassen", sagte Zella.

„Oh nein. Er zahlt das Essen", sagte Leigh.

Später beim Bündeln der Zeitungen nutzte Leigh die Gelegenheit, alleine mit Jocie zu sprechen. „Glaubst du, der Ausflug nach Grundy morgen zählt als Verabredung?"

„Jedenfalls eher als der Gottesdienst am Sonntagmorgen", sagte Jocie. „Aber vielleicht noch nicht ganz. Andererseits bin ich keine

Expertin. Vielleicht solltest du besser Zella fragen. Sie scheint die Regeln zu kennen. Meinst du, sie hatte mal einen Freund?"

„Wer weiß? Nach den letzten beiden Wochen erscheint mir nichts mehr unmöglich", sagte Leigh.

„Vielleicht hast du dir den falschen Typen ausgesucht, um ihm schöne Augen zu machen. Gott scheint Dad in letzter Zeit mit Familienzuwachs zu überschütten." Sie blickte zu David hinüber, der Wes beim Verladen der Zeitungen auf den Wagen half. Er musste ihren Blick gespürt haben, denn er drehte sich um und lächelte. Leighs Gesicht leuchtete auf, als hätte sie gerade ein Geschenk ausgepackt, das sie sich seit Monaten gewünscht hatte.

Jocie wusste nicht, ob sie versuchte, Leigh zu ermutigen oder zu entmutigen, als sie sagte: „Muss man für ein richtiges Rendezvous nicht einen Gutenachtkuss bekommen?"

Leighs Wangen wurden rot. „Ich habe keinen Jungen mehr geküsst, seit ich in der achten Klasse war und wir bei einem der anderen zu Hause Flaschendrehen gespielt haben. Ich weiß gar nicht, wie das geht."

Jocie hatte Mitleid mit ihr. „Dad ist auch nicht gerade im Training. Ihr sitzt also im gleichen Boot."

Leigh lachte. „Das gleiche Boot klingt gut."

„Selbst, wenn wir anderen auch alle mit drinsitzen?"

„Vor allem mit euch anderen", sagte Leigh. „Eine Fertigfamilie. Ich bin Einzelkind und habe mir immer mehr Verwandte gewünscht."

Am nächsten Tag machte Jocie eine Liste der Dinge, die sie für die Schule brauchte. Neue Schuhe, Socken, Röcke und Blusen, BHs. Vielleicht sollte sie Leigh die Liste einfach geben, damit sie sie nicht laut vorlesen musste. Andererseits hatte sie mit Leigh schon darüber gesprochen, wie sie Jocies Dad küssen sollte. Danach müsste ein Gespräch über Büstenhalter eigentlich ein Kinderspiel sein.

Um neun Uhr hatte sie ihre Liste fertig und bereits zweimal neu geschrieben. Sie konnte nicht einfach herumsitzen und Tante Love beim Stricken und Tabitha beim Schlafen zusehen, bis ihr Vater nach dem Mittagessen erschien, also fuhr sie mit dem Fahrrad in die Stadt, um Wes beim Putzen der Druckmaschine oder irgendeiner anderen Arbeit zu helfen.

Aber Wes war nicht da. Er hatte einen Teil der Maschine zur Reparatur in die Schmiede gebracht. Ihr Vater war ebenfalls unterwegs, um Bilder von Harvey Smiths Tabakfeld zu machen, das in der vergangenen Nacht vom Hagel heimgesucht worden war. Blieb also nur Zella, die Jocie damit beauftragte, Abonnementverlängerungen in Umschläge zu stecken, um sie währenddessen darüber auszuquetschen, wie die Stiefmuttersuche lief.

„Ich habe gehört, dein Vater hat Leigh letzten Sonntag in die Kirche eingeladen", sagte Zella, während sie Jocie einen Stapel Briefe in die Hand drückte.

„Dad lädt jede Woche eine Menge Leute in die Kirche ein. Das gehört zu seinem Job."

„Es ist die Aufgabe eines jeden Christen", stimmte Zella ihr zu. „Aber Leigh lädt er nicht jeden Sonntag in seine Kirche ein. Wie ist es denn gelaufen?"

„Du meinst den Gottesdienst? Gut, würde ich sagen", sagte Jocie, bevor sie einen Umschlag anleckte und zuklebte. „Ich weiß nicht. So wie der Gottesdienst halt immer läuft."

„Aber wenigstens hat dein Vater sie gefragt. Das ist für ihn ein Riesenschritt. Natürlich wäre es besser, wenn er sie zu einem Picknick einladen würde. Nur die beiden mit einem Korb voll mit Essen, mit Limonade und einer Decke, auf der sie sitzen können." Zella bekam eine träumerische Miene und seufzte. „Das wäre romantisch."

„Hast du schon mal so ein Picknick gemacht?", fragte Jocie.

Zellas Augen verengten sich. „Ich hätte gekonnt, wenn ich gewollt hätte. Ich wollte nie."

„Vielleicht will Dad es auch nicht." Jocie faltete den nächsten Brief. „Und selbst wenn, würde bei seinem Glück bestimmt etwas schiefgehen. Dass dort Ameisen sind oder er die Gläser für die Limonade vergisst oder ein Bulle kommt, der seine Weide nicht teilen will."

„Oder du könntest beschließen mitzugehen, um alles zu verderben", sagte Zella.

„Wieso glaubst du, dass ich alles verderben will? Ich mag Leigh. Sie bringt mir das Tanzen bei."

„Tanzen? Wenn sie schon jemandem das Tanzen beibringt, sollte es dein Vater sein."

„Ich glaube nicht, dass Prediger oft tanzen", sagte Jocie.

„Dann sollte die Tochter des Predigers es auch nicht tun."

„Allerdings kann es sein, dass Dad nicht mehr lange Prediger ist. Er versucht zu entscheiden, ob er in Mt. Pleasant bleiben soll. Einige wollen, dass er bleibt, und andere nicht, seit sie erfahren haben, dass Tabitha ein Baby bekommt."

„Tabitha bekommt ein Baby?" Zellas Stimme klang gepresst und dünn.

„Noch nicht, aber bald. In ein paar Monaten. Es tut mir leid, ich dachte, jemand hätte es dir erzählt. Zum Beispiel Leigh." Jocie warf Zella über den Umschlag, den sie gerade mit der Zunge befeuchtete, hinweg einen Blick zu. Sie hätte es ihrem Vater überlassen sollen, es Zella zu sagen, aber es machte Spaß, Zella zu schockieren. „Sie weiß es. Aber erst seit Sonntag. Es war für sie auch eine Überraschung."

„Du liebe Güte! Sie ist genau wie Adrienne."

Jocie horcht auf. „Wie meinst du das? Meine Mutter hatte kein Baby, bevor sie verheiratet war."

Zellas Wangen wurden glühend rot. Sie zog ein Papiertaschentuch aus der Schachtel auf ihrem Schreibtisch und tupfte sich die Nase. „Nein, das habe ich auch nicht gesagt." Zella zerknüllte das Taschentuch und warf es in Richtung Mülleimer. Sie schien nicht zu bemerken, dass sie danebentraf. „Aber sie hatte nicht gerade viel Respekt vor der Institution Ehe."

„Du meinst, weil sie weggelaufen ist und Dad verlassen hat?" Jocie hatte Zella noch nie so durcheinander erlebt. Sie hatte doch tatsächlich ihre Haare berührt und eine Locke verrückt.

„Das sind Fragen, die du deinem Vater stellen solltest."

„Aber du hast sie doch gekannt, oder? Ich meine, sie ist hier in Hollyhill aufgewachsen, nicht wahr?"

„Oh, ich kannte sie gut." Zella holte einen Spiegel aus ihrer Schreibtischschublade und richtete sorgfältig ihre Haare. „Jeder in Hollyhill kannte Adrienne, aber sie hat sich mit Leuten wie mir kaum abgegeben." Zella sah Jocie über den Spiegel hinweg an. „Ich meine, wenn ich nicht gewesen wäre, wäre dein Vater in dem ersten Jahr, nachdem er den *Banner* übernommen hatte, Bankrott gegangen. Du kannst ihn fragen. Er wird es dir bestätigen. Aber hat sie meine Arbeit zu würdigen gewusst? Oh nein. Sie hat sich nicht einmal die Mühe gemacht, sich meinen Namen zu merken. Sie hat mich immer Stella genannt."

„Du mochtest sie nicht?"

„Ehrlich gesagt, nein, wenn du es genau wissen willst. Nicht, dass es sie interessiert hätte, ob ich sie mochte. Oder ob irgendeine andere Frau sie mochte. Hätte ich Hosen getragen, wäre das vielleicht anders gewesen."

„Willst du damit sagen, sie mochte Männer lieber als Frauen?"

Zella blickte lange in den Spiegel, bevor sie ihn vorsichtig wieder in der Schublade verstaute und sie zuschob. „Ich habe dir doch gesagt, dass du deinen Vater wegen dieser Dinge fragen sollst, obwohl er weiß Gott nie etwas Böses über irgendjemanden sagen wird, nicht einmal über Adrienne, trotz allem, was sie ihm angetan hat."

„Was hat sie ihm denn angetan? Ich meine, abgesehen davon, dass sie ihn verlassen hat?"

„Ihn zu verlassen, war das Netteste, was sie für ihn getan hat", sagte Zella. „Aber jetzt beantworte ich keine einzige Frage mehr über deine Mutter. Wir haben uns nicht verstanden. Sie war für deinen Vater nicht gut und für dich auch nicht, aber meine Mutter hat mir beigebracht, wenn ich nichts Gutes über einen Menschen sagen kann, dann soll ich gar nichts sagen, und genau das werde ich tun. Gar nichts sagen."

„Du kannst sagen, was du willst", sagte Jocie. „Es macht mir nichts aus. Tabitha hat mir schon erzählt, dass meine Mutter mich nicht wollte. Was kann schlimmer sein als das? Ich bin nur neugierig. Wärst du in Bezug auf meine Mutter nicht neugierig, wenn du sie nicht schon kennen würdest?"

„Manche Dinge weiß man besser nicht."

„Zum Beispiel?", fragte Jocie.

„Viele Dinge."

„Dad sagt immer, es sei besser, die Wahrheit zu kennen."

„Dann kann er sie dir erzählen."

„Was meinst du?"

„Ich meine, dass du zu viele Fragen stellst. Dass du versuchst, Dinge von mir zu erfahren, an die ein Kind in deinem Alter noch nicht einmal denken sollte.“ Zella nahm einen der Briefe in die Hand und fächelte sich damit Luft zu. „Und dass du mir ohne das kleinste bisschen Verlegenheit erzählst, dass Tabitha ein Baby bekommt!“

„Ich bin deswegen nicht verlegen. Ich freue mich darauf, ein Baby im Haus zu haben.“

„Jedenfalls kann niemand deinem Vater vorwerfen, er hätte sie nicht richtig erzogen, da sie so viele Jahre fort war. Sieben oder acht, nicht wahr?“

„Sieben. Bei mir hat er diese Ausrede wohl nicht.“

„Der Himmel weiß, was er mit dir noch durchmachen muss“, sagte Zella. „Die Hälfte der Zeit benimmst du dich sowieso wie eine Heidin.“

„Ich gehe zwei oder drei Mal die Woche in die Kirche.“

„In die Kirche zu gehen, ist nicht immer die Lösung. Deine Mutter ist auch in die Kirche gegangen.“

„Aber jetzt tut sie es nicht mehr. Tabitha sagt, sie sei nicht mehr in der Kirche gewesen, seit sie Hollyhill verlassen hat. Das kann ich mir gar nicht vorstellen.“

„Natürlich nicht. Und du solltest es dir auch nicht vorstellen. Nicht, wenn du ein gutes christliches Mädchen sein willst.“

„Eine Woche Ferien ab und zu wäre gar nicht schlecht“, sagte Jocie, vor allem, um Zella zu ärgern.

„Guter Gott, erlöse mich.“ Zella verdrehte die Augen.

„Es tut mir leid, Zella. Ich weiß, dass ich eine Nervensäge bin. Wenn du willst, verschwinde ich.“

„Das wäre eine Gebetserhörung, aber du gehst nicht, bevor diese Umschläge gefüllt sind. Wenn du damit fertig bist, kannst du im Laden Kaffee holen. Wenn ich mich schon mit dir abgeben muss, kannst du dich genauso gut nützlich machen. Außerdem musst du mir, nachdem du mir von Tabitha erzählt hast, noch sagen, wie es ihr geht und wann das Baby kommen soll und ob sie schon einen Namen ausgesucht hat. Und was ist mit dem Vater?“

„Es geht ihr gut. Oktober. Stephanie Grace. Und was den Vater betrifft, musst du Tabitha selbst fragen. Ich weiß nur, dass er schöne Augen hatte.“

„Woher in aller Welt weißt du das denn? Das mit seinen Augen, meine ich.“ Zella runzelte die Stirn. „Er ist doch in Kalifornien, oder?“

„Ich weiß nicht, wo er ist. Ich glaube, das weiß Tabitha auch nicht, aber das einzig Gute, was ihr einfiel, war, dass er schöne Augen hatte. Und dass er ein guter Schlagzeuger war. Aber sie kommt heute Nachmittag her. Dann kannst du sie fragen, was du sonst noch wissen willst.“

„Ach ja. Der Familienausflug nach Grundy. Vielleicht erinnert David sich ja daran, wie man eine Frau behandelt, bevor Leigh die Nase voll hat.“

„Sie hat gesagt, ihr gefällt der Gedanke, eine Fertigfamilie zu haben.“

„Familie ist nicht gleich Familie.“ Zella griff in eine Schublade und zog zwei Dollarscheine heraus. „Hier, lass die Umschläge. Geh und hol Kaffee, bevor ihr nach Grundy fahrt. Wer weiß, was Wesley tut, wenn er seinen Kaffee nicht bekommt. Es ist doch eindeutig, dass er irgendwie vor dem Gesetz auf der Flucht ist.“

„Du meinst also, er könnte jemanden umbringen, wenn der Kaffee alle ist?“

„Ich sage nicht, dass er jemanden umbringen würde. Ich sage nur, dass ich dieses Risiko nicht eingehen will.“

35

Jocie hatte den Kaffee gekauft und war auf dem Rückweg zum *Banner*, als sie den alten Sallie auf einem wackeligen Klappstuhl vor dem Imbiss entdeckte, wo er auf seiner Gitarre spielte. Sein Hut lag umgedreht vor ihm auf dem Boden, für den Fall, dass jemandem großzügig zumute war. Sie hatte ihn seit Tagen nicht gesehen, also überquerte sie die Straße, um ihn zu fragen, ob es ihm gut ging.

„Hallo, Sallie. Wie läuft's? Du warst doch nicht krank, oder?" Sie hielt ein paar Schritte Abstand. Es war nicht gut, Sallie zu nahe zu kommen.

„Nicht krank, nur alt." Sallie spielte ein paar Akkorde auf seiner Gitarre, bevor er anfing zu singen: „Ich mag Kekse, ich mag Kuchen, aber ich habe keine Knete. Keine Knete, keine Knete, Knete, Knete."

„In Ordnung, ich habe verstanden. Wenn ich dir zuhöre, muss ich für die Knete sorgen." Jocie ließ das Kleingeld von ihrem Kaffeeeinkauf in den Hut fallen. Zella würde schimpfen, aber ihrem Dad würde es nichts ausmachen.

„Knete, Knete, Knete. Do re mi fa so – so, so, so." Sallie grinste sie an, während er sich einsang. „Ich bin in Hollyhill geboren, wo jeder meinen Namen kennt. Ich bin in Hollyhill geboren, wo keiner sich um etwas schert. Ich bin in Hollyhill geboren, und hier sind alle Menschen gleich. Ich bin in Hollyhill geboren, wo keiner sich um etwas schert."

Ronnie Martin und Jesse Smith kamen aus dem Imbiss und hörten Sallies Lied. „Da hast du recht, Alter", sagte Ronnie. „Keiner schert sich um dich. Alle wollen am liebsten, dass du verreckst. Je eher, desto besser."

Sallie grinste und spielte weiter, aber er streckte den Fuß aus und zog mit den Zehenspitzen seinen Hut unter den Stuhl. Ohne einen Takt auszusetzen, stimmte er ein anderes Lied an. „Niemand weiß, welchen Kummer ich hab. Niemand, nur der Herr Jesus."

„Und er wird dafür sorgen, dass du noch mehr bekommst", sagte Ronnie, während er nach Sallies Stuhl griff und daran rüttelte. Jesse versuchte, den Hut des alten Mannes unter seinem Stuhl hervorzuziehen, aber Sallie nahm ihn, faltete den Strohhut zusammen und schob ihn unter seinen Oberschenkel."

Jocie packte Ronnie am Arm. „Lass ihn in Ruhe", sagte sie.

Sallie sang immer noch. „Ich habe Kummer. Kummer kommt. Ganz viel Kummer."

Ronnie sah Jocie an, als hätte er bisher nicht einmal bemerkt, dass sie da war. Doch jetzt hatte er ein neues Opfer. „Sieh mal einer an, wenn das nicht Miss Ich-mag-Hunde-Pastorentochter ist. Aber natürlich ist dein Daddy nicht mehr lange Prediger."

Jocie zählte bis zehn. Sie machte sich keine Gedanken darüber, nett zu Ronnie zu sein. Sie musste sich nur beherrschen, ihm nicht die Kaffeedose über den Schädel zu ziehen. „Nichts, was du und dein Vater sagen, wird meinen Vater vom Predigen abhalten."

„Vielleicht sollte er weniger in der Kirche predigen und mehr zu Hause", sagte Ronnie mit spöttischer Miene. „Ich habe gehört, deine Schwester hat einen Braten in der Röhre. Einen Bastardbraten."

Hinter ihm kicherte Jesse und Sallie sang jetzt „Rock-a-bye, Baby." Jocie hörte auf zu zählen und rollte den Rand der Tüte zusammen, in der ihr Einkauf steckte, damit sie einen besseren Griff hatte, bevor sie auf Ronnies Kopf zielte. „Du solltest besser aufhören, über meine Schwester zu reden."

„Ach ja, und was willst du dagegen machen?" Ronnie lachte und sah zu Jesse hinüber. „Ich wette, sie weiß nicht mal, was ein Bastard ist, auch wenn sie selbst einer ist."

Sallie hörte auf zu singen. Jesse hörte auf zu kichern und sagte: „Komm, Ronnie, wir gehen besser."

Ronnie lachte. „Was ist denn los, Jesse? Sie tut dir doch wohl nicht leid, oder? Aber vielleicht sollte sie uns leidtun, wenn man bedenkt, dass sie keine Ahnung hat, wer ihr richtiger Vater ist. Genau das ist nämlich ein Bastard. Jemand, der keinen Vater hat."

Eine schreckliche Regungslosigkeit überkam Jocie. Alles schien zu erstarren und eine dicke Umrandung zu bekommen, so als wäre sie mitten in eine Szene aus einem Comic geraten. Sallie hielt seine Gitarre vor sein Herz, als wollte er sich schützen, und starrte sie mit großen runden Augen an. Jesse stand auf Zehenspitzen, als wollte er jeden Augenblick weglaufen. Ronnie lächelte, ein hässliches, spöttisches Grinsen. Ein roter Pickel prangte auf seinem Kinn. Am liebsten hätte sie ihm die Kaffedose mitten ins Gesicht geschlagen, aber sie konnte die Arme nicht heben. Die Luft um sie herum schien sie erdrücken zu wollen und sie konnte kaum atmen.

Jocie hörte Jesses Worte, als kämen sie durch einen Tunnel. „Wovon redest du, Ronnie? Sie ist doch kein Bastard. Sie ist die Tochter von unserem Pastor."

Sallie fing wieder an zu singen. Keine Worte, sondern nur eine traurig klagende Melodie. Jocie bemerkte es kaum.

„Da sagt mein Vater aber etwas anderes. Er sagt, ihre Mutter hat die Ehe meiner Tante zerstört, und das war neun Monate, bevor diese jämmerliche Göre hier geboren wurde. Meine Tante hat ihren Mann rausgeschmissen, aber der Prediger hat nichts dergleichen getan. Er hat einfach so getan, als wäre nichts passiert. Er hat sogar so getan, als wäre das Bastardbaby seins." Ronnies Blick bohrte sich in Jocies. „Mein Daddy sagt, manche Leute halten zu oft die andere Wange hin."

Der alte Sallie fing an, lauthals „Amazing Grace" zu singen. Jocie umklammerte den Rand ihrer Einkaufstüte so fest, dass er einriss. „Du lügst", sagte sie.

„Ach ja? Frag doch deinen Pseudodaddy. Er wird doch nicht lügen, oder? Wo er doch ein Prediger ist." Ronnie grinste sie an. „Oder frag Sallie. Ich wette, er weiß es. Sallie weiß eine Menge über die Leute in Hollyhill, was sie lieber geheim halten wollen, oder nicht, Sallie? Frag ihn."

Sallie begegnete Jocies Blick nicht, sondern stimmte nur die nächste Strophe von „Amazing Grace" an, wobei er noch lauter sang und mit der Hand auf die Gitarre schlug, um den Takt anzugeben.

Sie fragte ihn nicht. Das wäre ein Verrat an ihrem Vater gewesen. Sie blickte Ronnie an. „Du weißt gar nichts. Mein Vater hat mich noch nie angelogen."

„Vielleicht nicht. Aber vielleicht hat er dir einfach nicht die Wahrheit gesagt, die ganze Wahrheit und nichts als die Wahrheit, so wahr ihm Gott helfe."

„Du würdest die Wahrheit nicht einmal erkennen, wenn sie dir um die Ohren gehauen würde", sagte Jocie. „Und ich hoffe, das wird sie. Ich hoffe, sie haut dich um und trampelt dich nieder."

„Sieht eher so aus, als wärst du diejenige, die am Boden liegt“, sagte Ronnie.

Jocie wandte sich ruckartig ab und stapfte davon. Es gab nichts mehr zu sagen. Er log. Ganz einfach. Er erfand irgendwelche Geschichten über sie, weil seine Familie es nicht geschafft hatte, ihren Vater aus Mt. Pleasant zu vertreiben. Wen kümmerte es schon, wenn alle in Hollyhill so taten, als hätte sie ihnen ein glühendes Schüreisen in die Hand gedrückt, wann immer sie ihre Mutter erwähnte. Das hatte nichts zu bedeuten. Es bestand kein Zweifel daran, wer ihre Mutter war, egal, ob sie Jocie gewollt hatte oder nicht.

Und es bestand auch kein Zweifel daran, wer ihr Vater war. Absolut kein Zweifel. Sie hatte nicht die geringsten Zweifel. *Aber du siehst weder deinem Vater noch deiner Mutter ähnlich*, flüsterte eine kleine Stimme in Jocies Hinterkopf. Und Zella hatte sich vorhin sehr merkwürdig verhalten, als sie über ihre Mutter gesprochen hatten. Andererseits war Zella schon immer merkwürdig gewesen und viele Kinder sahen ihren Eltern nicht besonders ähnlich. Wer war Ronnie Martins Tante überhaupt? Und vielleicht noch wichtiger – wer war ihr Mann?

Jocie schüttelte den Kopf. Das war doch albern. Ronnie Martin konnte sagen, was er wollte. Sie wusste, wer ihr Vater war. Es gab keinen Grund, warum ihr Herz so merkwürdig schlagen sollte. Überhaupt keinen Grund. Nichts von dem, was Ronnie gesagt hatte, stimmte. Nichts.

Sie könnte Wes fragen. Wes konnte sie alles fragen. Er würde ihr sagen, dass sie dumm war, sich solche Gedanken zu machen, aber wenigstens würde er es ihr sagen. Seine Worte würden Ronnie Martins Worte verdrängen und dann würde alles in Ordnung sein. Sie würde Wes erzählen, was Ronnie gesagt hatte, und Wes würde sagen, dass man Ronnie auf den Neptun schicken sollte, und sie würden lachen und sich überlegen, wie sie ihn dorthin befördern konnten.

Aber als sie ins Büro zurückkam, war Wes noch nicht wieder da. Tabitha und Tante Love saßen auf den Stühlen vor Zellas Schreibtisch und warteten darauf, dass ihr Vater mit Leigh erschien, die er im Gerichtsgebäude abholen wollte, sodass sie alle nach Grundy aufbrechen konnten. Zellas Lächeln war zu strahlend und sie warf verstohlene Blicke auf Tabithas Taille.

Jocie stellte die Tüte mit dem Kaffee darin auf Zellas Schreibtisch ab.

„Wo ist das Wechselgeld?“, fragte Zella.

„Das habe ich Sallie gegeben. Er hatte Hunger.“

„Hunger – dass ich nicht lache! Er hat wahrscheinlich mehrere Hundert Dollar im Armenhaus unter seiner Matratze versteckt“, sagte Zella.

„Er hat nichts über mich gesagt, oder?“, fragte Tabitha mit ängstlicher Miene.

„Nee. Er hat nur gesungen. Ronnie war nicht so nett. Er hat mich einen Bastard genannt“, sagte Jocie.

Zella sog bei dem Wort scharf die Luft ein und Tante Love runzelte die Stirn, als sie sagte: „Solche unanständigen Worte will ich von dir nicht hören.“

„Das habe ja nicht ich gesagt, sondern er.“ Nachdem Jocie erst einmal angefangen hatte zu reden, schien sie nicht mehr aufhören zu können. „Er hat gesagt, meine Mutter hätte die Ehe seiner Tante zerstört.“

Zella blickte auf ihren Schreibtisch hinunter und Tante Love schien in ihrem Gedächtnis zu blättern, ob sie noch einen Bibelvers finden konnte. Nur Tabitha sah ihr direkt in die Augen. „Das stimmt wahrscheinlich, Jocie. DeeDee hat sich nie viele Gedanken darüber gemacht, wer mit wem verheiratet war.“

Jocie wollte Tabitha nicht länger ansehen. Sie sollte nicht mit ihr sprechen. Sie wünschte, Wes wäre hier. Sie wollte mit Wes darüber reden, wie sie Ronnie Martin auf den Neptun schießen konnten. Jocie schluckte und leckte sich die Lippen. Schließlich sagte sie: „Aber es stimmt nicht, was er gesagt hat.“

„Er hätte dich nicht als Bastard bezeichnen dürfen“, sagte Tabitha.

„Aber es stimmt nicht, was er gesagt hat“, wiederholte Jocie.

Tabitha sagte nichts. Sie sah Jocie nur an. In ihren Augen standen Tränen.

„Sag mir, dass es nicht wahr ist“, sagte Jocie noch einmal.

„Willst du die Wahrheit wissen?“, fragte Tabitha leise.

„Nein!“, schrie Jocie.

36

Hinterher wusste Jocie nicht, wie sie aus dem Gebäude und auf ihr Fahrrad gelangt war. Sie sah ihren Vater mit Leigh die Straße heraufkommen und lenkte ihr Fahrrad in die andere Richtung. Als er ihr etwas hinterherrief, strampelte sie nur noch schneller. Sie konnte jetzt nicht mit ihm sprechen. Sie konnte es nicht ertragen, dass er ihr die Wahrheit sagte. Sie konnte die Wahrheit nicht hören. Wie konnte das die Wahrheit sein?

Sie fuhr immer schneller. Sobald sie die Stadt hinter sich gelassen hatte, schwenkte sie auf die andere Seite der Straße hinüber. Die Autos hupten und der dritte Wagen hätte sie beinahe erfasst, aber sie erreichte heil die Seitenstraße. Ehrlich gesagt wusste sie nicht einmal, in welche Straße sie da eingebogen war. Sie wollte nur die Autos hinter sich lassen, wollte fort von Hollyhill, fort von ihrem Vater.

Er war ihr Vater. Er musste ihr Vater sein. Aber warum lief sie dann davon? Warum hatte sie nicht angehalten und mit ihm geredet? Warum hatte sie Angst vor der Wahrheit?

Es kam Jocie vor, als wären Stunden vergangen, als ihr bewusst wurde, dass sie keine Ahnung hatte, wo sie war. Sie fuhr einen schmalen, gewundenen asphaltierten Weg entlang, neben sich Gras und Unkraut, das so hoch wie die Zäune war. Schon länger war kein Auto mehr an ihr vorbeigefahren und seit bestimmt drei Kilometern hatte sie kein Haus mehr gesehen. Sie kam an einem Feld vorbei, auf dem ein Farmer Heu machte, aber er blickte auf seine Mähmaschine hinunter und bemerkte sie nicht. Jocie erkannte ihn nicht.

Sie war froh darüber, dass es heiß war. Froh, dass sie Durst hatte. Froh, dass die Muskeln in ihren Beinen brannten. So hatte sie etwas, worüber sie nachdenken konnte. Ihr war ein bisschen schwindelig, aber sie strampelte weiter. Ihr Schatten fiel hinter ihr auf die Straße. Das musste bedeuten, dass sie jetzt in Richtung Westen unterwegs war, aber sie hatte keine Ahnung, in welche Richtung sie ursprünglich gefahren war. Sie hatte Hollyhill in nördlicher Richtung verlassen, vermutete sie, da sie von der North Main abgebogen war, aber sie hatte keine Ahnung, wie oft sie seither die Richtung gewechselt hatte. Es spielte ohnehin keine Rolle. Sie wollte nicht zurück. Jedenfalls noch nicht. Vielleicht auch nie.

Also fuhr sie einfach weiter, eine steile Straße hinunter, die in einen felsigen, mit Bäumen bewachsenen Hang gehauen war. Weit und breit war kein Mensch zu sehen. Am Fuß des Berges blieb Jocie stehen, da sie Wasser in einem Bach unweit der Straße gurgeln hörte. Die Vögel sangen ihr Sommerlied und eine Biene summte an ihrem Ohr. Nicht einmal in der Ferne hörte sie Autos oder das Pfeifsignal eines Zuges oder auch nur das Brummen eines Flugzeugs über ihr. Sie war ganz allein. Verloren und allein. Und sehr durstig.

Jocie schob ihr Fahrrad von der Straße und hinter einen dichten Busch, wobei sie darauf achtete, die stachelige Pflanze nicht zu berühren. Sie zog ihr Hemd hoch und über die Nase, um den ekligen Geruch der weißen Blüten nicht länger einatmen zu müssen, und eilte einen kaum erkennbaren Pfad hinunter, der durch das Unterholz zum Bach führte. Wahrscheinlich gab es hier Schlangen, aber das war ihr egal. Es war ihr sogar egal, ob sie sich von dem Wasser würde übergeben müssen. Unter einem Wasserlauf, der über Sandstein floss, formte sie ihre Hände zu einer Schale und trank. Dann setzte sie sich mitten in den Bach und sah zu, wie das Wasser über ihre Tennisschuhe lief. Sie wünschte, Zeb wäre bei ihr. Dann hätte sie sich nicht so allein gefühlt.

Der Sandstein unter ihrem Po war flach und glatt. Das Wasser, das sie umspülte, war klar und kühl. Äste hingen über den Bach, aber hier und da drang die Sonne hindurch und ließ das Wasser glitzern. Vor ihr machte der Bachlauf eine Krümmung nach rechts, wodurch er sich bestimmt der Straße näherte. Jocie fragte sich, ob dies der Bach war, in dem sie vor einigen Jahren im Sommer das Auto gewaschen hatten. Ein Schotterweg hatte geradewegs durchs Wasser geführt. Ihr Vater war von der Straße abgebogen und hatte mitten im Bach gehalten. Sie hatten Eimer mit Wasser gefüllt und es über das Auto geschüttet. Ihr Vater war auf einem bemoosten Stein ausgerutscht und ins Wasser gefallen. Und da er hineingefallen war, hatte sie sich auch fallen lassen, absichtlich. Das Lachen hallte in ihrem Kopf wider, bis Jocie sich die Ohren zuhalten wollte, aber das würde den Klang in ihrem Kopf nicht beenden. Genauso wenig, wie sie dadurch die schrecklichen Dinge ausblenden könnte, die Ronnie Martin gesagt hatte, oder die Tränen in Tabithas Augen, als sie nicht hatte sagen können, dass es nicht wahr war.

Aber wie konnte es wahr sein? Wie konnte ihr Vater nicht ihr Vater sein?

Jocie fuhr mit den Fingern durchs Wasser. Vielleicht sollte sie beten, aber was würde das nützen? Was auch immer die Wahrheit war, sie konnte nichts daran ändern. Wahrscheinlich könnte Gott es, weil für ihn nichts unmöglich war. Ein Kamel konnte durch ein Nadelöhr gehen. Eine Jungfrau konnte ein Baby bekommen. Lazarus konnte aus dem Grab kommen. Aber sie hatte noch nie gehört, dass Gott etwas daran geändert hatte, wer wessen Vater war. Sie spritzte sich etwas Wasser ins Gesicht und ließ es herabtropfen.

Vielleicht stimmte es nicht. Die Leute in Hollyhill erfanden gerne irgendwelche Geschichten. Ihr Vater hatte immer gesagt, sie solle nicht auf Tratsch hören. Aber genau das hatte sie getan und jetzt saß sie hier mitten in einem Bach, mit durchnässter Hose, und hatte keine Ahnung, wo sie war. Oder wer sie war.

Sie blickte ins Wasser hinunter. Ein Flusskrebs streckte den Kopf unter einem Stein hervor. Jocie saß ganz still, während der Flusskrebs mit erhobenen Scheren auf sie zukam. Sie war sich nicht sicher, ob er sie für einen Fels hielt oder für sein Abendessen. Langsam steckte sie den Finger vor ihm ins Wasser. Er hielt an und floh dann zurück unter seinen Stein. Als Jocie den Stein hochhob, verschwand er unter einem anderen Stein. Sie fing an, ihm zu folgen, sein Versteck immer wieder aufzudecken und ihn zu jagen, aber dann legte sie den ersten Stein zurück an seinen Platz.

Es wurde dunkler. Erst dachte Jocie, es wäre einfach spät, doch dann hörte sie in der Ferne ein Donnergrollen und über den Baumwipfeln erschienen dunkle Wolken. Ihr fiel ein, dass einmal ein Hochwasser denselben Bach, in dem sie ihr Auto gewaschen hatten, in einen reißenden Strom verwandelt hatte. Auf seinem Weg hatte er Bäume entwurzelt und Scheunen mitgerissen. Sie hatten im *Banner* Bilder abgedruckt. Wes hatte gesagt, dieses Hochwasser sei beinahe so berichtenswert gewesen wie der Tornado von 1959. Man konnte sich kaum vorstellen, dass ein so ruhiger Bach sich in etwas verwandeln konnte, das Bäume ausriss.

Jocie blieb im Bach sitzen. Die Wolken über ihr wurden mit jedem Augenblick dunkler. Der Donner wurde lauter. Sie stellte sich vor, wie eine Wand aus Wasser um die Ecke und auf sie zukam und ihr Versteck fortschwemmte.

Und sie gleich mit. Sie stellte sich vor, wie sie in der Flut auf- und abtauchte und gegen Steine und Bäume geschleudert wurde. Der Sturm kam näher und erste Blitze erhellten den Himmel. Jocie zählte einundzwanzig, zweiundzwanzig, dreiundzwanzig, vierundzwanzig. Dann donnerte es. Die Äste neigten sich zum Wasser und dann gen Himmel, als könnten sie den Wind, der durch sie hindurchfuhr, abschütteln.

Jocie stand auf. Das Wasser tropfte aus ihren Shorts. Sie wollte sich vielleicht weiter verstecken, aber sie wollte nicht einfach dort sitzen bleiben und stromabwärts mitgerissen werden.

„Mach's gut, kleiner Flusskrebs", sagte sie, bevor sie aus dem Bach watete und zu ihrem Fahrrad zurücklief.

Sie schob das Fahrrad den Hügel hinauf. Der ganze Himmel war jetzt schwarz und eine Schicht grauer Wolken jagte unter den schweren Gewitterwolken her, so als versuchten sie einen geeigneten Platz zu finden, um sich ins Getümmel zu stürzen. Vor ihr fuhr ein Blitz in den Boden.

Wenn Jocie zu Hause gewesen wäre, hätte sie jetzt auf der Veranda gesessen und die Blitze beobachtet und gezählt, wie viele Sekunden vergingen, bis der Donner ertönte. Sie mochte es, wenn der Wind die Regentropfen bis unter das Verandadach und in ihr Gesicht wehte. Sie mochte das Geräusch, wenn der Regen auf das Blechdach ihres Hauses trommelte und jeden anderen Laut übertönte. Wenn Tante Love zur Tür kam und ihr zurief, sie solle ins Haus kommen, ging sie hinein und tat so, als würde sie in ihr Zimmer gehen, bevor sie zum Seiteneingang wieder hinausschlüpfte. Aber sie war noch nie mitten in einem Unwetter richtig draußen gewesen. Und war da nicht etwas mit Metall, das Blitze anzog? Kurz überlegte Jocie, ob sie ihr Fahrrad in den Straßengraben werfen sollte, aber sie war beinahe oben auf dem Berg. Mit dem Fahrrad würde sie schneller etwas finden, wo sie sich unterstellen konnte. Hier gab es nichts außer Bäumen.

Aber unter einem Baum konnte sie sich nicht unterstellen. Erst letzten Sommer hatte der *Banner* ein Foto von Mr Andersons Kühen gemacht, nachdem der Blitz in einen Baum eingeschlagen hatte, unter den sie geflüchtet waren. Fünf große schwarzbunte Kühe in einem Kreis um den Baum. Fünf große tote Kühe.

Auf einmal kam der Regen wie eine Wand vom Himmel herunter. Jocie wünschte, ein Auto würde vorbeikommen. Vielleicht könnte jemand sie irgendwohin mitnehmen. Aber aus dem Regen tauchte nirgends ein Wagen auf, also schob sie ihr Fahrrad weiter die Straße hinauf, dem Wind entgegen. Der nächste Blitz war so nah und grell, dass Jocie Flecken vor den Augen sah. Sie hatte nicht einmal Zeit für einundzwanzig, bis der Donner krachte. Es musste doch eine Scheune in der Nähe geben, in der sie warten konnte, bis der Sturm vorübergezogen war.

Das war etwas, wofür sie beten konnte. Eine Scheune. *Lieber Gott, du weißt alles. Du weißt, dass ich normalerweise keine Angst vor Gewitter habe, aber das hier ist anders. Ich meine, ich weiß, dass ich vor der Wahrheit weggelaufen bin, aber es kommt mir irgendwie nicht richtig vor, dass ich vom Blitz erschlagen werde, ohne sie herauszufinden. Jedenfalls bitte ich nicht um viel. Nur um irgendeine Scheune, und ich werde auch versuchen, mich nicht zu beklagen, falls es dort Schlangen gibt.*

Jocie stand einen Augenblick still und wartete darauf, dass Gott ihr auf sichtbare Weise antwortete, zum Beispiel durch einen Blitz, der nach rechts oder links zeigte, aber nichts geschah, außer dass es noch mehr donnerte und blitzte und der Regen noch stärker wurde. Inzwischen war sie oben auf dem Hügel angekommen und die Straße verlief nicht mehr bergan, also stieg sie auf ihr Fahrrad. Sie fuhr geradewegs in den Regen hinein, obwohl sie keine zwei Meter weit sehen konnte. Jocie versuchte, an nichts zu denken außer an das Treten der Pedale. Irgendwo musste es doch ein Haus oder eine Scheune geben.

Sie wollte sich gerade mutlos in den Straßengraben setzen, als ein Blitz ein Gebäude vor ihr erhellte. Keine Scheune. Eine Kirche. Auf dem Schild davor stand *Clay's Creek Baptist Church*. Sagte ihr Vater nicht immer, dass Gott Gebete manchmal besser erhörte, als man selbst erwartete?

Der Haupteingang war verschlossen. Jocie lehnte sich gegen die Seitentür, als ein Blitz so nah aufflackerte, dass sie ihn riechen konnte. Verängstigt schrie sie auf, aber ihre Stimme verlor sich in dem Donner, der die Erde erzittern ließ. Die Augen fest zusammengekniffen, warf sie sich mit aller Kraft gegen die Tür. Sie ging auf. Jocie schlug sie hinter sich zu. Der Wind, der gegen das Gebäude hämmerte, klang jetzt sogar noch lauter als draußen, während sie mittendrin gewesen war.

In der Kirche war es dunkel. Jocie betätigte einen der Lichtschalter in dem schmalen Flur, aber nichts geschah. Durch den Sturm musste der Strom ausgefallen sein. Langsam gewöhnten sich ihre Augen an das Halbdunkel zwischen den Blitzen.

Sie war schon oft in Kirchen gewesen, aber noch nie ganz allein. Ihr Vater war immer bei ihr gewesen. Trotz des Sturmes, der draußen weitertobte, fühlte es sich hier drinnen fast zu still an. Geister beobachteten sie.

Kirchengeister, versicherte Jocie sich selbst. Sie konnten nicht übermäßig gemein sein. Vielleicht waren sie einfach neugierig. Kirchgänger waren immer neugierig. Vor allem, was die Familie des Pastors betraf. „Wie alt bist du?“ „Wie heißt du?“ „Hilfst du deinem Daddy auch schön?“ „Gehst du gerne in die Sonntagsschule?“ „Kannst du ‚Jesus liebt mich‘ singen?“ „Wo ist deine Mutter?“ „Bist du gut in der Schule?“ „Was willst du werden, wenn du groß bist? Pastorenfrau?“

Im Moment wollte sie einfach nur eine Pastorentochter sein.

37

„Herr, hilf mir herauszufinden, in welche Richtung sie gefahren ist“, betete David, während er fuhr. Er wusste, dass Jocie die Stadt in Richtung Norden verlassen hatte. Jeffrey Wilkerson hatte ihn in der Court Street angehalten, um ihm zu sagen, dass er Jocie beinahe mit dem Auto erwischt hätte, als sie plötzlich vor ihm die Straße gekreuzt hatte und in die Bale Street abgebogen war. Jeffrey war ganz rot im Gesicht gewesen und seine Hände hatten gezittert. „Du musst deiner Tochter sagen, dass sie vorsichtiger sein soll, wenn sie mit dem Fahrrad fährt. Ich hätte sie töten können“, hatte er gesagt.

David hatte keine Zeit gehabt, ihn zu beruhigen. Auf dem Weg in die Bale Street hatte er nur gehofft, dass Jocies Schutzengel schnell genug waren, um mit ihr mitzuhalten. Ein Dutzend andere Straßen gingen von der Bale Street ab und führten in alle möglichen Richtungen, also hatte er keine Ahnung gehabt, wo er anschließend suchen sollte. Die anderen hatten sich ebenfalls auf die Suche gemacht. Wes auf seinem Motorrad. Leigh mit Tabitha als Beifahrerin. Selbst Zella half. Sie hatte Tante Love nach Hause gebracht, für den Fall, dass Jocie dort auftauchte oder anrief, und dann war sie ins Büro zurückgegangen, um jeden anzurufen, der ihr einfiel, und zu fragen, ob jemand Jocie auf ihrem Fahrrad gesehen hatte, damit sie den Suchradius eingrenzen konnten.

Den Sheriff hatte David nicht angerufen. Er musste sie nur finden und mit ihr reden und dann würde alles gut sein. Wenigstens so gut, wie es sein konnte nach dem, was der Martin-Junge gesagt hatte. Warum hatte Jocie ihm geglaubt? Warum hatte sie ihn nicht gefragt, was die Wahrheit war?

Sie war seine Tochter. War immer seine Tochter gewesen, vom ersten Tag an, als er erfahren hatte, dass sie in Adriennes Leib heranwuchs. Es spielte keine Rolle, was Adrienne sagte. Was sie offensichtlich zu Tabitha gesagt hatte. Jocie war seine Tochter.

Er hatte von dem Mann in Grundy gewusst, aber er hatte nie seinen Namen gekannt. Hatte ihn auch gar nicht wissen wollen. Was hätte es denn genützt? Er hatte nicht vor, den Mann zur Rede zu stellen und ihn zu beschuldigen, Davids Ehe zerstört zu haben. Das wäre auch nicht die Wahrheit gewesen. Seine Ehe war schon lange vorher tot gewesen. Es gab Tage, an denen David sich fragte, ob Adrienne und er überhaupt jemals eine Ehe geführt hatten oder ob es nicht vielmehr die Illusion einer Ehe gewesen war, an der er sich bis zum Ende des Krieges festgehalten hatte. Dann war er nach Hause gekommen und sie hatten versucht zusammenzuleben.

David hatte es also gewusst, hatte sich aber nichts anmerken lassen. Er hatte gedacht, es sei besser so. Er wollte nicht, dass der andere Mann jemals ein Gesicht bekam, nur für den Fall, dass dieser Mann zu einer Gemeinde gehörte, in der er predigte. An die Familie dieses Mannes hatte er nie gedacht. An den Schmerz und Verrat, den sie empfunden haben könnten. Wahrscheinlich war er davon ausgegangen, überlegte David jetzt, dass die Familie des anderen nichts davon gewusst hatte. Er hätte es natürlich besser wissen müssen. Bestimmt hatte Adrienne einen Weg gefunden, es der Frau des Mannes selbst zu sagen. So wie sie es David an dem Tag gesagt hatte, als er sie dabei ertappt hatte, wie sie das Gift anrührte, von dem sie hoffte, dass es die Schwangerschaft beenden würde. „Was kümmert es dich denn?“, hatte sie ihn angeschrien, nachdem er ihr das Zeug aus der Hand geschlagen hatte. „Es ist ja nicht mal von dir.“

An dem Tag, an dem sie ihm das Baby in die Hand gedrückt hatte, hatte sie es noch einmal gesagt: „Jetzt werden wir ja sehen, ob du auch leben kannst, was du predigst. Du wolltest sie, also kannst du sie haben. Aber sie ist nicht deine Tochter. Der Same eines anderen hat sie gezeugt.“

Aber Adrienne irrte sich. Jocie war seine Tochter in jeglicher Hinsicht, die zählte. Selbst wenn er sie nicht gezeugt haben sollte, war sie ein Kind seines Herzens. Er hatte nicht ein einziges Mal gedacht, dass sie nicht seine Tochter war. Nicht ein einziges Mal. Vielleicht hätte er daran denken sollen, denn dann hätte er sie möglicherweise darauf vorbereiten können. Er hätte wissen müssen, dass in Hollyhill nichts für immer ein Geheimnis blieb. Nicht, wenn mehr als eine Person es wusste.

David fuhr ziellos durch die Gegend, bog in eine Straße ein und dann in die nächste, ohne die geringste Ahnung zu haben, ob er in die richtige Richtung fuhr oder im Kreis. Natürlich konnte es sein, dass Jocie ebenfalls im Kreis fuhr. Ihre Gedanken kreisten mit Sicherheit immer um die gleiche Sache.

Warum war sie nicht zuerst Wes oder ihm begegnet? Warum hatte es Tabitha sein müssen?

Tabitha hatte geweint, als er das Büro der Zeitung betreten hatte, um herauszufinden, warum Jocie davongeradelt war, als wäre ein Schwarm Bienen hinter ihr her. Tante Love hatte Tabithas Hand getätschelt und etwas gemurmelt, das vermutlich ein Bibelvers gewesen war. Er war sich nicht sicher. Zella hatte ihn angegriffen, kaum dass er durch die Tür getreten war.

„Du hättest es dem armen Kind längst sagen sollen! Du musstest doch wissen, dass sie es früher oder später herausfindet“, hatte sie gesagt.

„Ihr was sagen?“, hatte David gefragt.

„Dass du nicht ihr wirklicher Vater bist“, hatte Zella gesagt.

„Nicht wessen wirklicher Vater?“

„Also ehrlich, David, manchmal steckt dein Kopf einfach zu sehr in den Wolken.“

„Ich weiß nicht, wovon du redest.“ Er hatte es tatsächlich nicht gewusst.

Zella hatte die Augen verdreht und geseufzt. „Ich glaube, das tust du wirklich nicht. Jocelyn! Ich rede von Jocelyn.“

„Was ist denn mit Jocie? Stimmt etwas nicht? Sie ist mit ihrem Fahrrad davongestrampelt, als hätte sie gehört, dass die Schule brennt.“

„Sie hat diesen schrecklichen Martin-Jungen in der Stadt getroffen und er hat sie einen Bastard genannt. Er hat ihr erzählt, du seist nicht ihr Vater. Ich hätte nicht gedacht, dass Jocelyn überhaupt weiß, was das Wort bedeutet, aber sie liest ja alles, was sie in die Finger bekommt. Wer weiß, wo …“

Zella hatte weitergeredet, aber David hatte ihr nicht mehr zugehört. Er war wie erstarrt. „Jocie ist meine Tochter“, sagte er leise.

Zella sah ihn an. „Ich weiß, dass sie das ist, in jeder entscheidenden Hinsicht. Und sie könnte keinen besseren Vater haben. Aber jeder weiß, dass Adrienne etwas mit dem Schwager von Ogden Martin drüben in Grundy hatte, bevor Jocie geboren wurde. Und Adrienne hat mir selbst erzählt, dass es einen guten Grund gibt, warum Jocie dir nicht ähnlich sieht. Ich erinnere mich noch genau an den Tag. Jocelyn schlief in dem Laufstall neben deinem Schreibtisch, aber du warst die Straße hinaufgegangen zu einer Sitzung des Finanzgerichts. Ich weiß nicht mehr, wo Tabitha war. Jedenfalls war Adrienne gekommen, um Geld zu holen. Das war der einzige Grund, aus dem sie überhaupt jemals kam – um zu sehen, ob ich Geld in der Portokasse hatte. Ich habe es ihr immer gegeben, um sie loszuwerden. Ich dachte, es sei einfacher, eine Dose Kaffee von meinem Geld zu kaufen, als mich mit ihr abzugeben."

„Der Kaffee ist mir egal", hatte David gesagt.

Eine Sekunde lang hatte Zella die Lippen zusammengepresst, doch dann hatte sie genickt und gesagt: „Natürlich. Jedenfalls brannte Adrienne förmlich darauf mir zu sagen, dass sie dir Hörner aufgesetzt hatte. Sie sagte, ich könne es auch in die Zeitung setzen, wenn ich wolle. Das wollte ich natürlich nicht. Ich war froh, als sie Hollyhill verließ."

„Jocie ist meine Tochter", hatte David wiederholt. „Adrienne war vielleicht nie meine Frau, aber Tabitha und Jocie sind meine Töchter."

Tabitha hatte ihn angesehen. „Es tut mir leid, Daddy. Ich hätte lügen sollen, aber sie hat mich gefragt und ich wusste nur, was DeeDee mir erzählt hat."

„Warum sollte sie dir so etwas erzählen?", hatte David gefragt.

„Ich weiß es nicht. Als einmal ein Brief von dir kam, in dem du wolltest, dass wir nach Hause kommen, ist sie durchgedreht. Sie hat die Briefe in winzige Fetzen zerrissen, wie Konfetti in die Luft geworfen und ihren Freiheitstanz aufgeführt. Sie sagte, sie wolle nie mehr an Hollyhill und dich denken." Tabitha hatte ängstlich zu ihm aufgeblickt, als befürchtete sie, ihre Worte würden ihn kränken.

Er war nicht gekränkt gewesen. Nur ungeduldig. Tabitha wollte, dass er ihr zuhörte, aber er musste Jocie finden und durch seine Worte die von Martins Sohn überlagern. „Und dann?"

„Sie sagte, niemand könne mit einem Mann zusammenleben, den es nicht einmal kümmerte, wer seine Kinder gezeugt hatte. Als sie es zum ersten Mal sagte, dachte ich, sie spräche vielleicht von mir, und ich fing an zu weinen. Das hat sie nur noch mehr aufgeregt, aber ich konnte nicht aufhören. Ich wollte, dass du mein Daddy bist. Auch nachdem ich mit ihr weggegangen war. Ich wollte wissen, dass du hier in Hollyhill bist und darauf wartest, mein Daddy zu sein, falls ich jemals den Weg nach Hause finden würde."

David war hin- und hergerissen. Er musste los und Jocie suchen, aber dieses Kind brauchte ihn auch. Er hatte sich hingekniet und die Arme um Tabitha geschlungen. „Ich wollte dich immer holen, aber ich dachte, du würdest nicht mit mir kommen."

„Das wäre ich wahrscheinlich auch nicht." Tabitha hatte sich über die Augen gewischt. „Aber jedenfalls hat es DeeDee wahnsinnig gemacht, dass ich geweint habe, also hat sie mir eine Ohrfeige gegeben, und als ich dann immer noch nicht aufhörte, sagte sie zu mir, ich bräuchte mir keine Sorgen zu machen. Sie habe dich dazu überredet, sie zu heiraten, weil sie dachte, sie könnte Hollyhill mit dir verlassen, wenn du wieder in den Krieg musstest, dass ich aber auf jeden Fall von dir sei. Ein Unfall, aber von dir. Sie sei damals zu dumm gewesen, um es zu verhindern. Sie sagte, Jocie sei auch ein Unfall gewesen. Etwas habe nicht so funktioniert, wie es funktionieren sollte. Also habe sie beschlossen, Jocie zu benutzen, um sich für all die Jahre zu rächen, die du sie in Hollyhill gefangen gehalten habest. Sie sagte, es geschehe dir recht, das Kind eines anderen Mannes großziehen zu müssen, weil du sie nicht freigelassen hast."

„Aber ist dir jemals der Gedanke gekommen, dass sie lügen könnte?", hatte David gefragt. „Sie hat in Bezug auf alles andere gelogen. Warum also nicht, was das betrifft?"

Tabitha hatte ihn angesehen. „Meines Wissens hat sie mich nie angelogen. Nicht einmal, wenn ich es mir gewünscht hätte."

Vielleicht war das immer sein Problem gewesen, dachte David, während er in die nächste Straße einbog. Dass er immer gedacht hatte, Adrienne würde lügen, obwohl sie es nie getan hatte. Er war derjenige gewesen, der so getan hatte, als führten sie eine Ehe, der so getan hatte, als könnte sie eine Pastorengattin sein, der so getan hatte, als würde alles besser werden. Er dachte an Leighs Gesicht, als er die Redaktion verlassen hatte, um Jocie zu suchen. Die mitfühlende Besorgnis, die Wahrheit ihrer Gefühle für ihn. Nicht die brutale Wahrheit, die Adrienne ihm aufgezwungen hatte, sondern eine gütige Wahrheit, eine liebevolle Wahrheit. Er war an der Tür stehen geblieben und hatte sich von ihr umarmen lassen. Das hatte sie beide überrascht, aber es hatte sich richtig angefühlt.

Mit Adrienne hatte es sich nie richtig angefühlt. Schwindelerregend, aufregend, berauschend, betörend, und in den späteren Jahren verzweifelt, aber nie so angenehm richtig, wie es sich gerade bei Leigh angefühlt hatte. Vielleicht war sie doch nicht zu jung. Vielleicht hatte Gott seine Hand im Spiel. David wusste nicht, wo Leigh mit Tabitha suchte. Ihre Wege hatten sich nicht gekreuzt. Er und Wes hatten sich vor einiger Zeit an einer Kreuzung getroffen und sie hatten sich das Gebiet aufgeteilt.

„Jocie kann nicht weit sein", hatte Wes gesagt. „Sie ist ein vernünftiges Mädchen, David. Sie wird die Sache verdauen und zurückkommen, um mit dir zu reden. Allerdings nicht unbedingt, bevor dieses Gewitter losgeht. Es wurde eine Unwetterwarnung herausgegeben. Sturm. Hagel. Blitz. Das volle Programm. Ich habe es im Radio drüben in der Schmiede gehört." Wes hatte zu den Wolken hinaufgeschaut, die von Westen her angerollt kamen.

Bis dahin hatte David nicht einmal bemerkt, dass die Sonne sich versteckt hatte. Stirnrunzelnd hatte er die Wolken betrachtet und gesagt: „Vielleicht stellst du dein Motorrad lieber ab und fährst mit mir, Wes."

„Nee, getrennt können wir eine größere Fläche absuchen. Außerdem ist das Unwetter noch ziemlich weit entfernt, und wer weiß? Vielleicht zieht es ja auch an uns vorbei. Diese Wetterleute irren sich schließlich öfter, als sie recht haben. Wenn es zu heftig wird, stelle ich mich in einer Scheune unter oder auf irgendeiner Veranda."

„Hier draußen gibt es nicht viele Häuser", hatte David gesagt. „Wir sind auf der Bohon Road, oder?"

„Keine Ahnung. Ich komme vom Jupiter, das weißt du doch. Du bist es, der hier aufgewachsen ist." Wes hatte die Straße hinunter gezeigt. „Wie heißt die Seitenstraße da unten?"

„Das ist die Whitson Road."

„Ich glaube, da war ich schon mal. Als ich hier neu war, bin ich oft einfach so herumgefahren. Da unten ist ein Bach, stimmt's?"

„Wenn du weit genug fährst und an der richtigen Stelle abbiegst, kommst du zu Clay's Creek", hatte David gesagt. „Wir hätten eine

Karte mitbringen und die Straßen abhaken sollen. Aber warum sollte sie überhaupt hier sein? Vielleicht ist sie schon wieder zu Hause."

„Könnte sein. Warum suchst du nicht ein Haus und rufst Zella oder Lovella und fragst nach? Vielleicht suchen sie jetzt uns."

„Das glaubst du doch selbst nicht." David hatte es wie eine Tatsache gesagt.

„Stimmt."

„Was glaubst du, Wes?"

„Ich glaube, sie ist abgehauen, ohne zu überlegen, wohin, und dann hat sie sich irgendwann umgesehen und nicht mehr gewusst, wie sie in die Stadt zurückkommt. Ich glaube, sie hat sich verfahren und findet nicht nach Hause."

„Vielleicht sollte ich den Sheriff anrufen."

„Das ist möglicherweise keine schlechte Idee. Er könnte Helfer organisieren."

Der Donner, der in der Ferne gegrummelt hatte, klang lauter. „Ich hoffe, sie wird nicht auf dem Fahrrad vom Gewitter überrascht."

„Jocie ist nicht dumm, David. Sie weiß über Gewitter Bescheid."

„Aber sie hat keine Angst davor. Tante Love will immer, dass sie von der Veranda ins Haus kommt, wenn es blitzt. Vielleicht denkt Jocie, dass sie einfach draußen stehen bleiben und es vorüberziehen lassen kann. Wir müssen sie finden, Wes."

„Das werden wir." Wes hatte Anstalten gemacht, den Gang an seinem Motorrad einzulegen, dann hatte er seinen Fuß noch einmal auf dem Boden abgesetzt. „Was soll ich ihr sagen, wenn ich sie als Erster finde?"

„Die Wahrheit?"

„Kenne ich die Wahrheit?", hatte Wes gefragt.

„Ich bin ihr Vater."

„Daran habe ich sowieso nie gezweifelt. Keine Sekunde." Wes hatte den Motor aufheulen lassen und war losgeprescht. Er war in die Whitson Road in Richtung Clay's Creek abgebogen.

Jetzt betete David laut, während er in die andere Richtung fuhr. „Gütiger Gott, du hast mir Jocie anvertraut. Gib jetzt im Sturm auf sie acht, bei dem Gewitter draußen und den Turbulenzen in ihren Gedanken. Hilf ihr, mir als ihrem Vater zu vertrauen, so wie du mir hilfst, mich auf meinen Glauben an dich zu stützen."

Gott wird auf sie aufpassen, sagte David sich, während ein Blitz unweit von ihm aus dem Himmel niederkrachte. Unwillkürlich stieg die Erinnerung an die kleine Carolyn Winthrop in ihrem Sarg vor seinem geistigen Auge auf. Ein wunderbares Kind mit langen braunen Locken und leuchtenden Augen. Sie hatte im letzten Winter auf einem zugefrorenen Teich gespielt. Das Eis war eingebrochen. Sie hatten sie nicht rechtzeitig retten können. Die Kleine war zehn Jahre alt gewesen. David hatte bei der Beerdigung gepredigt. Josephine und Harold Winthrop waren feine Christenmenschen. Gott hatte nicht die Hand ausgestreckt und ihre kleine Carolyn vom Eis gezogen. Bei der Trauerfeier hatte David der weinenden Familie gesagt, dass schlimme Dinge einfach geschahen, und das stimmte auch. Aber es war ein schwacher Trost, wenn die schlimmen Dinge dem eigenen Kind widerfuhren.

Wieder zuckte ein Blitz vor ihm auf und er betete noch inbrünstiger.

38

Jocie ging den schmalen Gang hinunter, vorbei an Sonntagsschulräumen, in denen Malbücher und Buntstifte auf kindgerechten Tischen verstreut lagen. Sie konnte Klebstoff riechen. Am Ende des Ganges führte eine Tür in den kleinen Kirchenraum. Rechts und links vom Mittelgang standen jeweils acht Bänke hintereinander. Hier brauchte sie kein Licht. Draußen zuckten die Blitze wie Glühlampen mit einer Million Watt auf und ließen das Rot und Gold in den Bleiglasfenstern flackern, als stünden sie in Flammen.

Donner erschütterte das Gebäude und der Wind, der an der Seite der Kirche den Schornstein hinunterpfiff, ließ die Fenster erzittern. Regen peitschte gegen die Scheiben. Jocie war dankbar für die Wände, die sie umgaben. Auch wenn die Geister in den Bänken sie anstarrten.

Genau genommen war es einfacher, an das Unwetter und die Gespenster zu denken als an alles andere. Trotzdem musste sie darüber nachdenken. Und darüber, was sie tun sollte, wenn das Gewitter weiterzog. Doch dann schlug der Wind noch heftiger gegen die kleine Kirche, bis Jocie irgendwann befürchtete, das Gebäude könnte nicht solide genug sein, um dem Sturm standzuhalten. Vielleicht sollte sie für die Kirche beten. Nicht so sehr um ihrer selbst willen, sondern wegen der Leute, die am Sonntag hierher zurückkommen und ihren Gottesdienst feiern wollten.

Jocie rutschte auf einer der Bänke zum Mittelgang und ging dann zur Kanzel. Sie wusste nicht, warum die Leute so ungern nach vorne gingen. Es war doch einfach nur ein Stück Boden zwischen den Bänken. Natürlich war ihr Vater der Prediger gewesen und hatte auf sie gewartet, als sie nach vorne gegangen war.

Sie stellte sich vor, ihr Vater stünde jetzt dort vor der Kanzel, die Hände ausgestreckt, um sie in Empfang zu nehmen und ihr zu sagen, dass sie zu ihm gehörte, obwohl sie das vielleicht nie getan hatte. Sie konnte das Bild ihres Vaters im Kopf nicht aufrechterhalten. Er verblasste und wurde wie einer der anderen Geister. Jocie sank vor dem Abendmahlstisch auf die Knie, dabei hatte sie noch nie in einer Kirche gekniet. Sie kniete zu Hause vor ihrem Bett, wenn sie betete, aber nie in der Kirche. Dort senkten sie nur den Kopf. Manchmal kniete ihr Vater neben der vordersten Bank nieder, um ein besonderes Gebet mit jemandem zu sprechen. Sie wünschte, er wäre jetzt hier, um mit ihr zu beten. Sie hatte keinen Zweifel daran, dass Gott zuhörte, wenn ihr Vater betete.

Sie blickte zu Boden, während sie überlegte, was sie beten sollte. Eine Pfütze bildete sich um sie herum, weil das Wasser aus ihren durchnässten Sachen tropfte. Bestimmt würden die Ältesten nächste Woche auf dem Dach nachsehen, ob es irgendwo ein Leck gab. Vielleicht sollte sie ihnen einen Zettel dalassen. Aber darüber konnte sie sich jetzt keine Gedanken machen. Jocie räusperte sich und begann zu beten: „Lieber Gott, ich weiß nicht, ob du mich bei dem Gewitter hören kannst, aber wenn, dann danke ich dir dafür, dass du mir geholfen hast, diese Kirche zu finden, sodass ich ins Trockene kommen konnte. Und vergib mir, dass ich alles nass tropfe."

„Natürlich kann er dich hören, Kind", hallte Tante Loves Stimme in ihrem Kopf wider. *„Nichts kann dich von Gott trennen. ‚Denn ich bin gewiss, dass weder Tod noch Leben, weder Engel noch Mächte noch Gewalten, weder Gegenwärtiges noch Zukünftiges, weder Hohes noch Tiefes noch eine andere Kreatur uns scheiden kann von der Liebe Gottes, die in Christus Jesus ist, unserm Herrn.'"*

War ein Sturm eine Kreatur? Und was war mit Hohem und Tiefem gemeint? Sie hatte ihren Vater schon immer danach fragen wollen, hatte aber nie daran gedacht. Jocie konzentrierte sich wieder auf ihr Gebet. „Jedenfalls weiß ich nicht, was ich beten soll, Gott, außer vielleicht, dass du mich beschützt, bis das Gewitter vorbei ist, und mir dann den Weg nach Hause zeigst. Nicht nach Hause im Himmel. Jetzt noch nicht. Ich meine mein Zuhause. Vielleicht könntest du Zeb schicken, damit er mich findet. Aber ich will dir natürlich nicht sagen, was du tun sollst. Ich nehme jede Hilfe, die ich bekommen kann." Jocie schwieg, während das Unwetter draußen ebenso weitertobte wie in ihrem Herzen. Nach einer Weile fing sie erneut an zu sprechen, aber diesmal leiser, sodass sie die Worte bei all den Sturmgeräuschen von Wind und Regen selbst kaum hören konnte. „Und du weißt, was ich noch gerne wissen möchte, aber ich habe

Angst, deswegen zu beten, weil du ja nicht lügen kannst und vielleicht möchte ich lieber belogen werden."

Hatte ihr Vater sie angelogen?

Jocie sagte nicht Amen. Sie wollte die Verbindung nicht beenden. Als sie aufstand, nahm sie plötzlich einen besonderen Geruch wahr. Eine Art Blütenduft. Aber die Blumen auf dem Altar waren aus Plastik. Jocie berührte sie, um sich zu vergewissern. Von ihnen ging der Duft nicht aus. Ihr Herz hämmerte so laut wie der Regen gegen die Fenster. Flieder. Nicht Robinienblüten, sondern Flieder. Der schönste Duft auf Erden. Sie blickte zur Decke hinauf, als erwartete sie, dort einen Engel zu sehen oder leuchtende Worte oder irgendetwas anderes. Aber dort war nichts. Nicht einmal der Friede, der höher ist als alle Vernunft, von dem ihr Vater und Tante Love gesprochen hatten.

Ganz eindeutig war da kein Friede, als ein Hagelkorn in Baseballgröße durch ein Fenster im hinteren Teil der Kirche krachte und dann in ihrer Nähe noch eines. Überall lagen Scherben auf dem Boden. Der Wind rauschte in die Kirche wie ein lebendiges Wesen. Jocie wollte sich unter einer Bank verkriechen, aber irgendetwas ließ sie den Gang hinunter in Richtung Haupteingang laufen. Keine Hand auf ihrer Schulter. Kein Stoß in die Rippen, aber trotzdem konnte sie nicht stehen bleiben und sich unter einer Bank verstecken, wie sie es wollte. Der Hagel schlug mit Fäusten aus Eis auf die Kirche ein und zerschmetterte noch mehr Fenster. Der Lärm war furchterregend.

Sie konnte unmöglich in dieses Chaos hinausgehen. Aber der Fliederduft umfing sie und sie hob die Hand, um den Riegel am Eingang zur Seite zu schieben. Als das Schloss aufsprang, zögerte Jocie einen Moment, bevor sie die Tür aufzog. „Bist du dir sicher, Herr?"

„Vertraue und gehorche, das ist der rechte Weg." Der Choral kam ihr in den Sinn, aber sie war sich nicht sicher, wem sie gehorchte. Vielleicht war es ja der Teufel, der sie durch die Tür in das Unwetter hinaustrieb. Warum sollte Gott wollen, dass sie dort hinausging? Aber sie hatte gebetet und ihr Vater predigte immer, dass man, wenn man betete, Gottes Antworten nicht infrage stellen sollte.

Jocie zog die Tür auf und der Hagel hörte so abrupt auf, als hätte jemand einen Schalter im Himmel umgelegt. Auf dem Weg lagen faustgroße Hagelkörner zwischen Blättern und abgebrochenen Ästen von der großen Eiche neben dem Weg. Jocie versuchte sich daran zu erinnern, worum genau sie gebetet hatte. Dass sie beschützt wurde. Und dass sie nach Hause fand.

Sie trat auf den Treppenabsatz aus Beton hinaus. Jetzt strömte der Fliederduft von allen Seiten auf sie ein, so als hätte es Fliederblüten geregnet. Der Wolkenbruch wurde zu einem Nieselregen und Blitz und Donner entfernten sich. Aber es war zu still und die Wolken hatten eine merkwürdig grünliche Farbe, die sich in der Luft ausbreitete. Plötzlich zischte der Wind wie eine riesige Schlange am Himmel und fing an, über ihr wie wild herumzuwirbeln.

Der Fliederduft wurde schwächer. „Warte, Herr", sagte Jocie. „Ich habe Angst. Zeig mir, was ich jetzt tun soll."

Sie traute kaum ihren Ohren, als sie das Motorrad hörte. Das musste Wes sein. So schnell sie konnte, rannte Jocie zur Straße und wedelte mit den Armen. Das Zischen des Windes verwandelte sich in ein Brüllen. Sie blickte auf. Die Wolken hatten sich zu einem Strudel geformt, der zwei Bäume entwurzelte, als würde jemand Unkraut ausreißen. Wes sprang vom Motorrad, stürzte sich auf sie und warf sie zu Boden. Er schirmte sie mit seinem Körper ab, während er ihr ins Ohr brüllte: „Halt dich am Boden fest, so gut du kannst, Jo."

Jocie versuchte, ihm zu antworten, aber es war, als würden vier Güterzüge gleichzeitig über sie hinwegdonnern. Der Wind raubte ihr jeden Atem und hob Wes hoch. Dinge zerbarsten und regneten auf sie nieder. Ein Friedhof war sicher ein denkbar passender Ort, um ins Jenseits zu gehen, aber Jocie grub die Finger in den Boden, um auf der Erde zu bleiben, und kniff die Augen zusammen. Sie dachte an ihren Vater, wie er betete und sang und predigte und seine alte Schreibmaschine traktierte und lachte. *Bitte, Gott.* Sie wollte wenigstens noch einmal mit ihm lachen.

„Daddy", schrie sie, aber wer wusste schon, ob irgendein Laut durch diesen wahnsinnigen Wind drang.

Der Anblick des Himmels gefiel David gar nicht. Er war immer dunkler geworden, seit Wes und er miteinander gesprochen hatten. Gertrude Wilson hatte ihm gerade erzählt, dass im Radio eine Unwetterwarnung für den ganzen Bezirk durchgegeben worden war. David war zu ihrem Haus gefahren, um Tante Love und Zella anzurufen, aber ihr Telefon funktionierte nicht. Sie sagte, das passiere beinahe immer, wenn es donnerte.

„Sie bleiben besser hier, Bruder David, bis das Unwetter vorüber ist“, sagte Miss Gertrude zu ihm.

Miss Gertrude war über siebzig und seit vielen Jahren verwitwet, aber ihre Tochter konnte sie nicht dazu bewegen, in die Stadt zu ziehen. Gertrude sagte, wenn sie in einem dieser kleinen Schuhkartons leben müsste, in dem man praktisch dem Nachbarn durch das Fenster die Hand geben könne, würde sie auf der Stelle sterben. Hier hatte sie alles, was sie brauchte. Eine Kuh für die Milch. Ein paar Hühner für die Eier. Ein gutes Gartengrundstück. Überall Bäume mit genug Holz, um sie im Winter warm zu halten. Sie sagte, jetzt, wo es diese modernen Kettensägen gebe, sei es nicht einmal mehr viel Arbeit, Holz zu besorgen. Nicht so wie damals, als Wallace und sie frisch verheiratet gewesen waren.

Und sie kannte das Wetter, weil sie es jahrelang beobachtet hatte. „Das wird ein richtiger Kaventsmann, wenn ich mich nicht irre. Ich war vorhin draußen, um nach meiner alten Legehenne zu sehen, und selbst der Hahn, der dümmer ist als ein Sack Steine, hat sich im Hühnerhaus versteckt. Sehen Sie sich doch um. Weit und breit ist kein Vogel zu sehen.“

Miss Gertrude war auf die Veranda herausgekommen, um mit ihm zu sprechen. „Ich habe gar nicht auf die Vögel geachtet“, sagte David.

„Natürlich nicht, wo Ihr kleines Mädchen doch irgendwo da draußen ist, aber es wird ihr überhaupt nichts nützen, wenn Sie von dem Sturm weggeweht werden. Und die Vögel wissen immer Bescheid.“

„Ich sitze doch im Auto.“

„Ich habe schon gesehen, wie der Wind einen Traktor hochgehoben und auf den Kopf geworfen hat. Wenn dieses Unwetter näher kommt, steigen Sie aus und suchen sich einen Graben.“

„Im Juli gibt es hier keine Tornados“, sagte David.

Miss Gertrude zog ihre grauen Augenbrauen hoch. „Sie sind Prediger, Bruder David. Da wissen Sie doch sicher, dass Gott uns jedes Wetter schicken kann, das er will, wann immer er will. Glauben Sie mir. Diese Wolken sagen mir, dass wir einen Tornado bekommen.“

David konnte nicht behaupten, dass sie sich irrte. Der Himmel hatte eine merkwürdige Farbe. „Sie könnten recht haben, Miss Gertrude. Und ich werde vorsichtig sein, wenn der Wind schlimmer wird. Vielleicht sollten Sie in den Keller gehen.“

„Das tue ich, wenn er auf mich zukommt, aber wenn er nur vorbeizieht, will ich ihn sehen. Man bekommt nicht oft die Gelegenheit zu sehen, wie Trecker umgeworfen und Bäume aus dem Boden gerissen werden.“

David konnte sie förmlich vor sich sehen, wie sie mit einem Glas Limonade und einer Schüssel Popcorn in ihrem Schaukelstuhl auf der Veranda darauf wartete, dass das Schauspiel begann. „Ich hoffe, Sie irren sich.“

„Das könnte sein, aber die Vögel irren sich sehr selten.“ Miss Gertrude tätschelte seinen Arm. „Aber selbst wenn es einen Tornado gibt, muss er nicht unbedingt dort sein, wo Ihr kleines Mädchen ist. Ich werde für sie beten, dass der Herr sie behütet. Und Sie auch.“

„Das weiß ich zu schätzen“, sagte David und ging die Verandatreppe hinunter. Als er am Ende von Miss Gertrudes Auffahrt angelangt war, trafen ihn bereits die ersten Regentropfen. Er hatte vorgehabt, links abzubiegen und die Liberty Road hinunterzufahren, aber am Ende der Auffahrt fuhr er stattdessen nach rechts und nahm den Weg, den er gekommen war.

Hier war er bereits gewesen und Wes hatte die Seitenstraßen genommen, aber es war, als könnte er Jocie sehen, die ihm ein Zeichen gab, in diese Richtung zu fahren. Oder vielleicht war es ein Engel. David hörte auf, darüber nachzudenken, wohin er fuhr, und fuhr einfach weiter. Mit jeder Abbiegung, die er nahm, kam er dem Unwetter näher.

Seine Scheibenwischer bewegten sich hin und her, aber sie nützten nur wenig, weil der Regen sich wie aus Eimern auf die Windschutzscheibe ergoss. Er verlangsamte sein Tempo, bis der Wagen nur noch kroch. Jetzt fuhr David bergauf, aber er hatte keine Ahnung, wo er war. Er irrte umher in einem Meer aus Regen und Blitzen. Hatten die Jünger auf dem See Genezareth sich so gefühlt? Und Jesus hatte die ganze Zeit geschlafen. Er hatte gewusst, dass Gott alles in der Hand hatte. Daran musste David sich jetzt erinnern. Dass der Herr die Kontrolle hatte. David musste die Sache ihm überlassen und aufhören zu glauben, er selbst könnte die Dinge besser regeln als Gott.

Trotzdem blieb er nicht stehen. Er behielt den Fuß auf dem Gaspedal und kroch weiter die Straße hinauf. Walnussgroße Hagelkörner schlugen auf den Wagen ein. David hoffte, dass Wes einen Unterschlupf gefunden hatte. Und Jocie. Natürlich, Jocie. Er konnte den Gedanken nicht ertragen, dass sie allein dort draußen war. Fast konnte er den missbilligenden Blick Gottes fühlen, deshalb flüsterte er: „Ich weiß, sie ist nicht allein, Herr. Sie ist niemals allein. Du bist bei ihr. Beschütze sie.“

39

Plötzlich entfernte sich das Brüllen und verstummte. Jocie öffnete zögernd ein Auge und sah Gras. Es war noch immer grün. War noch immer im Boden verwurzelt. Sie öffnete auch das andere Auge und suchte nach Wes. Er lag nicht mehr auf ihr drauf. Es fühlte sich leicht an. Zu leicht.

Jocie rollte sich auf die Seite und setzte sich auf. Die Welt war wie ausgewechselt. Sie schloss die Augen und öffnete sie langsam wieder, aber es sah noch genauso aus. Oder besser, nichts sah mehr genauso aus. Die Kirche war fort. Nichts war mehr übrig außer einem nackten Fußboden mit der Kanzel und einer der Bänke. Eine weitere Bank stand mitten auf dem Friedhof. Alles andere, aus dem die Kirche bestanden hatte, war nicht mehr da. Türen, Wände, Fenster, Dach waren verschwunden. Einfach weg. Davongetragen. Außer der alten Eiche, die verdreht und auseinandergerissen im Hof lag.

„Wes", flüsterte Jocie, als hätte sie Angst zu rufen, weil sie fürchtete, der Wind könnte sie hören und zurückkommen, um sich zu holen, was er vergessen hatte. Sie stand auf. Jetzt war der Regen sanft, wie Tränen, die vom Himmel fielen. „Wes!" Diesmal sagte sie es lauter, aber noch immer hörte sie keine Antwort.

Sie versuchte zu beten, aber irgendwie hatte der Wind schon alle Gebete aus ihr herausgesogen. Vielleicht hatte sie den Sturm doch nicht überlebt. Vielleicht war sie im Jenseits und deshalb sah alles so seltsam aus. „Sei nicht albern", sagte sie zu sich selbst. „Im Himmel würden keine Kirchen weggeweht."

Jocie sah Wes immer noch nicht, aber sein Motorrad stand auf der anderen Straßenseite auf dem Kopf an einen Zaun gelehnt. Hinter dem Zaun standen die Bäume noch, groß und gerade, unberührt vom Sturm. Aber wo war Wes?

Panik stieg in ihr auf und ihr Herz fing an zu hämmern. Er konnte nicht mit der Kirche weggeweht worden sein. Der Regen vermischte sich mit den Tränen auf ihrem Gesicht, als sie schrie: „Wes!"

Als sie ein Stöhnen hörte, schlug ihr Herz nicht mehr ganz so heftig. Sie kletterte über die abgebrochenen Äste der alten Eiche, bis sie einen Stiefel zwischen den Blättern sah. Einen Augenblick lang hatte sie beinahe Angst nachzusehen, aber dann hörte sie wieder ein Stöhnen. Wes musste am Leben sein, um stöhnen zu können.

Sie schob die Äste, die ihn bedeckten, zur Seite, so gut es ging, bis sie sein Gesicht sehen konnte. Hellrotes Blut lief aus einer Platzwunde an seinem Kopf. Er sah viel zu reglos aus, viel zu blass. Sie riss ein Stück von ihrer Bluse ab, um es auf die Wunde an seinem Kopf zu pressen. „Wag es ja nicht zu sterben", sagte sie zu ihm. „Du kannst zum Jupiter zurückgehen, aber sterben darfst du nicht."

Wes' Augen öffneten sich flatternd. Er versuchte zu lächeln. „Ich glaube, ich habe meine Mitfahrgelegenheit zum Jupiter verpasst."

Jocie legte den Kopf auf seine Brust, umarmte ihn, so gut sie es durch die Äste hindurch konnte, und schluchzte.

„Hör auf zu heulen, Jo, und räum den Baum hier weg. Was ist eigentlich passiert?"

Jocie setzte sich auf und wischte sich die Tränen von der Wange. „Es muss ein Tornado gewesen sein. Die Kirche ist weg. Einfach weg."

Wes drehte den Kopf und versuchte in die entsprechende Richtung zu schauen. „Ich kann gar nichts erkennen mit diesem Baum im Gesicht, aber ich würde sagen, das ist der Beweis für das, was ich dir all die Jahre gesagt habe. Wenn ich jemals bei einer Kirche auftauchen sollte, würde sie vor Schreck umfallen."

„Diese hier ist nicht umgefallen. Eher hochgeflogen."

Wes schnitt eine Grimasse. „Zuerst hochgeflogen und dann irgendwo runtergefallen."

Jocie blickte sich um. „Nirgendwo in der Nähe. Vielleicht auf dem Jupiter."

„Das könnte sein. Der alte Mr Jupiter hat vielleicht beschlossen, dass er da oben eine Kirche gebrauchen kann." Wes versuchte wieder, den Kopf anzuheben, aber die Äste waren im Weg. „Wenn er das hier war, dann wäre es mir lieber gewesen, wenn er den Baum nicht auf mich hätte drauffallen lassen. Glaubst du, du kriegst mich hier raus?"

Jocie zog einige der Äste von Wes' Armen und seinem Brustkorb fort. Fast gelang es ihr, ihn zu befreien, aber den Teil des Baumes, der auf seinem rechten Bein gelandet war, konnte sie nicht bewegen, weil dieser Ast beinahe so dick war wie ihre Taille.

„Vielleicht kannst du ja einen anderen Ast als Hebel benutzen und das Ding so weit anheben, dass ich darunter hervorkriechen kann", sagte Wes.

Jocie fand einen kräftig aussehenden Ast, rammte das Ende unter den Stamm und lehnte sich mit ihrem ganzen Gewicht darauf. Nichts geschah. „Ich glaube nicht, dass ich ihn bewegen kann", sagte sie.

„Vielleicht hat er ja ein bisschen nachgegeben. Halt ihn so, während ich versuche, mein Bein rauszuziehen." Wes presste die Lippen aufeinander und versuchte, sein Bein zu befreien. Sein Gesicht wurde leichenblass, als frisches rotes Blut seine Jeans durchtränkte.

„Halt, Wes!", schrie Jocie. „Es blutet." Sie ließ den Ast los und kniete sich neben ihn. Sie wusste nicht, was sie tun sollte. Noch nie hatte sie so viel Blut gesehen.

Wes stemmte sich auf den Ellbogen, um sich das Bein anzusehen. „Das scheint wirklich zu bluten. Komisch, es tut gar nicht so weh." Er ließ sich wieder auf den Boden zurückfallen. Jocie dachte, er wäre ohnmächtig geworden, aber nach einer Weile sagte er: „Tja, Zella wird sich wundern. Sie dachte immer, ich würde einen Unfall mit meinem Motorrad bauen, aber wer hätte gedacht, dass mich ein Baum umlegt."

„Red nicht so, Wes. Wir holen dich hier raus."

Er sah sie an. „Und was dann? Bis zum Doktor ist es weit. Mensch, das nächste Haus ist ja schon kilometerweit entfernt, falls überhaupt noch irgendwelche Häuser stehen. Und ich werde so schnell nirgendwohin laufen."

„Ich kann Hilfe holen gehen."

„Das kannst du, Jo. Ist wahrscheinlich gar keine schlechte Idee." Wes schloss die Augen. „Geh die Straße entlang und finde jemanden. Ich bleibe hier liegen und warte auf dich."

Es gefiel Jocie nicht, wie schnell Wes ihr zugestimmt hatte, ohne zu diskutieren, was die beste Lösung war. Sie trommelte auf seine Brust. „Ich lasse nicht zu, dass du die Augen zumachst und aufgibst. Du musst kämpfen."

Er öffnete ein Auge und sah sie an. „Wogegen kämpfen? Ich würde sagen, ich bin schon angezählt."

„Niemand zählt." Jocie weinte jetzt wieder. „Du darfst nicht sterben. Nicht jetzt. Es wäre ganz allein meine Schuld und das könnte ich nicht ertragen."

„Der Tornado war nicht deine Schuld, Jo."

„Vielleicht nicht, aber du wärst gar nicht hier gewesen, wenn du mich nicht gesucht hättest. Ich hätte nicht weglaufen dürfen."

Wes öffnete auch das andere Auge. „Warum bist du denn weggelaufen? Es sieht dir gar nicht ähnlich, mit niemandem zu reden."

„Ich habe mit jemandem geredet. Mit Tabitha. Sie wusste es. Und Zella wusste es. Wusstest du es auch?"

„Was soll ich gewusst haben?"

„Du weißt schon", sagte Jocie. „Dass Daddy nicht mein Vater ist."

„Davon weiß ich nichts." Wes hob eine Hand und berührte Jocies Gesicht. „Dein Daddy war immer dein Daddy."

„Aber ist er mein Vater? Ich meine, wie in der Bibel. Adam zeugte Set und Set zeugte Enosch. Du weißt, was ich meine."

„Ich habe dich nie wirklich angelogen, Jo. Ich habe dir ein paar interessante Geschichten erzählt, aber nie richtig gelogen. Wenigstens nicht in Bezug auf wichtige Dinge. Ich kann mir nicht sicher sein, was das Zeugen angeht. Aber willst du nicht lieber einen Daddy haben, als ein Zeugling sein?"

Beinahe hätte Jocie gelächelt. „Ich glaube nicht, dass es so ein Wort gibt."

„Wir schreiben ja auch keine Geschichte für die Nachwelt. Jedenfalls sucht dein Daddy dich. Er liebt dich vielleicht sogar noch mehr, als ich es tue, obwohl ich mir nicht vorstellen kann, wie das gehen soll. Und ich kann garantiert nicht behaupten, dass ich mit dir verwandt bin. Wir stammen ja nicht mal vom selben Planeten." Wes lächelte sie an. „Aber egal, wie sehr ich dich liebe, ich muss mich ein bisschen ausruhen. Ich sehe Jupiterringe."

„Was sind Jupiterringe?"

„Ich bin mir nicht sicher, aber ich sehe sie." Wes schloss die Augen.

Jocie blickte wieder auf seine Brust. Sie hob und senkte sich. Sie beugte sich an sein Ohr. „Ich nehme zurück, was ich gesagt habe. Du kannst nicht zum Jupiter zurückgehen. Gott wird uns helfen." Jocie blickte auf. Der Himmel war aufgerissen und zeigte blaue Stellen. „Das tust du doch, Herr? Bitte!"

Sie hatte die Worte kaum ausgesprochen, als sie ein Auto die Straße heraufkommen hörte.

40

David fuhr weiter durch das Unwetter. Die Bäume am Straßenrand bebten und bogen sich im Kampf gegen den Wind. Er überlegte, ob er anhalten sollte, aber sein Fuß blieb auf dem Gaspedal. Außerdem könnte es sein, dass er, wenn er anhielt, genau unter dem einen Baum zum Stehen kam, der den Kampf gegen den Sturm verlor. Natürlich könnte er auch aussteigen und sich im Graben einbuddeln, so wie Miss Gertrude es empfohlen hatte. Wahrscheinlich wäre das sogar das Vernünftigste, wenn er die merkwürdig grünliche Färbung der Luft bedachte und die bedrohlichen dunklen Wolken, die er durch die hektisch tanzenden Baumwipfel sehen konnte. Aber Tornados gab es im Frühling, nicht mitten im Sommer. Das sagte er sich immer wieder. Wenigstens hatte der Hagel aufgehört und der Regen ließ nach. David war beinahe auf dem Scheitelpunkt des Hügels angekommen, als er um eine Ecke bog und das Schlachtfeld des Unwetters erreichte. Der Wind hatte eindeutig gewonnen. Bäume lagen wie Streichhölzer herum, die jemand ausgeleert hatte, aber die Straße war erstaunlich frei, abgesehen von einer Kirchenbank, die mitten daraufstand. David blinzelte, um sich zu vergewissern, dass er keine Halluzinationen hatte. Aber die hölzerne Bank stand eindeutig dort. Woher kam sie bloß?

Die Bank knirschte über den Asphalt, als David sie zur Seite schob. Er hatte sie schon von der Straße geräumt, als ihm einfiel, dass er ein Bild für den *Banner* hätte machen sollen. Ein solches Bild verkaufte Zeitungen. Nicht, dass ihn die Verkaufszahlen der Zeitung im Moment groß geschert hätten. Er musste Jocie finden.

David war beinahe wieder bei seinem Wagen, als er das Rad entdeckte. Es war zerquetscht und verbogen und die Speichen ragten in alle Richtungen, aber es bestand kein Zweifel daran, dass es das Vorderrad eines Fahrrads war. David hob es auf, in der Hoffnung, dass es alt und rostig war, aber das Chrom glänzte und hatte leuchtend rote Farbtupfer. Dasselbe leuchtende Rot, das Jocie im Frühling benutzt hatte, um ihr Fahrrad aufzupeppen.

Er gestattete sich nicht zu denken. Er blickte nur zum Himmel hinauf und sagte: „Guter Gott." Einen Augenblick lang stand er still da und wartete auf irgendein Zeichen. Einen Finger, der ihn in die richtige Richtung wies oder einen Hilfeschrei vielleicht. Er wäre schon für ein Gefühl dankbar gewesen, dass er in einer bestimmten Richtung nach Jocie suchen sollte. Aber der Regen schlug ihm ins Gesicht und alles, was er sah, war ein Stückchen Blau, das die grauen Wolken über seinem Kopf beiseiteschob.

Weitere Teile ihres Fahrrads sah er keine. Jocie hatte bestimmt nicht auf dem Fahrrad gesessen. Sie hatte sich einen Unterschlupf gesucht. Diesen Unterschlupf musste er nur finden. David legte das verdrehte Rad auf den Rücksitz seines Wagens und fuhr weiter die Straße entlang. Der Unterschlupf, den sie gefunden hatte, musste an der Straße stehen. Sie hätte nicht versucht, mit dem Fahrrad über die Felder zu fahren. Und Wes war auch in diese Richtung gefahren. Sie könnte bei ihm sein. Plötzlich wurde Davids Herz leichter. Er stellte sie sich vor, wie sie hinter Wes auf dem Motorrad saß und dem Sturm davonfuhr. Vielleicht waren die beiden jetzt schon wieder in der Stadt. „Mach, dass es so ist, Herr", flüsterte David, während er den Wagen um die Äste herummanövrierte, die auf der Straße lagen.

Noch eine Kurve und er hatte die Anhöhe erreicht, auf der seit beinahe einem Jahrhundert die Baptistenkirche von Clay's Creek gestanden hatte, aber sie war nicht mehr da. War einfach von ihrem Fundament gewischt. Der Wind hatte nichts zurückgelassen außer der Kanzel und zwei weiteren Bänken. Eine davon lag zwischen den abgebrochenen Ästen dessen, was von der riesigen Eiche übrig war, die sicher schon dort gestanden hatte, als die Kirche erbaut worden war.

Davids Herz wurde schwer. Wes hatte Jocie nicht rechtzeitig gefunden, um dem Unwetter zu entkommen. Sein Motorrad lag auf dem Kopf an dem Zaun auf der anderen Straßenseite gegenüber von dem Platz, auf dem die Kirche gestanden hatte. Von Wes war nichts zu sehen. Und von Jocie auch nicht. Er betete zu Gott, dass sie nicht in der Kirche Zuflucht gesucht hatten.

Er stieg gerade aus dem Auto, als ein Kopf aus dem Eichenlaub hervorlugte.

„Daddy!"

Er traute seinen Augen kaum, als Jocie aus den Ästen stieg und auf ihn zurannte. Er packte sie und drückte sie so fest an sich, dass sie unmöglich atmen konnte, aber das schien ihr nichts auszumachen, denn sie drückte ihn genauso heftig. Als David seine Umarmung ein wenig lockerte, fing sie an zu erzählen.

„Daddy, ich fasse es nicht, dass du da bist. Alles ist so verrückt. Ich war in der Kirche und habe Flieder gerochen.“ Sie blickte zu ihm auf. „So wie du die Robinienblüten. Ich wollte es erst nicht glauben, aber dann hat Gott mich direkt zur Tür rausgeschoben, mitten in das Unwetter, und ich wusste nicht, ob er mir helfen oder ob er mir sagen wollte, dass meine Zeit gekommen sei. Dann tauchte Wes wie aus dem Nichts auf, so wie du gerade, und er hat mich auf den Boden geworfen, und dann ist alles weggeflogen. Ich meine wirklich weg, und ich dachte, ich würde vielleicht auch wegfliegen, aber das bin ich nicht. Aber dann war Wes nicht mehr da und ich konnte ihn nicht finden. Und dann habe ich ihn gefunden, aber er ist verletzt und ich wusste nicht, was ich tun sollte. Also habe ich Gott um Hilfe gebeten. Und jetzt bist du hier.“

„Geht es dir gut, Jocie?“ David ließ sie lange genug los, um ihr ins Gesicht zu sehen. Ihre Wangen waren blutverschmiert. „Du blutest.“

Jocie wischte sich über die Wange und betrachtete ihre Hand. „Ich nicht, jedenfalls glaube ich das nicht. Es ist Wes. Der Baum ist auf ihn draufgefallen und ich kann ihn nicht herausziehen.“ Sie löste sich von David und zog ihn an der Hand mit sich. „Er ist schlimm verletzt.“ Einen kurzen Moment blieb sie stehen und sah ihn an. „Du lässt ihn nicht sterben, oder, Daddy?“

„Nicht, wenn ich es verhindern kann, Jocie.“ David betete bereits, während er über die Äste stieg und Jocie folgte. Als er Wes sah, betete er noch inbrünstiger. Der Mann hatte eine hässliche Platzwunde am Kopf und seine Augen waren geschlossen. Er war so bleich, dass David Angst hatte, es könnte bereits zu spät sein für Gebete um seine Genesung.

Jocie hockte sich neben Wes. „Daddy ist hier, Wes. Wir holen dich hier raus. Gott hat uns Hilfe geschickt, so wie ich es gesagt habe.“

David bahnte sich einen Weg durch die Äste, bis er auf der anderen Seite von Wes niederknien konnte. „Kannst du mich hören, Wes?“

Wes öffnete ein Auge und sah David an. „Natürlich kann ich dich hören. Ein Baum liegt auf mir drauf. Aber ich bin nicht taub.“

„Wie schlimm ist es?“, fragte David. „Kannst du deine Zehen spüren?“

„Wenn ich noch Zehen habe, weiß ich nichts davon“, sagte Wes. „Aber das ist vielleicht gut so. Wahrscheinlich will ich sie im Moment auch nicht spüren. Ehrlich gesagt, tut es gerade gar nicht so weh. Mein Kopf brummt ein bisschen, aber mein Bein merke ich nicht. Wenn ihr den Baum wegzieht, wird es bestimmt wehtun. Und es könnte auch ordentlich bluten.“

„Wir können dich jedenfalls nicht unter dem Ding liegen lassen“, sagte David, bevor er Jocie zum Auto schickte, um die Kordel zu holen, die sie benutzten, um die Zeitungsbündel zu schnüren. „Ich lege dir einen Druckverband an, bis wir sehen können, was los ist. Du warst mitten drin in dem Tornado, oder? Hast du Fotos gemacht?“

„Tut mir leid, Chef. Keine Zeit. Ich kam gerade den Hügel da runter, als die Wolken sich zusammenballten und genau auf uns zukamen. Und Jo stand mitten auf dem Friedhof und starrte nur in den Trichter. Wir hatten keine Zeit, in die Kirche zu gehen, was wahrscheinlich gut ist. Jo sagt, es ist nichts davon übrig.“

„Nicht viel“, sagte David.

„Du könntest jetzt Bilder machen. Es wäre doch eine Schande, keine für die Zeitung zu haben. Schließlich ist man nicht jeden Tag am Schauplatz eines Tornados. Die erste echte Nachricht in Holly County seit Jahren.“

„Es gibt momentan Wichtigeres als Zeitungsbilder.“ David brach einen Stock von einem der Äste neben seinem Kopf ab.

„Aber damit könntest du genügend zusätzliche Exemplare verkaufen, um mir Krücken zu besorgen und mein Motorrad zu reparieren. Ich rühre mich keinen Zentimeter von der Stelle, bevor du die Fotos gemacht hast.“

„Du kannst dich sowieso nicht rühren“, sagte David.

Wes packte David am Arm. „Lass Jo die Bilder machen, während du mich hier rausholst. Ich will nicht, dass das Mädchen es sieht.“

„Sie wird es sehen müssen. Ich brauche ihre Hilfe, um dich zum Auto zu bringen."

„Lass sie erst die Fotos machen. Dann hat sie etwas, das sie ablenkt, wenn ich schreie."

Jocie kam mit der Kordel zurück. Bevor er sie unter Wes' Bein hindurchschob, drehte David sie zusammen. Dabei blickte er zu Jocie auf. „Geh und mach ein paar Bilder. Meine Kamera liegt auf dem Vordersitz. Verschieß ruhig den ganzen Film, aber beeil dich, wir müssen hier weg."

„Ich will jetzt keine Fotos machen", sagte Jocie.

„Du musst aber", sagte Wes. „Wir beide können eine Geschichte erzählen, aber niemand wird uns glauben, dass wir hier waren, wenn wir keine Fotos haben. Sie werden denken, wir hätten uns das ausgedacht. Also geh schon und knips die Bilder und achte gar nicht auf mich, wenn ich ein paar Jupiterschreie ausstoße."

„Mach die Bilder." David sah Jocie unverwandt an. „Wes möchte es gerne. Aber räum zuerst den Rücksitz des Wagens frei und bring mir ein Bündel alte Zeitungen aus dem Kofferraum. Ich muss versuchen, eine Art Schiene daraus zu basteln. Oh, und fahr den Wagen so dicht ran, wie du kannst." Als Jocie ihn fragend ansah, versetzte David ihrer Schulter einen kleinen Stups. „Geh schon. Tu es bitte. Ich rufe dich, wenn ich Hilfe brauche."

Jocie hatte den Wagen in ihrer Auffahrt hin und her gefahren, seit sie zehn Jahre alt war, also hatte sie kein Problem damit, in den Kirchhof zu fahren, nachdem sie einen Weg durch die Äste freigeräumt und die Kirchenbank zur Seite geschoben hatte. Sie brachte ihrem Vater die Zeitungen und einen zweiten Kordelstrang und nahm dann die Kamera. Ein neuer Film war eingelegt.

Inzwischen war die Sonne herausgekommen und der Himmel war fast ganz blau. Irgendwie sah die Verwüstung dadurch noch schlimmer aus. Jocie fotografierte Wes, wie er unter dem Baum lag, dann machte sie mehrere Bilder aus verschiedenen Blickwinkeln von dem, was von der Kirche übrig war, ein Bild von der Bank im Hof, eine Nahaufnahme von einem Gesangbuch zwischen den

Trümmern, das bei dem Lied „Wenn im Jenseits die Namen aufgerufen werden“ aufgeschlagen war. Sie fing an, darin zu blättern, um „Amazing Grace“ zu finden, weil sie nicht daran denken wollte, dass gerade jetzt irgendwelche Namen dort oben aufgerufen wurden, aber dann ließ sie es doch so liegen. Vielleicht hatte Gott aus einem bestimmten Grund dafür gesorgt, dass der Wind diese Seite aufgeschlagen hatte.

Hinter ihr stieß Wes einen Schrei aus. Jocie zuckte zusammen, aber sie fotografierte weiter. Je eher sie fertig war, desto eher konnte sie helfen. Und Wes hatte recht. Sie mussten Fotos machen. Als Letztes fotografierte sie ihren Vater dabei, wie er Wes half. Der sah aus, als wäre er ganz in einem der Jupiterringe verloren, von denen er geredet hatte. Seine Augen waren geschlossen und er keuchte.

Als ihr Vater zu ihr aufblickte, tropfte ihm Schweiß von der Nase. „Das sind genug Bilder. Komm und halte diese Zeitungen, während ich sie festbinde.“ Er blickte zur Straße hinüber. „Man sollte doch meinen, inzwischen hätte sich jemand auf den Weg gemacht um nachzusehen, was der Sturm angerichtet hat. Ich brauche Hilfe, wenn ich Wes zum Auto tragen will.“

„Ich helfe dir“, sagte Jocie.

Wes wurde ohnmächtig, als ihr Vater die Arme unter ihn schob, um ihn aus den Ästen zu heben. Jocie hielt sein zertrümmertes Bein so gerade, wie sie konnte, während sie über die Äste in Richtung Auto gingen. *Bitte, Herr, mach, dass ich ihm nicht wehtue*, betete sie bei jedem Schritt.

Ihr Vater legte Wes vorsichtig auf dem Rücksitz ab und Jocie krabbelte auf der anderen Seite in den Wagen, um seinen Kopf zu halten und ihn auf dem Sitz zu stützen. Er war immer noch bewusstlos. „Wird er wieder gesund, Dad?“

Ihr Vater sah ihr in die Augen. „Ich weiß es nicht, Jocie. Ich wünsche es mir natürlich, aber ich weiß es nicht. Sein Bein sieht nicht gut aus.“

Jocie blickte auf Wes hinunter. „Es tut mir leid, dass ich weggelaufen bin.“

„Du hättest zu mir kommen sollen“, sagte ihr Vater. „Aber darüber können wir jetzt nicht reden. Wir müssen Wes ins Krankenhaus bringen.“

Jocie blickte wieder zu ihm auf. „Aber du wirst mir die Wahrheit sagen, oder?"

„Ich habe dir immer die Wahrheit gesagt, Jocie." Er legte eine Hand auf ihre Wange. „Ich bin dein Vater. Ich war immer dein Vater und ich werde auch immer dein Vater sein. Das könntest du nicht ändern, selbst wenn du es wolltest."

Jocie wollte es nicht ändern. Aber sie hatte immer noch Fragen, auch wenn sie wusste, dass sie sie jetzt nicht stellen konnte. Nicht, während Wes bleich und blutend hier lag und sie seinen Kopf auf dem Schoß hielt. Einige dieser Fragen würde sie vielleicht nie stellen können. Während ihr Vater den Wagen auf die Straße zurücklenkte, blickte Jocie zurück zu dem, was von der Clay's Creek Baptist Church übrig geblieben war. Und sie erinnerte sich an den Fliederduft.

41

Hollyhill hatte kein Krankenhaus. Dr. Markum hatte in den letzten paar Jahren versucht, die Stadt für die Idee zu begeistern, eines zu bauen, aber die meisten Bewohner schreckten vor zusätzlichen Steuern zurück. Diejenigen, die noch nie einen Herzinfarkt gehabt hatten und noch nie, während der Tod an die Tür klopfte, die Strecke hatten zurücklegen müssen, fanden, dass die Notaufnahme in Grundy doch nicht so weit entfernt war. Dort könne man zusammengeflickt oder in eines der großen Krankenhäuser in Lexington gebracht werden.

Dr. Markum warf einen Blick auf Wes und sagte, er müsse nach Lexington, wenn er überhaupt eine Hoffnung haben wolle, jemals wieder zu laufen. Jocies Vater war direkt zum Haus des Arztes gefahren, weil die Praxis nicht mehr geöffnet hatte. Dr. Markum hatte seine Arzttasche zum Wagen getragen, während seine Frau Gordon Hazelton anrief, der einen alten Leichenwagen hatte, den die Stadt als Krankenwagen benutzte.

„Es gibt keinen Grund, ihn zweimal zu bewegen. Wir lassen ihn einfach hier, bis Gordon kommt“, sagte Dr. Markum und zog eine Spritze auf. „Das hier dürfte die Schmerzen ein wenig lindern.“

Jocie hielt Wes noch fester umklammert, als der Arzt die Spritze setzte. Wes öffnete nicht die Augen. Das hatte er auf dem ganzen Weg bis zum Haus des Arztes nicht getan. Aber er hatte weiter geatmet und nicht so gewirkt, als wäre er völlig bewusstlos, nur in einem seiner Jupiterringe, in einer anderen Dimension.

Als Gordon Hazelton die Straße heraufgerast kam, blickte der Arzt auf seine Armbanduhr und stellte fest, dass es nur sechseinhalb Minuten gedauert hatte. „So schnell war er noch nie“, sagte er, aber Jocie war es wie eine Stunde vorgekommen.

Die drei Männer hoben Wes so vorsichtig wie möglich aus dem Wagen und legten ihn auf eine Trage. Jocie kletterte ebenfalls aus dem Auto. „Ich fahre mit ihm“, sagte Jocie, als sie die Trage hinten in den Leichenwagen schoben.

„Nein, nein, Kind.“ Dr. Markum hielt sie an der Schulter zurück, bevor sie zu Wes auf die Ladefläche klettern konnte. „Du gehst rein, dann kann Mrs Markum nachschauen, ob du in Ordnung bist."

„Ich bin in Ordnung. Ich fahre mit Wes." Jocie sah ihren Vater an. Nicht, weil sie um Erlaubnis fragen wollte, sondern weil sie eine Bestätigung von ihm erwartete.

Dr. Markum sah über ihren Kopf hinweg ihren Vater an. „Das wäre nicht klug, David. Wer weiß, was auf dem Weg zum Krankenhaus passiert. Das Mädchen wäre im Weg."

Jocie wartete die Antwort ihres Vaters nicht ab. „Ich werde nicht im Weg sein. Wes braucht mich."

„Dr. Markum kümmert sich um Wes", sagte ihr Vater. „Wir fahren mit dem Auto hinterher."

„Du kannst mit dem Auto fahren. Ich fahre mit Wes." Jocie reckte das Kinn vor und starrte nicht ihren Vater, sondern den Arzt an.

Dr. Markum beugte sich zu ihr herunter und senkte die Stimme beinahe zu einem Flüstern. „Jocie, Wes ist schwer verletzt. Es besteht die Möglichkeit, dass er die Fahrt nach Lexington nicht überlebt."

Jocie ließ sich nicht beirren. „Noch ein Grund mehr, warum ich mitfahren muss. Ich bin seine Familie."

Dr. Markum presste die Lippen aufeinander und richtete sich auf.

„Lassen Sie sie mitfahren, Doktor", sagte ihr Vater. „Sie hat recht. Wes würde wollen, dass sie bei ihm ist."

„Gegen besseres Wissen, David."

Jocie wartete nicht länger. Sie kletterte neben Wes in den Leichenwagen. „Ich bin hier, Wes. Sie bringen dich nach Lexington, wo sie dich zusammenflicken, dann bist du wieder so gut wie neu. Na ja, vielleicht nicht ganz so gut, aber gut genug, um noch ein paar Ausgaben des *Banner* durch die Presse zu jagen."

Wes' Augenlider zuckten, als versuche er, die Augen zu öffnen, aber ihm schien die Kraft zu fehlen. Er hob seine Hand ein paar Zentimeter und Jocie nahm sie und hielt sie fest. Dann murmelte er etwas, aber obwohl Jocie sich ganz dicht über ihn beugte, konnte sie nicht genau verstehen, was er sagte. Irgendetwas von Leichenwagen und Motorrädern und Raumschiffen.

Gordon Hazelton setzte das Blaulicht auf das Dach seines Wagens und schaltete die Sirene ein, die er für seine Krankenfahrten eingebaut hatte. Jocie versuchte neben der Trage das Gleichgewicht zu halten, während der Wagen um Kurven und zwischen Autos hindurchfuhr. Dr. Markum wartete bis zu einem geraden Straßenabschnitt, bevor er Wes das nächste Mal untersuchte.

„Du machst das gut, Wes. Halte durch", sagte der Arzt. Bevor er sich wieder auf die Bank setzte, sagte er zu Jocie: „Da du schon mal hier bist, könnte es helfen, wenn du mit ihm redest."

„Glauben Sie, dass er mich hören kann?"

„Es würde mich sehr wundern, wenn nicht. Er hält deine Hand ziemlich fest."

Also fing Jocie an zu reden. Nicht über besonders wichtige Dinge. Nur darüber, dass sie in einem Leichenwagen fuhren und was für eine tolle Story das für den *Banner* sein würde. Sie sagte zu ihm, er müsse ihr helfen, die Geschichte über den Tornado zu schreiben, und dass sie Angst habe, beim Fotografieren gezittert zu haben, sodass die Bilder vielleicht nichts geworden seien. Und dass sie sich fragte, was mit ihrem Fahrrad passiert war, obwohl sie sich darüber wahrscheinlich keine Sorgen machen sollte, wo doch die Leute von Clay's Creek ihre ganze Kirche verloren hatten, abgesehen von der Kanzel und der einen oder anderen Bank. Sie hatten nicht einmal mehr einen Baum, unter dem sie im Schatten stehen und sich unterhalten konnten.

Jocie plapperte weiter über alles Mögliche, während sich hinter ihren Worten ein Gebet immer wiederholte: *Bitte, Herr, lass Wes nicht sterben.* Sie wagte nicht daran zu denken, warum er dem Tornado überhaupt begegnet war. Und sie wollte auch nicht an das denken, was Ronnie Martin gesagt hatte. Dafür war noch genügend Zeit, wenn Wes nicht mehr blutete und sein Bein eingegipst war.

Jocies Blick wanderte zum Ende der Trage. Wes' Bein war zugedeckt, aber das konnte nicht die Erinnerung daran verdrängen, wie es ausgesehen hatte. Sie sprach ein bisschen schneller, während sie von dem letzten Kampf zwischen Zeb und Isi erzählte. Und die ganze Zeit wünschte sie, sie hätte nie die Straße überquert, um Sallies Lied zu hören. Sie wünschte, sie hätte Ronnie Martin nie gesehen. Sie wünschte, Tabitha wäre nicht in der Redaktion gewesen. Sie wünschte, Tabitha hätte nie gefragt, ob sie die Wahrheit wissen wollte.

Sie hatte immer die Wahrheit wissen wollen oder jedenfalls hatte sie das geglaubt. Sie konnte die Wahrheit akzeptieren, dass ihre Mutter sie im Stich gelassen hatte, ohne es jemals zu bereuen. Sie konnte die Wahrheit akzeptieren, dass sie ihre Mutter vermutlich niemals wiedersehen würde. Aber sie konnte nicht akzeptieren, dass vielleicht sogar ihr Name eine Lüge war. Sie konnte nicht akzeptieren, dass Wes sterben könnte, und dass er es dann deshalb tat, weil sie vor der Wahrheit weggelaufen war.

Jocie wollte deswegen beten. Mehr als nur: „Lass Wes überleben". Sie wollte die Uhr zurückdrehen und darum bitten, dass der Sturm in eine andere Richtung zog. Vielleicht sogar noch weiter zurück und dafür beten, dass ihre Mutter nie den Mann von Ronnie Martins Tante traf.

Als wüsste Wes, was sie insgeheim dachte, hielten seine Finger ihre Hand fester, so als hätte er Angst, sie könnte sich selbst wegwünschen.

Ein Kirchenlied kam ihr in den Sinn. „So wie ich bin." Sie musste das Lied eine Million Mal gesungen haben. Es war das Lied, das die Gemeinde in Fern Creek gesungen hatte, als sie im Gottesdienst nach vorne gegangen war, um zu sagen, dass sie an Jesus glaubte. Damals war sie sieben Jahre alt gewesen. Sie hatte schon im Sommer davor nach vorne gehen wollen, aber ihr Vater hatte gesagt, sie müsse noch warten, bis sie älter sei, damit sie sich auch wirklich sicher sei, dass sie dem Heiligen Geist folgte und nicht nur ihm.

Mit sieben hatte Jocie nicht mehr auf die Erlaubnis ihres Vaters gewartet. Sie war gleich bei den ersten Tönen des Liedes nach vorne gerannt. „So wie ich bin, nimmst du mich an." Ihr Vater hatte den Kopf geschüttelt, um sie zurückzuhalten, aber sie hatte ihn gar nicht beachtet. Sie hatte es gar nicht gekonnt, so wie Gott sie schob. So ähnlich wie heute, als er sie zur Tür geschoben hatte, bevor der Tornado das Kirchengebäude davongetragen hatte.

Als sie im Krankenhaus ankamen, mussten sie Wes' Finger beinahe mit Gewalt von Jocies Hand lösen. Männer in Weiß kamen aus der Notaufnahme herbeigelaufen, um Wes aus dem Leichenwagen zu holen und ins Gebäude zu tragen. Dr. Markums Frau hatte angerufen und so hatten sie den Operationssaal schon vorbereitet. Jocie versuchte, neben der Trage herzulaufen, aber sie stießen sie beiseite, als sie an zwei große, metallene Schwingtüren kamen. „Tut mir leid,

Kleines. Da kannst du nicht mit“, sagte einer der Männer. „Keine Angst, wir passen gut auf deinen Opa auf.“

Die Türen schlossen sich hinter ihnen und das Krankenhaus verschluckte Wes und die Männer mit der Trage.

Jocie starrte noch immer auf die alten eisengrauen Türen, als ihr Vater sie eine Weile später fand. „Komm, Jocie.“ Er legte einen Arm um ihre Schultern, aber er versuchte nicht, sie von der Tür wegzuziehen. „Wir können nicht hier warten.“

Jocies Blick blieb starr auf die Türen gerichtet. „Sag mir, dass er mir noch eine Jupitergeschichte erzählen wird.“

„Lass uns beten, dass Gott es dazu kommen lässt“, sagte ihr Vater.

„Ich habe gebetet, aber woher weiß ich, ob Gott zuhört?“, sagte Jocie.

„Gott hört immer zu, und er antwortet auch. Daran solltest du nach diesem Sommer doch eigentlich keine Zweifel haben, wo du doch deinen Hund bekommen hast und Tabitha nach Hause gekommen ist.“

„Das Schwestergebet und das Hundegebet.“ Jocie ließ sich von ihrem Vater von der Schwingtür weg zum Wartebereich führen. „Aber vielleicht habe ich in diesem Sommer schon meinen Anteil an Gebetserhörungen bekommen.“

„Ich glaube nicht, dass Gott mit einem Quotensystem arbeitet“, sagte ihr Vater lächelnd.

„Aber er beantwortet unsere Gebete auch nicht immer so, wie wir es wollen“, sagte Jocie.

„Das stimmt, aber wir haben getan, was wir konnten. Jetzt müssen wir es den Ärzten überlassen und Gott vertrauen und warten.“

Die Leute im Wartezimmer sahen auf, als sie eintraten, dann senkten sie den Blick wieder auf ihre Zeitschriften oder nahmen ihre Unterhaltungen wieder auf. Eine große Familie hatte den hinteren Teil des Wartezimmers belegt. Ihnen gegenüber war ein Mann auf seinem Stuhl heruntergerutscht und schlief, den Kopf in den Nacken gelegt. Jocie und ihr Vater setzten sich neben einen Jungen, der einen Eisbeutel auf dem Arm hatte. Neben ihm strich seine Mutter ihm übers Haar, während sie Jocies Vater erzählte, dass der Junge aus seinem Etagenbett gefallen war. Jocie hörte nicht zu. Sie konnte nur an Wes denken.

Dr. Markum und Gordon Hazelton kamen ins Wartezimmer, und es war irgendwie komisch, vertraute Gesichter an diesem fremden Ort zu sehen. Jocies Vater stand auf, um mit ihnen zu sprechen.

Dr. Markum sagte: „Ich habe ihnen gesagt, dass du Wes an der Anmeldung aufnehmen lässt, weil ihr quasi seine Familie seid. Sie haben nach einer Kranken- oder Unfallversicherung gefragt."

„Ich weiß nicht, ob er eine hat", sagte ihr Vater. „An die Kosten habe ich noch gar nicht gedacht."

„Mach dir mal keine Sorgen darum", sagte Gordon Hazelton. „Wenn es sein muss, machen wir eine Benefizveranstaltung für ihn. Die Leute von Hollyhill helfen sich gegenseitig."

Nachdem Dr. Markum und Gordon Hazelton gegangen waren und ihr Vater die Formulare ausgefüllt hatte, die nötig waren, um Wes offiziell im Krankenhaus aufzunehmen, zeigte eine Schwester ihnen den Weg zum Wartebereich der Chirurgie, einer kleineren Sitzgruppe am Ende eines langen Ganges im dritten Stock des Krankenhauses. Außer ihnen war dort niemand.

„Es ist spät. Wahrscheinlich führen sie um diese Uhrzeit nur Notoperationen durch", sagte ihr Vater.

„Meinst du, Tante Love und Tabitha machen sich Sorgen um uns?", fragte Jocie.

„Mrs Markum wollte sie anrufen, um ihnen von Wes zu erzählen und ihnen zu sagen, wo wir sind."

„Oh." Das Sofa ächzte, als Jocie sich darauf niederließ und so die Luft aus dem mit Kunstleder bezogenen Polster drückte. „Ich hasse laute Sessel."

Ihr Vater setzte sich neben sie und die Couch ächzte wieder auf. „Und wir dachten, knarrende Kirchenbänke wären schlecht."

Jocie konnte sich nicht erinnern, dass sie sich in der Gegenwart ihres Vaters jemals unbehaglich gefühlt hatte. Selbst wenn sie etwas getan hatte, was sie nicht hätte tun sollen, und wusste, dass er ihr eine Standpauke halten würde, hatte sie nie versucht, sich vor ihm zu verstecken. Sie hatte darauf vertraut, dass seine Liebe zu ihr unumstößlich war. Er war ihr Vater.

Aber jetzt hatten Ronnie Martin und Tabitha und Zella gesagt, er sei es nicht, und sie wusste nicht, was sie sagen oder tun sollte. Also starrte sie auf ihre schmutzigen, blutverschmierten Hände hinunter.

Ihre Jeans war zerrissen und ebenfalls voller Blutflecke. Jocie hatte keine Ahnung, wie ihr Gesicht aussah. Kein Wunder, dass alle sie ansahen, als hätte sie sich auf dem Weg zur Notaufnahme verlaufen.

„Vielleicht sollte ich mich ein bisschen waschen, bevor die Schwestern anfangen, mich mit Desinfektionsmittel einzusprühen“, sagte Jocie.

„Ein Stück den Gang hinunter ist eine Toilette“, sagte ihr Vater. „Oder vielleicht sollten wir eine Schwester bitten, dich zu untersuchen.“

„Nein, nein. Ich muss mich nur waschen.“ Jocie stand schnell auf und ging den Flur hinunter.

Der Raum war winzig. Es war gerade genug Platz für die Toilette und ein Waschbecken. Als Jocie sich zur Seite drehte, um die Tür hinter sich zu schließen, starrte sie direkt in den kleinen Spiegel an der Wand. Das Gesicht, das ihr entgegenblickte, war furchterregend. Sie wandte den Blick von ihren Augen ab und fuhr sich mit den Fingern durch die Haare. Zwei dünne Zweige hatten sich darin verfangen. Da sie keinen Kamm hatte, zog sie nur die Zweige heraus und schob sich die Haare hinter die Ohren, damit sie ihr nicht ins Gesicht hingen.

Jocie ließ Wasser über ihre Hände laufen, bis Schmutz und Blut zum Großteil in den Abfluss gespült worden waren, aber das Blut stammte nicht ausschließlich von Wes. Als sie versucht hatte, die Äste von ihm wegzuziehen, hatte sie sich die Knöchel an den Händen aufgeschürft. Und irgendwann hatte sie sich einen hässlichen Kratzer im Gesicht zugezogen. Vielleicht brauchte sie doch etwas Desinfektionsspray.

Als sie fertig war, waren Blut und Dreck weitgehend verschwunden, aber ihre Augen blickten sie aus dem Spiegel noch immer auf Angst einflößende Weise an. Jocie stand lange da und ließ das Wasser über ihre Hände und in den Ausguss rinnen, während sie ihr Gesicht im Spiegel betrachtete. Sie wollte nicht zu der Sitzbank im Wartezimmer zurück. Sie wollte die Wahrheit nicht mehr wissen. Und das machte ihr am meisten Angst.

42

David musste sich dazu zwingen, sitzen zu bleiben, anstatt Jocie zu folgen, als sie den Gang zu den Toiletten hinunterlief. Sie war kein Baby mehr, aber er wollte ihre Hand halten. Nein, mehr als das. Er wollte sie hochheben und auf dem Arm wiegen. Er wollte die Butzemänner verscheuchen und die Unebenheiten auf ihrem Weg glätten.

In den vergangenen Jahren war ihm das nicht sehr gut gelungen. Er hatte es versucht, aber irgendwie schien der Kummer sie zu verfolgen. Und jetzt das hier.

Würde Jocie ihm jemals vergeben, dass nicht er den Samen in den Körper ihrer Mutter gepflanzt hatte, aus dem sie geboren war? David konnte nicht abschätzen, ob sie ihm jemals verzeihen würde, dass er nicht ihr Vater war. Er *war* ihr Vater. Schon allein der Gedanke, dass irgendjemand sagte, er sei es nicht, ließ Wut in ihm aufsteigen. Am liebsten hätte er auf etwas eingeschlagen. Oder auf jemanden. Aber wie könnte er Jocie davon überzeugen? Wie könnte er sie dazu bringen, ihm jemals wieder zu vertrauen?

Und was war, wenn Wes starb? David wagte nicht, sich das auch nur vorzustellen.

Er wusste über den Tod Bescheid. Schließlich war er Prediger und zur Aufgabe eines Predigers gehörte es auch, seine Schäfchen durch schwere Zeiten zu begleiten, zum Beispiel, wenn ein geliebter Mensch heimging. Der Pastor hatte die Aufgabe zu trösten, Gewissheit zu geben und den Familien zu helfen, die Wahrheit des Todes als Teil des Lebens zu akzeptieren.

Manche Tode waren ein Grund zur Freude, eine Zeit der Feier, wenn der Mensch lange gelebt hatte und eine Familie hinterließ, die wusste, dass ihr Verwandter nun im Himmel war. Dann fielen tröstende Worte nicht schwer. Trotzdem konnten die Angehörigen den Tod selbst in solchen Fällen nicht sofort annehmen. Er selbst hatte monatelang gegen den Tod seiner Mutter aufbegehrt, obwohl er doch ihr Leben und ihren Heimgang in den Himmel hätte feiern sollen. Jocie würde noch weniger bereit sein, Wes loszulassen. *Herr, ich brauche ein Wunder. Wieder einmal,* betete David lautlos, als Jocie im Waschraum verschwand.

Die Menschen baten nicht mehr oft um Wunder. Nicht so richtig. Sie sprachen vielleicht Gebete, in denen sie um Heilung baten, aber die meisten von ihnen glaubten nicht, dass es geschehen würde. Nicht ihnen jedenfalls oder denen, die sie kannten. Sie konnten glauben, dass zur Zeit der Bibel Wunder geschehen waren, vor allem, als Jesus und seine Jünger auf der Erde gelebt hatten. David hatte einmal darüber gepredigt, dass Menschen zur Zeit der Urgemeinde geheilt worden waren, indem sie nur mit Petrus' Schatten in Berührung gekommen waren, und die Gemeindemitglieder hatten David beim Hinausgehen die Hand gegeben und gesagt, es sei eine gute Predigt gewesen. Keiner von ihnen hatte gesagt, dass das schwer zu glauben sei. Die Menschen glaubten, was in der Bibel stand, aber es war etwas ganz anderes zu glauben, dass ihre eigene Mutter, ihr Vater, ihre Schwester oder ihr Bruder oder sie selbst durch ein Wunder geheilt werden könnten, wenn sie Krebs, verkrüppelte Gliedmaßen oder Herzkrankheiten hatten.

Hatten die Familien in biblischen Zeiten geglaubt, wenn sie ihre kranken Lieben an den Rand der Straße gelegt hatten, auf der Petrus zum Tempel ging, oder hatten sie eher den Gedanken gehabt, dass sie nichts zu verlieren hatten? War der Glaube, dass ein Wunder geschehen würde, notwendig, damit es geschah? Und wenn ja, wie viel Glaube brauchte man dann?

In der Bibel stand, dass Jesus sagte, jemand, dessen Glaube so groß wie ein Senfkorn sei, könne einem Berg sagen, er solle sich an einen anderen Ort bewegen, und es würde geschehen. Ein Senfkorn war so klein, dass David Dutzende, ja sogar Hunderte von ihnen in der Hand halten konnte. Und trotzdem hatte er nicht einmal einen Bruchteil eines so winzigen Glaubens in seinem Herzen, dass er irgendwelche Berge versetzen könnte.

Wie gerne hätte David einen solchen Glauben für Wes gehabt, aber er glaubte nicht wirklich daran, dass Wes' Bein auf wundersame Weise wieder heil werden würde, während die Ärzte sich darauf vorbereiteten, Schrauben und Stangen einzubauen, um die Knochenstücke zusammenzuhalten, während die Brüche heilten. Er glaubte, dass es möglich war. Er glaubte, dass Gott den Knochen heilen konnte. Er glaubte tatsächlich, dass für Gott nichts unmöglich war. Und doch glaubte er nicht, dass es hier und jetzt bei diesem Mann geschehen würde – dass die Ärzte sich in diesem Augenblick dem Operationstisch zuwandten und ungläubig blinzelten, während Wes sein Bein beugte und versuchte, vom Tisch zu klettern. David stellte sich vor, wie die Ärzte sich die Röntgenaufnahmen ansehen und sich fragen würden, was passiert sein könnte – wie die Knochen in dem Bein dieses Mannes plötzlich wieder zusammengewachsen sein konnten. Und dann kam David sich albern vor, weil er sich so etwas auch nur vorstellte. Das Beste, was er mit ehrlichem Herzen beten konnte, war, dass die Ärzte ihre Arbeit gut machten und Wes die Operation überlebte. Um das zu beten, hatte er den nötigen Glauben.

Und um dafür zu beten, dass Jocie ihm zuhören und glauben würde. Vor der Kirche hatte sie zwar seinen Worten gelauscht, aber sie hatte den Blick abgewandt. Sie hatte Angst gehabt, ihm zu glauben. Und jetzt hatte sie Angst, neben ihm zu sitzen, Angst, mit ihm allein zu sein, Angst davor, welche Wahrheit er ihr sagen würde.

Sie war schon lange auf der Toilette. Zu lange. David wartete noch eine Minute und versuchte zu beten, während er zusah, wie der Sekundenzeiger auf seiner Armbanduhr vorwärtskroch. Die Tür zum Waschraum öffnete sich nicht. David konnte fühlen, wie die Entfernung zwischen ihnen mit jeder Sekunde wuchs. Er musste über diesen Abgrund springen, bevor er so breit wurde, dass er nicht mehr auf der anderen Seite landen konnte.

Er betete um die richtigen Worte, als er zur Damentoilette ging und vorsichtig an die Tür klopfte. „Ist alles in Ordnung, Jocie?", fragte er.

Es dauerte ein paar Sekunden, bis sie antwortete. „Ja."

„Komm raus, dann reden wir."

„Ich weiß nicht, ob ich das jetzt will."

„Wenn du nicht rauskommst, komme ich rein", sagte er zu ihr.

„Das geht nicht. Einer von uns müsste auf dem Klo stehen."

„Dann stelle ich mich aufs Klo", sagte er und drehte den Türknauf.

Die Tür stieß gegen Jocie, als ihr Vater sie aufdrückte. Beinahe hätte sie gekichert, während sie den Kopf zur halb geöffneten Tür hinausstreckte. „Dad! Das ist eine Mädchentoilette."

„Und ich will mit dem Mädchen reden, das da drin ist." Er drückte weiter gegen die Tür.

„Schon gut", sagte Jocie und trat auf den Gang hinaus. Sie konzentrierte sich darauf, nicht auf die Fugen zwischen den Kacheln zu treten, während sie zu der Sitzgruppe zurückgingen. Sie hätte wissen müssen, dass sie sich vor ihrem Vater genauso wenig verstecken konnte, wie sie vorher hatte weglaufen können. Und warum hatte sie überhaupt solche Angst vor der Wahrheit? Er hatte ihr immer versichert, dass er ihr Vater war. Warum konnte sie sich nicht einfach daran festhalten und alle anderen Gedanken fortwehen lassen, so wie der Wind die Kirche weggeweht hatte?

Als sie am Empfangstresen der Station vorbeikamen, sprach eine Schwester ihren Vater an und sagte ihm, dass die Cafeteria bald schließen würde. „Ihr Freund könnte noch Stunden im OP sein. Warum holen Sie sich nicht etwas zu essen? Wir können Sie dort unten ausrufen, wenn es nötig sein sollte."

„Ich glaube, ich kann jetzt nichts essen", sagte Jocie, als ihr Vater sie ansah.

Ihr Vater lächelte die Schwester an. „Wir gehen später runter und holen uns etwas aus dem Automaten."

Die Schwester runzelte die Stirn. „Sie sollten wenigstens etwas trinken. Warten Sie mal." Sie stand auf und verschwand in dem Zimmer hinter ihr. Kurz darauf kam sie mit zwei Pappbechern, die mit einer farblosen Limonade gefüllt waren, zurück. „Wenn Sie lieber Kaffee möchten, den haben wir auch."

„Danke, aber das hier ist prima." Ihr Vater nahm beide Becher und trug sie den Gang hinunter. Nachdem sie sich auf das Sofa gesetzt hatten, reichte er Jocie einen davon.

Jocie ließ die sprudelnde Flüssigkeit an ihrer Lippe prickeln, bevor sie den Becher leerte, ohne zwischendurch Luft zu holen.

„Du hattest Durst." Ihr Vater füllte die Hälfte von seinem Getränk in ihren Becher, bevor er selbst einen Schluck trank.

„Sieht so aus. Ich habe gar nicht mehr daran gedacht, seit ich Wasser aus dem Bach getrunken habe. Ich weiß, du sagst immer, man soll nicht aus Bächen trinken." Jocie blickte kurz zu ihm hoch und dann wieder in ihren Becher. „Aber es sah sauber aus und ich hatte wirklich Durst. Aber dann fing es an zu regnen und so und ich habe nur noch daran gedacht, wie ich aus dem Unwetter rauskomme."

„Ich bin froh, dass Gott dich beschützt hat."

„Aber Wes hat er nicht beschützt", sagte sie leise. „Ich wünschte, Wes hätte mich nicht gesucht."

„Er musste dich suchen. Er liebt dich."

„Ja, ich weiß, und deshalb wurde er verletzt. Dr. Markum hat gesagt, er könnte sogar sterben." Jocie betrachtete die Eiswürfel in ihrem Becher. „Das ist alles meine Schuld."

„Gib Wes noch nicht auf. Wir beten, und Gott hört uns."

Jocie konnte den Blick ihres Vaters spüren, aber sie starrte weiter in ihren Becher. Am liebsten wäre sie wieder in den Waschraum zurückgerannt, weil sie das merkwürdige Gefühl zwischen ihnen nicht ertragen konnte. Deshalb war sie ja überhaupt weggelaufen. Sie konnte die Wahrheit nicht ertragen.

„Ich weiß nicht, was du gerade denkst, Jocie. Du musst mit mir reden."

Die Fragen, die sie nicht stellen konnte, stiegen in ihr auf, bis eine von ihnen schließlich herausplatzte. „Stimmt es, was Ronnie Martin mir erzählt hat?"

„Was hat er dir denn erzählt?"

„Dass ich ein Bastard bin", flüsterte Jocie.

Ihr Vater stellte seinen Becher auf den Boden, legte die Hände unter ihr Kinn und hob ihr Gesicht zu ihm auf. „Meine Frau hat dich geboren. Du bist juristisch meine Tochter und in jeglicher Hinsicht, die zählt."

„Aber ist das, was er über seinen Onkel gesagt hat, wahr?"

Der Blick ihres Vaters hielt dem ihren stand. „Es könnte sein. Deine Mutter war mir nicht immer treu, aber was macht denn einen Vater aus? Ein Same, der in einem Augenblick der Leidenschaft ausgegossen wird, oder Jahre der Liebe und Fürsorge? Ich kann nicht beschwören, dass mein Same dich gezeugt hat, aber ich weiß ohne jeden Zweifel, dass du meine Tochter bist. Ich habe dich geliebt, seit ich wusste, dass es dich gibt. Ich habe für dich gekämpft, noch bevor du geboren wurdest, und nachdem du geboren warst, habe ich dich gefüttert. Ich habe deine Windeln gewechselt. Ich bin mit dir auf dem Arm hin und her gelaufen, wenn du geweint hast. Ich habe dich in mein Herz geschlossen und du gehörst zu mir. Du bist die Tochter meines Herzens. Niemand kann dich jemals aus meinem Herzen reißen."

Jocie hatte ihm immer geglaubt. Es gab keinen Grund, ihm jetzt nicht zu glauben. „Wes hat mir erzählt, dass es besser ist, auf diese Weise deine Tochter zu sein, als nur ein Zeugling."

„Zeugling?" Ihr Vater lächelte.

„Das ist kein Wort, oder? Das habe ich jedenfalls zu Wes gesagt."

„Da könntest du recht haben. Aber das Entscheidende ist: Du bist einzigartig, Jocie. Und egal, wie du gezeugt wurdest, du bist wahrhaftig meine Tochter und ich bin wahrhaftig dein Vater. Sind wir uns da einig?"

Jocie lächelte ihn an und ließ sich von seiner Liebe einhüllen. „Danke, dass du mein Vater bist. Wahrscheinlich hat Gott meine Gebete erhört, bevor ich sie überhaupt aussprechen konnte, denn wenn ich jemals ein Daddygebet gesprochen hätte, wärst du die beste Antwort, die ich hätte bekommen können."

Ihr Vater hatte Tränen in den Augen, als er sie in seine Arme zog. Am anderen Ende des Ganges öffnete sich die Aufzugtür. Jocie blickte über den Arm ihres Vaters hinweg und sah Leigh den Flur hinunter auf sie zu kommen. „Da ist Leigh", sagte sie.

„Ich sehe sie", antwortete ihr Vater, ohne Jocie loszulassen.

„Ich wette, sie hat was zu essen dabei."

„Das würde mich nicht wundern."

„Ich kann anfangen, ein Stiefmuttergebet zu beten, wenn du willst", flüsterte Jocie.

„Ich habe dir noch nie gesagt, was du beten sollst. Das ist eine Sache zwischen dir und Gott."

„Vielleicht sollte ich warten, bis wir Wes gesund gebetet haben, aber sie ist nett."

„Ja, das ist sie."

43

Leigh blieb zwei Meter vor ihnen stehen. „Vielleicht sollte ich später wiederkommen“, sagte sie.

Jocie löste sich aus der Umarmung ihres Vaters und nahm Leighs Hand. „Nein, nein. Das hier ist keine Umarmung nur für uns. Obwohl es natürlich sein kann, dass du uns gar nicht umarmen willst. Wir sehen ziemlich übel aus.“

Leigh legte die Arme um Jocie. „Ich habe noch nie jemanden gesehen, der besser ausgesehen hätte. Als dieses Unwetter aufzog, hatten wir alle eine Todesangst um dich. Gott sei Dank, dass dir nichts passiert ist.“ Sie sah Jocies Vater an. „Wie geht es Wes?“

„Wir wissen es nicht. Sie operieren noch“, sagte ihr Vater.

„Ich muss runter und Zella Bescheid sagen.“

„Zella ist hier?“, fragte ihr Vater.

„Sie ist unten im Eingangsbereich. Sie ist ganz außer sich vor Sorgen, seitdem Dr. Markums Frau angerufen und gesagt hat, wie schlimm Wes verletzt ist. Aber sie wollte nicht mit raufkommen. Sie sagte, Aufzüge machten sie nervös und sie würde lieber unten auf Neuigkeiten warten. Ich habe ihr erklärt, dass es bestimmt irgendwo eine Treppe gibt, aber ehrlich gesagt habe ich den Eindruck, dass das ganze Krankenhaus sie nervös macht.“

„Ich kann nicht fassen, dass sie sich Sorgen um Wes macht“, sagte Jocie.

„Zella ist nicht herzlos“, sagte Leigh. „Wes und sie arbeiten seit Jahren zusammen. Natürlich macht sie sich Sorgen um ihn. Bevor wir hierher losgefahren sind, hat sie zum Telefon gegriffen und all ihren Bekannten gesagt, sie sollen beten.“

„Er muss ihr Geld schulden oder so was“, sagte Jocie.

„Es reicht, Jocie“, sagte ihr Vater.

„Tut mir leid.“ Jocie zog den Kopf ein.

Leigh lachte. „Jetzt, wo du es sagst, fällt mir ein, dass sie etwas von einem Buch gesagt hat, das sie ihm geliehen hat.“ Dann hielt sie ihnen die Tüte hin, die sie in der Hand hielt. „Ich hoffe, ihr mögt Erdnussbuttersandwiches. Das war das Einzige, was schnell ging.“

„Erdnussbutter ist gut." Jocie stellte die Tüte auf den Boden. „Aber zuerst: Du hast nicht zufällig einen Kamm dabei, den ich benutzen könnte, oder?"

Leigh kramte in ihrer Handtasche. „Du könntest tatsächlich einen gebrauchen, aber wahrscheinlich kannst du froh sein, dass du noch Haare zum Kämmen hast, nachdem du mitten in dem Tornado warst. Sandy Markum sagte, die Kirche da draußen – sie hat auch den Namen gesagt, aber den habe ich vergessen – sei komplett weggeweht worden."

Jocies Vater erhob sich. „Wir brauchen zu unseren Broten etwas zu trinken. Am besten suche ich mal unten nach den Automaten und rede auch gleich mit Zella. Ich bin in Kürze wieder da." Er zögerte und sah Jocie an. „Kommst du so lange klar?"

Jocie begegnete seinem Blick. „Ich laufe nicht wieder weg, Dad. Nie wieder. Versprochen."

Leigh wartete, bis sich die Aufzugtür hinter Jocies Vater geschlossen hatte, bevor sie fragte: „Ist zwischen euch beiden wieder alles klar?"

„Er ist mein Vater", sagte Jocie.

„Ich weiß. Daran habe ich nie gezweifelt."

„Das hätte ich auch nicht tun sollen."

„Das stimmt." Leigh reichte ihr den Kamm, den sie inzwischen in ihrer Handtasche gefunden hatte.

„Es ist egal, was Ronnie Martin gesagt hat." Jocie zog den Kamm durch ihre Haare.

„Das ist es. Komm, ich helfe dir." Leigh nahm Jocie den Kamm wieder ab und fing an, vorsichtig die Knoten aus ihren Haaren zu kämmen.

Jocie fand, dass es ein komisches Gefühl war, sich von Leigh die Haare kämmen zu lassen, aber gleichzeitig war es auch ein gutes Gefühl, die Knoten jemand anderem zu überlassen. Sie konnte sich nicht daran erinnern, dass jemand außer Jeanne im Friseursalon ihr jemals die Haare gekämmt hätte. Jedenfalls nicht, seit sie klein gewesen war und ihr Vater ihr gesagt hatte, sie solle still stehen, wenn er ihr vor dem Gottesdienst die Haare gebürstet hatte.

Als hätte sie eine Zeitreise gemacht, erinnerte Jocie sich plötzlich an eine dieser Gelegenheiten. Sie wusste nicht, ob es gewesen war, bevor oder nachdem ihre Mutter gegangen war, aber es spielte eigentlich keine Rolle. Ihr Vater war immer derjenige gewesen, der ihr geholfen hatte, sich für den Kirchgang fertig zu machen.

„Halt still, damit ich dieses Rattennest aus deinen Haaren kämmen kann, Jocie, und du für Gott so hübsch wie möglich bist“, hatte er zu ihr gesagt.

„Aber sieht Gott mich nicht die ganze Zeit?“, hatte sie gefragt. „Also sieht er mich auch, wenn ich gerade aufgestanden bin und meine Haare ganz durcheinander sind. Dann liebt er mich doch auch, oder?“

„Natürlich tut er das. Er würde dich auch lieben, wenn du überhaupt keine Haare hättest oder noch längere Haare als Rapunzel. Und ich liebe dich auch. Wir lieben jeden Zentimeter von dir.“

„Weiß Gott wirklich, wie viele Haare ich habe? Ich habe mal versucht, die Haare in meinem Pony zu zählen, aber ich habe mich immer wieder verzählt.“

„In der Bibel steht, dass jedes Haar auf jedem Kopf gezählt ist.“

„Auch auf Wes' Kopf?“

„Auch auf seinem Kopf.“

„Ich glaube, Wes kämmt seine Haare nie.“

„Er verbringt nicht viel Zeit vor dem Spiegel.“

„Aber Gott liebt ihn doch trotzdem, oder? So wie er mich liebt?“ Jocie hatte immer versucht, sich zu vergewissern, dass Gottes Liebe auch Wes erreichte, obwohl er nicht in die Kirche ging oder die Dinge tat, von denen ihr Vater sagte, dass ein Christ sie tun sollte.

„Gott liebt alle Menschen. Er wird dich nie im Stich lassen und Wes wird er auch nicht im Stich lassen. Daran musst du immer denken, Jocie. Gott wird dich nie im Stich lassen.“

Wieder dachte Jocie an den Fliederduft. Gott hatte sie nicht verlassen. Er hatte sie aus der Kirche geschoben. Er hatte Wes geschickt, um sie vor dem Tornado zu beschützen. Er hatte ihren Vater geholt, um ihr und Wes zu helfen. Er hatte Wes am Leben erhalten, bis er ins Krankenhaus kam. Wie konnte sie an ihm zweifeln?

Leigh zog immer noch an den verknoteten Haaren an Jocies Hinterkopf, aber so vorsichtig, dass sie es kaum spürte. „Wenn Wes nicht gesund wird, kann ich das nicht ertragen, glaube ich“, sagte Jocie nach einer Weile.

„Gott wird dir helfen zu ertragen, was immer du ertragen musst", sagte Leigh.

„Du klingst schon wie eine Pastorenfrau."

„Oh, das ist vielleicht keine gute Idee. Wer will schon eine Pastorenfrau küssen?"

„Ein Pastor?"

Leigh lachte. „Stimmt auch wieder. Und Wes wird es schaffen. Zellas Gebetskette wird sich immer weiter ausbreiten, bis ganz Hollyhill für ihn betet. Und wir anderen hier tun das natürlich auch. Ich glaube, dass Gott Gebete beantwortet, du nicht?"

„Doch, aber was ist, wenn er Nein sagt? Daddy sagt, das sei auch eine Antwort."

Leigh hielt im Kämmen inne und drehte ihren Kopf so, dass sie Jocie in die Augen blicken konnte. „Wenn deine Tante Love hier wäre, könnte sie dir sagen, wo es steht und wie die Stelle genau heißt, aber irgendwo in der Bibel, vielleicht in der Bergpredigt, fragt Jesus die Leute, welcher Vater seinem Sohn einen Stein geben würde, wenn er um Brot bittet. Und dann sagt er: Wenn irdische Väter schon so sind, um wie viel mehr wird uns dann unser himmlischer Vater, der uns über alles liebt, die guten Dinge geben, um die wir bitten? Dass Wes gesund wird, ist eine gute Sache. Ich glaube, dass Gott nicht Nein sagen wird."

Und das tat er auch nicht. Irgendwann nach Mitternacht erschien endlich ein Arzt und sagte, Wes habe die Operation gut überstanden. Noch vor Sonnenaufgang standen Jocie und ihr Vater an seinem Bett. Sein Gesicht war blass und sah irgendwie eingefallen aus und irgendeine Schwester musste ihm die Haare gekämmt haben, denn er sah gar nicht wie er selbst aus. Schläuche an seinen Armen versorgten ihn mit Medikamenten und sein Bein war von einem Drahtkäfig umgeben anstatt von einem Gips und aus seinem Verband ragten Stangen heraus.

„Bist du dir sicher, dass das Wes ist?", flüsterte Jocie ihrem Vater zu.

Daraufhin ging erst ein Auge auf und dann das andere und

schließlich sah Wes ihr direkt ins Gesicht. „Wen hast du denn erwartet? Mr Jupiter höchstpersönlich?"

„Ich habe dich nur noch nie mit gekämmten Haaren gesehen." Jocie grinste.

„Ich sag's dir. Man lässt sich betäuben und schon machen sie alles Mögliche mit einem. Kannst du das für mich richten?"

Jocie zerzauste seine Haare. „So, das sieht besser aus."

„Und jetzt mein Bein."

„Das würde ich, wenn ich könnte, Wes." Jocie kamen die Tränen. „Es tut mir leid, dass du verletzt wurdest. Und ich bin schuld daran."

„Daran ist niemand schuld, Jo. Es sei denn, du hast den ganzen Sommer für einen Tornado gebetet."

„Nein, aber ich habe ganz viel gebetet, seit der Tornado zugeschlagen hat. Alle in Hollyhill beten."

„Für mich? Du machst Witze."

„Nein. Zella hat eine Gebetskette in Gang gesetzt."

„Zella? Kneif mich mal. Ich muss Halluzinationen haben", sagte Wes.

„Nein, es stimmt", sagte Jocie. „Nicht wahr, Dad?"

Jocies Vater nickte. „Zella sitzt unten am Empfang und wartet darauf zu hören, wie es dir geht."

„Das macht mir Angst", sagte Wes. „Ich kann nicht glauben, dass sie ganz alleine hierher gefahren ist."

„Nein, sie ist mit Leigh gekommen", sagte Jocie. „Leigh wartet draußen auf dem Gang auf uns. Sie sagte, sie komme dich später besuchen."

„Aha, das erklärt alles. Was diese Frau nicht alles tut, um andere zu verkuppeln", sagte Wes. Seine Augenlider senkten sich. „Ich weiß nicht, was sie mir gegeben haben, aber ich kann nicht wach bleiben."

„Die Schwester sagte, wir könnten nur kurz bleiben, weil du Ruhe brauchst", sagte Jocies Vater. Er machte einen Schritt in Richtung Tür, aber Jocie zögerte.

„Wir kommen morgen früh wieder, sobald die Schwestern uns lassen", sagte Jocie. „Ich will deinen Augenzeugenbericht von dem Sturm hören, bevor ich die Story für die nächste *Banner*-Ausgabe schreibe."

„Du hast doch deinen eigenen Augenzeugenbericht“, sagte Wes.

„Stimmt, aber ich will die ganze Geschichte wissen. Nicht nur einen Teil davon“, sagte Jocie.

Wes schlug die Augen wieder auf und nahm Jocies Hand. „Und weißt du die ganze Geschichte? Von deinem Dad?“

„Das Wort Zeugling gibt es nicht.“

„Da bin ich aber froh, dass wir das geklärt haben“, sagte Wes.

„Und alles andere habe ich auch geklärt. Er ist mein Daddy und du bist mein Opa.“

„Opa? Wer sagt, dass ich alt genug bin, um Opa zu sein?“

„Ich“, sagte Jocie. „Und du bist meiner und ich bin froh, dass du das Raumschiff zum Jupiter verpasst hast. Weißt du, ich glaube, es kommt nicht mehr zurück.“

„Da könntest du recht haben, Jo. Da könntest du recht haben. Und jetzt lass einen armen alten gestrandeten Jupiterianer mal ein bisschen irdischen Schlaf kriegen.“

Ihr Vater wartete an der Tür und legte einen Arm um sie. „Komm, wir gehen frühstücken.“

„Das klingt gut.“ Umfangen von seiner Liebe ging sie zum Aufzug, wo Leigh auf sie wartete. „Habe ich dir von dem Flieder erzählt, Dad? Die Sache mit dem Flieder glaubst du mir nie.“